» I MAESTRI DELL'AVVENTURA «

VOLUME 16

CODICE KINGFISHER

Romanzo di
ANONYMOUS

Traduzione di
LUCA BERNARDI

LONGANESI

www.longanesi.it

ISBN 978-88-304-5283-1

Titolo originale
The Kingfisher Secret

CODICE KINGFISHER

« Una delle forme più comuni di *sexpionage* consiste in una *honey trap*, una trappola al miele, che mira a compromettere dal punto di vista sessuale un avversario per carpirgli informazioni. Nel KGB, un uomo che faccia da seduttore in una trappola del genere è soprannominato corvo. Se la seduttrice è una donna, è detta invece rondine. »

Dalla pagina Wikipedia sul *sexpionage*

1

Montréal, 2016

Grace Elliott era seduta su un divano viola pieno di macchie nell'albergo meno caro del centro città. L'arredamento della junior suite risaliva agli anni Ottanta, periodo in cui fotografie sbiadite di surfisti in spiaggia erano considerate arte. L'intonaco e la moquette erano crivellati di buchi, il soffitto costellato di muffa e lo specchio opaco e incrostato di strisce rosa. Il nono piano era riservato ai fumatori. A livello olfattivo, la stanza 927 ricordava gli effluvi corporei di una generazione di tabagisti sudati che avevano consumato troppe birre e gettato alle ortiche la loro vita.

A Grace, però, piaceva. Mentalmente prendeva nota di tutto, per potersi ricordare in futuro di ogni minimo particolare del pomeriggio che avrebbe rilanciato la sua carriera.

Aveva acceso il registratore digitale e, per sicurezza, aveva impostato un'app per registrare anche con il telefono. I due dispositivi assorbivano la voce rauca della donna alta che era seduta sul bordo del letto, il cui nome d'arte era Violet Rain. Per assicurarsi un'intervista con lei, Grace aveva dovuto garantire tra le altre cose la presenza di sigarette Davidoff, gomme da masticare Juicy Fruit e una bottiglia di Rioja da quarantotto dollari. Sebbene Violet stesse fumando, masticando e bevendo contemporaneamente, lo smalto dei suoi denti restava di un bianco immacolato. Il giallo degli infradito era un po' stinto, ma capelli e unghie dei piedi erano impeccabili. A Grace i seni rifatti di Violet sembravano allo stesso tempo un miracolo e uno spiacevole fardello da portarsi dietro.

«Quindi lui non le ha mai dato soldi?» le chiese.

«Che razza di domanda è? Perché avrebbe dovuto?» Violet si guardò attorno, come se la stanza fosse piena di gente che avrebbe potuto sentirsi offesa come lei. «Mica sono una puttana. Sono un'attrice. Quando Julia Roberts si scopava quel vecchio in *Pretty Woman* era una puttana? No, stava soltanto recitando una parte, tutto qui.»

La fonte di Grace era di tutt'altro avviso. «Mi scusi.»

«Non fa niente. Non è l'unica a pensarlo, sa? Anche i miei genitori e quel bravo cristiano di mio fratello, che non mi rivolge la parola da quando avevo diciannove anni, non sono mai riusciti a capirmi. Lei avrà fatto sesso in vita sua. Le sembrano normali tutti quei gemiti e quelle grida? Stavo recitando. Sono un'attrice, come molte altre. Nella vita reale, quando esco con qualcuno, un'amicizia galante, sono semplicemente me stessa, e lui pure.»

«Quindi ha sempre voluto fare l'attrice, Violet?»

«A scuola ho frequentato vari corsi di recitazione. Una volta ho perfino interpretato Giulietta! *Buona notte, buona notte: separarci è un dolore così dolce che dirò buona notte sino a domani.* Non l'ho certo scelto io di passare vent'anni in questa lurida capitale del porno dall'aria così francesina. È capitato. Ora però comincerò a lavorare in televisione, e lei, Grace, mi aiuterà.»

Da brava cittadina statunitense, Grace nutriva un certo scetticismo riguardo all'idea che Montréal fosse capitale di qualcosa, men che meno della pornografia. Prima di essere costretta a trasferirsi lì, non si era mai nemmeno resa conto di quanto fosse radicato questo pensiero. Nel suo Paese, credere che tutto ciò che esisteva al mondo di moderno, potente, pratico e intrigante fosse nato negli Stati Uniti era un elemento fondamentale dell'educazione emotiva.

Grace si chinò in avanti, i gomiti sulle ginocchia, abbastanza vicina perché le volute di fumo della sigaretta tra le dita di Violet le impregnassero i capelli. Moriva dalla voglia di farsi una doccia, ma di certo non in quella stanza. « Se non le ha dato dei soldi, allora che cosa le ha dato? Voglio dire, è un uomo molto più vecchio di lei. E lei, Violet, è bellissima, mentre lui... be', è lui. »

« L'età non conta. A essere sincera, gli uomini sono tutti disgustosi, quando si arriva al dunque. » Violet sospirò, spense la sigaretta e ne accese un'altra. « A questo punto mi sembra di poterle parlare con franchezza. Quando mi ha scritto di volermi parlare, non le ho risposto per una settimana perché non volevo fare la spia. Io non sono così, non ci godo a mettere nei casini la gente. In fondo, lui non ha commesso nessun reato, non ha fatto nulla di strano, a meno di non voler considerare strano mettere le corna alla moglie. Sa perché alla fine le ho risposto? Perché quell'uomo è un bugiardo. Aveva detto che mi avrebbe portata a New York e a Los Angeles per presentarmi ad alcuni produttori. Glielo giuro, diceva che mi avrebbe aiutata a fare il salto in televisione. »

« E non ha mantenuto la promessa? »

« È sparito nel nulla, lo stronzo. Ci siamo visti cinque volte e sembrava fatta, magari un reality o addirittura una soap, ma poi... nulla. Nessuno può comportarsi così con me. »

Mezz'ora prima, Violet le aveva raccontato che i suoi erano stati genitori severi. A diciassette anni aveva lasciato la scuola e si era trasferita dal Nord dell'Ontario a Montréal. L'idea era quella di cominciare come modella in Canada e poi fare il grande salto verso New York, Londra o Parigi, guadagnare un po' di soldi, conoscere le persone giuste e sfondare nel cinema. A trentasei anni, Violet era ormai agli sgoccioli di una carriera nella pornografia. Per qualche tempo aveva frequentato un contabile sposato, ma negli ultimi mesi la loro relazione era implosa in una disputa economica.

A mano a mano che Violet proseguiva il racconto, Grace pensava che in fondo una pornostar e una giornalista scandalistica potevano avere molto in comune. Entrambe erano arrivate a Montréal per motivi professionali, convinte di restare solo per un breve periodo, ed entrambe speravano che quel colloquio di un'ora e mezzo all'Hotel Clementine potesse riportare in vita i loro sogni, che quella storia potesse cambiare tutto.

In seconda media, Grace aveva vinto una gara di scrittura a Bloomington, il paesino del Minnesota dove viveva. Parte del premio consisteva in un pranzo a Minneapolis in compagnia di un cronista dello *Star Tribune* specializzato in notizie locali. Grace ricordava quel pasto nei minimi particolari. La possibilità di ordinare qualsiasi pietanza dal menu, magari anche un antipasto oltre a un piatto principale, era stata una sensazione magica. Le porte di un nuovo mondo le si erano spalancate davanti.

Ma il 1998, quando si era laureata senza infamia e senza lode con una specializzazione in giornalismo, era stato un anno duro per la carta stampata. O, almeno, questa era stata la sua impressione. Aveva mandato il curriculum alla redazione di tutti i grandi quotidiani del Paese, compreso lo *Star Tribune*. Non ottenendo risposta, aveva tentato con i quotidiani di medie dimensioni e con le riviste. All'inizio ci era rimasta un po' male, ma con il passare dei mesi la delusione si era fatta schiacciante. All'università non aveva avuto un mentore e il cronista di Minneapolis con cui aveva pranzato quella volta era morto. L'unico incarico che le avessero offerto era uno stage non retribuito da *Esquire*, a New York. Grace non poteva permettersi di lavorare gratis in una delle città più costose del mondo, perciò un triste fine settimana rispose a un vago annuncio pubblicato sulla bacheca della facoltà, che non parlava esplicitamente del *National Flash* né di dove si trovasse. La società madre del tabloid si era appena trasferita da New York al Canada perché il presidente del consiglio di amministrazione aveva ottenuto in cambio di un dollaro all'anno la concessione trentennale di un vecchio magazzino nella zona di Vieux-Montréal. Certo, la disponibilità di spazio aveva a che fare con lo sviluppo economico, specie nell'ottica del separatismo quebecchese, però Grace non aveva mai compreso quale tornaconto avesse la comunità locale in un'operazione del genere. In tutto, gli impiegati canadesi del *Flash* ammontavano a tre.

« Quand'è che facciamo il servizio fotografico? » chiese Violet alla fine dell'intervista. « Se lei non conosce nessuno, posso chiamare io qualcuno. Conosco un tipo che ha fatto alcune campagne fotografiche per i jeans della Guess. »

« Ne avevo un paio anch'io. » Grace aveva quasi le vertigini. Violet le aveva appena descritto i dettagli più sgradevoli e umilianti della sua storia con l'uomo che alcuni speravano e molti temevano sarebbe diventato il futuro presidente degli Stati Uniti. Di lì a pochi giorni sarebbero andate entrambe a New York a farsi intervistare dalla CNN. Quando Grace spense i registratori, Violet svuotò quello che rimaneva della bottiglia di Rioja in due bicchieri di plastica per brindare ai loro prossimi successi. « Le invierò un messaggio con le date il prima possibile, ma faremo in modo che le foto siano sexy e d'effetto. »

« Al potere delle donne », disse Violet sollevando il bicchiere.

« Al potere delle donne. » Grace sfiorò quello di Violet con il suo.

Alta un metro e ottanta, Violet aveva almeno dieci centimetri più di lei e un fisico molto più femminile. L'ultimo uomo con cui Grace era uscita l'aveva definita « nerboruta in senso buono », facendola sentire sexy come un maratoneta. Mentre sorseggiavano il vino in silenzio, nella stanza accanto si sentivano rumori di amplessi.

« Scommetto che lei sta fingendo », sussurrò Violet. « Quindi adesso cosa facciamo? »

« Io torno in ufficio e mi metto a lavorare al suo contratto. Lei, finché non esce il pezzo, non può parlarne con nessuno. »

« E quand'è che mi pagate? »

« Appena il nostro ufficio legale darà l'ok. Farò in modo che si sbrighino. Quando il mio editore sentirà la sua storia... »

« Pensa che mi darebbe duecentomila invece di centocinquantamila? Avrei bisogno di una macchina nuova. »

« Dirò che insiste per avere duecentocinquantamila. Lui vorrà sicuramente trattare, quindi magari vi accorderete su duecento. »

Grace non si faceva problemi a parteggiare apertamente per Violet. Il proprietario del *National Flash* finanziava quasi tutte le cose più brutte che succedevano negli Stati Uniti. I professori di Grace a Austin sarebbero inorriditi se avessero saputo che pagava le fonti per le loro storie, ma il mondo del giornalismo si era rivelato completamente diverso da come lei se l'era immaginato negli anni Novanta.

Fuori, il tramonto era freddo ma terso. Le ultime foglie di ottobre si staccavano dagli alberi del cimitero di una chiesa e le finivano nei capelli. Camminando verso sudest, diretta verso la città vecchia, grazie anche al vino che aveva bevuto, Grace riusciva a godersi tutto ciò che di solito la faceva solo infuriare: i monti dei pegni, le catene di fast food, i canali di scolo rigurgitanti mozziconi, i graffiti, i giovani punk pieni di piercing, con i loro chiodi borchiati, seduti a chiedere l'elemosina in mezzo a cani sudici. In quel momento le sembrava tutto così umano. La sua felicità era inarrestabile: stava per pubblicare l'articolo più importante della sua carriera, forse il primo pezzo scandalistico che in vent'anni valesse davvero qualcosa. A quarantatré anni, divorziata e senza figli per scelta, era proprietaria di un bilocale e di un gatto, e nella borsa aveva tre ricette mediche per antidepressivi. Passava in media cinque sere a settimana a casa da sola, a innaffiare commedie sentimentali su Netflix con vini che non erano nemmeno minimamente paragonabili al Rioja comprato per Violet. Violet Rain! L'aveva rincorsa per due mesi. Anche gli stimati docenti di giornalismo dell'università del Texas di Austin avrebbero ammesso che non era facile contattare una pornostar, conquistarne la fiducia e convincerla, nel corso di vari incontri per un caffè, a raccontare pubblicamente la propria storia.

Anche se il *National Flash* sarebbe sempre stato una barzelletta per i suoi compagni che erano entrati nell'editoria che conta prima di compiere trent'anni, non si poteva negare che per una volta Grace avesse portato a termine un'opera di giornalismo investigativo etico, con pazienza e caparbietà. Dopo la pubblicazione dell'inchiesta, se fosse riuscita a trovare un editore con un po' di fantasia e una certa inclinazione al rischio, avrebbe fatto anche lei *il grande salto*. Sarebbe finalmente diventata quello che avrebbe voluto essere fin da quando aveva dodici anni: una vera giornalista.

Grace sorrise ai passanti, fermandosi addirittura ad accarezzare un golden retriever. In una boutique che profumava di vaniglia, a un isolato dalla redazione, provò una sciarpa di cashmere da trecento dollari che adocchiava da mesi. Fino a quel giorno aveva avuto paura perfino di toccarla. Quando si passa la vita a scrivere didascalie per le foto di celebrità cellulitiche in vacanza nel Mediterraneo, non ci si può permettere di toccare il cashmere. Allo specchio rilassò le spalle, si scompigliò i capelli castani per farli ricadere nella giusta maniera su sciarpa e cappotto, si tolse gli occhiali, li rimise, li tolse di nuovo.

« Le dà un'aria molto sofisticata », disse la proprietaria della boutique.

Comprò la sciarpa, perché la vecchia Grace, quella che ancora non conosceva Violet, non l'avrebbe mai comprata. Era a una svolta, si sentiva quasi rinascere.

Arrivata all'ex magazzino, salutò il portiere all'ingresso e poi, invece di premere il pulsante dell'ascensore, imboccò le scale. Steadman Coe, il suo capo nonché direttore del giornale, era al telefono nel suo ufficio dalle pareti di vetro. La schiena rilassata contro la poltroncina girevole e i mocassini sul tavolo, parlava e rideva a voce talmente alta da far vibrare le finestre. Nonostante il freddo, era senza calzini. Indossava un completo azzurro pallido e una cravatta nera. Ogni mattina si rasava la testa e nel tardo pomeriggio gli era già ricresciuta una peluria corta sopra le orecchie. Il giorno prima erano andati in stampa, perciò l'edificio era vuoto, fatta eccezione per i progettisti di videogiochi che avevano preso in subaffitto l'angolo nordovest. Grace diede le spalle a Coe e pensò a cosa dirgli. Mentre provava sottovoce l'attacco del discorso, si vide riflessa nel vetro con la sciarpa nuova. Aveva una postura un po' ingobbita. Perché non stava mai dritta? Raddrizzò la schiena e rilassò le spalle. *Questa sarà la storia più importante della mia carriera... e anche della tua.*

A fine ottobre ormai il sole tramontava presto. Sopra il fiume San Lorenzo, le nuvole sembravano stracci rosa e violacei. Grace continuava ad accarezzare la sciarpa nuova, che per il momento conservava il profumo di vaniglia di cui era impregnato il negozio. Le ultime tre volte che era andata dal medico per confidargli alcune paure tipiche delle donne della sua età (prima una strana sensazione al seno sinistro, poi la presenza di una massa granulosa dietro il ginocchio destro, infine vari attacchi di emicrania non causati dall'alcol), gli esami avevano sempre dimostrato che era sana come un pesce. Ma la quarta volta, che aveva a che fare con la sua salute mentale, non aveva ricevuto un esito altrettanto favorevole. Nonostante la diagnosi del dottore, però, Grace non si considerava clinicamente depressa. Fu solo quando arrivò all'imbrunire al terzo piano dell'ex magazzino semivuoto e vide Steadman Coe oltre il vetro che abbaiava e grufolava al telefono, che Grace riuscì infine a identificare inequivocabilmente l'origine del proprio scontento: l'insoddisfazione professionale. Non aveva sfruttato appieno il suo potenziale. Aveva passato gli ultimi anni a sentirsi una vittima, come se a determinare la sua esistenza fossero stati la condizione deplorevole della professione giornalistica, l'ex marito e la finanza globale. Come aveva fatto a tacitare una verità tanto ovvia? In fondo, era stata sempre e soltanto lei a scegliere.

« La scelta è mia. »

« Gracie, stai parlando da sola? » Dietro la porta aperta dell'ufficio, Coe si era alzato, un sigaro spento in bocca.

Petto in fuori, spalle rilassate.

Coe tornò a sedersi, rimise i piedi sulla scrivania e prima che lei avesse tempo di aprire bocca cominciò un accurato resoconto dell'irrilevante vittoria appena messa a segno per un contratto pubblicitario. Mentre quasi tutti gli altri quotidiani avevano visto ridursi gli introiti pubblicitari, il *National Flash* invece era in attivo, grazie alle imminenti elezioni presidenziali.

« Be', tanto la pacchia finirà presto. »

« Non se vince lui », disse Coe. « Queste società di sondaggi sottovalutano la nostra gente, la tua gente, Gracie... »

La postura di Grace peggiorò di nuovo. « Steadman. »

« Sono quasi le sei. Cosa ci fai ancora qui? »

« Sono due mesi che lavoro a un... »

« Devi uscire di più, prenditi una vacanza. Fai yoga o qualche altra cazzata, iscriviti a un corso. »

« Faccio già yoga. E ora ascoltami. »

« Sto ascoltando. »

« Ho appena finito una lunga intervista a una pornostar che si fa chiamare Violet Rain. »

« Brava. Me l'hai fatto fare un bell'autografo? »

« Quattro anni fa ha avuto una storia con Anthony Craig. »

Coe tolse i piedi dalla scrivania e infilò il sigaro in una tazza vuota. Il sorriso gli sparì dalla faccia all'istante, insieme a ciò che restava della sua abbronzatura.

Grace gli raccontò tutto, compreso il brindisi a base di Rioja che lei e Violet si erano concesse un'ora prima all'Hotel Clementine. Sì, certo, duecentocinquantamila dollari erano tanti, ma si sarebbe andati alle urne tra meno di un mese. Almeno per qualche giorno glorioso, quella sarebbe stata la notizia principale per i media di tutto il mondo.

Quando parlò, Coe lo fece con una vocina insolitamente piccola. « Lo sanno tutti che Craig ha avuto un sacco di storielle. I suoi divorzi... »

« Con le pornostar? Tu lo voteresti uno che va a letto con le pornostar? »

Coe scrollò le spalle. La sua espressione era diversissima da quella che Grace si sarebbe aspettata. Nel piccolo frigobar che ronzava in un angolo dell'ufficio c'erano varie bottiglie di Veuve Clicquot. Era sorpresa che lui non ne avesse ancora stappata una. Sarebbe stata l'uscita più importante dell'anno. Avrebbe potuto esserci anche una versione online. Violet aveva una serie di fotografie sul suo cellulare: le prove del misfatto!

« Me lo dai un minuto? Voglio sentire Jack. » Coe si alzò lentamente.

« Steadman, lo so che lui ora è il nostro uomo, cioè della 'nostra gente'. Ma questa... »

« Dammi solo un minuto. Chiudi la porta. »

Lei uscì, tornò alla sua postazione e rimase a guardare il volto del suo direttore dietro il vetro. Oltre al *National Flash*, Jack Dodson possedeva casinò, alberghi e una catena di fast food in ascesa che si fregiava di avere radici cristiane evangeliche. Era inoltre uno dei maggiori finanziatori del partito di Anthony Craig e della sua campagna presidenziale. Dodson, però, aveva cominciato come giornalista. Avrebbe capito la situazione.

Dopo meno di un minuto, Coe le fece segno di rientrare. « Siediti », le disse vedendola aprire la porta.

« Grazie, ma preferisco restare in piedi. Dimmi. »

« Da chi è che hai ricevuto la soffiata? »

Grace non era obbligata a dirglielo. Un vero direttore di un vero giornale non le avrebbe mai fatto una domanda del genere. Sospirò. « Perché? »

« Una notizia come questa rischierebbe di compromettere il tuo rapporto con Elena. »

Grace ci aveva già riflettuto tante volte, anche perché in effetti era proprio Elena la sua fonte. Si era lasciata sfuggire la storia una sera che avevano esagerato un po' con lo champagne, ma un vero giornalista non perde certo il sonno per cose del genere. « Sì, potrebbe, ma... »

« Compriamo la storia. »

« Davvero? » Grace batté le mani. « Devo ammetterlo, Steadman, mi stavo preparando al peggio. »

« Le daremo duecentomila dollari. »

« Ne sarà entusiasta. Posso farti avere il pezzo pronto entro domani sera. Dobbiamo prenotare un servizio fotografico e bisogna spiegare ai grafici che... »

« Ho detto che compriamo la storia, Gracie, non che la pubblichiamo. Ora dammi tutti i dettagli. Se ne occuperanno gli avvocati di Jack. »

« Che cosa? Perché? »

« Manca troppo poco alle elezioni. È sconveniente. »

« La copertina di venerdì è Roseanne Barr in bikini. »

Lui scrollò le spalle di nuovo. « Non sono io a decidere. »

« Non puoi farlo, Steadman. Facciamo spesso degli errori, ma questo è davvero *sbagliato*. Dobbiamo pubblicare la storia. La gente deve sapere di Violet, di lui... »

« Mi dispiace, Gracie. »

Era il momento di rassegnare le dimissioni. Doveva farlo! Non c'erano alternative. Però l'assegno mensile che Grace versava alla madre in Florida ammontava a un terzo del suo stipendio. E poi doveva pagare il mutuo della casa. Risparmi non ne aveva. Gli occhi cominciarono a bruciarle, ma non avrebbe pianto di fronte a Steadman Coe, mai e poi mai. Quindi allungò la mano sul ripiano della scrivania, prese il sigaro cubano dalla tazza e, facendo una smorfia al contatto con la disgustosa estremità umidiccia, lo spezzò in due e lo lanciò contro la parete.

« Ho anche una buona notizia da darti. »

Pur di non guardare un secondo di più la maschera al botulino in cui si era trasformata la faccia del suo direttore negli anni, Grace si alzò e uscì dall'ufficio.

« Non sei mai stata in Europa, vero? » chiese Coe seguendola. Nell'ex magazzino silenzioso si sentiva soltanto lo scricchiolio delle suole di cuoio dei suoi mocassini sul parquet. Anche i progettisti di videogiochi se n'erano andati.

Grace gettò la sciarpa nuova nel cestino vuoto accanto alla sua scrivania. Ormai emanava un'aura di fallimento, al pari dell'ironica fotografia di Barry Manilow incollata sulla paretina del suo cubicolo, o della gerbera infilata nel calice di champagne che si era comprata lei stessa. *Da sola.*

Come aveva fatto a illudersi fino a quel punto? Era ovvio che non avrebbe mai funzionato. La vita di Grace Elliott era una costellazione ininterrotta di sconfitte, come del resto quella di quasi tutti i membri della sua famiglia.

Su di lei pendeva una sorta di maledizione, la stessa che aveva reso cieca sua madre e portato suo padre nella tomba assieme a tutta una schiera di nonni e bisnonni poveri e dimenticati. Nel tragitto verso casa, si sarebbe fermata a utilizzare una delle prescrizioni mediche che aveva con sé. Un bel blister di antidepressivi e una bottiglia di vino australiano da cinque dollari avrebbero risolto il problema.

Coe si chinò verso la sua scrivania e lasciò cadere un grosso pezzo di carta con in cima un logo familiare: La Cure Craig. In fondo, la firma spigolosa di Elena insieme a un breve appunto a mano.

CAMBIO DI PROGRAMMA. VIENI CON ME, *DUŠE MOJE*.

« Per la vostra prossima sessione di lavoro, andrai in un posto ben più esotico di New York. Anche se lei non è candidata alla presidenza, sono sicuro che avrà un bel po' di cose da dire sull'ex marito. Pensaci, Gracie. Se vince lui, e se nel nostro piccolo gli diamo una mano in modo decoroso, tu potresti avere un canale diretto con una delle sue confidenti più strette. Elena Craig ormai ti ha perfino dato un soprannome. Magari potresti addirittura scriverci un libro. » Coe fece una pausa e indicò il foglio. « Quest'estate non ti sei presa neanche un giorno di ferie perché non potevi permetterti una vacanza. Be', ecco la tua occasione. Il viaggio è completamente spesato. Gracie, va' a Praga. »

2

New York, 2014

La prima notte a New York dopo il fine settimana in cui aveva festeggiato il suo ventunesimo compleanno, Grace Elliott la trascorse in un alberghetto in un angolo rumoroso vicino a Times Square. A toglierle il sonno, però, non furono le sirene della polizia e nemmeno le grida dei matti che giravano per strada di notte. Si era portata i tappi apposta per quello. A causarle un'insonnia senza precedenti era, invece, la prospettiva dell'appuntamento con Elena Craig l'indomani mattina.

Quando Elena aveva divorziato dal celeberrimo marito, negli anni Novanta, lo scandalo aveva superato i confini di Manhattan ed era diventato mondiale. Quotidiani e telegiornali di tutto il mondo non avevano fatto altro che parlare di lei. Invece di sprecare una simile occasione, Elena aveva pensato bene di lanciare un'attività tutta sua: La Cure Craig.

Erano ormai sedici anni che Grace scriveva articoli sui VIP per il *National Flash*, ma quella era la prima volta che avrebbe trascorso un'intera mattinata con una protagonista assoluta delle cronache mondane. Si era messa il suo vestito migliore, uno smanicato nero a pois rossi comprato da Gap. A colazione, mentre rileggeva per l'ennesima volta le domande, si era rovesciata addosso un po' di caffè, virando in marrone il rosso di uno dei pallini.

L'appuntamento era fissato nel quartier generale della

La Cure Craig, nei pressi di Central Park West. Per calmare la tachicardia e dare uno sguardo alla metropoli, Grace aveva deciso di camminare, ma il vento sferzante di marzo rendeva gelida la giornata scompigliandole i capelli al punto che alla fine del tragitto il suo caschetto alla Taylor Swift ricordava la zazzera incolta di chi avesse passato dieci ore in spiaggia durante una tempesta. La hostess all'ingresso, che avrebbe potuto benissimo fare la modella di costumi per Viking, aveva gli occhi carichi di ombretto nero, ma Grace sapeva che era esattamente così che doveva essere, pensare che fosse eccessivo era sbagliato. Una donna del Midwest sa che a New York l'unico errore di stile possibile può essere soltanto il suo.

La sede della La Cure Craig era interamente fatta di vetro. I candelabri erano di cristallo, la scalinata era di cristallo, e perfino i mobili ricoperti di cuscini in pelle erano di cristallo. Il pianoforte a coda nell'atrio era di cristallo e quel 22 marzo del 2014, nell'attimo in cui Grace metteva piede per la prima volta nella spa, suonava in automatico una sonata di Chopin. E in ogni caso tutto ciò che alla La Cure Craig non era di cristallo era bianco.

Come mai quell'ossessione per il cristallo? Guardando la puntata dedicata a Elena Craig di una serie di documentari prodotti da Netflix sulle vite delle celebrità, Grace aveva scoperto che i cristalli più pregiati al mondo provenivano dalla Repubblica Ceca. Come il sushi e il sakè in Giappone, o lo sciroppo d'acero e il politicamente corretto in Canada, la birra e il vetro erano parti integranti della cultura ceca. L'atrio della spa aveva un odore dolce di erbe aromatiche. Per calmarsi, mentre aspettava Elena, Grace si concentrò su Chopin. Com'è che si chiamavano i pianoforti che suonavano da soli? Non riusciva a ricordare il termine preciso. La stanchezza e la tensione avevano ridotto drasticamente le sue capacità mentali. La palpebra sinistra continuava a tremolare.

Alle nove in punto, con un vestito bianco tanto accecante che in quell'ambiente immacolato quasi si mimetizzava, Elena Craig comparve ai piedi della scalinata di cristallo. Grace si alzò per stringerle la mano, sentendosi all'improvviso minuscola. In realtà erano alte uguali, ma nel portamento di Elena s'intuiva una sorta di gigantismo. Riempiva tutta la stanza in un modo che Grace, che pure l'aveva vista spesso in televisione, non si sarebbe mai aspettata. Il personaggio di Elena riceveva di solito due trattamenti mediatici opposti: o era l'ex moglie trofeo dall'accento buffo che non era mai riuscita a completare la propria scalata nel gotha della società newyorkese, oppure era l'imprenditrice geniale e dall'energia vulcanica che, oltre a progettare vetture di lusso ormai assurte a icone dell'immaginario collettivo e ad aver fondato una delle più grandi catene di spa degli Stati Uniti, restava una delle più importanti consigliere politiche del marito nonostante il divorzio. D'istinto, Grace propendeva più per la seconda opzione ed era convinta che la prima fosse stata costruita e alimentata da uomini che ne erano intimiditi.

« Ms Elliott? »

« Mi chiami pure Grace », rispose lei tendendo la mano.

Elena gliela strinse e la squadrò da capo a piedi con uno sguardo la cui intensità la fece rabbrividire, soffermandosi sulla macchia di caffè, sulle scarpe comprate in saldo al centro commerciale e sul segno di un brufolo in fronte. Grace cercò di nascondere la chiazza con un quaderno, ma gli occhi di Elena sembravano avere i raggi X. Prima di iniziare a parlare, Grace era certa che di lì a pochi secondi la donna l'avrebbe mandata via. Non era abbastanza intelligente ed era vestita troppo male, insomma non era all'altezza di chi le stava di fronte: figuriamoci se sarebbe stata in grado di scrivere mettendosi nei suoi panni.

«Quando è arrivata in città, Grace?»

«Ieri.»

«Mi auguro che Steadman Coe le abbia prenotato una stanza in un albergo decente, visto che sono io a pagare le spese.»

«Ma certo, sì.»

«Davvero?»

«No, signora Craig. È un albergo orribile.»

«La prossima volta sceglieremo qualcosa di meglio.» Elena le fece un breve sorriso e le prese la mano. «La vedo nervosa. Non conosce New York?» continuò precedendola in un salottino privato con vista su Central Park. «Io me la ricordo ancora, la mia prima volta a Manhattan. Ormai sono passati un bel po' di anni. Non c'è un altro posto uguale al mondo, no? Ci si sente una pulce, no?»

«Sì.» Per poco Grace non aggiungeva anche «grazie». Chissà come aveva fatto Elena a capire tutte quelle cose su di lei: non le era sfuggito nulla, nonostante gli sforzi di Grace per apparire sicura di sé e a proprio agio.

«Viene dal Midwest?»

«Esatto. Come fa a saperlo?»

Invece di rispondere alla domanda, Elena le fece cenno di sedersi e le chiese cosa gradisse da bere o da mangiare. Voleva fare subito il giro della spa? O preferiva aspettare? Dopo la loro chiacchierata, le sarebbe piaciuto un massaggio o una manicure?

Elena Craig era molto diversa da come Grace se l'era immaginata: la sua forza sembrava consistere nell'empatia e nella capacità di far sentire il prossimo importante, a suo agio e degno di attenzioni. Dieci minuti più tardi, Grace le aveva già spiattellato la propria infanzia nel Minnesota, le ambizioni giornalistiche schiacciate dall'opprimente realtà del settore e il suo assoluto spaesamento per qualsiasi cosa riguardasse la moda. Ormai Elena sapeva praticamente tutto di Grace, che invece cominciava a rendersi conto che di Elena ne sapeva meno di prima.

L'occasione del loro incontro era l'avvio di una rubrica di posta dei lettori sul *National Flash*, finanziata da Le Cure Craig, in cui Elena avrebbe firmato le risposte. Tra i temi da toccare: moda, cibo, gossip, divorzi, maternità, seconde nozze e la nebulosa di argomenti e tendenze per cui Coe aveva coniato l'espressione « meraviglie a buon mercato ».

Ogni sei mesi Elena e Grace si sarebbero incontrate per elaborare dodici domande e risposte. Si sarebbero inventate ogni volta il nome e la città di una lettrice immaginaria. Oltre a coprire le spese di viaggio e di pernottamento, Elena avrebbe versato a Grace centoventi dollari al giorno all'insaputa di Coe.

Durante il loro primo incontro, Grace capì di non sapere da che parte cominciare come ghostwriter. Era qualcosa di diverso dal giornalismo. Seppur incentrate sulla filosofia di vita di Elena, le prime tre domande che le erano venute in mente si erano rivelate troppo generiche.

« Non importa a nessuno di queste cose, no? » disse Elena. « La gente non vuole qualcosa di più specifico? »

Grace si mise a ridere.

« Cosa c'è? Ho detto qualcosa di sbagliato? »

« No, è solo buffo il fatto che hai ragione su tutto. »

« Questo *sì* che è buffo! In fondo, però, è anche un po'

triste, a pensarci. E ora, *duše moje*, prima di cominciare sul serio, gradiresti un mimosa? »

Grace non aveva mai assaggiato un mimosa. « Grazie. Ma com'è che mi hai chiamata? »

« È ceco, vuol dire più o meno 'anima mia'. Ho visto *Pinocchio* con mia figlia, lì l'anima del bambino che racconta sempre bugie è un grillo. »

« Il Grillo Parlante. »

« Esatto, sei tu. » Elena ordinò due mimosa. « Ora, prova a immaginare di essere una donna come tante altre, magari di una certa età, che vive nel Nebraska. » Pronunciare la parola 'Nebraska' parve divertirla. « Ecco, se fossi una donna del genere, cosa vorresti chiedere a una come me? »

« Be', lei è stata sposata con Anthony Craig. »

« Per tanti anni. »

« E lui è... famoso. »

« Mi sembra un eufemismo. »

« Perché ha voluto tenere il suo cognome anche dopo il divorzio? Lo scandalo è stato talmente grosso. Ho visto un documentario su questa storia poco tempo fa. Lui si è comportato davvero male nei suoi confronti. »

Arrivò una cameriera con i due mimosa ed Elena la guardò negli occhi per ringraziarla. Pieni di un misto di spremuta d'arancia e champagne, i calici risaltavano sul tavolo di cristallo. « Grazie mille della premura, *duše moje*, ma, sai, in fondo è stato per lo più uno spettacolo, no? La vita è recitazione. Dimmi la verità, tu te lo ricorderesti un nome come Elena Klimentová? »

« Forse sì. »

« Lascia perdere la buona educazione. Sii sincera. È un cognome che si dimentica subito. Te lo sei già scordata, no? E visto che io faccio l'imprenditrice, il mio nome è il mio brand.»

Nel giro di cinque minuti, Grace aveva partorito qualcosa.

Cara Elena,

ho scoperto che mio marito ha una storia con una delle mie amiche, che tra l'altro non è nemmeno una gran bellezza. Ovviamente, ho chiesto il divorzio. Secondo te, dovrei tenere il suo cognome?

Cuore Solitario di Hackensack

Dopo quel primo incontro, si diedero sempre appuntamento nel tardo pomeriggio e fecero in modo di innaffiare i loro sforzi con una bottiglia di champagne, senza più sporcarlo con la spremuta d'arancia. Grace ascoltava ed Elena recitava il ruolo di Elena. Per non perdere l'autenticità negli articoli, Grace riportava alcune frasi interamente. Poi, basandosi sugli appunti, provvedeva da sola a scrivere una colonna di venticinque centimetri.

Per Coe, era una manovra di grande cinismo: nient'altro che una forma particolarmente lucrosa di pubbliredazionale. Per Elena, era un modo per rimanere a galla e non perdere il contatto con tutta una serie di donne per le quali provava un genuino interesse: quelle che compravano le riviste patinate impilate davanti alle casse del supermercato e le sfogliavano sognando una vita diversa. Per Grace, il cui nome ovviamente non compariva in calce alla rubrica, era invece un modo per raggiungere tutte le settimane milioni di lettrici con un prodotto della propria immaginazione. A meno che la redazione non s'imbattesse in uno scandalo con i fiocchi, *Chiedi a Elena* era la rubrica più letta del *National Flash*.

« Il divorzio è stato doloroso e umiliante, ma io e Anthony siamo rimasti amici, ci diamo manforte non soltanto come genitori ma anche negli affari che abbiamo in comune e nelle nostre ambizioni. » Elena prese un lungo sorso. « E poi c'è un altro motivo, ma è meglio che non lo scrivi nella rubrica. Il mio Tony diventerà l'uomo più potente del mondo. »

« Scusa, non capisco cosa intendi », disse Grace fermando la penna sul foglio.

Elena Craig si chinò sul tavolo di cristallo. A pochi centimetri dal suo viso, le bollicine salivano con un fruscio lievissimo verso l'orlo del bicchiere. Negli occhi e sulle labbra non c'era nemmeno l'ombra di un sorriso. Con un dito sfiorò il quadrante dell'orologio Cartier. « Aspetta e vedrai, *duše moje.* »

3

Praga, 2016

Grace Elliott era felice di aver recuperato la sciarpa di cashmere nuova dal cestino accanto alla sua scrivania nell'ex magazzino di Vieux-Montréal. Perfino all'aeroporto, mentre camminava accompagnata dal ronzio delle rotelle della valigia, le dava un'aria molto più europea. Era la prima volta che lasciava il Nord America. Alle superiori la scuola aveva organizzato una gita in Germania, ma all'epoca i suoi genitori non avevano potuto spendere i millecinquecento dollari necessari. Tra gli studenti del penultimo anno, Grace era stata una degli unici tre a non partire, e trent'anni dopo non aveva ancora smaltito la vergogna.

La sua migliore amica Manon, che aveva una coppia di zii in Francia, le aveva detto che il modo migliore per contrastare il jet lag era non andare a dormire finché non calava la notte nel luogo di arrivo. La dritta, però, non fu necessaria. Nonostante l'atterraggio a mezzogiorno e la scoperta della propria incapacità di addormentarsi in aereo, la prospettiva di trovarsi finalmente in Europa la elettrizzava a tal punto da non farle nemmeno concepire l'ipotesi di un sonnellino.

L'autista di Uber non parlava inglese, ma Grace non si trattenne dall'indicare tutto ciò che dal finestrino le sembrava particolarmente europeo: macchine, autobus, alberi, cartelli stradali, manifesti, rotonde.

«Quella è la roba comunista?» chiese alludendo a un

gruppo di condomini in cemento. «In America, per lamentarci dei brutti edifici moderni, parliamo di 'architettura comunista'.»

L'autista, che indossava un cappellino nero degli Yankees, scrollò le spalle con un grugnito.

Quando entrarono nella città vecchia, Grace dovette costringersi a non scattare raffiche di fotografie sfocate dai finestrini dell'auto in movimento. Come altro si esprimono felicità e meraviglia nell'anno 2016?

Elena le aveva pagato il volo e prenotato una stanza all'Hotel Four Seasons, dove avrebbe avuto luogo la conferenza stampa di lancio della sua nuova linea di profumi. La sua stanza non sarebbe stata pronta prima di un'ora, quindi Grace gironzolò per il giardino ornamentale sul retro dell'albergo. Era il 25 ottobre e fredde folate di vento staccavano le poche foglie gialle rimaste sui rami dei pioppi per trascinarle poi in spirali fruscianti verso le sponde della Moldava scura come l'inchiostro.

Uno stormo di uccelli sorvolò i tetti rossi di Malá Strana, il quartiere adiacente al fiume. Gli intonaci delle case del centro prediligevano le tinte calde. Indifferenti alle raffiche gelide, orde di turisti muniti di smartphone affollavano il Ponte Carlo. Alle quattro del pomeriggio, Grace aveva appuntamento con Elena, che a quell'ora avrebbe dovuto aver già finito la conferenza stampa, per bere qualcosa. Aveva lasciato la giacca nella valigia, in deposito alla reception, perciò invece di esplorare i vicoli della città vecchia si sedette nell'elegantissima lounge dell'hotel a leggere il libro di un autore locale che si sperava le avrebbe fatto comprendere meglio lo spirito di Praga: *Il castello* di Franz Kafka. Grace, tuttavia, faticò a concentrarsi sul romanzo. Vini e liquori facevano sfoggio di sé in una massiccia credenza in legno, sulla cui specchiera centrale Grace non poté impedirsi ogni tanto di studiare il proprio riflesso, la sciarpa blu che risaltava sul maglione rosso.

Venti minuti prima della conferenza stampa, un folto gruppo di uomini e donne dall'eleganza ricercata riempirono l'atrio e la scalinata che portava alle sale da ballo nel seminterrato: giornalisti, fotografi, piccole troupe televisive. Quando giunse l'ora prevista per l'inizio, Grace scarabocchiò il numero della stanza in cui non era ancora entrata sul foglietto accanto al drink che si era fatta servire e si avviò verso le scale.

Nella sala da ballo stipata di cronisti, un trentenne in doppiopetto incaricato di introdurre la serata leggeva da un foglio. Grace riuscì ad accaparrarsi una delle pochissime sedie libere, in terzultima fila. Con un eloquio spumeggiante, l'oratore parlò del nesso tra Rinascimento e rinascita individuale e alla fine pronunciò il nome di Elena, che all'improvviso sbucò da una porticina sulla sinistra. Infarcita di addetti ai lavori dal proverbiale cinismo, la platea rispose con un applauso stentato che ammantò di una sottile aura di ridicolo un ingresso tanto teatrale.

Il mini-lifting fatto all'inizio dell'estate conferiva al viso di Elena una freschezza un po' rigida. Lei indossava un vestito rosso con una passamaneria decorata a motivi orientali e si era tinta i capelli di un biondo platino. A quella distanza, invece dei suoi sessantasei anni anagrafici, ne dimostrava trentasei, come se il tempo si fosse fermato al periodo in cui era stato girato il documentario visto da Grace. La carriera da ginnasta che aveva segnato la sua gioventù le aveva instillato una grazia e un autocontrollo fisico che parevano più forti del tempo.

«Dio mio», disse un giornalista alle spalle di Grace, vedendola entrare. Il suo tono trasudava disgusto. Lei avrebbe voluto girarsi e chiedergli spiegazioni. Cos'era che non gli andava a genio? Era troppo bella? Troppo ben vestita? O semplicemente trasudava troppa forza per appartenere al sesso debole?

« Quando ho deciso di lanciare la mia linea di profumi, mi sono subito resa conto di non voler legare il mio nome a una fragranza che avrebbero potuto creare tutti. Quella che conoscerete oggi pomeriggio deriva da frutti, erbe, semi e fiori delle mie due patrie, la Boemia e l'America. » Fece un respiro profondo e guardò negli occhi alcuni giornalisti in prima fila, poi si chinò a sfogliare gli appunti sul tavolo. « Oggi comincia una nuova era, che ha bisogno di nuove fragranze. Ed è per questo che oggi vi presento, un'altra volta, Elena. »

Un uomo con i capelli bianchi in fondo alla sala fece scattare l'applauso, con un entusiasmo un po' teatrale. Nel voltarsi, Grace ebbe l'impressione di conoscerlo. All'inizio pensò di averlo visto in qualche programma televisivo, ma poi il ricordo di dove l'avesse incrociato affiorò: a Montréal.

Il moderatore sostituì Elena al microfono. « Ci sono campioncini per tutti. » Poi ripeté la stessa cosa in ceco. « Avete domande sui profumi? »

Duecento braccia si sollevarono all'unisono.

« Lester Allan, *New York Times*. Ms Craig, da americana d'adozione qual è, che idea si è fatta delle proposte del suo ex marito in materia di immigrazione? »

« Profumi? » Il giovane moderatore scrutò la sala. C'erano ancora un bel po' di braccia alzate. « Lei, prego. »

« Anna Rocard, France-Presse. Come femminista e imprenditrice, cosa pensa delle dichiarazioni di Monsieur

Craig sulle donne e delle recenti accuse di molestie che gli sono state mosse? Voglio dire, lei stessa durante l'udienza per il divorzio... »

« Qualche domanda sui profumi? » intervenne il moderatore tambureggiando sul podio con la penna.

Elena sorrise e Grace vi lesse uno sforzo non indifferente. L'uomo seduto alle sue spalle, che prima aveva fatto un commento sprezzante, grugnì. « Non saremmo qui, né noi né lei, se non fosse per quel coglione del suo ex marito. È un profumo, santo cielo. »

Le mani ancora alzate erano al massimo una decina. « Garrick O'Byrne, BBC. Se suo marito dovesse vincere, che probabilità ci sono che lei ricopra un ruolo alla Casa Bianca? Lui ha dichiarato in più occasioni di considerarla una consigliera insostituibile. Potrebbe spiegarci che tipo di consigli gli dà? »

« Di mettersi il deodorante! » gridò qualcuno nelle prime file e i giornalisti scoppiarono in un coro di risate e applausi.

France-Press, BBC, *New York Times*: ai tempi dell'università, e in fondo anche nel corso del decennio successivo alla laurea, erano proprio queste le società a cui Grace aveva puntato, vertici assoluti del giornalismo mondiale. E nonostante gli anni e le speranze infrante, non aveva ancora smesso di crederci. La scalata si stava soltanto rivelando un po' più lenta del previsto.

L'intervista fatta a Montréal a Violet Rain aveva colmato la distanza tra le sue aspirazioni più profonde e sincere e i compromessi a cui il mercato del lavoro l'aveva costretta. All'inizio il *National Flash* doveva essere solo un ripiego, un riempitivo temporaneo... E invece presto sarebbero stati vent'anni. Vent'anni! Un po' lungo come ripiego. Era stufa di vergognarsi di se stessa. Ormai ogni volta che tornava negli Stati Uniti, quando le chiedevano cosa facesse o dove abitasse, Grace mentiva.

Perlustrò la stanza con lo sguardo. Quattro o cinque giornalisti continuavano a ripetere sghignazzando la battuta sul deodorante. Mani alzate non se ne vedevano più. La somma delle spese di viaggio e pernottamento degli inviati presenti nella sala doveva aggirarsi a occhio e croce intorno al milione di dollari, ma nessuno sembrava desideroso d'intervenire. Che spreco.

« Grace Elliott, *National Flash.* »

Un altro scoppio di risa. Un rivolo di sudore le colò lungo la spina dorsale.

« Ms Craig, potrebbe spiegare meglio come mai crede che sia un momento propizio per una rinascita del settore della profumeria? »

« Grazie. Grazie, Grace. A qualcuno di voi è mai capitato di avere il mal di testa passando nella zona profumi di Saks Fifth Avenue? A me sì! E lasciatemi dire che... »

Quando Elena arrivò alla fine della sua lunga risposta sulle erbe biologiche, più di metà dei giornalisti si erano già alzati. Il moderatore chiese, prima in inglese e poi in ceco, se ci fossero altre domande sulla nuova linea di profumi, ma ormai la festa era finita, impossibile non accorgersene, così lui ed Elena sparirono uscendo dalla porticina laterale da cui erano venuti.

Grace sorrise alle ultime quattro donne che uscivano dalla stanza, dopo aver rimesso nella borsa registratori, quaderni e cellulari. Nessuna le ricambiò la cortesia. Nel corridoio c'era un tavolo con caffè e biscotti, ma quando Grace fu uscita il caffè e i biscotti erano già finiti, insieme ai campioncini di profumo.

Nel bagno delle donne, un folto gruppo di giornaliste in coda si sbizzarriva a deridere Elena: i vestiti, l'accento, i capelli, gli occhi e le labbra esagerati, il vizio di parlare di sé in terza persona. Il tema più gettonato, però, era l'ex marito. Quando Grace ne ebbe abbastanza, fece dietrofront e tornò nell'atrio, dove il bell'uomo con i capelli bianchi che aveva fatto partire l'applauso la stava aspettando. « Ms Elliott, mi permetta di accompagnarla di sopra. »

Grace ricordò all'improvviso il nome: Josef Straka. Era nel consiglio di amministrazione dell'orchestra sinfonica insieme a Steadman Coe e ogni anno veniva alla festa di Natale del *National Flash*. Erano due uomini potenti un po' fuori dal coro nella scena culturale quebecchese. « Monsieur Straka, non sapevo che fosse amico di Elena. »

Entrarono assieme nell'ascensore. Lui indossava un completo blu scuro con una camicia inamidata di un bianco abbagliante che aveva gli ultimi due bottoni slacciati ed emanava un lieve profumo di La Cure Craig. La guardò negli occhi un po' più a lungo di quanto avrebbe fatto una persona normale in un ascensore, ma Grace non avrebbe saputo dire se si sentisse più intimidita o più protetta. Chissà, magari era stato proprio lui a proporre a Coe nel 2014 di lanciare la rubrica *Chiedi a Elena*.

Straka continuava a fissarla, quasi senza battere ciglio. Poi allungò una mano nella tasca della giacca, ne estrasse un biglietto da visita e glielo passò.

Quando Grace si era resa conto di non riuscire a leggere Kafka nel viavai della hall, si era messa a sfogliare una brochure dell'albergo. Il Four Seasons incarnava il sodalizio di quattro correnti architettoniche che corrispondevano ai quattro grandi periodi artistici della città di Praga: rinascimentale, barocco, neoclassico e moderno. Mentre si dirigevano verso la suite presidenziale, Grace cercò di individuare tracce di ognuno dei quattro stili.

Trovarono Elena in piedi di fronte a un'ampia finestra che dava sul fiume. Lei e Josef Straka avevano in comune una postura perfetta e per Grace era facile considerarli in qualche modo affini, due aristocratici dell'Europa centrale. Oltre il fiume si vedevano il castello, il Ponte Carlo e la collina di Petřín. Gli ultimi raggi di sole pomeridiano bucavano le nuvole e accendevano di rosso i tetti di Malá Strana. Un sobrio altoparlante Bose spandeva in sottofondo una sonata per pianoforte. Sul tavolo, accanto a una lattina di acqua tonica e a quattro fette di limone, c'era una bottiglia di vodka mezza vuota. Senza voltarsi, Elena si accostò il bicchiere alle labbra. « *Duše moje.* »

« Mi dispiace per come è andata oggi. » Grace sapeva di poter parlare liberamente, ma avrebbe comunque preferito essere sola con Elena. Anche se non erano ancora esattamente amiche, a lei sarebbe piaciuto diventare la sua confidente. Il fiasco dell'articolo su Violet Rain aveva in fondo almeno il vantaggio di non averla costretta a tradire la fiducia della sua fonte. Invece di andare a cincischiare in cucina, o perlomeno di tirare fuori il telefono, Straka le fissava senza ritegno.

« Grazie, mia cara. Sapevo di dovermi preparare al peggio e, in effetti, così è stato. Hanno ragione loro. Io voglio la botte piena e anche la moglie ubriaca. Tento di essere una donna indipendente e allo stesso tempo non perdo occasione di sfruttare il mio passato. Quindi è solo colpa mia. »

Straka disse qualcosa in ceco.

« No, Josef, lo penso veramente. Eh, sì, 'colpa' è proprio la parola giusta, in questo caso. » Elena si voltò verso di loro. Grace si aspettava di vederla in lacrime, o almeno di scorgere un'espressione triste e delusa, ma negli occhi asciutti di Elena trovò soltanto il luccichio della sfida.

L'ultima volta che si erano viste, in primavera, era stato negli Hamptons. Anthony Craig era appena diventato il candidato presunto del partito repubblicano ed Elena si era ritirata dalle scene « per il bene della campagna ». Su un balcone che dava direttamente sull'oceano, davanti a una bottiglia di Gosset Grand Blanc de Blancs, avevano preparato le uscite di *Chiedi a Elena* dei sei mesi successivi. Era una giornata tiepida e nuvolosa, una pioggerellina sottile accarezzava la spiaggia. La villa a sei stanze di Elena rientrava in un complesso residenziale abitato da slavi che indossavano pantaloni e giacche della tuta abbinate, fumavano di continuo, si spostavano a bordo di Porsche e Range Rover, ascoltavano musica techno anni Novanta e passavano la notte a bere e ballare.

Grace non l'aveva mai vista di cattivo umore. Sapendo quanto avrebbe voluto giocare un ruolo di primo piano nella campagna presidenziale, immaginava che in quel periodo Elena si sentisse tremendamente esclusa dalla macchina elettorale. Quando finirono la bottiglia di champagne, fu lei stessa ad ammettere di essere stata invitata alla convention. Le era stato addirittura chiesto di parlare dal palco ma, contrariamente a quanto ci si sarebbe aspettati da un'amante dei riflettori come lei, aveva rifiutato. Elena sembrava detestare gli altri abitanti del complesso residenziale. Quando Grace le chiese chi fossero, lei eluse la domanda cominciando invece a raccontarle della nuova moglie di Anthony e di Violet Rain. Grace non riusciva a capire se in fondo fosse tutta una questione di gelosia oppure se dietro quella confidenza si celasse un intento completamente diverso.

Di tutte le giornate che avevano passato assieme fino ad allora, quella fu sicuramente la più strana.

Cara Elena,

tuo marito è il candidato presunto del partito repubblicano che correrà per le presidenziali in autunno. Potrebbe quindi, come tu avevi predetto, diventare l'uomo più potente del mondo. Per te rimane un partner d'affari e qualcosa di simile a un amico. Perché in un periodo del genere ti stai comportando come se ti fosse appena morto il cane?

Perplessa di Westhampton Beach

Nella suite presidenziale del Four Seasons di Praga, Elena s'attirò Grace alla finestra e rimasero a guardare fuori in silenzio, la sonata per pianoforte che si adattava alla perfezione al malinconico crepuscolo autunnale della città vecchia. Anche se avrebbe voluto farle qualche domanda sulla campagna elettorale, Grace decise di darle un po' di tregua.

Alle loro spalle, Straka tossicchiò. « Ms Elliott mi conosce. »

« Montréal », spiegò Grace. « È amico di Steadman Coe. »

Elena scosse la testa. « Temo che il nostro Mr Coe si stia sforzando un po' troppo di dimostrare amore nei confronti di Tony. Tu cosa ne pensi? Non ti sembra che stia esagerando? »

« Secondo lui, gran parte del loro pubblico coincide. »

Elena le prese la mano. « Speravo proprio di passare un bel pomeriggio insieme, a lavorare alle prossime puntate della rubrica davanti a un bel vodka tonic, sgranocchiando magari qualcosa di calorico e delizioso dal servizio in camera, ma non ce la faccio. La conferenza di oggi è stata un errore », disse sospirando. « Quando Tony vincerà, gli farà rimangiare tutti quei sorrisi soddisfatti. »

Straka le rabboccò di vodka il bicchiere. Non aggiunse acqua tonica e limone, né chiese a Grace se ne voleva anche lei.

« Domani, *duše moje*, torno nella mia città. »

« Mladá Boleslav? »

« Brava, ti sei ricordata. E tu verrai con me. Durante il viaggio in macchina, possiamo lavorare alla rubrica, sì? »

« Mi piacerebbe. »

Straka poggiò la mano sinistra sulla schiena di Grace e con la destra indicò la porta della suite. Grace esitò all'idea di lasciare Elena da sola con lui, anche se non avrebbe saputo motivare i propri timori.

« Tutto bene, Ms Craig? »

« Ci vediamo domani alle dieci, *duše moje*. Vedrai che per allora mi sarò ripresa. »

Grace poté solo abbozzare, lasciando che Straka l'accompagnasse alla porta. « Se hai bisogno di qualcosa, io sono nella stanza numero... »

« Sa dove trovarla, Ms Elliott », disse Straka sulla soglia. « Le auguro una buona serata. »

Grace rimase a guardare la sagoma di Elena nella penombra della suite, poi la mano di Straka spinse la porta e la chiuse.

4

Mladá Boleslav, Cecoslovacchia, 1968

Nell'istante in cui cadde dalla trave ai campionati cecoslovacchi di ginnastica artistica, Elena Klimentová seppe che la sua vita era cambiata per sempre. Non sarebbe finita sul podio. Anzi, non sarebbe finita nemmeno fra le prime trenta. Per il volteggio si era sentita mancare la fiducia in pedana e poi sulle parallele aveva faticato a portare a termine la sequenza.

Per anni non aveva sognato altro che questo: girare il mondo andando da una competizione di ginnastica all'altra. Dopo che una normalissima ragazza ceca, Věra Čáslavská, aveva vinto sei medaglie alle Olimpiadi di Città del Messico, il sogno di Elena sembrava possibile. Eccola sul podio in Francia, in America, in Corea, con un bel mazzo di fiori gialli, il braccio umilmente alzato, l'inno nazionale *Kde domov můj* che risuona dagli enormi altoparlanti neri. Qualcuno stappa una bottiglia di champagne, la folla rumoreggia ed esulta, la bandiera cecoslovacca la avvolge come uno scialle.

Durante il tragitto verso nord per rientrare a Mladá Boleslav, il vento era così forte da farle temere che la piccola Škoda finisse nel fossato lungo la strada ghiacciata. Il nevischio cadeva sul parabrezza. Il suo sogno, insieme alle centinaia e anzi migliaia di ore che aveva impiegato nel tentativo di trasformarlo in realtà, era ormai diventato un'umiliazione.

Il solo pensiero le dava la nausea. *Avanti, cadiamo pure in un fosso*, pensò.

L'allenatore Vacek rivolgeva la parola soltanto a Josef, il suo compagno, che era arrivato tra i primi dieci in tutte le specialità. Josef era seduto sul sedile anteriore e riepilogava i trionfi della giornata: un ragazzo di Praga, suo rivale di lungo corso, era caduto dalle parallele ed era scoppiato a piangere.

« Ah ah ah! » rise l'allenatore dando un pugno al volante e inclinando il capo all'indietro fino ad avere il viso parallelo al tettuccio della Škoda.

Quando arrivarono a Mladá Boleslav, la città era ormai immersa nel buio. Non era un dicembre come gli altri. I nuovi soldati, che non parlavano ceco, avevano requisito le luminarie natalizie in quanto vestigia dell'imperialismo occidentale, simboli di resistenza e dunque di tradimento. Erano rimaste soltanto due bancarelle del mercato di fronte al municipio della città vecchia, e una tetra statua di Ded Moroz, Nonno Gelo, con i suoi aiutanti russi.

Josef abitava nella periferia nord, perciò Vacek si fermò prima di fronte alla casetta di Elena, nei pressi di quello che sua madre chiamava « il ghetto della stazione », sulle rive limacciose del Jizera. Vista attraverso il filtro emotivo della sconfitta, quella sera la loro villetta grigia sembrava ancora più piccola, più grigia e più triste del solito.

« Aspetta, ti do una mano », disse Josef.

« Ce la faccio da sola. » Elena prese il borsone dal sedile posteriore.

Vacek si accese una sigaretta. « Ti accompagno. »

« No. »

« Non stavi bene. Non avevi equilibrio. »

Prima della gara, Elena si sentiva benissimo. Erano mesi

che si allenava, fin dall'inizio dell'estate. Qualsiasi scusa da parte sua sarebbe stata solo una menzogna e nelle tre ore di tragitto in auto non aveva fatto altro che ripromettersi di dire la verità. Ormai aveva diciotto anni. Aveva avuto la sua occasione e se l'era lasciata sfuggire. La aspettava una vita normale. Sarebbe andata a lavorare in fabbrica, come sua madre e sua nonna prima di lei.

L'allenatore la seguì fino alla porta. Josef chiudeva il terzetto.

Elena si voltò a guardarli. « Per favore, andatevene. »

I due sapevano cosa significava la sconfitta di quel giorno per Elena e per la sua famiglia. Una ragazza che ottenga gloria per la Cecoslovacchia e per il partito comunista migliora anche la vita dei suoi genitori: pasti migliori, lavori migliori, dottori migliori.

Una casa migliore. Un posto degno di sua madre.

Per un attimo Elena chiuse gli occhi, poi sospirò e aprì la porta. L'allenatore e Josef la seguirono all'interno. Stava per girarsi di nuovo e ordinare loro di tornare in macchina a pontificare sui successi della giornata, ma poi il tepore, l'odore e le luci della casa le tolsero la voglia di parlare.

« Tesoro. » Jana, sua madre, indossava un vestito dello stesso colore del rossetto. Era quasi trenta centimetri più bassa di Elena, negli ultimi anni aveva preso qualche chilo in vita e i capelli un tempo corvini erano ormai striati di grigio. Elena aveva raccontato spesso che, quando era giovane, in tutta Mladá Boleslav non c'era una ragazza più bella e ben voluta di lei. Era una discendente segreta di Carlo IV, imperatore del Sacro romano impero nonché re di Boemia, e della bellissima Bianca di Valois, ma era meglio non farlo sapere ai comunisti, che rosi dall'invidia avrebbero fatto di tutto per complicare loro la vita.

Jana prese il borsone dalle mani di Elena e lo mise sul tavolo della cucina, un'eccezione alle regole ferree della casa. In genere, l'equipaggiamento per la ginnastica andava riposto subito nell'armadio. Ignorando Vacek e Josef, che rimasero fermi in attesa di un saluto, la donna si chinò a sussurrare qualcosa all'orecchio della figlia. «Abbiamo un ospite stasera. Un ospite meraviglioso.»

In forno c'era qualcosa: carne e pasta ripiena. Elena aveva una gran fame, ma perché cenavano alle otto di sera della domenica con un simile manicaretto?

Elena si voltò versò Vacek e Josef, sui cui volti lampeggiava uno sgomento simile al suo, e che lentamente si spostarono dalla cucina al piccolo soggiorno.

Accanto al padre, sul divano, era seduto un giovane in completo elegante, di un estremo pallore, che subito si alzò per stringere la mano a Elena. Magro e attraente, aveva l'aria sicura di un giovane professore, e subito lei rimpianse la sua mise infantile con gli scaldamuscoli blu e la giacca a vento con il logo della squadra.

«Elena.» L'accento era inequivocabilmente russo.

«Buonasera», disse lei stringendogli la mano liscia e morbida.

«Sono Sergei Sorokin. Sono venuto fin qui da Praga per conoscere te e i tuoi genitori.» Poi fece un passo avanti e strinse la mano anche all'allenatore Vacek e a Josef, di cui evidentemente conosceva già i nomi. «Com'è andata oggi?»

Elena avrebbe solo voluto liberarsi al più presto di tutti quegli ospiti inattesi per parlare liberamente con i genitori e magari farsi anche un bel pianto. «Josef è arrivato settimo in classifica generale», disse.

Sergei Sorokin batté le mani, subito imitato da Jana. Dopo qualche secondo, come se si fosse sentito chiamare in causa, anche il padre di Elena si alzò e cominciò stancamente ad applaudire.

« E tu? » le chiese Sergei.

Elena ebbe l'impressione che si trattasse di una domanda retorica. « Per me non è stata una buona giornata. »

« Ha il raffreddore », disse Josef.

« Può influire sull'orecchio interno, sull'equilibrio », spiegò Vacek.

« Sciocchezze. Sto bene. Semplicemente, oggi ho fatto schifo. Sono arrivata trentanovesima in classifica generale. Mamma, papà, mi dispiace. »

Le ginnaste in gara erano duecentocinquanta. Il trentanovesimo posto non era un risultato disastroso, almeno per un'atleta mediocre. Elena, però, non era affatto un'atleta mediocre. Fino a quel giorno, la sua vita aveva tratto linfa vitale dalla convinzione, se non dalla certezza, d'essere una ginnasta eccellente, non soltanto a livello nazionale ma addirittura mondiale. Tuttavia, l'autunno precedente, mentre correva sulle colline attorno a Mladá Boleslav per preparare i campionati nazionali, si era resa conto che qualcosa era cambiato. Le ragazze più giovani avevano maggiore potenza nelle gambe. Erano più forti ed eleganti di lei.

La famiglia Kliment viveva al piano terra dell'edificio, mentre al primo piano abitavano i Novak, che avevano un bambino di cinque anni che faceva un sacco di capricci. L'appartamento comprendeva una stanza matrimoniale e uno studio o guardaroba in cui erano riusciti a infilare un lettino e una scrivania. Quella era la camera di Elena.

Sospirò. Quando sarebbe finita tutta quella manfrina? Quando avrebbe potuto finalmente chiudersi nella sua stanza e lasciare che fossero i suoi genitori a parlare con il russo come avevano evidentemente fatto finché lei non era arrivata a interromperli?

« Sapevo di essere venuto nel posto giusto », disse Sergei Sorokin con un sorriso. Strano, i russi non sorridevano mai. Qualche mese prima, ne erano arrivati a centinaia di migliaia con i loro carri armati e i fucili, pronti a « normalizzare » il Paese. Molti giovani erano morti. Elena sapeva che suo padre era sempre più preoccupato e che aveva cominciato seriamente a pensare di fuggire in Austria.

Ormai, però, era troppo tardi. La città era zeppa di militari armati e ai confini erano state erette palizzate elettrificate che venivano pattugliate da camion pieni di pastori tedeschi addestrati a sbranare. E anche se per miracolo si fosse riusciti a superare il confine, dall'altra parte della palizzata c'era un bel campo minato. Lo sapevano tutti.

Ma di questi argomenti era meglio non parlare. Mai. Né a casa, dove qualche vicino avrebbe potuto origliare, né a scuola, in montagna o per le strade della città. La polizia aveva orecchie ovunque. Sapeva sempre tutto.

Sergei però sorrideva. « Ci vuole un bel coraggio a riconoscere una sconfitta con questo candore. Si vede che non sei una che cerca scuse. Sai guardare in faccia la realtà. »

Elena chinò la testa e affondò lo sguardo nella moquette consunta e piena di buchi.

« Del resto, Elena Klimentová, stasera sono venuto fin qui proprio per dirti che il tuo risultato di oggi non conta nulla. »

« Che significa? » disse Josef in tono aggressivo facendo un passo verso Sergei, che lo ignorò.

« Vedi, tesoro, oggi per noi comincia una nuova vita », disse la madre di Elena prendendole le mani.

Sergei Sorokin strinse la mano all'allenatore Vacek e lo

ringraziò per essersi preso buona cura di Elena. Invece, non degnò Josef di uno sguardo.

« Ma lei chi è? » chiese Vacek raddrizzando la schiena.

Sergei indicò la porta. « Vi auguro una buona serata. »

Vacek non si mosse. « Ho chiesto: lei chi è? »

Sergei avanzò verso di lui e gli parlò con voce suadente. « Se ne vada, o mi toccherà costringerla. »

« Petr, si può sapere cosa sta succedendo? » disse l'allenatore guardando i genitori di Elena.

« Vattene », rispose il padre con voce flebile.

Quando la porta si richiuse e rimasero soltanto loro quattro, Elena fece un sospiro teso. Aveva il chiaro presentimento che stesse per succedere qualcosa di terribile. Quell'uomo, quel Sergei Sorokin, avrebbe arrestato suo padre e l'avrebbe portato in un campo di lavoro. In qualche modo, doveva essere venuto a conoscenze delle idee di Petr sull'invasione russa della Cecoslovacchia. Sapeva che, vedendo Věra Čáslavská protestare contro l'occupazione sovietica dal podio olimpico, suo padre aveva esultato commosso. A breve, Sergei Sorokin avrebbe estratto una pistola dalla tasca interna della giacca e gli avrebbe sparato alla tempia senza levarsi dalla faccia quello strano sorriso asimmetrico.

Fuori, gli pneumatici della Škoda si allontanarono stridendo dalla loro casa.

Elena impiegò qualche secondo a capire che Sergei Sorokin le stava parlando. « Tua nonna, se non sbaglio, era caporeparto alla fabbrica Laurin & Klement... »

« Sì, signore », mormorò Elena.

« Quindi sei discendente diretta della famiglia reale della Škoda. »

Elena vide affiorare un sorriso sul volto della madre. Era

una delle sue ossessioni: Jana aveva sempre detto che il comunismo aveva distrutto tutte le eccellenti gerarchie naturali di Mladá Boleslav. La loro famiglia avrebbe dovuto abitare in cima alla collina, nel vasto palazzo in cui Jana era cresciuta. Le loro serate avrebbero dovuto essere rallegrate dalle sonate di pianoforte. Avrebbero dovuto cenare vestiti di tutto punto e perfino avere una serva.

Insomma, come una vera famiglia reale.

« Questa tendenza al matriarcato è uno degli aspetti che più mi piacciono della Cecoslovacchia », continuò Sergei Sorokin rivolgendo un sorriso a Jana. « Non trova? »

« Oh, sì », disse lei.

Era forse un fiore quella macchia colorata che s'intravedeva tra i capelli della madre? Guardando meglio, Elena si accorse che si trattava di un pezzo di stoffa, una rosa artificiale applicata con una forcina.

« E tu, Elena Klimentová, sei di una bellezza mozzafiato. »

Elena abbassò di nuovo lo sguardo sulla moquette. Era una minaccia?

« Immagino che tu ti stia chiedendo cosa ci faccio qui, Elena Klimentová. Posso chiamarti semplicemente Elena? »

« Sì, signore. »

Quanti anni aveva quell'uomo? In fondo, non sembrava molto più vecchio di lei, ma il suo eloquio, la postura e la presenza fisica dimostravano una brillantezza e un'esperienza incomparabili.

Sul tavolo c'erano quattro bicchieri. Lui allungò una mano, riempì di Becherovka l'unico ancora vuoto e li passò.

Elena annusò il proprio. L'odore pungente della Becherovka le ricordava il Natale, con la statua di Nonno Gelo nella piazza del municipio. Era un incubo. I russi avevano rovinato tutto. Eppure quel giovane uomo, che continuava a sorridere in modo tanto misterioso, non li stava certo minacciando con una pistola... non ancora, almeno.

« A Elena. »

Sollevarono i bicchieri, brindarono e bevvero.

« Oggi però sono caduta dalla trave. Ho perso l'equilibrio. »

« Fra tre settimane, Elena, ti trasferirai a Praga. Sei stata accettata in un programma speciale dell'Università Carolina, tra le più antiche e famose del mondo. »

« Un programma molto speciale, tesoro », disse Jana.

« Ma io non ho presentato nessuna richiesta. »

« E i tuoi genitori potranno finalmente trasferirsi in un appartamento più grande, in cima alla collina. Quando tornerai a trovarli, avrai una bella stanza tutta per te. »

« Hai visto? » disse Jana.

Il padre di Elena, Petr, guardava fisso la parete. Il suo bicchiere era già vuoto.

« Di che programma si tratta, Mr Sorokin? »

« So che sei una studentessa eccellente, Elena. Ho parlato con i tuoi insegnanti qui a Mladá Boleslav. A Praga studierai lingue e culture straniere. E poi economia, finanza, filosofia, politica, quella che chiamiamo 'arte di governare'. Imparerai cosa si prova a vivere in altri Paesi, soprattutto in quelli occidentali. Hai mai sentito la parola francese *étiquette*? Be', imparerai a conoscerla. Saprai come comportarti in qualsiasi luogo e davanti a qualsiasi pubblico. Ti occuperai perfino di moda. E ovviamente potrai continuare con la ginnastica, se vorrai. Avrai a disposizione i migliori allenatori di tutta la Cecoslovacchia. Che te ne pare? »

Perché me? Che cosa ho fatto? pensava Elena.

« C'è solo una cosa che dovrai sempre tenere a mente e non dimenticare mai. »

« È molto importante », rincarò Jana. « Ascolta attentamente. »

Sergei Sorokin si voltò verso il padre e lo guardò per un momento, prima di rivolgersi di nuovo a Elena. « Temo proprio che si tratti di una questione di vita o di morte. » Fece una pausa, il volto pallido e assorto. « Non dovrai mai dire niente a nessuno. »

« Dell'Università Carolina? »

« Ma no, certo che potrai parlare di *quello*. Date le tue abilità sportive, ufficialmente sarai iscritta al dipartimento di scienze motorie, tutto chiaro? »

« Sì. »

« Puoi parlare dell'università. I tuoi genitori possono vantarsi in pubblico della tua bravura di studentessa. Ma per quel che riguarda il programma speciale, le opportunità speciali e la vita speciale che stai per cominciare, be', di questo non dovrai mai dire niente a nessuno. »

« Ma perché? »

Per un attimo, Sergei Sorokin la guardò nello stesso modo in cui aveva guardato l'allenatore Vacek, ed Elena rabbrividì. Sembrava il tipo d'uomo capace di ficcarti le dita in bocca e strapparti la lingua. « Questo lo scoprirai in seguito. »

« Devo dirle per forza di sì, Mr Sorokin? E se invece... »

Per la seconda volta, il padre ruppe il suo silenzio e tutti si voltarono verso di lui. « Mi dispiace, tesoro », disse con occhi pieni di lacrime. « Proteggerti è l'obbligo più sacro della mia vita, ma devi accettare questo programma. Non puoi rifiutare. »

5

Praga, 2016

L'indomani mattina, Grace sentì bussare alla porta. Un ragazzo sui vent'anni con un completo scadente di poliestere le si presentò come Gabriel, l'autista. La precedette giù nell'atrio e, una volta in strada, le aprì la portiera di una lunga berlina Craig color argento, quasi una limousine. Quando Grace si accomodò, Gabriel rientrò in albergo per andare a prendere Elena. La macchina aveva sedili in pelle, interni in radica e due piccoli frigobar, davanti e dietro, con acqua, bibite gassate e una bottiglia di champagne Perrier-Jouët.

Grace masticava un po' di francese, ma di certo non lo parlava bene come Elena, che nel salire in auto stava già litigando al telefono per un accordo con il distributore della sua nuova linea di profumi alle Galeries Lafayette in Francia. Prima di siglare l'accordo, la controparte avrebbe preferito attendere l'esito delle elezioni americane, ma Elena non era dello stesso avviso e stava velatamente accusando di pratiche discriminatorie la donna all'altro capo del telefono.

Il mattino era grigio e nell'aria c'era odore di pioggia. Dal finestrino, Grace guardava il selciato e le case in pietra scolpita della vecchia Praga cedere il passo all'asfalto e ai prefabbricati di cemento. Artistiche linee curve e arabeschi sinuosi si arrendevano ai duri poligoni della modernità. In giro si vedevano pochi pedoni e nessuna bicicletta.

Si chinò in avanti e strinse il suo quaderno per gli appunti. « Gabriel, tu per caso sai come si chiama lo stile architettonico del comunismo? »

Lui indicò un orribile complesso di torri in cemento. « Tipo quelle? »

« Esatto. »

Accanto a lei, Elena sembrava averla infine spuntata e si prodigava a ringraziare Madame per l'intelligenza e il coraggio.

« Quelli sono *paneláky.* Erano molto facili e veloci da costruire. La maggior parte delle famiglie viveva in appartamenti tutti uguali. Nella Repubblica Ceca, siamo campioni del mondo per quanto riguarda il cemento. »

A Grace ricordavano i progetti di case popolari nelle periferie di New York e Minneapolis. « È davvero deprimente. Scusa. »

Gabriel la guardò a lungo nello specchietto retrovisore. « Lei è felice? »

« Sono a Praga, sul sedile posteriore di una Craig e con una bottiglia di champagne. Potrei non esserlo? »

« Noi cechi non siamo così. Forse un giorno i miei figli o i figli dei miei figli saranno *sempre* felici come voi americani. »

Elena concluse la telefonata. « *Bien.* Allora, cominciamo, *duše moje*? »

Sul volo per Praga, Grace si era appuntata diciotto domande, piuttosto noiose, da attribuire a diciotto donne immaginarie degli Stati centrali. « Come fai a parlare tutte queste lingue? » le chiese invece.

« Non ne so così tante. »

« Di sicuro ai tuoi tempi non era normale per una ragazzina ceca sapere tutte queste lingue, o sbaglio? »

Elena prese gli appunti di Grace. « Questa non mi sembra una domanda che farebbe una casalinga di Ephraim, nello Utah. »

Ormai erano usciti dalla città, ma di tanto in tanto compariva nei finestrini qualche metropoli in miniatura, seminascosta in una valle. Una torre fatiscente, una fabbrica abbandonata, un'altalena arrugginita: erano queste le versioni rurali dei grandi condomini in cemento che costellavano la capitale.

Steadman Coe le aveva impedito di fare il salto nel giornalismo investigativo serio, ma le aveva pur sempre fornito una dote invidiabile: la possibilità di conoscere molto da vicino Elena Craig. La sera prima, a letto, Grace aveva pensato a Elena che se ne stava da sola nel buio della sua suite presidenziale. Era molto più che la proprietaria di una catena di spa. Oltre a essere un'imprenditrice di successo, era una donna complessa e affascinante, ormai a un passo da un enorme potere. Nella sua camera piccola ma deliziosa, Grace si era gingillata con l'idea di scrivere la sua biografia. Colta dall'ispirazione, aveva sfogliato gli appunti presi nel corso dei loro cinque incontri, ma oltre a varie ipotesi di lavoro per la rubrica non aveva trovato quasi nulla. Ormai su Internet aveva spulciato tutto lo spulciabile sulla sua infanzia a Mladá Boleslav, sul matrimonio con Anthony Craig e sul loro divorzio. Le migliori fonti d'informazioni su Elena erano le riviste di gossip newyorkesi degli anni Novanta, e non erano granché interessanti.

Grace tirò fuori dalla borsa un libro comprato all'aeroporto di Montréal: l'autobiografia da imprenditore di Anthony Craig, pubblicata nel 1988 e intitolata *Pensa in grande o non pensare affatto*. Ora che Craig correva per la Casa Bianca, il libro era tornato in classifica. Quella mattina nel ristorante del Four Seasons, davanti a una ciotola di muesli e yogurt, Grace aveva sottolineato le parti che parlavano di Elena. Accoccolata sul sedile posteriore dell'auto, aprì il volume a pagina 79 e lesse ad alta voce.

> Elena Klimentová aveva fatto parte della nazionale ceca di ginnastica artistica alle Olimpiadi del 1972, era una top model in Europa e in Canada, si era laureata nella migliore università di Praga, veniva da una famiglia di progettisti di auto ed era dura come l'acciaio. Ed ecco che ce l'avevo davanti, senza un accompagnatore, alla mia festa, nel giorno più importante della mia vita fino a quel momento. Era la donna perfetta!

Elena le strappò il libro di mano e cominciò a sfogliarlo. A metà c'era un inserto fotografico. « Anthony esagerava. Ero solo una sostituta. »

« Che cosa vuol dire? »

« Se una ginnasta più brava si fosse ammalata, allora sarei subentrata io. »

« Quindi non gareggiavi? »

« No. » Una risposta tanto secca da troncare ulteriori domande in merito.

Con aria fintamente assorta, Grace aprì il quaderno e cominciò a scrivere. « Josef Straka era il tuo fidanzato? »

Elena rise. « Sì e no. In fondo, per me è stato come un fratello, ma sai com'è quando si è giovani. »

Grace ripensò all'inquietudine provata la sera prima durante il tragitto in ascensore in compagnia di Straka. « Io non ho mai avuto una specie di fratello-fidanzato. »

Elena le diede un colpetto sulla testa con *Pensa in grande o non pensare affatto.* « Dobbiamo pensare alle domande per la rubrica. Il mio tempo è prezioso. »

Gabriel disse qualcosa in ceco ed Elena gli diede indicazioni. Uscirono dall'autostrada e imboccarono una strada secondaria che percorreva una stretta valle scavata da un ruscello. In fondo a un lungo vialetto, visibile dietro i rami scheletriti di alberi da frutto nodosi e ritorti, c'era una grande casa di pietra.

L'auto si fermò in fondo al vialetto ed Elena attese che Gabriel le aprisse la portiera. Grace scese da sola e rimase in attesa sul lato del passeggero. Solo il cinguettio degli uccelli rompeva il silenzio. Nessuno avrebbe potuto vedere chi erano o cosa facevano nel raggio di chilometri e chilometri. Elena inspirò a lungo e aprì le braccia. « Lo senti questo odore? »

A Grace sembrava un classico odore di campagna.

« Vorrei riuscire a metterlo in ogni flacone del mio profumo. Natura, infanzia, speranza, famiglia, sicurezza. »

La grande casa di pietra era sprangata, le persiane chiuse. Grace scrisse sul quaderno una breve descrizione del luogo e scattò qualche foto. « Quindi questa era casa tua? »

Per qualche secondo, Elena rimase in silenzio. Si allontanò dall'edificio e avanzò verso il greto limaccioso del fiume. L'acqua era marrone. « Quando andavo all'università, tornavo a trovare i miei genitori che stavano in questa casa. Mio padre mi portava a fare delle passeggiate stupende. E dopo che io e Anthony ci siamo sposati, venivo qui con mia figlia tutte le estati. Poi io ripartivo per l'America e lei rimaneva qui con i nonni. »

« Prima della fine del comunismo? »

« Eh sì. »

« Com'era all'epoca? »

Elena abbassò lo sguardo sul quaderno di Grace.

« Voglio dire, non era strano per una bambina passare dal cuore pulsante del capitalismo a un Paese comunista? »

« Strano? E perché? »

« Erano posti così diversi. Si potrebbe quasi dire che aveste una doppia vita. »

« No, non era affatto una 'doppia vita'. Mio padre le insegnava un sacco di cose: a pescare, a occuparsi delle piante, a vivere in questa terra come i nostri antenati. E lei imparava a prendersi cura di sé in ogni caso, che fosse miliardaria come Anthony oppure... » Elena tornò a fissare il fiume. « Mio padre è morto troppo giovane. E quando più aveva bisogno di me, io non ci sono stata. »

« Tuo padre credeva nel comunismo? »

« Mio padre credeva nella sua famiglia. Credeva nell'ordine e nella sicurezza. Tutti prima o poi dobbiamo scendere a compromessi, fare sacrifici. Tutti! Non importa dove viviamo, cerchiamo tutti di proteggere i nostri figli. »

« E tua madre invece? Non parli molto di lei. »

« Ah, lei adora la sua nuova vita tra New York e la Florida. » Elena le mise un braccio attorno alle spalle, la riportò alla macchina e le strappò di mano il quaderno. Lo aprì e lesse gli appunti scarabocchiati da Grace. Gabriel l'anticipò spalancandole la portiera.

« Il comunismo non è stato poi così male per la tua famiglia. Mi sembra un bel posto in cui vivere, questo. »

« Abbiamo avuto fortuna, ma adesso ti farò vedere qualcosa di completamente diverso. »

Un quarto d'ora dopo raggiunsero la periferia di una città collinare: Mladá Boleslav. Grace avrebbe voluto scriverne una descrizione, ma Elena si era tenuta il suo quaderno. In ceco, Elena spiegò a Gabriel come raggiungere un quartiere residenziale costellato di anonimi edifici di cemento a due piani, circondati da alberi malmessi e giardini con montagne di sacchi della spazzatura negli angoli.

Si fermarono di fronte a una casa divisa in due appartamenti, uno al piano terra e uno al primo piano.

« Questa invece come ti pare? » chiese Elena a Grace senza guardarla. « Diresti ancora che il comunismo non è stato poi così male? Qui è dove ho vissuto da ragazza. Non contava nulla che mia nonna fosse stata caporeparto alla Laurin & Klement, e nemmeno che i miei genitori fossero istruiti, che mia madre fosse ingegnere e mio padre ottico. Vivevamo qui, come chiunque altro. Questo era il comunismo. Bello, vero? »

Per Grace era difficile immaginare che una donna come Elena avesse abitato in un luogo del genere.

Scattò una fotografia e poi risalirono in macchina. Elena aveva lasciato il quaderno sul sedile, così Grace se lo riprese e lo sfogliò fino a trovare una pagina bianca. Poi volle sapere com'era l'interno dell'abitazione e come si svolgevano le sue giornate quand'era bambina. Con il pianto in gola, Elena ricominciò a parlare del padre.

Gabriel imboccò una serie di tornanti che s'inerpicavano in cima alla collina, una strada fiancheggiata da negozi chiusi con gli ingressi sbarrati. Sui marciapiedi, ragazzi e ragazze bevevano birra in lattina e fumavano.

« Che cos'è cambiato? »

Elena non rispose.

« Come avete fatto tu e i tuoi genitori a passare dall'appartamento che mi hai appena mostrato alla villa in quella valle meravigliosa? »

« Come ti dicevo, abbiamo avuto fortuna. »

« In che senso? Avete vinto la lotteria? »

In cima alla collina, dopo una curva a gomito, c'era la piazza di Mladá Boleslav, con la sua statua e il vecchio municipio su cui svettavano la torre dell'orologio e la cupola a cipolla. Sul selciato erano disposte sculture di arte contemporanea, che per lo più sembravano grovigli scuri di tubi.

Elena era rimasta in silenzio, così Grace la incalzò. « Non so molto della Cecoslovacchia comunista. Quando siete stati... »

Con un'espressione rabbiosa che Grace non le aveva mai visto, Elena si voltò verso di lei e le strappò il quaderno di mano, quindi lo aprì e cominciò a strappare le pagine con gli appunti. « Basta, basta. »

« Che succede? Perché? »

« Le cose che hai scritto qui non c'entrano niente con la rubrica », disse Elena continuando a lacerare le pagine e infilarne i brandelli nel portaoggetti alla sua destra. « Non capisco a che gioco tu stia giocando... Perché ti sei messa a prendere tutti questi appunti? »

« Stavo... Volevo chiederti se ti andrebbe che scrivessi la tua biografia. Scusami, avrei dovuto dirtelo prima. Hai avuto una vita così straordinaria, sei una tale ispirazione per le donne... è pazzesco pensare alla strada che hai fatto per passare da quella casa grigia ai piedi della collina fin dove sei adesso e... »

« Scendi dall'auto », disse Elena a voce alta.

« Elena, per favore, era soltanto un'idea. Naturalmente, se non vuoi, non devo scriverlo per forza io il libro. »

« Cosa pensavi di fare? Un libro segreto? Uno speciale? Hai abusato della mia fiducia. Gabriel! » Elena passò dall'inglese al ceco, abbaiando ordini. Finite di strappare le pagine annotate, gettò il quaderno monco sul sedile posteriore. Gabriel guardò Grace nello specchietto retrovisore e scese. Quando arrivò davanti alla sua portiera, Grace l'aveva già aperta da sola.

Balbettò delle scuse e chiese una seconda possibilità, ma Elena non la guardava nemmeno negli occhi. Pioveva a dirotto e Grace non aveva né una giacca né un ombrello.

Senza aprire bocca, Gabriel fece scansare Grace, richiuse la portiera posteriore destra e tornò a sedersi al volante. Un attimo dopo, la lunga berlina Craig stava già rombando sul selciato, pronta a imboccare la stradina tortuosa che l'avrebbe riportata giù dalla collina.

All'inizio Grace si sentì talmente ridicola che per poco non scoppiò a ridere. Da quando conosceva Elena, non l'aveva mai vista comportarsi in quel modo. Poi capì che era finita: avrebbero cancellato la rubrica o comunque l'avrebbero passata a qualcun altro. Cadeva una pioggia gelida, e il vento la faceva rabbrividire. Nella piazza c'erano cinque o sei persone, alcune trasportavano pesanti borse della spesa, mentre altre se ne stavano appoggiate contro una saracinesca a fumare. Tra le sculture d'arte contemporanea gironzolava un grosso cane nero senza guinzaglio né apparente proprietario. Grace era rimasta sola in una città per nulla turistica a un'ora da Praga.

Con il cuore in gola, guardò uno per uno i passanti alla ricerca di un volto gentile e infine optò per una donna anziana e robusta con un cappellino di lana blu, che fumava in piedi sotto la tenda da sole di un negozio di animali.

« Buongiorno, mi scusi. »

La donna non ricambiò il sorriso, ma sollevò la sigaretta a mo' di saluto.

« Parla inglese? »

Evidentemente no. Dopo alcuni secondi, la donna puntò la sigaretta verso un edificio sul lato opposto della piazza.

«Laggiù? In quel negozio parlano inglese?»

«Inglese», ripeté la donna.

Grace raggiunse un negozio di articoli sportivi di fronte a un ristorante: un tragitto breve ma oltremodo scoraggiante. Pensò che presto avrebbe dovuto chiamare Steadman Coe e spiegargli che per colpa sua la loro rubrica più letta rischiava di scomparire.

Tuttavia, aver perso una persona con cui sperava di costruire un'amicizia era una prospettiva anche peggiore. Grace non aveva molte amiche e nei minuti ormai intercorsi dalla scenata di Elena, a forza di rimuginare, si era resa conto che, per quanto eccessiva, la sua reazione non era stata del tutto ingiustificata. Grace non poteva sapere cosa si provava a essere tirate per i capelli nella campagna elettorale dell'ex marito, né a scoprire che tutti i propri sforzi di imprenditrice venivano pubblicamente irrisi a causa di una storia finita vent'anni prima. Come i giornalisti accalcati nella sala da ballo del Four Seasons, in fondo anche lei aveva cercato di usare Elena per entrare nell'orbita di un potenziale presidente degli Stati Uniti. Prima con la storia di Violet Rain, e adesso con l'idea del libro.

Nella vetrina del negozio i manichini facevano bella mostra di una gamma completa di attrezzature sportive invernali: hockey, pattinaggio artistico, sci alpino, sci nordico, ciaspolata. Appena Grace varcò la soglia, una quarantenne snella e muscolosa in leggings da palestra e maglietta giallo fluo, intenta a sistemare delle giacche su uno scaffale, si voltò e le venne incontro con una lavagnetta in una mano e una matita nell'altra. «*Dobrý den.*»

«Buongiorno, scusi il disturbo», disse Grace facendo un respiro profondo per calmare la tachicardia. «Non parlo ceco e mi sono persa.»

« Allora è nel posto giusto », rispose la donna con un sorriso e un accento nordamericano. « Come posso aiutarla? »

« Devo tornare a Praga. C'è un autobus o un treno? »

« Certo. Mi pare che ci sia un treno ogni ora per la stazione centrale di Praga. L'espresso passa un po' meno di frequente, ma se non ha troppa fretta il regionale va bene. Da qui alla stazione ci vogliono circa venticinque minuti a piedi. Ha avuto un problema con la macchina? »

« Qualcosa del genere. »

La donna aveva i capelli rossi tagliati corti e gli zigomi cosparsi di lentiggini. « Solo un momento. » Attraversò il negozio, si chinò dietro il banco della cassa e riemerse con una scatoletta. « Sapevo che prima o poi sarebbero tornati utili. » Estrasse uno spesso impermeabile trasparente con scritto PRAHA 2016. « Qualche anno fa Praga è stata candidata per le Olimpiadi del 2016. Non è rientrata nella lista dei finalisti, ma è stata comunque prodotta una quantità esagerata di merchandising. »

« Quanto costa? »

« Oh, non posso venderla questa roba. A dire il vero, non so nemmeno perché non ce ne siamo ancora liberati. »

Infilandosi l'impermeabile, Grace fece cadere a terra gli occhiali. La donna li raccolse per lei, Grace la ringraziò e si presentò.

« Io sono Katka. »

« Il suo inglese è perfetto, Katka. Ha vissuto a... »

« New York. Per sette anni, da ragazza. Mio padre allenava un'atleta che si era trasferita lì e mi aveva assunta nella sua azienda per occuparmi di marketing. Lei era di queste parti, l'avrà sentita nominare. Se non lei, almeno il suo ex marito. Elena Craig, le dice niente? »

6

Praga, 1970

Un uomo, no, due uomini stavano sussurrando fuori dalla porta di Elena. La debole luce del corridoio, disturbata da ombre, tremolava attraverso le fessure.

Non era nulla. Era una stupida a preoccuparsi. Ma i bisbigli non finirono quando lei pensava che dovessero finire. A un certo punto, anzi, la maniglia della sua porta si mosse leggermente.

L'istinto le diceva di balzare in piedi, andare alla finestra, romperla, calarsi giù e correre. Ma correre dove? Di sicuro non era nulla, solo due professori che scherzavano in corridoio, la realtà mescolata al sogno nel dormiveglia. Del resto, le sue giornate all'università erano piuttosto faticose: lezioni dalle otto del mattino alle cinque del pomeriggio, poi allenamento, soprattutto corsa e ginnastica, ma anche cose strane come autodifesa con un insegnante cinese e tiro con la pistola.

Ultimamente, aveva anche imparato a ricavare un veleno dall'olio di ricino.

Rompi quella finestra! Scappa! E se invece il presentimento era sbagliato e si trattava soltanto di uno stupido scherzo? Che figura ci avrebbe fatto? Non voleva creare imbarazzo, né per sé né per sua madre. Sergei Sorokin l'avrebbe rispedita immediatamente a casa.

Il tono dei bisbigli cambiò.

Una voce maschile stava facendo un conto alla rovescia

in russo. *Seeaym, shayst, pyaht.* Ormai era troppo tardi per scappare dalla finestra. Elena nascose la testa sotto il cuscino e in silenzio implorò suo padre, il suo *tatínek*, di salvarla.

La porta si spalancò con un boato e due uomini irruppero nella stanza. Elena urlò e uno dei due la colpì al viso, le mise un sacco sulla testa e le bloccò le mani dietro la schiena. *Sta' zitta. Zitta, troia. Puttana. Traditrice.* Le ringhiavano in faccia, l'alito talmente intriso di birra e salsiccia da superare perfino lo schermo della stoffa. Elena gridò aiuto e la colpirono di nuovo, con più forza di prima, fino a farle perdere conoscenza per un attimo. Anzi, per ben più di un attimo.

Si trovava su un autobus o un pullmino, le ruote rimbombavano sul selciato. Sotto il sacco, aveva il viso impiastricciato di sangue secco che era colato dal naso. Una mano, no, un piede, le strofinò la tibia sinistra. Poi Elena sentì una voce familiare, quella della sua amica, la compagna con cui aveva legato di più.

«Elenka. Sono io, Danika.»

«Che cosa sta succedendo?» singhiozzò Elena. «Mi sanguina il naso.»

«Ci stanno portando da qualche parte. Non avere paura, Elenka. Ci sono io qui con te.»

«Abbiamo fatto qualcosa di sbagliato?»

Il pullmino inchiodò all'improvviso. Elena scivolò in avanti e le braccia, legate a un montante dietro di lei, sembrarono sul punto di disarticolarsi. La portiera si aprì e una raffica gelida le s'intrufolò sotto la camicia da notte. Per un attimo, mentre il vento le rinfrescava il viso sudato nel sacco, Elena provò un brivido di piacere, poi sentì delle suole spesse colpire il pavimento del mezzo, che fosse un pullmino, un camion, o un autobus. Altre parole in russo. Un uomo le mise le mani sulle cosce e lei strillò con quanto fiato aveva in corpo. Lui la spinse via e cominciò a sciogliere i legacci attorno ai polsi.

Elena camminò a piedi nudi sul cemento gelido e bagnato. « Dove ci state portando? » chiese nel suo russo elementare da scolaretta.

« È meglio se stai zitta, troia. »

Lei intuì che dovevano essere dall'altra parte del fiume, dove la città si innalzava sulle alture a ovest della valle. Gli uomini che le avevano rapite di certo non erano professori o gente che contava. L'ultimo ad averle rivolto la parola puzzava di carogna. A un certo punto, entrarono in un corridoio pieno di echi, poi in un altro.

Chiavi che tintinnavano.

« Elena, non dirgli nulla! » Si sentì un tonfo – un pugno? – e una voce maschile intimò a Danika di chiudere la bocca.

« Avverti i miei genitori, se mi uccidono... » Un uomo le sbatté la faccia contro il cemento gelido della parete. Per la seconda volta, il naso le esplose di dolore. Poi l'uomo le si strinse contro e cominciò ad alitarle sul collo. Elena sentiva la protuberanza grottesca del suo pene. Lui le disse nell'orecchio che se avesse detto un'altra parola avrebbe soltanto peggiorato la situazione.

Poi le slegò la fune attorno ai polsi, le tolse il sacco dalla testa e la spinse in una stanzetta di cemento con i muri grigi anneriti dalla muffa e un piccolo scolo al centro del pavimento.

Era in prigione.

Quindi era vero quello che si diceva a scuola, aveva ragione suo padre. Si diceva che a volte qualcuno poteva fare o dire una cosa sbagliata e un bel giorno spariva nel nulla.

Ecco dove finiva la gente scomparsa.

Elena ripensò a Sergei Sorokin, che con i suoi genitori era stato gentile, premuroso e riverente. Bisognava ringraziarli per aver messo al mondo e cresciuto bene una ragazza tanto dotata, alta, bella e intelligente; così aveva detto loro. Una principessa slava destinata a grandi cose.

Elena cercò di riesaminare ciò che aveva detto, fatto, letto e *pensato* negli ultimi mesi, ma non le venne in mente nulla di disdicevole. In che razza di scuola era finita? Come lei, anche le sue compagne non sapevano per cosa le stessero preparando. « Leadership » era stata l'unica risposta scucita a Sergei. E i professori ripetevano la stessa cosa. Ma non bisognava parlarne, nemmeno tra compagne.

Magari qualcuna delle ragazze mi ha presa in antipatia, pensò Elena. La prima spiegazione plausibile che le venne in mente. In effetti, una o due avevano un'aria un po' troppo misteriosa, ma davvero avrebbero potuto odiarla al punto da mentire pur d'incastrarla? Suo padre l'aveva sempre messa in guardia. Meglio essere gentile con tutti: chiunque può distruggerti con una semplice telefonata.

Elena non aveva nessuna voglia di sedersi in camicia da notte sul cemento sporco e gelido, ma non aveva alternative. Appena si ha l'occasione di dormire, bisogna approfittarne; era una delle prime cose che le avevano insegnato. Perché se i nemici ti interrogheranno, ti spingeranno allo sfinimento.

Ma chi erano i suoi nemici? Chi?

Proprio mentre si accucciava sul pavimento, gli altoparlanti sul soffitto cominciarono a trasmettere note ripetitive e atonali di chitarra a un volume così alto da costringerla a tapparsi le orecchie.

Forse i suoi genitori avevano fatto qualcosa di sbagliato o si erano lasciati sfuggire una parola di troppo. In fondo suo padre e sua madre, sebbene per ragioni diverse, avrebbero preferito tornare indietro al tempo in cui i comunisti non erano ancora arrivati. Jana sognava di essere la regina incontrastata della città o almeno di dirigere la fabbrica. Petr voleva essere lasciato in pace a fare il suo lavoro e trascorrere le serate e i fine settimana in campagna. Tutti ascoltavano: dalle condutture, in strada, in fabbrica, nei negozi, al telefono.

Restare zitti e tenere un segreto riusciva difficile soprattutto a sua madre. Aveva fatto i salti di gioia quando Elena era entrata all'università e si erano trasferiti in collina. C'era una sola regola da seguire e Jana doveva averla infranta.

O forse lo stesso Sergei e il programma speciale andavano contro le regole. Nessuna delle compagne di Elena si era bevuta la storia secondo cui il programma che frequentavano era legato all'università. Prima di arrivare a Praga, lei e i suoi genitori avevano creduto che fosse qualcosa di completamente diverso e ormai avevano perso la loro vecchia vita.

Il tempo passava. Le ore dei pasti si avvicendavano. Elena cercò di dormire, ma il suono continuo della chitarra e il brontolio dello stomaco rendevano il sonno impossibile.

Nella speranza che nessuno la spiasse da qualche buco nel muro, fece pipì nello scolo centrale. Le luci al neon sul soffitto erano di un bianco accecante e il rumore diventò, con il passare del tempo, una sorta di organismo vivente, una bestia che si agitava tra le pareti del suo cervello. Elena si costrinse a mettere da parte il pudore, sollevò la camicia da notte fino a coprirsi occhi e orecchie e cercò di non pensare al cibo.

Quando era ormai quasi in dormiveglia, la porta si aprì sferragliando.

« Andiamo! Andiamo! »

Gli stessi due uomini di prima la sollevarono e la portarono in un corridoio più caldo.

« Scrofa schifosa », le disse uno dei due risistemandole la camicia da notte. « Ti ho vista cagare sul pavimento. »

La spinsero oltre un'altra porta che dava su una stanza con alcune sedie di legno e il poster di uno scheletro su una parete. Danika tremava in piedi in un angolo. « Elena! »

Gli uomini spinsero Elena verso di lei; subito le ragazze si strinsero in un abbraccio disperato e cominciarono a parlarsi bisbigliando. Dove siamo? Cosa abbiamo fatto per meritarci un trattamento del genere? Moriremo? Dopo meno di dieci secondi, gli uomini le divisero.

« Tu sei più forte di loro, Elena! » gridò Danika.

La stanza successiva in cui la trascinarono era buia e calda, rischiarata soltanto da una lampada. Come in un garage, l'aria sapeva di polvere, fumo stantio di sigarette e anche qualcos'altro, qualcosa di bruciato... capelli? C'era un'ampia bacinella d'acqua. Elena aveva sete, ma sapeva di non poter chiedere. In un angolo, un uomo con la barba era seduto a fumare, metà del volto debolmente illuminato dalla lampada. Davanti a sé aveva una schiera di oggetti, tra cui la batteria di una macchina, un secchio, corde, funi e attrezzi vari.

Gli uomini la fecero girare e uno le assestò uno schiaffo in pieno viso come incentivo a collaborare. Poi la trascinarono su una sedia e infine – *no, vi prego, no!* – le rimisero il sacco in testa e le legarono mani e piedi alla sedia.

« Ora calmati. Se opponi resistenza, ti farà ancora più male. »

Lei singhiozzò e gemette. « Voglio andare a casa. »

« Silenzio. »

Ci fu un ronzio, forse il suono di qualche apparecchio elettrico. Elena sapeva cosa stava per succedere. L'uomo rischiarato dalla luce arancione della lampada le avrebbe fatto del male. Lei odiava quella parola: « tortura ». Suo padre non avrebbe potuto salvarla, perché quell'uomo era la polizia. Era il governo.

Che cosa aveva detto? Che cosa aveva fatto? Che cosa sapeva?

E poi ricordò. Ricordò quello che in fondo aveva saputo fin dall'inizio, quello che Sergei le aveva detto di rispondere qualora si fosse trovata in una situazione del genere.

Lei non sapeva nulla.

Suole rigide di stivali rimbombarono sul pavimento. La porta si chiuse di schianto. L'uomo le era talmente vicino che lei lo sentiva respirare e, senza volerlo, aspirava il fumo della sua sigaretta.

« Dove sei, Elena? »

Nulla.

« Sei iscritta a un programma speciale, vero? »

Nulla.

« Magari ti hanno detto che era gestito dal governo. Dalla polizia segreta, forse, dalla StB o addirittura dal KGB. Sono dei bugiardi. Dei traditori. Ti hanno usata. Perché avrebbero dovuto arruolare una nullità come te in un programma speciale? » L'uomo si allontanò e le diede le spalle. Elena lo sentì fare un lungo tiro dalla sigaretta, lasciar cadere il mozzicone a terra e calpestarlo. All'improvviso la voce gli si fece suadente. « Elena Klimentová, figlia di Petr e Jana, a cui tu vuoi molto bene. Gli vuoi bene, sì? »

« Sì. »

« Non è colpa tua. Tu sei innocente, lo vedo. Questo programma, però, è illegale. Non lo sapevi, vero? »

Nulla.

« E insomma eccola qui, la bella Elena, in camicia da notte, quasi nuda davanti a me. Potrei farti *qualsiasi* cosa, ma non voglio. Non sono una persona cattiva. Sto solo proteggendo gli interessi della Cecoslovacchia. Capisci cosa intendo? »

Nulla.

« Basta che mi dici una cosa sola: il nome dell'uomo che ti ha reclutata. »

Elena percepiva il calore, adesso, sentiva il ronzio. L'uomo le accostò l'elettricità al viso finché la guancia cominciò a tremare, a far male di un dolore diverso da qualsiasi altro lei avesse mai sperimentato. « No », gemette. « La prego, no. »

« No cosa? » L'uomo le strappò la camicia da notte, sul davanti, e lei strattonò le corde e si agitò per evitare che lui la vedesse nuda. « Dimmi il nome dell'uomo che ti ha reclutata. » Le puntò la bacchetta elettrificata vicino ai seni e le assestò una scarica. Ogni cellula del corpo di Elena esplose in uno spasmo incontrollabile, e lei gridò.

« Appena me lo dirai, mi fermerò. Ti porterò un bel piatto di ravioli, pollo e formaggio fritto. Potrai perfino chiamare i tuoi genitori. Uno dei miei colleghi è con loro adesso, per essere sicuri che collaborerai. Tutto tornerà come prima. Non devi preoccuparti di tradire i tuoi amici. Vi abbiamo presi tutti: le tue compagne, i falsi 'professori', gli addetti all'amministrazione. Vi abbiamo presi tutti. Tranne uno. »

Le riaccostò la bacchetta sul viso e finalmente Elena si ricordò di una pagina che aveva letto sul manuale di autodifesa, oltre che delle parole del suo istruttore. *Lasciatevi andare. Abbandonate il vostro corpo e innalzatevi al di sopra della stanza di cemento, volate sul fiume splendente, verso le montagne con la neve immacolata, è un giorno di primavera e siete con i vostri nonni, vi togliete la giacca e ve la legate attorno alla vita e sciate verso l'alto, sempre di più, oltre la cortina delle nuvole.*

« È tutto così semplice, Elenka. Basta un nome. »

Ma lei era già arrivata in cima alla montagna e guardava giù senza che nulla e nessuno potesse più sfiorarla.

7

Praga, 2016

Grace riuscì a farsi strada tra la folla e sboccò sul lato della stazione centrale più vicino alla vecchia Praga. Non pioveva più, ma la città era gelida e costellata di pozzanghere. Seguì un gruppo di turisti in un parchetto, poi lungo una strada trafficata e infine in un viale elegante pieno di negozi. Sul treno aveva riscritto a memoria tutte le informazioni contenute negli appunti che Elena aveva strappato. In più aveva aggiunto quello che Katka le aveva detto sul padre, che era stato allenatore di ginnastica artistica di Elena, con cui aveva avuto un rapporto non sempre facile. Tuttavia, più Grace scriveva, più le sembrava di perdere tempo. Senza la collaborazione di Elena, non ci sarebbe stato nessun libro, ma era meglio distrarsi in quel modo anziché dare la cattiva notizia a Steadman Coe.

Nel favoloso quartiere da cartolina a est del Four Seasons, uomini e donne dentro chioschi bianchi vendevano salsicce, vin brûlé e decorazioni natalizie, anche se mancava ancora un mese a dicembre. In piazza della Città Vecchia, i turisti fotografavano le carrozze trainate dai cavalli. Sotto la torre dell'orologio astronomico, una donna con un bastone rosso abbaiava in inglese lezioni accelerate di storia boema a vantaggio di un folto gruppo delle etnie più disparate. Per Grace ormai non aveva senso fingere di essere qualcosa di diverso da una donna sola in vacanza, perché quindi non svagarsi con qualche avventura dal retrogusto vagamente culturale? Si accodò al gruppo, schivando alcuni bastoni da selfie, e ascoltò un breve resoconto delle vicende accadute in quel quartiere nel XV secolo, finché non s'imbatté in due uomini che aveva visto seduti sul treno poco dietro di lei. Quando era andata in bagno, uno dei due l'aveva fissata troppo a lungo. Aveva un giubbotto di pelle da motociclista e due occhi azzurri che sarebbero stati bene a una donna ma che facevano a cazzotti con il naso venato di rosso e i pochi capelli biondi.

L'aria era fredda e, nonostante l'impermeabile, Grace si era ugualmente infradiciata nel tragitto dal negozio di articoli sportivi alla stazione di Mladá Boleslav. Non vedeva l'ora di farsi un bagno caldo e di sfuggire a quegli uomini inquietanti incontrati sul treno, perciò s'immerse nel flusso di turisti che da piazza della Città Vecchia si dirigevano verso il Ponte Carlo superando negozi di souvenir, ristoranti e boutique di cristalli boemi. Ogni due o tre minuti, Grace si voltava indietro per vedere se quei due la stessero ancora seguendo.

La hall del Four Seasons emanava un tepore profumato. Una pianista stava suonando un brano tratto dalla colonna sonora del *Favoloso mondo di Amélie*. Il concierge e la donna che l'aveva servita al bar del piano terra le fecero un cenno di saluto. Quando arrivò davanti alla porta della sua camera al secondo piano, la tessera elettronica che faceva da chiave non funzionava. Grace provò e riprovò, girò la tessera in tutti i modi, ma inutilmente.

Al banco della reception, una donna le spiegò che il checkout per la sua stanza era già stato effettuato e i suoi bagagli attendevano nell'area deposito. Madame non ne era al corrente?

«Dev'esserci un errore», disse Grace. «Potrebbe controllare di nuovo? La mia prenotazione era per cinque giorni.»

Due minuti dopo, in piedi dietro un computer, un manager bassino e dall'aria delicata che stando al tesserino sul maglione si chiamava Daniel, le disse bisbigliando che Madame Craig era partita prima del previsto e, nell'andarsene, oltre alla suite presidenziale, aveva disdetto anche la camera di Grace.

« Ma dentro c'erano tutte le mie cose. »

« Mi dispiace molto. Madame Craig ha detto che lei le aveva chiesto espressamente di prepararle i bagagli. La sua valigia ce l'abbiamo noi. Quindi... Madame Craig si è sbagliata? »

« Se decidessi di rimanere fino al termine della prenotazione e pagassi la differenza di tasca mia, quanto verrebbe a costare? »

Mentre le sue dita sottili si libravano sulla tastiera, Daniel le sussurrò: « Cerco di trovarle la tariffa più vantaggiosa possibile ». La tariffa era evidentemente così stracciata che preferì annotarla su un foglietto e spingerlo verso di lei sul bancone della reception, come se si vergognasse a parlare a voce alta. Cinquemila corone ceche a notte.

« Quant'è in euro? »

Daniel riprese il foglietto, scarabocchiò qualcosa e lo ripassò furtivamente a Grace: 180 €.

Dieci minuti dopo, Grace si fermò sul selciato davanti a un piccolo appartamento Airbnb sopra una drogheria, prenotato per settantadue dollari canadesi a notte. Trascinò la valigia lungo la scala a chiocciola e salutò la donna sul pianerottolo, intenta a fumare e sfogliare una rivista patinata sulla cui copertina, accanto a Brad Pitt e Angelina Jolie, campeggiava Anthony Craig. Ecco una versione ceca della « sua gente ».

L'appartamento sapeva di paprika e, in assenza di una vasca da bagno, Grace optò per una doccia calda. Sul minuscolo tavolo della cucina, la proprietaria aveva lasciato ben sette brochure di crociere sul fiume, ristoranti e musei. Grace diede un'occhiata a quella del Museo del Comunismo, poi accese il portatile, si connesse al Wi-Fi e trascrisse tutto ciò che aveva annotato sul quaderno, quindi cominciò a cercare su Internet notizie di Katka Vacek, di suo padre, di ginnastica artistica ceca e di Elena Craig.

Trovò un solo articolo del 2011, che si fece tradurre da Google Translate. Nonostante la goffaggine della traduzione, si capiva che l'allenatore Vacek era rimasto molto deluso dal precoce ritiro nel 1968 di Elena Klimentová, ginnasta talentuosa.

« Anche se immagino che per lei alla fine sia stato meglio così », gli faceva dire tra virgolette il cronista.

Se Elena aveva smesso con la ginnastica artistica nel 1968, come aveva fatto a entrare, anche se solo come sostituta, nella nazionale che aveva partecipato alle Olimpiadi del 1972? Perché Anthony Craig ne aveva parlato espressamente nel suo libro? Perché Elena le aveva mentito?

Il telefono di Grace cominciò a vibrare: Steadman Coe. Senza dubbio Elena o qualche suo assistente, magari Josef Straka, l'avevano contattato per lamentarsi di lei. Invece di rispondere, Grace finì di vestirsi, poi prese la brochure del Museo del Comunismo e uscì di nuovo nell'aria fresca del pomeriggio. Si disperse nel mare di turisti e al primo chiosco bianco ordinò un bicchiere di vin brûlé. Il telefono continuava a squillare.

Nell'attimo in cui arrivò di fronte all'ingresso del museo, situato nella gradevole versione praghese di una strada commerciale, in mezzo a ristoranti e un negozio di occhiali da sole, Grace ricevette un messaggio.

Chiamami subito, altrimenti dovrò licenziarti.

Davanti al museo c'erano le bancarelle di un mercatino agricolo. Grace prese un altro vin brûlé e lo bevve tanto in fretta da bruciarsi la gola.

Steadman Coe rispose al primo squillo. « Gracie, che cosa hai fatto a Elena? »

« Steadman, ti ricordi quando mi hai detto che avrei potuto scrivere un libro su di lei? »

« Non mi pare di avertelo mai detto. »

« E invece sì. Be', comunque stavo pensando proprio a quello. » Aveva ricominciato a piovigginare, per cui Grace entrò a ripararsi nell'atrio del museo. « Insomma, io le ho semplicemente fatto domande banalissime sulla sua infanzia, su com'è stato crescere sotto il comunismo, e lei ha perso le staffe e mi ha costretta a scendere dalla macchina abbandonandomi in mezzo al nulla. »

« Lei dice che le stavi dando il tormento. »

« Steadman, lei è stata buona con me. È la persona più affascinante che abbia mai conosciuto. Però è una bugiarda. E non soltanto sul mio conto. »

« Non me ne frega niente se è bugiarda, Gracie. Ci paga sempre puntuale. Ha un suo pubblico. E poi pensavo che ormai voi due foste diventate amiche. È quello che mi ha detto lei: hai tradito la sua amicizia. »

« Amiche? Ha detto così? Amicizia? »

« Sembrava sinceramente dispiaciuta. »

Grace avrebbe voluto riattaccare e scolarsi ancora uno o

due vin brûlé. Raccontò a Coe la storia delle Olimpiadi, e lui sospirò.

« Negli anni Settanta e Ottanta nessuno si sarebbe mai aspettato che un bel giorno arrivasse Internet a sbugiardarci », disse. « Pensa che io dicevo a tutti di essere stato uno dei Lemon Pipers. »

« E che cosa sono? »

« Un gruppo rock. *Green Tambourine* ti dice niente? »

« Non so di che parli. »

« Il punto è che nel '79 la gente non andava alle feste con un'enciclopedia in tasca. E comunque che cosa vorresti dire con questo? Hai intenzione di scrivere un intero libro sul fatto che Elena Craig ha mentito sulle Olimpiadi? »

« No. »

« Ascolta, non vorrei pungerti sul vivo, ma sai che cosa hai fatto tu negli ultimi vent'anni? Cioè, fin da quando eri una ragazzina? Be', hai lavorato per me e per il *National Flash*. Non sei una giornalista investigativa. Non sarai mai Christiane Amanpour. Non sapresti nemmeno come si fa a essere Christiane Amanpour. Saprai anche individuare a colpo d'occhio i dettagli più succosi nel fascicolo legale di un divorzio e non c'è nessuno che sappia sfottere come te Scott Baio per far scompisciare un pubblico di casalinghe con la terza media. Mi dispiace, ma mi rimangio quello che ho detto. Non scriverai mai un libro su niente, Gracie. E ora vedi di riportare qui il culo. Ho bisogno che risolvi questo casino con Elena. »

« Non ti sento bene! » esclamò Grace. « Sta cadendo la linea. »

« Non azzardarti a riattaccare! Te ne pentirai. »

Grace riattaccò. Poi, invece di scagliare l'iPhone contro

il muro o gridare fino a perdere la voce, si limitò a mordersi a sangue l'interno della guancia.

L'atrio del Museo del Comunismo era lungo e stretto, un connubio di bianchi e grigi senza angoli arrotondati, e l'unica persona oltre a lei era la donna seduta al banco, con un paio di occhiali così grandi da essere quasi comici.

« Mi scusi, ho urlato troppo? » disse Grace.

La donna scrollò le spalle. « Vuole entrare? »

Grace pagò e salì la scalinata che portava nella prima sala, sulle cui pareti erano affissi cartelli con descrizioni in ceco e inglese di quanto Grace aveva già letto su Wikipedia alla voce « Cecoslovacchia ». C'erano inoltre foto in bianco e nero di Stalin e di Klement Gottwald, il suo tirapiedi locale. Nelle sale successive, Grace guardò vecchi video prodotti dagli uffici di propaganda e censura, e lesse degli astuti raggiri con cui il governo si prodigava a nascondere il reale stato delle cose ai cittadini. C'era il mercato nero, e anche quello normale per soddisfare i dirigenti del partito. Attraverso la StB cecoslovacca, il KGB era ovunque. C'era perfino un'alcova arredata e decorata come la classica stanza di un adolescente cecoslovacco dell'epoca. Grace immaginò Elena Klimentová su quel lettino. Prese appunti e fotografò le didascalie più interessanti. Nella mente le riecheggiava ancora la voce di Steadman Coe: *non sei una giornalista investigativa.*

No, quello non era giornalismo investigativo.

Lesse che gli anni più difficili per espatriare dalla Cecoslovacchia verso Occidente erano stati quelli tra il 1969 e il 1979. Quindi allora Elena come aveva fatto ad andarsene? Grace sapeva che era stata sposata con un francese per un breve periodo, e questo le aveva spianato la strada fino a Montréal e poi a New York. Eppure, tutto in quel museo lasciava intendere che era stato impossibile, a meno che Elena non avesse tagliato la corda durante le Olimpiadi di Monaco. Ma una sostituta partiva davvero per le Olimpiadi? E se invece aveva lasciato la ginnastica quattro anni prima?

Come fa una ragazza ceca senza soldi a conoscere un francese?

Nel negozio di souvenir del museo, Grace mostrò alla cassiera alcune didascalie che si era trascritta durante la visita e che parlavano della StB e dell'espatrio. « Per caso c'è una biblioteca, un archivio o qualche altro posto dove possa trovare ulteriori informazioni su questo argomento? »

La donna chiamò il suo superiore, che parlava un inglese migliore e diede a Grace una brochure dell'Istituto per lo studio dei regimi totalitari. « Non è lontano. Deve solo risalire la collina. Però chiuderà a breve. »

Nel tragitto, Grace passò davanti alla stazione centrale. L'Istituto per lo studio dei regimi totalitari era una prospettiva migliore di un treno, ma visto che ormai si avvicinava l'orario di chiusura Grace si chiese che cosa avrebbe fatto se fosse stata una vera giornalista investigativa. Sapeva già che il biglietto dell'espresso per Mladá Boleslav costava duecentottanta corone ceche, circa dieci dollari.

Quando il treno era ormai partito da un quarto d'ora, chiamò Manon. Era la sua vicina di casa in rue Saint-Christophe, oltre che la sua più affidabile compagna di bevute, anche lei divorziata.

« Sei già andata a letto con un europeo? » le chiese l'amica.

Grace scoppiò a ridere. La voce di Manon, ancora roca per il sonno, la rassicurava. Voleva gettarsi a capofitto in ciò che Elena Craig e Steadman Coe avevano detto e fatto, ma prima doveva prendersi cura di una cosa importante: il benessere della sua gatta. « Non ancora, Manon. Sono prudentemente pessimista al riguardo. Come sta Zip? »

« Sono andata a casa tua un'ora fa. Le ho dato da mangiare e ho pulito quella disgustosa cassettina. Continuo a credere che avere un gatto sia assurdo e avvilente. »

« Sono un po' giù. Le cose non vanno proprio a meraviglia qui. Potresti farmi un favore? »

« Quello che vuoi. »

« Potresti tornare un attimo da me e metterle vicino il telefono? »

« Vicino al gatto? Dici sul serio? » Manon sospirò. Poi Grace la sentì camminare sul parquet scricchiolante, aprire e chiudere una porta, poi un'altra. « Sei pazza, lo sai, sì? »

« Lo so. »

Poi, nonostante le proteste, Manon cominciò ad accarezzare la gatta e a farle le coccole. Grace sentì Zip che faceva le fusa e le disse che le voleva tanto bene, che le mancava, che non doveva graffiarle i mobili e che sarebbe tornata a casa presto.

Manon era l'unica a sapere perché Grace fosse a Praga. Per quanto avesse sempre rispettato gli accordi di riservatezza, il suo ruolo da ghostwriter di Elena Craig per una rubrica sul *National Flash* non le sembrava un segreto particolarmente pericoloso.

« Ho chiesto a Elena se potevo scrivere un libro su di lei. »

« Sul serio? E lei? »

« Non l'avessi mai fatto. Si è messa a gridare e mi ha detto di scendere dalla macchina. Ora però sto andando nella città in cui è nata, per seguire una pista. »

« Una pista? Che bello sentirti usare questa parola. Una pista! »

« Indovina cosa mi ha detto Steadman? »

« Cosa? »

« Quando ha saputo della scenata di Elena, mi ha detto che non sono una giornalista investigativa e che non potrei scrivere nessun libro. »

« Che vada a farsi fottere! » All'altro capo della linea si sentì un tonfo, come se Manon avesse appena tirato un pugno contro qualcosa. Grace sperò che Zip non si fosse spaventata. « Ora vado nella Vieux-Montréal e lo prendo a calci in faccia. »

« Che pensiero carino », disse Grace.

Manon, che faceva l'archivista alla Biblioteca nazionale del Québec, le fece un discorsetto d'incoraggiamento, poi però ricevette un'altra chiamata. « Devo andare al lavoro adesso, ma tu sta' attenta, ok? Io e Zip non vediamo l'ora che torni a casa. Anche perché io odio la sua maledetta cassettina. »

Il vagone era mezzo vuoto. Dopo aver riattaccato, Grace spostò lo sguardo qua e là alla ricerca dei due uomini che forse l'avevano seguita, ma non c'erano. Quando il treno arrivò in stazione, scese e andò alla casa dove Elena aveva vissuto da ragazzina. Anche se ormai erano quasi le cinque, l'interno sembrava buio. Ora che Elena non la teneva più d'occhio, Grace scattò altre fotografie. Entrò nel cortile trascurato e guardò dentro da una finestra. Scorse una piccola cucina ingombra di pentole e piatti sporchi, impilati in modo precario. Era lì che Elena doveva aver lavato le stoviglie. Subito dietro, la moquette era costellata di vestiti e giocattoli di plastica.

Rispetto al mattino, faceva meno freddo. Grace attraversò il ponte bianco sul fiume Jizera e superò un complesso di edifici sormontati dal marchio Škoda: un ufficio commerciale e capannoni con officine. Lo sferragliare del metallo riecheggiava nella valle. Grace cercò d'immaginare la nonna di Elena, caporeparto quando la fabbrica si chiamava ancora Laurin & Klement, che camminava per la proprietà con passo regale.

Imboccò una scaletta di pietra nera, che puzzava di pipì, per andare verso la città alta. Davanti al negozio di un barbiere, incrociò un capannello di uomini vestiti di nero che fumavano. Uno di loro fece partire sul cellulare una rabbiosa canzone death metal in slavo e fece un commento che non aveva bisogno di traduzione. Gli altri risero.

Quando Grace arrivò nella piazza in cima alla collina su cui era costruita la città, le nuvole a ovest si erano squarciate e gli ultimi raggi di sole battevano sulla torre. Una vista maestosa, da cartolina. La scuola era finita e i bambini si rincorrevano strillando in mezzo alle opere d'arte industriale che somigliavano a vermi neri.

Nel negozio di articoli sportivi c'erano alcuni clienti: una coppia con un figlio preadolescente che confrontavano vari sci di fondo, e un anziano in camicia, cardigan e cravatta che stava chino su un bastone e faceva smorfie disgustate guardando le tavole da snowboard. Katka stava aiutando la famigliola.

Qualche minuto dopo, genitori e figlio uscirono a mani vuote e Katka li salutò con un largo sorriso speranzoso. Quando la porta si richiuse, si voltò verso Grace. « Non mi dica che alla fine non ha trovato la stazione e ha passato tutto il giorno a vagare, spaesata e affamata. »

Grace rise. « No, sono andata a Praga e sono tornata. »

« Perché? »

« Prima ho preferito non dirle nulla, visto che non era ancora deciso, ma sto lavorando a un libro su Elena Craig. »

« Oh. » Katka si accigliò.

« Speravo di parlare con lei e suo padre, di farvi qualche domanda sulla città, su cosa ha significato per voi vivere sotto il comunismo e sull'infanzia di Elena. »

Katka non disse né sì né no.

« A essere sincera, stamattina ero qui con lei », aggiunse Grace. « Mi ha lasciata in piazza. Dato che avete lavorato assieme, mi meraviglia che non sia passata a salutarla. Voglio dire, sembra che voi due foste piuttosto intime. »

Senza proferire parola, Katka le fece cenno di seguirla fino al signore anziano davanti alle tavole da snowboard. « Lui è mio padre. Qui tutti lo chiamano mister Vacek. » Disse qualcosa in ceco e lui si voltò verso Grace stringendo gli occhi.

Nello scambio tra Katka e suo padre, Grace colse una tensione evidente. A un certo punto, la figlia alzò gli occhi al cielo e si rivolse di nuovo a lei. « Vuole sapere se qualcuno l'ha seguita. »

« Credo di no », rispose Grace ripensando ai due uomini notati quella mattina in treno e poi in piazza della Città Vecchia. « No. »

« Ne è sicura? »

« Be', no, non ne sono sicura. » Grace si avvicinò alla vetrina e guardò fuori. « Ma al momento non vedo nessuno. »

Il padre di Katka grugnì.

Katka andò alla porta, la aprì e diede una lunga occhiata ai quattro angoli della piazza, quindi rientrò e girò la chiave nella serratura. « Avrei dovuto chiudere già dieci minuti fa. Se vogliamo parlare un po', sarà meglio andare di sopra nell'appartamento di mio padre. »

« Perché ha paura che qualcuno possa avermi pedinata? »

« Mio padre negli anni è diventato paranoico. Era giovane e forte, sotto il comunismo. Ho l'impressione che ne abbia nostalgia come della sua gioventù. » Aiutò il padre a salire le scale rischiarate da un'unica lampadina a incandescenza.

Grace li seguì, pronta a sostenere l'anziano nel caso fosse scivolato. « Il negozio come va? » chiese.

« Male. » Katka spinse dolcemente il padre sul pianerottolo. « Per fortuna l'edificio è di Elena, che non ci fa pagare l'affitto. »

« Come mai? »

Katka tradusse a beneficio del padre, mentre lo aiutava a sistemarsi su una sedia. L'appartamento, dal soffitto basso, odorava dei fantasmi di cinquecento anni di rape bollite. Tre lampade coordinate gettavano sulle pareti una luce arancione che era l'esatto opposto del candore accecante dei neon del negozio. Muri e travi erano in legno rosato. L'arredamento era solido e pratico, un'ordinata collezione di legno e tessuti artificiali. Qualcuno aveva lavorato all'uncinetto un'imponente serie di coperte colorate, del tipo che la madre di Grace chiamava « afgane », stese sugli schienali delle sedie, oltre che impilate in un mucchio ordinato in un angolo del divano. Alle pareti erano appese fotografie di ginnasti in grandi palestre, sulle pedane del volteggio, sulle parallele o sui trampolini.

« Mio padre è convinto che sia un modo per comprare il nostro silenzio. Ma sinceramente io ho lavorato per lei a New York e non so proprio cosa potremmo mai raccontare su di lei. E a chi, poi? A qualche giornalista intenzionato a scrivere un libro? Sarò onesta: per tutto il tempo che sono stata a stretto contatto con Elena, non ho mai visto nulla d'interessante che possa finire in un libro. È una gran lavoratrice e, come molte altre donne, finge di essere meno intelligente di quanto non sia realmente. Credo che non ci faccia pagare l'affitto perché non ha bisogno di soldi e perché lei e mio padre sono stati molto amici in passato. »

L'uomo si mise a gridare contro la figlia, gli occhi velati e lacrimosi.

« Che cosa dice? » chiese Grace.

« Cinque o sei anni fa, Elena è venuta a Mladá Boleslav. E lei e mio padre hanno litigato. »

« Per cosa? »

Katka e il padre parlarono in ceco per qualche minuto. Non capire nulla era frustrante per Grace. A un certo punto, Katka aprì una bottiglia piena di un liquido trasparente con delle erbe dentro e riempì tre bicchierini fin quasi all'orlo. Poi scosse la testa e ridendo si voltò verso Grace. « Mio padre non è mai stato a New York e non guarda nemmeno la televisione. È convinto che per tutti questi anni la povera Elenka abbia sofferto per aver abbandonato la ginnastica e Mladá Boleslav. Per lui, è come se l'avessero trascinata in qualche gulag. »

Nel frattempo il padre aveva ripreso a parlare.

« E chi sarebbe stato? »

« I russi, dice. Sa, mio padre non è esattamente un loro fan. Ma se vuole la mia opinione, non ha più la memoria di una volta. *Na zdraví.* »

Grace annusò il bicchiere: vodka. L'ultima volta che aveva bevuto vodka era stato in una serata un po' turbolenta, a Bloomington, al penultimo anno alla Thomas Jefferson High School. Bevve prima un piccolo sorso e poi subito un altro. L'infusione di finocchio la rendeva deliziosa.

Il padre di Katka prosciugò il bicchierino in un sorso, poi disse qualcosa e la figlia scosse la testa.

« Cosa? Che sta dicendo? » chiese Grace.

« Che i russi hanno portato via Elena all'inizio del 1969. »

« Via da qui? » Grace cercava di annotare tutto sul quaderno il più rapidamente possibile. « E dove l'hanno portata? »

Katka e il padre parlarono ancora un po', ma lei non tradusse subito.

« Che cosa ha detto? » chiese Grace.

« Stupidaggini », rispose Katka.

« Non importa. Mi piacciono le stupidaggini. Mi dica. »

« Venire », disse in inglese l'anziano prima che la figlia avesse il tempo di spiegare. Poi si alzò e, reggendosi ai mobili, andò alla finestra che dava sulla piazza e indicò l'edificio a destra del municipio. La facciata in pietra scolpita era così bella che non avrebbe sfigurato in una fotografia di Parigi.

Katka tradusse. « Mio padre dice che appena Elena è partita, i Kliment si sono trasferiti nell'attico della casa più bella di tutta Mladá Boleslav. Era la loro ricompensa. »

« Per cosa? » chiese Grace. « Qualcosa che aveva fatto Elena? »

Katka scrollò le spalle e finì la sua vodka.

« Elena e Anthony Craig hanno parlato più volte delle Olimpiadi del 1972 », disse Grace. « Quindi credevo che Elena avesse gareggiato a Monaco o che fosse una sostituta. Poi su un giornale ho trovato un'intervista a suo padre, Katka, in cui diceva che Elena ha lasciato la ginnastica nel 1968. »

« Quell'articolo è il motivo per cui Elena ha smesso di rivolgerci la parola », disse Katka.

« È andata alle Olimpiadi? »

Katka scosse la testa. « Elena non era affatto a Monaco nel '72. »

Vacek tornò verso la sedia, parlando a ruota libera. Grace sentì più volte la parola « Elenka », ma non riuscì ad afferrare nient'altro. Quando infine tacque, Katka sospirò e disse che il padre cominciava a essere stanco. « La accompagno in stazione. »

Katka doveva solo andare in bagno, e poi sarebbero uscite. Grace rimase da sola con l'anziano, che subito si chinò verso di lei e allungò la mano. Per un attimo, lei temette che volesse palparle il seno, poi capì che voleva soltanto dirle qualcosa all'orecchio. Per non cadergli addosso, Grace dovette puntellarsi con le dita contro la sua spalla ossuta.

« Sergei », le disse lui con l'alito che sapeva di vodka. « Tu cerca Sergei Sorokin. »

« Chi è? » chiese lei raddrizzando la schiena e prendendo il quaderno degli appunti per annotarsi quel nome.

Il padre di Katka indicò il quaderno e scosse il dito: *No, no, no.* Poi con l'indice tracciò un segno orizzontale sulla gola.

Si era fatto buio e Grace fu grata per lo strappo offertole da Katia a bordo della sua Renault Clio bianca, soprattutto quando passarono davanti ai teppisti in tuta che aveva visto prima. Durante il tragitto chiese a Katka quale fosse la stupidaggine che aveva detto suo padre.

« È una leggenda », rispose Katka. « Si dice che l'StB e il KGB reclutavano ragazze talentuose da mandare in Occidente per fare... chissà cosa. »

« A fare le spie? » chiese Grace. « Lui crede che Elena fosse una spia del KGB? »

Katka scoppiò a ridere. « Tutto quello che so è che negli anni che ho passato a New York non ho mai conosciuto una donna più americana di Elena Craig. »

Grace capiva cosa intendeva dire. Elena amava raccontare come fosse arrivata negli Stati Uniti con le tasche vuote e di come fosse riuscita, nel giro di qualche anno, a ottenere tutto quello che voleva. Non esisteva un altro Paese al mondo in cui una simile ascesa fosse possibile. Questo argomento ricorreva ogni cinque o sei uscite di *Chiedi a Elena*. Il suo era un patriottismo sentimentale.

Katka parcheggiò a mezzo isolato di distanza dalla stazione e diede un'occhiata intorno. Sul marciapiede alcuni passanti si trascinavano dietro dei trolley. « Anche se io lo prendo un po' in giro, bisogna comunque stare attenti. Mio padre non si è ancora del tutto rincitrullito. Ne ha passate tante all'epoca. »

Grace avrebbe voluto chiederle di Sergei Sorokin, ma sapeva che, se il padre avesse voluto parlarne in presenza della figlia, non avrebbe atteso che andasse in bagno. « Ora voglio dirle la verità, Katka. Elena stamattina non mi ha soltanto accompagnata fino a Mladá Boleslav. In realtà, saremmo dovute tornare a Praga assieme, ma a un certo punto mi ha costretta a scendere dalla macchina. »

« Perché? »

« Perché le stavo facendo delle domande. »

Katka annuì e continuò a guardare dritto davanti a sé. « È lo stesso motivo per cui mi ha rimandata qui. Per me è stata quasi una madre, o almeno una specie di zia autoritaria. Credevo che ormai non avrei più lasciato New York. Una sera, però, davanti a una bottiglia di vino le ho chiesto di raccontarmi un po' dei vecchi tempi e di come fossero andate davvero le cose tra lei e mio padre.

Certo, le spiegazioni ufficiali le avevo già sentite, ma sapevo che erano false. E allora mi sono detta: chi se ne frega, la Guerra fredda è finita. E così le ho detto che secondo me erano stronzate e le ho chiesto di dirmi la verità. Il giorno dopo, non solo ero stata licenziata, ma ero su un aereo per Praga con il visto scaduto. »

« E ha provato a parlarne con lei? »

« Niente da fare. Per Elena non esisto più. »

8

Praga, 1970

Era venerdì e nel crepuscolo la neve continuava a cadere copiosa sul selciato e sugli arbusti sferzati dal vento di piazza dell'Armata Rossa.

Elena era alla finestra dell'aula magna della facoltà d'arte dell'Università Carolina. Si sentiva esausta, dopo varie settimane passate ad affrontare esami che rientravano nel programma speciale: colloqui in ceco, inglese, francese e russo, simulazioni di crisi all'estero ed esercizi di giochi di ruolo.

Sei a un cocktail party a Parigi. Sei sul sedile posteriore di un'auto a New York e hanno bloccato le portiere. C'è un bambino fra te e le informazioni di cui hai bisogno, che è l'unica via d'uscita. Un uomo ti costringe a faccia in giù sull'asfalto, tenendoti una mano sul collo. Devi uccidere qualcuno, ma deve sembrare un incidente. La CIA ti offre dei soldi subito e una nuova identità con una nuova vita tra dieci anni, che fai?

Meno della metà delle ragazze che avevano iniziato il programma con lei aveva superato la prima prova: sei da sola in una cella e indossi solo la camicia da notte, non puoi dormire e poi vieni legata a una sedia, riempita di alcol e droghe. *Dicci il suo nome!* le avevano gridato. *Solo il nome, dolcezza, e tutto questo finirà.*

O forse le altre avevano superato la prova ed era lei invece ad aver fallito per qualche motivo. Comunque stessero le cose, Elena non le rivide mai più. Nel corso dell'estate ne scomparve qualcun'altra, dall'oggi al domani, e le ragazze rimaste sapevano di non dover chiedere che fine avessero fatto.

Per strada c'erano veri studenti dell'Università Carolina, ragazze e ragazzi cechi della sua stessa età, che venivano da cittadine di provincia come la sua e camminavano a braccetto per tornare ai loro monolocali o per andare in stazione a prendere il treno. Sarebbero diventati impiegati, insegnanti e assistenti di volo. Dietro di lei, nell'aula, i suoi nuovi amici festeggiavano la fine del semestre con una scorpacciata di birra e salsicce di pessima qualità. Se non fosse mai entrata nel programma e non avesse ricevuto un'istruzione speciale, Elena non avrebbe mai saputo quanto fosse cattiva quella carne. A forza di mangiare salsicce buonissime, ottimo vino, champagne, tartufi, caviale, hamburger americani, *confit de canard* francese e ossobuco alla milanese, si era rovinata il palato per le salsicce a buon mercato. Ormai sapeva come mangiare tutte quelle pietanze, cosa dire al riguardo, come tenere il bicchiere, quale forchetta usare.

« Vieni qui con noi! » disse Danika prendendola per un braccio e riportandola nel cuore della festa: nove ragazze bellissime e un assortimento di « professori » in cui figuravano accademici e insegnanti veri e propri, ma anche burocrati, soldati e membri della polizia segreta. Per metà erano russi e provenivano direttamente dal Cremlino e dal KGB, mentre l'altra metà erano cechi e slovacchi. Vivevano tutti in appartamenti eleganti, viaggiavano con l'autista e avevano accesso a cibi veri e blue jeans. Una vita come la loro era impensabile per chiunque in Cecoslovacchia, tranne che per pochi privilegiati.

E per le loro famiglie.

Era questa la ricompensa di Elena e adesso capiva che era anche il modo per assicurarsi di avere un potere totale su di lei: Jana era nel suo appartamento, Petr nella sua terra.

Spesse volute di fumo di sigarette aleggiavano sopra i convitati, riuniti in un'ampia aula del secondo piano, con arredi in legno e vecchio cuoio, piena di libri e lampade da lettura. Ascoltavano musica « problematica » che nessun altro a Praga avrebbe potuto sentire impunemente: Creedence Clearwater Revival, Doors, nuove canzoni strane dei Beatles. Ballavano, fumavano, bevevano e si baciavano.

Erano diversi sotto tutti gli aspetti dai ragazzi che Elena dalla finestra aveva visto camminare di fretta nella strada innevata. Perché con amici e famiglia, sia a Praga che a casa, dovunque questa fosse, ogni compagno di Elena aveva dovuto inventarsi una o più storie alternative, con l'aiuto di docenti e mentori.

La musica si fermò e Sergei Sorokin, capo del programma speciale nonché amante di Elena, alzò le mani e fece segno a tutti di interrompere i discorsi e le risate. I morbidi capelli castani di Sergei la turbavano: perfino a letto, la scriminatura sul lato sinistro rimaneva perfetta e impeccabile. Anche se Elena non aveva mai messo piede nel suo appartamento, era convinta che in un armadio avesse venti completi di varie tinte, fatti su misura per lui in Italia o a Londra. Il padre di Elena aveva un solo completo per tutto, matrimoni, funerali e Primo Maggio.

« Eccole, le mie fantastiche e intelligenti ragazze », esordì Sergei, ma subito fece una pausa.

Qualcuno aveva capito che Elena aveva una storia con lui? Questo era ininfluente, come del resto tutto ciò che le accadeva. Ogni giorno rimuginava sulla possibilità di fuggire e diventare una studentessa normale, onesta, identica ai ragazzi e alle ragazze che aveva visto in piazza dell'Armata Rossa. Ma come avrebbe fatto a fuggire? Cosa sarebbe successo ai suoi genitori? E a lei?

La notte prima, Elena era uscita da sola per una passeggiata notturna. Si era fermata per un bicchiere di vino al miele, in memoria delle sere di dicembre in cui da bambina il padre le lasciava bere un piccolo sorso dal proprio bicchiere. Appena entrata nel programma speciale, le era sembrato di stare imparando i rudimenti della recitazione per poi un giorno salire su un palco davanti a una sparuta platea di eletti. Ormai però si era resa conto che il suo compito assomigliava di più a quello di un regista che dirige uno spettacolo da dietro le quinte. In fondo, tutto era un'illusione: la vita dei suoi genitori, i vicini di casa a Mladá Boleslav, la Cecoslovacchia, l'Unione Sovietica, l'America e l'Occidente, il socialismo, il comunismo, il capitalismo, il fascismo.

Nel frattempo aveva imparato una parola nuova: « nichilismo ». A poco a poco la stavano svuotando di tutto ciò che una volta la rendeva Elena Klimentová. Le avevano mostrato che non aveva nessuna importanza.

Ciononostante, continuava ad amare i suoi genitori con una ferocia che non sarebbe mai riuscita a spiegare a parole. Tuttavia, non amava quelli che vivevano nel loro nuovo e bellissimo appartamento sulla collina di Mladá Boleslav, nella loro terra lungo il fiume Jizera, ma amava quelli che stavano nella loro vecchia casa, quella con l'intonaco color pesce morto.

Elena avrebbe voluto avere di nuovo dodici anni. Anzi, nove. Prima che sbocciassero le gemme dei sentimenti che ora la dominavano.

« Care le mie ragazze, ci avete stupiti *tutti* con il vostro talento e la vostra determinazione. Se ripenso a com'eravate più o meno due anni fa, quando vi ho incontrate per la prima volta... Siete persone diverse oggi. Fatico persino a riconoscervi, e lo dico nel senso più positivo possibile. Noi avevamo delle aspettative, certo, ma non avevamo idea di quanto sareste diventate forti, intelligenti e piene di risorse. » Sergei sorrise e rimase qualche istante in silenzio a guardarle. « Questo sarà il nostro ultimo Natale insieme. »

« Che cos'è il Natale? » disse un insegnante.

E tutti scoppiarono in una fragorosa risata. Anche Elena! Che assurdità folle e sublime era stata rimuovere una delle più antiche tradizioni dell'Europa centrale! Erano capaci di indurre chiunque a pensare qualsiasi cosa. Elena ripensò alle sue compagne scomparse nel nulla.

Sono morte. E anche i loro genitori sono morti. E i loro fratelli e sorelle. Nessuno sapeva, quindi non sarebbe interessato a nessuno.

« Sono orgoglioso di voi, di ognuna di voi », proseguì Sergei. « So bene che avete lavorato sodo. So che avete fatto sacrifici per essere qui con noi e che qualche volta il solo pensiero di ciò che vi siete lasciate alle spalle vi spezza il cuore. » Sergei guardò Elena, un po' troppo a lungo. « Sapete come chiamano questo programma? E come chiamano voi? È una parola che non mi piace. Io non la uso. Mi dà fastidio perfino pronunciarla. »

« Avanti, la dica », lo incoraggiò Danika, che era la più forte di tutte, la regina del programma speciale. A febbraio sarebbe partita per New York.

« In questo periodo dell'anno, non possiamo fare a meno di pensare alle nostre famiglie. Non perdete mai l'amore per i vostri cari, teneteveli stretti e prendetevi cura di loro.» Sergei perlustrò di nuovo la stanza con lo sguardo. *Prendetevi cura di loro.* Con quanta facilità aveva incastonato una minaccia chirurgica in un discorso elogiativo.

Nessuno si mosse né aprì bocca.

« E non vi preoccupate », concluse Sergei. « Non importa quanto vadano lontano, le rondini tornano sempre a casa. »

9

Praga, 2016

Durante il tragitto da Mladá Boleslav a Praga, ogni volta che nell'angolo in alto a destra del telefono vedeva lampeggiare l'icona della connessione dati, Grace Elliott cercava notizie su Sergei Sorokin, ma a parte un giocatore di hockey e un informatico, nei siti di lingua inglese non si trovava nulla. Rilesse allora gli appunti e riguardò le fotografie che aveva scattato. Pensando alla chiacchierata con Katka e suo padre, ingrandì lo scatto di uno dei cartelli affissi nelle sale del Museo del Comunismo.

> Violenza, intimidazioni, ricatti e terrore psicologico erano i metodi principali usati per gli interrogatori dalla polizia segreta comunista, basata sul modello della NKVD, la polizia segreta sovietica. [...] I metodi della StB includevano violenza fisica, pestaggi brutali, scosse elettriche, interrogatori notturni, lunghi periodi di isolamento, e privazione di sonno, acqua e cibo. La violenza fisica era sovente accompagnata da terrore psicologico, umiliazioni, minacce di arresto dei famigliari e persino finte esecuzioni.
>
> La StB teneva traccia di tutte le proprie operazioni, un archivio così enorme che, se non fosse stato bruciato verso la fine del regime comunista, avrebbe occupato diversi campi da calcio con pile alte svariati metri.

Grace condivideva il cinismo di Katka riguardo alle paranoie di suo padre e alle sue storie sugli agenti russi che avevano sottratto Elena alla sua famiglia. Tuttavia, lei era una giornalista investigativa, o almeno avrebbe voluto esserlo, e le prospettive di un'inchiesta non sembravano molto promettenti: *se non fosse stato bruciato verso la fine del regime comunista...*

Aveva ripreso a scendere una pioggia gelida e Grace aveva dimenticato di portarsi dietro l'impermeabile trasparente regalatole da Katka. Le raffiche improvvise rendevano superflui i tentativi di camminare rasente i muri per non bagnarsi. Nella folla che si affrettava sul selciato di piazza della Città Vecchia in cerca di riparo, Grace si rese conto che un uomo in giacca di pelle nera le aveva appena afferrato la borsa. Urlò subito « Al ladro! » e quello fuggì a mani vuote. Sotto il portico di una sala giochi, una coppia di turisti inglesi corse immediatamente in suo aiuto. Sinceratisi che stesse bene, i due le chiesero se sapeva descrivere l'aggressore. Era... bianco, alto, sui trent'anni? La accompagnarono fino all'appartamento Airbnb sopra la drogheria e, una volta arrivati al portone, Grace nutriva ormai un certo scetticismo anche nei loro confronti.

Jamie e Claire di Leeds. Sembravano proprio i classici nomi fasulli di due agenti sotto copertura che si spacciavano per turisti inglesi. Nel ringraziarli, Grace tenne la mano premuta sulla borsa per proteggere il cellulare e il quaderno degli appunti. Dopo una schermaglia di cortesie, riuscì a impedire loro di accompagnarla fino all'appartamento.

Nel varcare la soglia, trovò la casa molto più calda di quando era uscita. In più, le luci tutte accese, ma lei era sicura di averle spente. « C'è nessuno? »

Forse la proprietaria è dovuta passare per qualche motivo? Non si muoveva nulla, però Grace avvertiva una presenza. Attraversò la piccola cucina e, quando arrivò in camera, cominciò a gridare. La valigia era aperta sul letto e i vestiti sparsi qua e là.

Il suo vibratore era sul cuscino.

Grace tornò di corsa in cucina, prese un coltello dal cassetto e si accucciò accanto al forno.

Le ci volle uno sforzo immenso per parlare. « C'è qualcuno qui? »

Trenta secondi dopo, sicura che nell'appartamento non si sentisse altro che il suo cuore che le pulsava in testa, Grace si alzò e andò in punta di piedi in camera. Il computer era dove l'aveva lasciato, sul comodino, ma era aperto. Rimise il vibratore in una tasca interna della valigia e cominciò a perlustrare il resto dell'appartamento.

In bagno, accese la luce ed ebbe dei conati di vomito. La tavoletta del water era sollevata e la tazza era piena di urina dall'odore pungente. Grace chiamò la proprietaria, Marie, che viveva nell'appartamento al piano di sopra. Nel giro di cinque minuti, la donna bussò alla porta e fece il giro dell'appartamento insieme a lei.

« Hanno rubato qualcosa? » le chiese.

« Non credo. » Grace controllò di nuovo la valigia, tanto per essere sicura. L'unico oggetto di valore era il suo MacBook, che però non era stato preso. Se avesse chiamato la polizia, cosa avrebbe potuto dire? Che avevano acceso il riscaldamento e usato il bagno?

Marie gestiva tre appartamenti nello stesso edificio per conto del padre. Aiutò Grace a raccogliere le sue cose e a portarle nel trilocale al piano di sopra. « Cambieremo la serratura al piano di sotto. Ci farà una recensione negativa, vero? »

Quando Marie se ne andò, Grace accese il computer. Sembrava tutto a posto. Poi cominciò a riempire la vasca da bagno e aprì una grossa bottiglia di birra scura lasciata nel frigo da qualche vecchio inquilino. Come aveva visto fare nei film, bloccò la maniglia della porta con una sedia di legno massiccio e chiamò la madre.

« A Praga? Che cosa ci fai a Praga? » Elsie Elliott viveva in una casa di riposo in Florida. Il diabete l'aveva ormai resa quasi cieca, perciò non si scrivevano messaggi.

« Sono qui per lavoro, mamma. »

Per qualche minuto la madre andò avanti a ripetere quanto fosse orgogliosa di avere una figlia che faceva così tanti viaggi di lavoro. In realtà, per Grace la trasferta a Praga era la quinta della carriera, ma i suoi genitori non avevano mai fatto un viaggio di lavoro nella loro vita. Una vicina di casa di Elsie andava in Europa tutte le estati a fare una crociera fluviale attraverso la Germania fino a Budapest e chissà quali altri posti, e se ne vantava sempre con tutti. *Contenta lei*, diceva Elsie. *Chi ha voglia di salire in aereo, con tutti quei controlli di sicurezza, senza sapere se il tizio seduto accanto a te è uno dell'ISIS?*

Grace non raccontò dell'infrazione nell'appartamento, ma dopo un po' che se ne stava a mollo nella vasca a bere birra e ad ascoltare la voce della madre, cominciò a sentirsi meglio.

Dopo il bagno, gettò tutto in lavatrice, convinta che l'intruso le avesse toccato i vestiti. Poi mise un coltello da cucina sotto il cuscino e un altro sul tavolo accanto al letto.

In quarantatré anni, Grace Elliott non aveva mai subito uno scippo. Nessuno l'aveva mai seguita. Nessuno era mai entrato in casa sua. Eppure, a Praga, in una sola giornata, le erano accadute tutt'e tre le cose.

Mancavano pochi giorni al suo volo di ritorno e non aveva postato un solo selfie su Instagram, non aveva assaggiato il gulasch, non era nemmeno passata sul Ponte Carlo. Magari, per compensare l'umiliazione ricevuta da Steadman Coe, stava semplicemente fingendo di essere qualcuno che non era. Forse era tutto riconducibile a una classica crisi di mezza età: tensione nervosa nello stomaco, senso di spaesamento, solitudine. Ripensò a sua madre nella casa di riposo di Pompano Beach, alla sua gatta, a Manon e alla vita tranquilla e noiosa a Montréal. Sua madre aveva bisogno di lei! In fondo, che male c'era a scrivere una rubrica firmata da una donna ricca e famosa? Era così terribile scrivere di storie d'amore tra VIP, arresti per guida in stato di ebrezza e cellulite?

Se avere una vita anonima significa che nessuno ti entra in casa *a pisciare*, allora forse lei non aveva tutta questa voglia di uscire dall'anonimato. Nel giro di vent'anni, se fosse riuscita ad amministrare oculatamente le proprie finanze, avrebbe potuto vendere l'appartamento di Montréal e comprarsi un posticino in una bella città calda con un mercato agricolo decente e dove tutti parlano in inglese. In questo futuro immaginato, Zip è ancora viva e Manon è ancora la sua vicina di casa. Lei ha capito con il tempo che lo sport è importante, e ogni tanto esce con un certo Dave, Dave di Tucson, un tizio che fa battute pessime che non fanno ridere.

Pensò allora a Christiane Amanpour con l'hijab, che faceva la corrispondente da Faisalabad. Pensò a Steadman Coe che le diceva cosa lei non avrebbe mai potuto fare nella vita.

Fottiti, Steadman Coe, pensò. *Tu e tutti quelli che stanno cercando di spaventarmi.* Gliel'avrebbe fatta vedere lei, a tutti.

10

Strasburgo, 1971

Sergei Sorokin stava fumando al tavolo della sala da pranzo nell'appartamentino di Elena, e canticchiava il ritornello di *Douce France.* Il profumo dei lillà di Strasburgo entrava nella modesta stanza di rue des Veaux, situata sopra una lavanderia a gettoni, per poi confondersi con l'aroma delle sigarette di Sergei. Era seduto con le gambe accavallate. Aveva i calzini troppo corti, e una lama di luce gli lambiva le caviglie scoperte. Sul tavolo c'erano una bottiglia di Gewürztraminer e una ciotola di noci pecan salate.

Cher pays de mon enfance, uh.

Elena gli aveva chiesto di smetterla di cantare e di prenderla in giro, ma le sue proteste l'avevano soltanto incoraggiato. Sergei trovava ridicolo il suo amore per la Francia, quasi si trattasse di un segno di debolezza. Tutto ciò che lei amava dei francesi – le tradizioni e la musica, la quotidianità, i mercatini delle verdure e dei fiori, gli edifici splendidi – lui lo detestava.

Avevano solo poche notti da passare assieme, perciò lei non voleva sprecare tempo a disfare le valigie, ma Sergei aveva insistito. Pur avendo solo ventisei anni, era convinto di conoscere il cuore delle donne occidentali. Nessun francese avrebbe mai creduto alla storia di Elena, se la sua stanza non avesse avuto l'aspetto giusto. Doveva esserci posto per i profumi, i gioielli, gli orsacchiotti di peluche, i cappelli e i vestiti preferiti, le foto dei suoi amati genitori e della città da cui era partita.

Sergei le aveva spiegato che il capitalismo aveva una sua filosofia e una sua estetica. Per un gentiluomo che fosse venuto a trovarla, tutto doveva apparire naturale.

Nei negozi del centro avevano speso quasi ottomila franchi in braccialetti, collane, un orologio placcato d'oro, vestiti e gonne corte, pantaloni larghi e camicette strette a tinte squillanti, combinazioni di poliestere che sarebbero state impensabili nelle strade di Praga. Elena si sentiva frastornata a poter disporre di tutti quegli eccessi. Pensava alla madre, con le sue due gonne e i tre maglioni: un massimo di sei abbinamenti diversi. Qualunque altro oggetto di valore era un'eredità delle generazioni passate ed Elena ricordava che sua madre li nascondeva. Adesso invece non nascondeva nulla. Grazie al programma speciale, Jana Klimentová camminava per la sua città come avrebbe fatto un sindaco dell'epoca pre-comunista. Elena aveva messo in guardia i genitori sul loro appartamento borghese nella piazza centrale di Mladá Boleslav, sugli abiti nuovi, sul cibo che avevano a disposizione, e aveva spiegato che c'erano nuove regole da rispettare.

Innanzitutto, non avrebbero più dovuto preoccuparsi dei vicini. Il nuovo appartamento era pieno di cimici. La polizia segreta li osservava e li ascoltava ininterrottamente. Se avessero deciso di intervenire, sarebbero arrivati nel cuore della notte, ma non avrebbero bussato, perché le chiavi ce le avevano già.

Come tutte le sue compagne, Elena avrebbe cominciato a lavorare alla Kara Modeling, un'agenzia internazionale con varie sedi a New York, Londra, Montréal, Parigi, Milano e Berlino Ovest. In Francia, la Kara Modeling aveva piccole filiali a Lione, Marsiglia e Strasburgo, per via del Parlamento europeo. Elena avrebbe sfilato sulle passerelle di tutta l'Europa occidentale.

Il suo primo appuntamento con il direttore dell'agenzia era fissato per l'indomani mattina in un ufficio sulla Grand'Rue. Anche se in fondo si trattava soltanto di un colloquio conoscitivo, Elena era nervosa. E se non l'avessero trovata abbastanza carina? O abbastanza raffinata? Altri motivi di tensione erano l'imminente partenza di Sergei, la fine della scuola e l'inizio di una nuova vita.

A Strasburgo c'era un circolo maschile di ricchi rampolli laureati allo Sciences Po, attivi nella politica e negli affari, che si facevano chiamare Les Albertins in onore di Albert Schweitzer. Ogni sei mesi, i membri del circolo permettevano che si unissero a loro delle donne nel corso di un evento mirato a raccogliere fondi per la manutenzione dell'orologio astronomico della splendida cattedrale. Sergei aveva fatto in modo che una delle sue «proprietà», un Albertin, accompagnasse Elena alla cena prevista quindici giorni dopo.

Quando Sergei aveva materiale compromettente, il cosiddetto *kompromat*, su un uomo straniero, questi diventava una «proprietà.» A Strasburgo, la sua proprietà era un omosessuale di nome Chastain. Quella sera, Chastain avrebbe cenato con loro alla Maison des Tanneurs. I canali della Grande Île pullulavano talmente di turisti che nessuno avrebbe notato un uomo e una donna il cui francese tradiva un'inequivocabile inflessione slava.

«Allora, come sei arrivata qui, Elena?» chiese Sergei.

Lei sospirò. Avevano già provato e riprovato la parte fino alla nausea. Non potevano semplicemente chiacchierare del più e del meno davanti a un bicchiere di vino come una normale coppia francese? Elena aveva comprato un sacchettino di lavanda. Se lo accostò al naso, chiuse gli occhi e inspirò.

« Come sei arrivata qui? » Una nota d'irritazione nella voce di Sergei la fece trasalire.

« Sono partita quando sono partiti tutti, cioè quando era ormai ovvio che la Primavera di Praga era finita. »

« No, così sembra una filastrocca imparata a memoria. Dammi i dettagli. »

« Una sera d'agosto, quando si era iniziata a spargere la voce... »

« Quale voce? »

« Che i sovietici stavano mandando l'esercito con i carri armati a rimetterci in riga. Allora ho deciso di partire. »

« E come ci sei riuscita? »

« Mi sono vestita come una turista intenzionata a fare una vacanza nel Salzkammergut e ho preso il treno per Linz. Da lì ho raggiunto Salisburgo, Innsbruck e Basilea. Infine, dalla Svizzera ho deciso di venire qui a Strasburgo, dove ho qualche amico. »

« E adesso cosa fai? »

« La modella, ogni tanto. L'avevo già fatto un po' a Praga. Potrei anche insegnare ginnastica. Nel mio Paese gareggiavo. »

« Perché hai lasciato la Cecoslovacchia? »

« Libertà e opportunità. Mi piace l'avventura, vorrei vedere il mondo. Ma non sono granché interessata alla politica, se è questo che intendevi. »

« Perfetto. » Sergei guardò l'orologio. « Ora vieni a sederti qui con me. »

Elena gli si sedette di fronte su una sedia di plastica dura e lui le versò un bicchiere di vino. Sperava che lui la vedesse per quello che era: sua moglie, non la sua amante. Era una tortura stare nella stessa stanza e sapere che presto lui sarebbe partito, e che magari si sarebbe lasciato alle spalle la verità meravigliosa e terribile di ciò che avevano condiviso. Elena sapeva che lui la amava, eppure riusciva a dominare questo amore e a essere crudele.

« Sergei, quando tutto questo sarà finito... »

« Non finirà mai. »

« Deve finire. »

« No, Elena, sei tu che *devi* capire: questa è la nostra battaglia, la mia e la tua, la battaglia di persone eccezionali. Ma ci rivedremo ogni tanto, te lo prometto. »

« Ogni tanto. Quando riesco a svicolare da... » Elena non riuscì a terminare la frase.

« Da tuo marito. »

Lei si alzò e si costrinse a raddrizzare la schiena. « Da mio marito. »

Era dal gennaio del 1969 che studiava inglese, francese, galateo, musica, moda, cinema, portamento, buone maniere a tavola e – con suo grande choc – perfino i segreti per fare bene l'amore. Sapeva tutto sulla sorveglianza, sulla contro-sorveglianza e sull'autodifesa, aveva appreso i rudimenti della chimica e della fotografia clandestina. L'inganno era un muscolo che aveva bisogno di esercizio costante. Come si organizza un incontro segreto? Qual è il modo migliore di passarsi del materiale in una strada affollata? Il primo obiettivo di Elena era fare un buon matrimonio; in fondo cos'altro avrebbe potuto desiderare una ragazzina del ghetto della stazione di Mladá Boleslav?

Era fortunata, lei. Molto fortunata.

Gli uomini gentili e sicuri di sé, i buoni mariti affidabili, non erano il loro obiettivo. Le rondini erano per gli individui più orgogliosi, aggressivi e ambiziosi del mondo occidentale, uomini che puntavano in alto, che avrebbero avuto successo nella vita, negli affari e nella politica.

« Nessun'altra delle mie ragazze ha mai reagito in questo modo », disse Sergei. « Erano sempre emozionate per le loro avventure. »

Elena sospirò. « Ma nessun'altra delle tue ragazze era innamorata di te. »

11

Praga, 2016

Grace fu svegliata da un incubo e si trovò a ripensare all'odore di urina sentito il giorno prima. I pensieri da donna d'acciaio che l'avevano cullata la sera precedente avevano ceduto il posto a un'emicrania dal retrogusto di vin brûlé, vodka e birra scura. Erano quasi le undici del mattino. Sdraiata a letto, si sentiva fragile e, in una sorta di testa o croce mentale, cercò di decidersi se fare la turista o la giornalista investigativa.

Sarebbe stato così semplice comprare il biglietto per un bel giro in barca sulla Moldava, mangiare carne salata e patate in un pub, o passare un'ora nel museo dedicato a Franz Kafka invece di sentirsi vulnerabile e spiata come il protagonista di uno dei suoi romanzi. Se avevano cercato di rubarle la borsa e si erano spinti a fare irruzione nel suo appartamento, forse non avrebbero esitato di fronte alla prospettiva di farle del male.

Grace non aveva trovato nessun Sergei Sorokin su Internet e, visto che Elena Craig non le avrebbe certamente parlato, le rimaneva soltanto una carta da giocare: cercare qualcosa che la riguardasse nei pochi documenti scampati ai roghi dei servizi segreti cechi. Se non avesse trovato nulla, avrebbe ripiegato sulla gita in barca e un piatto di ravioli e maiale, trasformandosi senza rimpianti in una semplice turista.

Prima di uscire, prese un coltello dalla cucina, lo avvolse nella carta assorbente e lo infilò in borsa.

Sulla città era sceso un banco di nuvole così basse che nella piazza della Città Vecchia la cima della torre dell'orologio non si vedeva. Grace entrò in un ristorantino in penombra, si sedette a un tavolo d'angolo per tenere d'occhio la sala e mangiò un piatto a base di carne che era più un pranzo che una colazione. Poi passeggiò nella nebbia con l'impermeabile trasparente sopra il maglione, voltandosi indietro un sacco di volte per controllare la strada alle sue spalle.

Davanti alla chiesa di Santa Maria di Týn, ebbe la certezza che un uomo in completo blu scuro e un impermeabile beige la stesse seguendo. Poi una ragazza che parlava al telefono fuori da uno Starbucks, con gli occhiali dalla montatura spessa e una borsa dell'Università Carolina, le lanciò un'occhiata inequivocabile. Un uomo e una donna che camminavano a braccetto con dei bicchieri di caffè da asporto svoltarono in un vicolo a destra dopo che lo aveva fatto lei, e poi girarono a sinistra. Mentre attraversava la strada di fronte alla stazione ferroviaria, una poliziotta in divisa disse qualcosa nella piccola ricetrasmittente che aveva sulla spalla.

Se era paranoia ingiustificata, Grace non sapeva proprio come sbarazzarsene. L'antidoto con cui di solito si liberava delle paure infondate era l'autoironia, ma ogni volta che tentava di prendersi un po' in giro, le tornava in mente l'immagine del vibratore sul cuscino. Chissà che inferno doveva essere stato per Elena vivere in un'epoca in cui tra vicini ci si denunciava a vicenda per noia o nella speranza di ricavarne qualche vantaggio.

L'Istituto per lo studio dei regimi totalitari era una scatola di cinque piani rivestita in alluminio, dello stesso colore di una macchia di nicotina. Grace salì le scale e si voltò a guardare il piccolo parco e la città avvolti dalla nebbia.

Giunta nell'atrio spoglio, puntò verso il tornello d'ingresso, ma un uomo con due ciuffi di capelli bianchi ai lati del cranio l'afferrò da un braccio. Lei si divincolò e, in risposta al monologo in ceco dell'uomo, si mise a gridare in inglese che avrebbe chiamato la polizia.

Come se la polizia avesse potuto aiutarla.

Lui indietreggiò, le braccia alzate in segno di resa. Sulle spalle della divisa da addetto alla sicurezza c'era una bella nevicata di forfora. Disse qualcos'altro in ceco, ma in tono più calmo.

Grace gli chiese scusa. Anche se quell'uomo non capiva l'inglese, lei voleva comunque fargli sapere che il suo nervosismo non dipendeva da lui. Estrasse un fascio di banconote dalla tasca e gliele mostrò. « Pagare? Quanto? »

Lui scosse la testa.

« Archivi? » Grace indicò il tornello e mimò l'atto di sfogliare un libro.

La guardia la condusse di nuovo alla porta e indicò la città. La nebbia aveva ceduto il posto alla pioggia e si era alzato un vento gelido. Un turbine di foglie fradice, tra cui anche un sacchetto di plastica, danzava in mezzo agli alberi sul prato davanti a loro. « Buona giornata, signora. Grazie. » Il suo inglese era pur sempre meglio del ceco che Grace aveva imparato in due anni di collaborazione con Elena.

Proprio mentre Grace stava per avviarsi sotto la pioggia, un uomo magro con gli occhiali spessi entrò nell'edificio e si scrollò l'acqua di dosso.

L'addetto alla sicurezza accennò a lui con il mento. « Inglese. Uomo inglese. »

« Ebbene sì, sono inglese », disse l'uomo magro con un accento che il padre di Grace avrebbe definito snob. Aveva i capelli neri incollati alla testa. Sbottonandosi il giubbotto, rivelò una felpa che a Montréal sarebbe stata a metà tra l'hipsterismo e il cattivo gusto. « Serve aiuto? »

Grace gli porse la mano umida. « Grace Elliott, piacere di conoscerti. »

« William Kovály. Americana, vero? »

« Sì, sono una ricercatrice americana. Stavo tentando di spiegare al signore che vorrei salire a dare un'occhiata agli archivi. »

« Capisco. » William disse qualcosa in ceco alla guardia, poi si voltò di nuovo verso Grace. « Non puoi salire. »

« Perché no? »

« Non hai un'autorizzazione. »

« E invece sì. »

« Spiegati meglio. »

« È così, William. Sono una giornalista e scrivo per un giornale vero, e nel mio Paese... »

« Ah, ecco qual è il problema: qui non siamo nel tuo Paese, Grace. Siamo a Praga. »

« Ma si tratta di documenti pubblici e io faccio parte del pubblico. »

« Magari però tu non sei quello che dici di essere. Potresti essere venuta qui per rubare o distruggere qualche documento. » William appoggiò la schiena contro la parete di una nicchia che diffondeva l'odore di terra e foglie bagnate di cui erano impregnate le sue scarpe. « Hai anche solo una vaga idea di quello che è successo alla maggior parte degli archivi e dei registri pubblici di questo Paese nel 1989? Migliaia, anzi milioni di documenti sono stati strappati e bruciati. Per questo ora c'è bisogno di un'autorizzazione. »

Grace annuì. « E come faccio a procurarmela? »

William si tolse il giubbotto bagnato e lo appoggiò alla sua borsa portacomputer, un modello economico color argento. « Devi inviare una richiesta scritta alla direzione dell'Istituto. »

« E quanto tempo ci vuole? »

« Dalle sei alle otto settimane. »

« Che cosa? » Grace cercò di mascherare la frustrazione, poi indicò la guardia. « E se invece lui salisse nell'archivio con me e controllasse che io non rubi o distrugga nulla? »

« Che cosa stai cercando? »

« Devo cercare i nomi di alcune persone. »

« Erano tuoi parenti, vero? »

Grace tacque.

« Immagino che non siano affari miei. » William fece un cenno alla guardia e le parlò in ceco. L'uomo incrociò le braccia, poi William si allontanò da Grace e oltrepassò il tornello. « Io sono venuto solo per restituire un documento. »

« E se salissi con te a dare un'occhiatina? Tu ce l'hai l'autorizzazione, no? Potresti dire che sono la tua assistente. Ti prego, per favore. »

« Grace, anche se lui non parla inglese, non è mica scemo. »

Lei sorrise all'addetto alla sicurezza, che non ricambiò.

« Prima ho provato a dargli dei soldi, ma forse non erano abbastanza. Secondo te, si farebbe corrompere? »

William sistemò gli occhiali sul naso e la guardò di sbieco.

« Cosa posso fare? Ho assolutamente bisogno di dare un'occhiata all'archivio e non posso aspettare dalle sei alle otto settimane. »

« Invia la richiesta », disse lui voltandosi verso le scale.

« Un giro turistico! Digli che voglio solo fare un giro turistico! Giuro su Dio che non mi fermerò più di cinque minuti. E gli farò un regalo, non una bustarella. Solo qualcosina per la sua famiglia. »

William parlò di nuovo in ceco alla guardia, che scrollò le spalle e pronunciò una frase in tono interrogativo. « Il giro turistico ti costerà mille corone. » William deglutì, distolse lo sguardo e spinse di nuovo indietro gli occhiali sul naso. « Poi però mi offri una birra. »

Appena completata la transazione, Grace seguì William lungo la scalinata.

« Hanno appena cominciato una ristrutturazione generale dell'archivio », le disse. « Perciò molti documenti sono stati trasferiti nella sede del centro città. »

« C'è un computer su cui fare ricerca? »

« C'è una specie di database, anche se è un pezzo da museo rispetto a quello a cui sarai abituata tu. Hai già provato a cercare su Google? »

« Certo. »

« E non hai trovato nulla? »

« Non quello che sto cercando. »

« Sarebbe parecchio d'aiuto se mi dicessi cosa stai cercando, Grace. »

Varcarono assieme una porta blindata ed entrarono in una biblioteca troppo illuminata e semidemolita. Dietro l'intonaco sfasciato si intravedevano travi a nudo, coperte da teli di plastica. C'erano molti cubicoli, ma per metà sembravano abbandonati. Tre donne lavoravano dietro un tavolo a ferro di cavallo. « L'edificio è pieno di amianto. Doveva essere una semplice ristrutturazione e invece... »

William la accompagnò verso una lunga fila di scaffali a

circa un metro e mezzo di altezza. « Eccolo, il nostro database. »

Naturalmente non era in inglese.

« Come faccio a cercare un nome? » chiese Grace.

« In quale contesto? Vuoi sapere se... »

« Polizia segreta. StB. »

« Che cosa vuoi sapere sulla StB? »

Solo allora Grace si rese conto di non sapere da che parte incominciare. Se avesse avuto a disposizione cinque o sei ore con una bibliotecaria timida, forse in tal caso sarebbe riuscita a cavarle informazioni senza umiliarsi troppo. « Poniamo che ci sia una persona che ha vissuto qui fino all'inizio degli anni Settanta. E che la StB e il KGB l'abbiano... coinvolta in qualcosa. »

William annuì. Con uno scrocchio di ginocchia a cui seguì un grugnito da ottuagenario, si accucciò a prendere dallo scaffale più in basso due schedari grandi quanto l'elenco telefonico di una grande città. « Sai che cosa sono questi? » le chiese poggiandone uno sul tavolo.

« No. »

William si sedette e scostò una sedia per farla accomodare al suo fianco. « Negli anni '70 a Praga c'era un gruppo rock che si chiamava The Plastic People of the Universe. »

« Vai avanti. »

« Facevano musica underground, ispirata al vostro Frank Zappa. La voce della dissidenza, dopo la fine della Primavera di Praga. Mi segui? I comunisti però erano tornati più forti di prima e, quando la band è stata arrestata, alcuni artisti e intellettuali si sono messi assieme e hanno scritto la Charta 77, un documento in cui si elencavano tutte le illegalità del regime. Le violazioni alla dichiarazione universale dei diritti dell'uomo... »

« Ho letto qualcosa al riguardo al Museo del Comunismo. »

« Be', uno dei firmatari di Charta 77 era Václav Havel. L'hai mai sentito nominare? »

« Certo. È stato il primo presidente della Cecoslovacchia postcomunista. »

« Un altro firmatario importante era Cibulka. » William unì le mani sopra gli schedari. « Prima del 1989, è finito in galera varie volte per aver criticato apertamente il regime. Probabilmente è stato anche torturato. Insomma, le solite cose. Be', *dopo* la caduta del comunismo si è stabilito che qualunque documento fosse scampato ai repulisti della polizia segreta sarebbe stato desecretato nel corso del tempo. I cittadini che avevano subito abusi volevano vendetta. Comprensibilmente, però, le nuove autorità erano più interessate a una transizione pacifica. Magari qualcosa di simile a quanto era accaduto in Sudafrica con la riconciliazione e le verità svelate dopo l'apartheid. Cibulka, però, non era un tipo paziente. E nemmeno conciliante. In qualche modo è riuscito a mettere le mani sulle liste segrete dei nomi e senza nessuna autorizzazione ha iniziato a stamparle. »

« Pazzesco. »

« Mi pare che questa edizione risalga al 1999. Uno scandalo. » William aprì uno degli schedari e dalla borsa tirò fuori gli occhiali da lettura. Su ogni pagina figuravano centinaia di minuscoli nomi. « Qui ci sono nomi, date di nascita e nomi in codice. Non che ce l'avessero tutti, naturalmente. Tra la fine della Primavera di Praga del 1968 e la Rivoluzione di Velluto del 1989, la StB ha reclutato circa quarantamila persone. Alcuni erano collaboratori sotto copertura, che lavoravano per la polizia segreta in un modo o nell'altro. Altri invece erano contatti segreti che passavano informazioni. Facevano i nomi, come dicono gli americani.»

Grace si avvicinò un po' di più. «Come fai a sapere tutte queste cose?»

William sorrise. «È tutta la vita che le studio. Non un granché come vita, lo so.» Aprì il secondo schedario. Questo aveva anche le fotografie. «Pure qui ci sono i nomi e ogni tanto anche le fotografie di agenti ufficiali della StB. Ora, quali sono i nomi che stai cercando?»

Grace fece un altro passo, in modo da dargli le spalle. «Scusa ma, se per te non è un problema, preferirei non dirtelo. È una faccenda riservata. Sono in ordine alfabetico?»

Invece di rispondere, William fece un passo indietro e si allontanò verso il tavolo a ferro di cavallo e le tre donne. Quando Grace fu certa che lui fosse abbastanza lontano, cominciò a guardare sotto la lettera S. C'erano vari Straka, ma nessun Josef. Grace si voltò per controllare che William non stesse guardando e passò alla K.

Prima che arrivasse a Kliment, William aveva già finito di consegnare il suo documento alle bibliotecarie e si avviò verso di lei. «Hai avuto fortuna?» chiese venendole incontro a passi lenti e misurati.

«No, purtroppo.»

«È ancora viva la persona che stai cercando?»

«Sì.»

«E vive qui?»

«No.»

«Però è ceco... è un uomo, vero?»

«Sì, ma se n'è andato all'inizio degli anni Settanta.»

«Cosa? E quando, di preciso?»

«Nel '71 o '72.»

«E come ha fatto a partire?»

« Credo sia scappato », disse Grace.

Per un attimo William sembrò perplesso. Dalla parte opposta della sala stava arrivando una donna sulla sessantina, che indossava pantaloni di pelle e un top scollato. Lui alzò un dito e lei si fermò. Si scambiarono qualche frase in ceco e poi guardarono entrambi Grace. Sembrava che avessero appena preso una decisione di comune accordo.

« C'è la possibilità che il tuo amico sia un regolare espatriato ceco che in qualche modo ha attraversato i recinti di filo spinato, schivando proiettili e pastori tedeschi. Era così che si espatriava all'inizio degli anni Settanta, dopo la cosiddetta normalizzazione. » William fece una pausa e parve riflettere. « C'è la possibilità che sia fuggito, ma è quasi impossibile che sia riuscito a farlo, a meno che non fosse un supereroe. Vedi, Grace, quando ormai il regime era agli sgoccioli, nel 1989, e il KGB, la StB e gli alti ranghi del partito hanno iniziato a distruggere tutto quello che potevano, c'era una precisa gerarchia da seguire nel processo di distruzione. Capisci? »

La donna, che evidentemente non parlava inglese, si allontanò.

« Mi pare di averlo letto da qualche parte », disse Grace.

« Innanzitutto, hanno bruciato e distrutto tutti i documenti che avrebbero potuto incriminarli personalmente. La vendetta era dietro l'angolo, come dicevo. Ricordavano bene cos'era accaduto ai nazisti e ai collaborazionisti dopo la seconda guerra mondiale. »

« Impiccagioni sulla pubblica piazza. »

« Sì, ma la cosa più importante era che si trattava di persone molto potenti a cui rimaneva comunque una solida certezza. »

« Quale? »

« Prima o poi, in qualche modo sarebbero rientrati. »

« Rientrati dove? »

« Nel castello, se mi concedi la metafora. Erano uomini e donne avvezzi ai privilegi e che conoscevano la realtà di governo, perciò hanno distrutto qualsiasi documento compromettente che potesse mettere a repentaglio la loro riconquista del potere. Altri documenti, invece, li hanno custoditi in qualche cassetta di sicurezza, per un uso futuro. Ricatti, solitamente. »

Grace continuava a sfogliare il primo dei due schedari. « Sto cercando un tale Sergei Sorokin. »

« Non è un nome ceco. »

« È russo, infatti, ma ha lavorato qui. Diciamo che faceva parte del KGB. »

« Posso? » William sfogliò la parte relativa agli agenti, non trovò nulla, poi consultò il secondo schedario. Ancora nulla. « Qui non ci sono quelli del KGB. Che fine ha fatto questo Sergei Sorokin? È ancora vivo? »

« Non saprei. Anche l'altra persona che stavo cercando, comunque, non c'è. »

« Come ti dicevo, magari era un supereroe. Però nel 1989 la prima cosa che hanno fatto è stata proteggere se stessi. E la seconda, ovviamente, è stata bruciare e distruggere qualsiasi cosa potesse ricollegarli alle loro risorse straniere. »

« Risorse? »

« Scusa, risorse umane. Agenti e collaboratori all'estero. Perché una volta che avessero ripreso il potere, avrebbero avuto bisogno di loro. Non importava sotto quale forma si sarebbe costituito il nuovo governo in Cecoslovacchia o in Russia. »

« Quindi il mio uomo non era nessuno, oppure... »

« Oppure era qualcuno. » William aprì e richiuse l'enorme schedario. « Io sono ceco per metà. Mio padre apparteneva alla generazione che è riuscita a fuggire nel 1968, prima che le cose si mettessero male. È arrivato a Londra con una valigia. Quando questo volume è stato pubblicato, ci ha trovato i nomi di alcuni suoi amici. È stato un argomento di conversazione che ha animato svariate cene. » William la guardò dritto negli occhi. « Ma le persone su cui aveva sempre avuto i peggiori sospetti, quelle sulla cui colpevolezza avrebbe scommesso, negli schedari non le ha mai trovate. »

Grace rifletté per un attimo. « Quindi forse era gente molto importante? »

« Esatto. »

« C'è qualche altro nome che vorresti cercare? Cioè, scusa, ma se punti a pezzi grossi del KGB che sono ancora oggi molto potenti, non troverai mai nulla su di loro, né in questo né in nessun altro archivio. »

Grace si alzò e squadrò gli occhiali spessi e l'orrenda felpa del suo interlocutore. « E come mai tu hai l'autorizzazione, William? Hai dedicato la vita a questo? »

« Sono un semplice accademico », rispose lui un po' rigido.

« Per quale università lavori? »

« Sono professore associato di storia alla London South Bank University. La conosci? » Quando Grace incrociò le braccia e gli lanciò un'occhiata sospettosa, William sorrise. « Adesso sto scrivendo un saggio sui metodi di reclutamento della Rivoluzione di Velluto e della Primavera araba. Allora, vuoi cercare altri nomi? »

« Non mi stavi seguendo, vero? »

William scoppiò in una fragorosa risata. « No, non ti stavo seguendo. »

Grace lo squadrò un'ultima volta da capo a piedi: no, un tipo tanto goffo e allampanato di certo non poteva essere una spia. Poi si sedette di nuovo accanto a lui e cominciò a scorrere la lettera K. William si tolse gli occhiali da vista e inforcò quelli da lettura.

Nell'elenco c'erano vari Kliment e una Klimentová. Grace chiuse gli occhi per un momento, poi li riaprì. Eccoli: Petr Kliment e Jana Klimentová. Il nome in codice di Petr era semplicemente il suo nome, mentre per Jana no.

« Nome in codice Vrba », lesse William. « In ceco vuol dire 'salice'. »

Grace percepì di nuovo l'odore di urina che aveva sentito nell'appartamento in affitto. Si voltò a controllare che le bibliotecarie guardassero da un'altra parte, poi prese il telefono e scattò una foto alla pagina con i nomi dei genitori di Elena.

William si rimise gli occhiali da vista. « Raccontami un po' di Petr e Jana. »

12

Parigi, 1971

Per la festa di Natale, la Kara Modeling aveva prenotato un ristorante vicino all'École militaire, nel sofisticato VII arrondissement. La festa serviva per dare l'opportunità a partner dell'agenzia e a potenziali clienti di conoscere le ragazze in un'atmosfera più distesa. Tra gli invitati figuravano anche alti papaveri del governo francese, diplomatici di varie nazioni, dirigenti aziendali e giornalisti. Un sottile strato di neve fresca ricopriva il selciato di rue Cler e, dato che l'albergo distava ben tre isolati, Elena decise di indossare un paio di eleganti stivali di pelle che le arrivavano quasi alle ginocchia, una scelta sexy ma sensata. Danika invece optò per i tacchi alti.

« Non capisco proprio perché Sergei si sia affrettato tanto a trovarti un marito. » Danika scivolò, fece un urletto e si aggrappò al braccio di Elena.

Lei la prese al volo. Le dinamiche della loro amicizia erano ormai inamovibili. A Elena spettava il compito di reggerle il drink, portarle la giacca e rimanere sobria. La zittiva quando diceva cose come quella ad alta voce tra i vicoli francesi, e la prendeva al volo quando stava per cadere.

« Mi diverto da pazzi a New York », disse Danika. « Strasburgo? A dire il vero, in America nessuno ha mai nemmeno sentito parlare di Strasburgo. Perché non ti fai almeno spostare qui a Parigi, Dio santo? »

« Abbiamo già due ragazze a Parigi. »

In avenue de la Motte-Picquet, dove i vicoli del mercato si aprivano in una strada melmosa piena di macchine e camion, Danika spinse Elena sotto il tendalino di una farmacia. La voce e lo sguardo si fecero seri. « Hai ricavato qualcosa dal tuo monsieur Jean-Yves? »

Il marito di Elena si stava rivelando diverso dal previsto. Pur essendo abbastanza ricco da non dover mai lavorare, Jean-Yves in realtà un po' lavorava, ma più tempo passava con lei, lì a Parigi, in Costa Azzurra, in Italia o a sciare sulle Alpi, e meno ne dedicava al suo piano originario: entrare nel Consiglio d'Europa, poi diventare sindaco di Strasburgo e infine, sostenuto dal nonno gollista, farsi eleggere presidente della Repubblica.

A Strasburgo vivevano insieme a due domestici in un edificio di pietra con vista sullo stupendo parco dell'Orangerie. Gli alberi d'arancio erano stati un dono dell'imperatore Napoleone alla moglie Giuseppina e, secondo Jean-Yves, ogni frutto e ogni infiorescenza era animato da quella passione. Lui faceva spesso regali a Elena. Le cantava canzoni e voleva fare l'amore di continuo, anche se ormai dal loro matrimonio frettoloso erano passati sei mesi.

Nelle riunioni mensili Elena non aveva mentito a Sergei sull'affievolirsi delle ambizioni del marito, ma non gli aveva neanche detto esattamente come stavano le cose.

« Mi sta presentando gente potente, Dani. Lui conosce tutti. »

« Gente potente *francese*. Insomma, cosa potrebbe darti stasera monsieur Jean-Yves che tu non sapresti ottenere da sola in venti minuti, davanti a un bicchiere di champagne, con il capo di gabinetto del primo ministro? Maledizione, sono già tutta bagnata, sembrerò una prostituta. »

« Vuoi tornare indietro a cambiarti? »

« No, non voglio cambiarmi. » Continuarono a camminare per il resto di avenue de la Motte-Picquet riparandosi sotto i tendalini dei negozi. « Vuoi sapere la mia teoria sul perché Sergei ti ha costretta a sposare questa noia di un francese? »

« Non è noioso. »

« Perché così tu resti sua, ecco perché. »

Elena si fermò davanti al ristorante. Attraverso le finestre appannate s'intravedeva una schiera di uomini in giacca e cravatta e di donne in tubini stretti. « Io non sono sua », sibilò. « Perché dici una cosa del genere? »

Nei momenti di sconforto, Elena sospettava di essere soltanto una delle molte ragazze speciali di Sergei, reclutate e tenute a bada con la promessa di una vita insieme quando tutto fosse finito: un bell'appartamento a Mosca con vista sulla piazza Rossa, una dacia, un posto dove sciare d'inverno e un altro dove nuotare d'estate, e perfino bambini!

« Lui ha un sacco di ragazze. » Elena sollevò il mento, come faceva sempre quando voleva mostrarsi determinata.

« No. » Danika aveva cominciato a tremare. « Ci sei solo tu. »

Dentro il ristorante faceva caldo e nell'aria si addensavano gli effluvi del vino e delle sigarette. Danika abbandonò subito Elena e attraversò la calca ballando, arraffando due calici di champagne dal vassoio più vicino e scolandoseli entrambi. In un angolo, Sergei stava parlando con due uomini. Il suo francese tradiva un pesante accento russo, ma sapeva tutto di vini, formaggi e *nos ancêtres les Gaulois*. Elena conosceva le regole: non parlare a Sergei, non lì almeno. La sua ultima identità di copertura operava nel settore immobiliare. Elena non capiva perché lui dovesse cambiare copertura. Le sembrava inevitabile che prima o poi un cliente della vita precedente lo riconoscesse in quella nuova.

Che cosa avrebbe detto lui a quel punto? *No, monsieur, deve avermi confuso con qualcun altro*, oppure gli avrebbe semplicemente messo del sale di ricino sulle uova della colazione?

Nel giro di un'ora, Danika era già ubriaca, al punto che monsieur Roche, capo della divisione francese della Kara Modeling, dovette accompagnarla a sedersi in disparte. Elena, che si stava sorbendo il monologo del proprietario di un'agenzia pubblicitaria secondo cui avrebbe dovuto darsi al cinema, si fece largo tra la folla schivando sigarette accese per cercare di raggiungere l'amica. Il tizio dell'agenzia la tallonava, promettendo a voce altissima che si sarebbe occupato lui della sua carriera, che le avrebbe presentato le persone giuste.

Anche se Elena faceva la modella part time da meno di un anno, era come minimo la quinta volta che le veniva offerta una carriera cinematografica, e il prezzo era sempre quello di dover fare visita all'uomo giusto nella sua camera d'albergo. La fede nuziale che lei portava al dito non aveva mai fatto nessuna differenza.

« Mi dia retta, madame », insisteva l'uomo tirandola per il vestito.

Quando Elena stava quasi per conficcargli le unghie in faccia, Sergei si avvicinò fingendo di dover passare tra lei e quell'uomo per attraversare la sala. Fece quindi finta di riconoscerla solo in quel momento e cominciò a parlarle in inglese. « Elena? Elena Klimentová? »

« Sì, sono io. E lei è... »

« Graham Spector, della Spector Properties. Ci siamo incrociati a Colmar, se non mi sbaglio. »

« Ma certo, ora ricordo. »

A quel punto, il tizio dell'agenzia fece dietrofront e Sergei accompagnò Elena da Danika, che in quel momento monsieur Roche stava spingendo verso una panchina rossa. C'era posto solo per quattro persone e Sergei fece gentilmente alzare un ragazzo in smoking e una modella polacca che aveva lavorato insieme a Elena in un servizio fotografico per lo champagne Krug. Quando cominciarono a parlare, Danika era l'unica a non seguire la regola aurea del sorridere sempre.

« La gente non fa altro che parlare di lei e delle sue buffonate », cominciò monsieur Roche versando un bicchiere di bianco a ognuno. « Rischia di rovinare l'atmosfera. E se dicesse qualcosa di sconveniente? »

« Non lo farebbe mai », rispose Elena fissando monsieur Roche. « Comunque, Dani era a stomaco vuoto. Ora la riporto in albergo. »

Sergei si alzò. « Le accompagno e torno subito. »

Elena aiutò l'amica ad alzarsi e arrivare fino alla porta. Mentre barcollava per la sala, Danika prese un ultimo calice di champagne da un vassoio e lo trangugiò in un sorso. « Mica sono ubriaca, sai? »

« Lo so, lo so », disse Elena abbottonandole la lunga giacca nera.

« È una strategia, la mia, per sembrare vulnerabile. » Biascicava talmente che non riuscì a sillabare del tutto l'ultima parola. « E poi così gli uomini mi dicono tutto. »

Si avviarono verso l'albergo, la spalla destra di Elena che sosteneva quasi tutto il peso dell'amica. Erano quasi a destinazione, quando arrivò Sergei profondendosi in scuse. Ormai non era più rapido come un tempo. La vita da immobiliarista aveva cominciato ad appesantirlo sui fianchi.

Danika incespicò e si raddrizzò da sola. «Un mare di noia, ecco a cosa hai costretto la nostra Elena, Sergei. Guarda me, invece. Tutta avventura!» Nel gelido vicolo deserto, la sua voce rimbombava. «Avventura! Sta sprecando il suo talento, e tu, compagno... lo sai benissimo.»

«Ma abita in una casa splendida, Danika. Suo marito sta spendendo migliaia di franchi per ristrutturarla e renderla ancora più splendida. Hanno una bella vita. Secondo le mie fonti, lui è un uomo gentile e generoso, di grande intelligenza e devotissimo a Elenka. Ha rinunciato a tutto per essere il marito ideale. Se prima lavorava per se stesso, ora invece se ne va in vacanza a Saint-Tropez con la sua moglie perfetta.»

«Ma tu lo ami, il tuo bel francese?» chiese Danika.

Fu Sergei a rispondere per Elena. «Anche se lo amasse, l'amore da solo non basta. Vero, Elena?»

13

Praga, 2016

All'Istituto per lo studio dei regimi totalitari, William Kovály rimase a lungo in silenzio. Si era levato gli occhiali e fissava il vuoto con aria assorta. Grace aveva finito di raccontargli di Petr e Jana e della loro famosa figlia, ex moglie e confidente dell'uomo che molto probabilmente sarebbe stato il prossimo presidente degli Stati Uniti.

Quando William ruppe la propria immobilità, cominciò a fare una lista. Su una pagina bianca del quaderno di Grace, presero nota di un certo numero di documenti da cercare. Trovarono i numeri di registro per Elena e i suoi genitori e per Josef Straka. Poi la donna dietro il tavolo a ferro di cavallo diede loro una delusione. I documenti, ammesso che esistessero, erano già stati trasferiti nella sede dell'Istituto in centro città.

Grace aveva trovato il percorso per arrivarci sull'iPhone ma non voleva seguirlo, né tantomeno imboccare la scorciatoia di William tra i vicoli. Anche se ogni volta che si voltava indietro non vedeva nessuno nella pioggia, aveva di nuovo la sensazione di essere pedinata. « Qualcuno ci sta seguendo. Hai presente quando sei sicuro di qualcosa anche se non sai perché? »

« No. » William le camminava accanto e si girava di continuo a controllare la strada. « Come fai a essere sicura che non fossero entrati in casa semplicemente per rubare qualcosa? »

Grace gli aveva raccontato del bagno, ma non del vibratore. « E allora perché non hanno preso il mio computer? »

William non rispose. Le raffiche erano talmente forti da rivoltare l'ombrello di continuo.

Superarono una hamburgheria argentina alla moda e William la precedette sul selciato di una strada buia. L'Istituto distava ormai solo un isolato, perciò Elena controllava ogni portone, ogni nicchia, ogni balcone. C'erano macchine parcheggiate su entrambi i lati della strada, ma erano tutte vuote.

« Qualche anno fa ho scritto un saggio sulle teorie del complotto. Posso dirti cosa penso? »

« Prego. »

« Penso che tu abbia studiato da giornalista, che abbia lavorato per riviste scandalistiche per la maggior parte della tua carriera, e quindi adesso... »

« No, William, non mi sto inventando niente. »

« Con la mezza età succede che subentri un certo senso di disperazione, no? L'anno scorso per poco non mi compravo una vecchia Aston Martin decappottabile. Non me la potevo permettere, e poi era scomoda. Aveva bisogno di un sacco di riparazioni, però era gialla e mi ricordavo che quando ero ragazzino... »

C'era un bellissimo edificio antico lungo la strada. Poco oltre c'era invece una specie di capanno per il carbone di pietra industriale, di una forma brutalmente semplice, con le inferriate alle finestre del primo piano.

Grace raggiunse la porta del palazzo e provò ad aprirla. Bussò.

« Non è realmente un edificio pubblico », disse William.

Lei bussò ancora, poi diede un calcio alla porta. Dieci

minuti dopo, quando William ebbe terminato una serie di telefonate inutili a varie persone che in teoria avrebbero dovuto lavorare lì dentro, la porta finalmente si aprì.

Un uomo basso e tarchiato con i capelli alla Einstein spalancò le braccia e corse incontro a William. Dopo lunghi saluti in ceco, William indicò Grace e la presentò come «*ameri-chan*».

Entrarono in una stanza che sembrava un incrocio tra un deposito postale e un'area rifiuti, poi svoltarono a destra e imboccarono una scalinata. Un tizio dietro un banco di sorveglianza fece un cenno a William, poi i tre uomini cominciarono a disquisire sull'orario e sul fatto che l'edificio stava per chiudere. William indicò Grace e li pregò. Lei fece spallucce, sorridendo.

«*Ameri-chan.*»

All'interno incrociarono donne e uomini di ogni età, vestiti in jeans e maglione. Tutti portavano legato al collo un tesserino di riconoscimento. Grace capì, sentendolo dagli altri, che l'uomo con i capelli alla Einstein si chiamava Milan. Nel suo risicato ufficio d'angolo il pavimento era ricoperto di pile di giornali e ovunque erano sparse montagne di documenti. Alle pareti, ironia del caso, c'erano vecchi poster di propaganda comunista.

Mentre Milan sulla sua sedia di pelle rovinata inseriva una serie di password nel computer, William fece cenno a Grace di passargli il quaderno degli appunti. Lei, però, era piuttosto riluttante.

«Cercherà alcuni nomi per noi», le disse William.

«Vuoi dire 'per me'.» Grace aprì il quaderno alla pagina su cui avevano annotato i nomi e i numeri di riferimento.

« Lui avrà gli originali », disse William vedendo che Milan osservava attentamente il quaderno.

« Gli originali? In che senso? »

Nel ponderare la risposta, William si passò le dita nei capelli ancora bagnati. « Se un documento esiste, lui è in grado di vederlo. O, almeno, di trovarlo. »

Milan inserì nomi e numeri di registro nel suo computer e riportò i risultati a William, che tradusse. Aveva trovato quello che Grace aveva già scoperto nelle liste di Cibulka, ovvero che Petr e Jana figuravano tra i contatti della StB e che Jana aveva un nome in codice. Tuttavia, il dossier su Jana era stato cancellato o distrutto. Erano rimasti invece alcuni documenti su Petr, Elena e Anthony Craig, che subito Milan provvide a stampare. Il numero di registro di Josef Straka non portava da nessuna parte.

« Quasi tutto quello che ha su Elena e suo marito è stato censurato con omissis », spiegò William. « È rimasto pochissimo. »

« Strano, no? »

« L'ex moglie di uno dei più famosi milionari americani? Un'icona del capitalismo? Uno che potrebbe diventare presidente? » William fece una pausa, mentre Milan digitava qualcosa e scuoteva la testa. « Perfino negli anni Settanta e Ottanta, Elena sarebbe stata l'espatriata più in vista di tutta la Cecoslovacchia. Il suo dossier doveva essere bello grosso. Di documenti, avrebbero dovuto essercene intere vagonate. »

Milan stampò qualcosa.

« È buffo », disse William. « Fino a stamattina, non avevo mai pensato che Elena Craig potesse avere una qualche importanza. È una celebrità nazionale, ma ha a che fare solo con trattamenti estetici, shopping e vestiti pacchiani. »

« È solo una parte che recita. » Nonostante il modo in cui Elena l'aveva trattata, Grace non sopportava quei discorsi su di lei. « E dire che è pacchiana è ingiusto. »

Milan guardò William come se volesse dire qualcosa, invece tornò a concentrarsi sul computer e a digitare. Premette alcuni tasti e la stampante diede nuovi segnali di vita. Poi prese altri due fogli caldi d'inchiostro e li porse a Grace. Quasi ogni pagina era stata pesantemente censurata con omissis. Era tutto lì il dossier su Elena Klimentová, per lo più relativo a colloqui avuti con suo padre.

Nella prima pagina c'erano una foto di Elena e il suo indirizzo di Manhattan. C'era anche il nome di Anthony Craig, con un numero. Era il numero che aveva portato ad altre sette pagine brutalmente censurate. C'era poi una versione più vecchia dello stesso documento, battuta a macchina, in cui era riportato un indirizzo di Strasburgo e si parlava di « Elena de Moulin ». Anche in questo caso, era pieno di omissis, ma al posto del nome di Anthony Craig c'era quello di un tale Jean-Yves de Moulin.

« Ci sono informazioni su questo de Moulin? » chiese Grace.

« Un altro dossier vuoto. »

Milan riprese a guardare il computer, aprì alcuni documenti, li lesse e ridacchiò.

« Potresti chiedergli di renderci partecipi? »

William lo fece e poi tradusse la risposta. « La StB ha interrogato Petr... un bel po' di volte. Ma non c'è nulla di interessante nel materiale. Si parlava di Elena e di suo marito, ma è tutto inutile e banale, quasi come... »

« Come se fosse volutamente noioso? »

Milan indicò Grace, e William tradusse ancora. « Esatto.

Come se avessero eliminato le cose interessanti e lasciato il resto come diversivo. In modo da non destare sospetti.»

«Come i trattamenti estetici e i vestiti pacchiani, quindi, no?»

Poco dopo le quattro del pomeriggio, lasciarono il vecchio palazzo e sbucarono sulla strada. La giornata piovosa era sfumata in un gelido crepuscolo anticipato. Dal fiume, la nebbia risaliva verso i vicoli della città vecchia.

«Credi che Craig sarà eletto?» chiese William.

«Non saprei. Elena pensa di sì.»

«Ma i sondaggi...»

Quella conversazione annoiava Grace in tutte le lingue. Riprese a guardarsi intorno. Ancora una volta ebbe la sensazione di essere seguita, anche se in giro non vedeva nessuno. Con la scusa di riscuotere la birra promessa, William la portò da U Flekû, una birreria a dieci minuti di distanza. Nella sala austera e allegra al contempo, tra le pareti di legno intagliato, Grace era l'unica donna. Da un tavolo di trentenni vestiti da impiegati si alzava un coro spaventoso accompagnato da una fisarmonica. Accanto a loro, Grace e William presero posto sedendosi l'una di fronte all'altro a un tavolone. Senza nemmeno chiedere cosa volessero, un cameriere sbatté loro davanti due boccali di birra scura con un mare di schiuma, mentre un altro cameriere portava due bicchierini colmi di un liquido ambrato.

Grace studiò i fogli stampati. Quelli con le fotografie di Elena erano strutturati e perfino censurati in maniera analoga. Chiunque avesse avuto in mano il pennarello nero aveva lasciato una parola, o una mezza parola. William alzò il boccale e la incoraggiò a imitarlo. Bevvero guardandosi negli occhi, i sorrisi trasformati in un'espressione sempre più imbarazzata. Grace sollevò il primo foglio della pila stampata da Milan e studiò la mezza parola superstite. In controluce riuscì a leggerla senza troppe difficoltà: *dňáček*.

« Che cosa vuol dire? »

William cambiò occhiali e guardò attentamente la pagina sollevandola verso la luce. « Mhmm, potrebbe essere *ledňáček...* »

« E in inglese? »

« *Kingfisher*. 'Martin pescatore.' »

Grace si svuotò il bicchierino in gola. Idromele. Talmente dolce che si sciacquò subito la bocca con la birra. Quando alzò lo sguardo, almeno metà degli uomini presenti la stava fissando. Si pulì la bocca con il tovagliolo per scongiurare il rischio di un baffo bianco.

Tutt'a un tratto i fogli le sembrarono troppo in bella vista. Li raccolse e li rimise nel quaderno. Si ricordò di aver scattato anche varie fotografie con il telefono, quindi mise tutto nella borsa e se la strinse in grembo. « Mi stanno guardando tutti. »

William scoppiò a ridere. « Che cosa? »

« Non mi sento al sicuro. »

« Sei una bella donna in una sala piena di maschi ubriachi. » William allungò la mano sul tavolo fino a sfiorarle per un attimo le dita. « Certo che ti guardano. Cos'altro potrebbero fare? »

Ormai Grace non si fidava più di niente, né dei complimenti di William, né del suo aiuto. E poi dove l'aveva portata? Lei non capiva una parola di quello che dicevano gli altri e, se avesse continuato a bere, la sua capacità di giudizio sarebbe finita per evaporare. « Grazie di tutto, William, è stato molto gentile da parte tua. » Si alzò, andò alla cassa e chiese il conto, lasciando il doppio per offrire almeno un altro giro a William.

Ma lui l'aveva già raggiunta. « Dove stai andando? »

« Non ho dormito bene la notte scorsa, con tutto quello che è successo, e mi sento un po'... strana. »

« Almeno mangiamo qualcosa. »

« Magari un'altra volta. »

« Dov'è il tuo appartamento? Hai detto sopra una drogheria, mi pare. È qui vicino? Ti accompagno. »

« No, grazie. »

William rise. « Avanti. Sono un amico. Soltanto un professore associato di storia alla novecentosettantanovesima università più quotata al mondo. Fatti una bella dormita e ci organizziamo per un'altra volta, magari domani. Passo a prenderti e ti porto a cena in un posto come si deve. »

« D'accordo. »

« Adesso lascia che ti accompagni a casa. »

Grace avrebbe voluto che William l'accompagnasse. Nonostante la sua goffaggine, ogni volta che lo guardava le sembrava un po' più bello. Ed era molto intelligente. Forse erano i postumi della sbronza della sera prima a renderla tanto sospettosa di lui, del suo amico Milan e della birreria. Voleva stare finalmente un po' da sola per controllare con calma quello che aveva nella borsa. Grace indicò il tavolo da cui si erano appena alzati. C'era già un'altra birra che lo aspettava.

Con i lampioni giallo pallido a rischiarare il selciato dei suoi vicoli e i vetri appannati dei bar a ogni angolo, la città vecchia in versione notturna sembrava a Grace la scenografia perfetta per una travolgente storia d'amore. Immaginò d'essere la protagonista di una commedia romantica, William seduto di fronte a lei che le sfiorava di nuovo la mano, e si pentì di essersene andata in maniera tanto frettolosa. A riscuoterla da simili fantasticherie fu un'eco di passi alle sue spalle, appartenenti a due persone diverse. Quando lei si fermava, si fermavano anche loro. Si guardò indietro e vide due uomini sul marciapiede. Finse allora di controllare il cellulare, e quelli si accesero una sigaretta. Erano gli stessi che aveva visto sul treno e che l'avevano seguita fino in piazza. Il tizio con il giubbotto di pelle da motociclista e gli occhi azzurri di una bellezza inquietante indossava un berretto di lana nero. Grace continuò a camminare, lo sguardo fisso sullo schermo buio del telefono che le fungeva da specchio. L'altro uomo aveva le gambe leggermente curve e indossava un lungo cappotto nero. Quando lei accelerò, anche loro aumentarono il passo, ma senza mai avvicinarsi troppo. Con la mano sinistra, Grace tastò l'impugnatura del coltello da cucina nascosto nella manica.

Nei pressi del Ponte Carlo cominciò a incrociare un maggior numero di passanti avvolti nei loro piumini, che portavano a spasso il cane o compravano salsicce e vin brûlé alle bancarelle. Grace avvertì un'ondata di sollievo, ma poi si ritrovò in mezzo a un affollato mercatino di souvenir che occupava il ponte e perse di vista i due inseguitori. Si accertò che la borsa fosse chiusa e, per evitare lo scippo, si avvolse la tracolla attorno al polso, pronta a strillare e menare fendenti al primo segnale di pericolo. Nel tentativo di guardare contemporaneamente da ogni lato, andò a sbattere contro varie persone a cui chiese scusa in francese, che era ormai la lingua a cui faceva ricorso in caso di distrazioni pedonali.

Quando sbucò alla fine del ponte, la calca si assottigliò. Due africani vestiti da marinai provarono a venderle il biglietto per un giro sul fiume l'indomani mattina a bordo della loro barca. Lei si fermò ad ascoltarli, aspettando che i suoi inseguitori la raggiungessero. Però non li vide.

L'appartamento era solo a due isolati di distanza. Grace si mise a correre, aprì il portone che dava sul cortiletto adiacente alla drogheria e lo richiuse in fretta. Poi rimase qualche minuto lì al fresco, a tendere le orecchie.

Proprio quando stava per salire le scale, sentì dei passi fermarsi davanti alla porta. Grace appoggiò a terra la borsa. Nella mano destra aveva il coltello, mentre nella sinistra stringeva le chiavi dell'appartamento in modo che la più aguzza del mazzo spuntasse tra le nocche, come le aveva insegnato l'istruttore di autodifesa della YMCA di avenue du Parc.

Oltre la porta, la strada era silenziosa. I due uomini tacevano, immobili.

Siamo qui. Sappiamo dove vivi.

Dopo forse cinque minuti, sentì le loro suole risuonare sul selciato e poi un'eco di passi che si allontanavano. Grace era talmente tesa che si appoggiò contro la parete per evitare di accasciarsi.

Appena entrò nell'appartamento, chiuse la porta a chiave e la bloccò con una sedia. Poi si mise a studiare gli appunti e i fogli stampati da Milan. *Kingfisher*, pensò. Avrebbero dovuto esserci una valanga di documenti. Perché non c'era niente? Che cosa stanno nascondendo?

Ma soprattutto chi è che lo nasconde?

Grace riguardò la pagina con l'indirizzo di Elena a Strasburgo. Jean-Yves de Moulin. Elena de Moulin.

Aprì il portatile e prenotò un volo per Strasburgo per le sei e mezzo dell'indomani mattina.

14

Strasburgo, 1972

Ogni mattina alle nove e un quarto, dopo la colazione e il caffè che accompagnava la lettura di *Le Monde* e *Le Figaro*, Elena andava a correre nel parco dell'Orangerie.

Erano arrivate le cicogne, simbolo dell'Alsazia, che nella loro enormità sembravano quasi irreali. E invece eccole lì sotto casa: lunghe e bianche creature che costruivano nidi giganteschi, il che non si discostava molto dal modo in cui Elena percepiva se stessa.

Come quasi tutti gli uomini che conosceva in Francia, Jean-Yves si rifiutava di correre. Per lui la corsa mattutina era soltanto la reliquia nefasta di un'epoca in cui si era costretti a procacciarsi il cibo a forza di braccia e gambe. Pur essendo disposto a riconoscerne gli effetti tonificanti sulla muscolatura nonché i benefici psicologici, preferiva di gran lunga una bella nuotata pomeridiana.

Elena guardò le cicogne chiamarsi a vicenda, *clic clic clic*, e riprendere la costruzione dei nidi. Ogni tanto sul guscio smaltato di un uovo si coglieva lo scintillio del sole. Dopo la corsa, Elena si fermò a fare stretching tra i boccioli profumati dei lillà. Nel piccolo zoo al margine dell'Orangerie, c'erano struzzi, scimmie e pavoni. In un minuscolo parco giochi, i bambini correvano tra le altalene e un castello di corde. Al termine della corsa, per rilassare i muscoli, Elena fece il giro delle gabbie con gli animali, avvertendo un'affinità speciale. In fondo, non era tanto diversa da loro.

Quella mattina, aveva osservato Jean-Yves mentre dormiva. La sua era una famiglia di successo da tantissimo tempo, che era passata attraverso re e regine, tedeschi e francesi, guerre e carestie. Anche nel sonno, lui portava quel passato sul viso. Non esistevano problemi che un de Moulin non fosse in grado di risolvere. Per entrare nel mondo in questo modo, con questa tranquilla e raffinata sicurezza, Elena aveva provato a immaginare che tipo di figli avrebbero avuto: sarebbero stati bravi, gentili e belli, dei leader naturali, dotati di modestia e curiosità.

Poi Jean-Yves aveva aperto gli occhi al sole del mattino e, accorgendosi del suo sguardo fisso su di lui, aveva sorriso. « Quant'è pensieroso questo bel viso... » Invece di rispondere, lei gli aveva dato un bacio.

Superate le gabbie delle scimmie e dei pavoni, Elena si fermò. Davanti ai cancelli del parco, con una sigaretta in mano, Sergei le intralciava la strada, bloccando tutto. Era invecchiato ancora un po': oltre ad aver preso chili sui fianchi, era anche diventato più grosso di spalle. Quando lei l'aveva conosciuto, Sergei aveva tutta l'aria di un ragazzo pericoloso. Adesso era un uomo. Le esperienze che aveva vissuto, violente e segrete, lo avevano nutrito e fatto crescere.

Elena rimase scioccata dal suo primo istinto: fuggire.

« Profuma di paradiso qui », disse Sergei andandole incontro. « Sei stata fortunata, Elenka, ad aver passato un anno intero in un posto così bello. »

Si baciarono sulle guance, come due normali amici. Parlavano in ceco, è vero, ma Strasburgo era pur sempre sede del Parlamento europeo. Nell'Orangerie gli stranieri non si sentivano mai davvero tali.

« Che cosa ci fai qui, Sergei? »

Con il completo nero gessato, lui le fece cenno di seguirlo nel parco. « Sono venuto a trovarti. »

« Solo per vedermi? »

« Sono qui per l'estrazione. »

« Non capisco. »

« Pensavamo che monsieur de Moulin, con l'incentivo della tua presenza, avrebbe dato di più... sarebbe stato di più. Invece, è perfino peggiorato. Ti trasferiremo in una situazione più fruttuosa. La nostra donna a Montréal non ha lavorato come speravamo. »

« Ma non mi avete nemmeno dato il tempo di... »

« Preferisci rimanere qui? Vuoi restare con lui? Non posso dire di biasimarti. Sei capitata in una vita piena di piaceri, anche se non saprei come giustificare tutto il tuo addestramento o tutto quello che abbiamo fatto per te e per la tua famiglia. »

« Tutto quello che avete fatto? Io... » Elena pensò a sua madre che in abiti eleganti nuovi di zecca serviva drink in bicchieri di cristallo, a suo padre che usciva in galosce con il fucile in spalla e il segugio alle calcagna.

« È una visita di cortesia, questa passeggiata nel parco. Naturalmente tuo marito sarà sorpreso dalla tua partenza, ma volevo darti il tempo di fare i bagagli. »

« Quando? »

« Domani, Elenka. Domani sera. »

Fece un respiro profondo e distolse lo sguardo da lui. Dovette impiegare tutte le sue risorse mentali per apparire soddisfatta. « Verrai anche tu con me a Montréal? »

« Ti aiuterò a sistemarti. Ricordi quel favore che mi avevi chiesto? Quello per il tuo fidanzato? »

Elena colse subito l'allusione a Josef Straka. « Non è il mio fidanzato, e lo sai. »

« L'ho reclutato. Ora è dei nostri. »

« A Montréal? » Elena era sconvolta all'idea che le avessero preparato il terreno con tanta cura.

« Avrai un amico. »

« Grazie, Sergei. »

« E poi io adesso sono a New York, saremo vicini. »

« Perché non posso venire da te? »

« Lo sai perché. A New York abbiamo già tre ragazze. Danika da sola... »

Sentendolo parlare in quel modo dell'amica, Elena si irritò. Ovvio, se l'era portata a letto. Lo faceva con tutte. Nessuna di loro le avrebbe mai detto la verità. Nessuna lo faceva. La gelosia era inutile. Davvero era gelosa? Forse avrebbe potuto restare a Strasburgo. Se avesse raccontato tutto a Jean-Yves, lui l'avrebbe protetta. I servizi segreti francesi, o magari quelli inglesi o americani, avrebbero potuto concordare uno scambio: portare i suoi genitori via da Praga in cambio delle informazioni in suo possesso. Elena sospirò. Era in trappola, come le scimmie dello zoo. Raccontare tutto avrebbe significato morire e far uccidere la sua famiglia. Il KGB poteva trovare chiunque in qualsiasi posto. « È una città francese », disse sorridendo.

« E New York è vicinissima, Elenka. Ci inventeremo qualche scusa per farti venire, vedrai. »

« Non farai del male a Jean-Yves, non lo minaccerai, spero? Sarà un duro colpo per lui. Mi ama davvero. »

« Lascia che ce ne occupiamo noi. » Sergei l'afferrò per le braccia e la baciò di nuovo, questa volta sulle labbra. La sua bocca aveva il sapore amaro delle sigarette. « *À demain* », disse allontanandosi lungo il viale del parco.

15

Strasburgo, 2016

Con gran sollievo di Grace, le temperature medie di Strasburgo erano superiori di almeno dieci gradi rispetto a quelle di Praga. Ragazzi e ragazze passeggiavano per la città in jeans, felpe firmate, vestitini e Ray-Ban, quasi tutti con una sciarpa al collo. Le biciclette erano più numerose delle auto che sembravano catorci arrugginiti. A Grace parve una città piatta dotata di un certo senso dell'umorismo.

Dal suo albergo in un incantevole quartierino di case in legno affacciate sui canali, ci voleva solo mezz'ora a piedi per arrivare al boulevard de l'Orangerie attraverso il centro città, piuttosto trafficato ma placido. Grace pensò che l'architettura di Praga era più brillante, ma l'atmosfera a Strasburgo – altra città dell'Europa centrale – era animata da maggiore ottimismo e vivacità.

Spossata per le poche ore di sonno, si chiese se il comunismo avesse avuto un ruolo nel rendere più lenti e apatici i praghesi; qualcosa che gli strasburghesi non avevano mai sperimentato e che non avrebbero potuto nemmeno immaginare.

Si guardò attorno. Quando era partita per l'aeroporto alle cinque di mattina, per strada non c'era traccia degli uomini che l'avevano seguita il giorno prima. Durante il volo, con la scusa di andare in bagno, aveva percorso la cabina avanti e indietro guardando negli occhi i passeggeri uno per uno, e nessuno di loro le era sembrato sospetto.

Grace scattò varie foto della città e cercò d'immaginare come dovesse essere tra il 1971 e il 1972. Non era un'impresa tanto difficile. Nonostante lo Starbucks in place Kléber e il sistema tranviario, sembrava che fosse cambiato ben poco dalla fine della seconda guerra mondiale.

Trovata conferma anche online dell'indirizzo di Jean-Yves de Moulin, Grace arrivò a colpo sicuro di fronte a un palazzo in pietra di tre piani, con un quarto piano costituito da una specie di torre o mansarda, in mezzo a vari consolati stranieri. Dall'altra parte della strada cominciava il parco. Nel giardinetto davanti al palazzo c'erano cespugli e alberi da frutto ben potati, le foglie rastrellate di recente e le aiuole rivoltate e pronte per l'inverno. Era un edificio elegante e tenuto con grande cura.

La proprietà era circondata da un recinto in ferro battuto, con un cancello in mezzo. Grace premette il pulsante del citofono.

« *Oui?* »

« Monsieur de Moulin? »

L'uomo al citofono spiegò di essere il maggiordomo. In francese, Grace si presentò come una giornalista e disse di stare raccogliendo informazioni per una biografia di Elena Craig. Per alcuni secondi, il maggiordomo tacque. Lei lo sentì respirare.

« Ha l'autorizzazione di Elena Craig per questo libro? »

« Certamente. Posso spiegare la situazione un po' più nel dettaglio, se lei e Monsieur de Moulin me lo permettete. »

Con un ronzio secco, il cancello si aprì. Alla porta, Grace trovò un anziano con un cardigan nero aperto, una camicia perfettamente inamidata e un paio di pantaloni morbidi che sembravano fatti su misura.

« Madame Elliott? »

« Sì, monsieur. »

« In realtà ho finto di essere il mio maggiordomo. Lui oggi non c'è, è il suo giorno libero. Perciò sono da solo. » Non le aveva ancora fatto cenno di entrare. « Elena le ha parlato di me? »

Quando Grace scosse la testa, lui fece un sorriso deluso e distolse lo sguardo. « Come ha fatto a risalire fino a me? »

« Attraverso gli archivi di Praga. »

« All'Istituto? »

« Sì, monsieur. »

« Pensavo che avessero cancellato anche quello, insieme a tutto il resto. »

« Chi? Di chi parla? »

Jean-Yves de Moulin la guardò a lungo, le mani dietro la schiena. « Il suo accento sembra quello del Québec. »

« Immagino di sì, monsieur. Sono americana, ma vivo a Montréal da molti anni. »

« Ha un documento o un'autorizzazione di qualche genere in cui si attesta che Elena vuole che io parli con lei? »

Grace scosse la testa. « Temo di no. »

Seguì un altro lungo silenzio. Il sole sparì dietro una nuvola e ricomparve. Il giardino era splendido e profumato.

« Il mio istinto mi dice di mandarla via, madame. »

« La prego, non lo faccia. »

Dopo un attimo d'indecisione, de Moulin allargò le braccia e si scostò per farla entrare. Poi la precedette lungo un corridoio che costeggiava una scalinata maestosa. Architetti e falegnami avevano fatto meraviglie lì dentro, creando arabeschi e graticci di legno finemente intagliati sulla balaustra e sul soffitto. Il parquet era stato disposto in modo da raffigurare dei gigli. Alle pareti campeggiavano tele di chiara ispirazione impressionista, ma non era escluso che si trattasse di originali.

« Sono autentici, monsieur? »

Prima ancora di aver finito di parlare, Grace capì di essersi prodotta nel connubio perfetto tra un'ammissione di ingenuità e un insulto. Si trovava pur sempre nel palazzo di un ricco aristocratico. Superarono la cucina, moderna e alla moda: un tocco di stile scandinavo in un tripudio di arredi franco-prussiani.

« Lei è cresciuto in questa casa, Monsieur de Moulin? »

Lui non rispose e le fece segno di entrare in una stanza che era una via di mezzo tra uno studio e una biblioteca, e odorava di cuoio e legno antico. Appena Grace varcò la soglia mormorando un ringraziamento, nel corridoio alle sue spalle riecheggiarono dei passi. Prima lenti e fruscianti, poi sempre più rapidi. Sulla porta apparve un altro uomo, più giovane di Monsieur de Moulin, in completo scuro e cravatta nera.

Grace impiegò qualche secondo a capire cose fosse l'oggetto cromato che l'uomo reggeva con un gesto innaturale della mano destra: una pistola. Puntata su di lei.

« Santo cielo. » Grace indietreggiò contro i libri.

« Le presento Nicolas, la mia guardia del corpo. »

« Be', dica a Nicolas di abbassare la pistola. »

« Chi è lei veramente? » chiese de Moulin in un francese che si sentiva raramente a Montréal. « Per chi lavora? »

Grace si sforzò di respirare e perlustrò la stanza con lo sguardo alla ricerca di qualche arma impropria. « Monsieur, lavoro per Steadman Coe, editore del *National Flash*. Cerchi pure su Internet il suo nome o il mio, se vuole. »

Nicolas avanzò verso di lei, che si abbassò per frapporre la scrivania all'eventuale traiettoria di un proiettile.

« E che rapporto ha con Elena Craig? » chiese de Moulin.

« Sono la sua ghostwriter. »

« Non ha senso. Se fosse così, si limiterebbe a scrivere quello che Elena le suggerisce. E di sicuro lei non parlerebbe del suo passato qui a Strasburgo. Mi ha chiamato anche un altro giornalista, quando Elena e quel buffone di suo marito hanno divorziato. Ha *chiamato*, se capisce cosa intendo. Di certo non si è presentato qui senza appuntamento. E vuole sapere che fine ha fatto quel giornalista inglese? È caduto dal Clifton Suspension Bridge, a Bristol. Immagino che si sia trattato di una caduta assistita. » De Moulin fece un cenno con la testa a Nicolas, che girò attorno alla scrivania.

Grace sollevò le mani. « Tranquillo, Nicolas. »

« Si limiterà a perquisirla. Vogliamo essere sicuri che non sia armata. »

Grace prese un soprammobile in pietra a forma di cicogna. « Se mi perquisisci nel modo sbagliato, giuro che ti spacco la testa. »

« Ricevuto. » Nicolas la perquisì in fretta e senza prendersi alcuna libertà. Le tastò le tasche e le caviglie. Alla fine, scrollò le spalle e lei rimise la cicogna sulla scrivania.

Monsieur de Moulin andò a sedersi su una poltrona di pelle, di fronte a Grace. La fantasia gialloblu dei calzini faceva un effetto giovanilistico. Nicolas, rigido sulla porta, sembrava in attesa di ordini.

« Perché la mia visita la rende tanto nervoso, monsieur? »

Jean-Yves de Moulin sollevò lo sguardo verso il soffitto intagliato. « Per via di quello che è successo tra me ed Elena. I pochi documenti che lo dimostrano sono stati bruciati, distrutti o nascosti in una cassetta di sicurezza dagli uomini più potenti del mondo, pronti a venire riesumati per qualche ricatto. Eppure, potrebbe ancora esserci qualche documento vagante nel cassetto sbagliato. Non faccio troppa fatica a immaginarmi che un ex collega di Elena decida di venire a cercare quelle prove in casa mia.»

«Ex collega?»

«Attuale collega. Forse, madame, io sono uno di quei 'documenti vaganti'. La bocca della verità. Quegli uomini sono incapaci della minima empatia. E io sono vecchio: il profilo perfetto per un infarto, un'emorragia cerebrale o un tuffo dal ponte.»

«Elena l'aveva sposata per fuggire dalla Cecoslovacchia e ottenere un passaporto occidentale. Una volta che ha...»

«Madame, quando è prevista l'uscita del suo libro?»

«Be', sa, per scrivere un libro e pubblicarlo ci vogliono anni.»

«Quindi la nostra conversazione è completamente inutile, in realtà.»

«Inutile?»

Lui si chinò in avanti. «Nicolas, porteresti a me e a madame Elliott una bottiglia di Gewürztraminer, magari con un po' di *tapenade*, del Munster-Géromé e qualche cracker?»

Nicolas se ne andò.

«Madame, se Anthony Craig dovesse vincere le elezioni, la sua visita e il suo progetto di scrivere la biografia di Elena si risolveranno in un buco nell'acqua. Non capisce? Avranno vinto loro e basta. A quel punto, ormai, sarà troppo tardi.»

Grace rise. « Le elezioni americane sono tra poco più di una settimana, Monsieur. »

« Sì, ed è allo stesso tempo tragico e divertentissimo questo pensiero che lei mi abbia sposato solo per avere un passaporto... non le pare? » Indicò il quaderno di Grace. « Quando alla fine degli anni Settanta il nome di Elena è cominciato a rimbalzare da un giornale all'altro, uno dei suoi avvocati, o comunque qualcuno che recitava piuttosto bene quel ruolo, mi ha pagato cinquecentomila dollari americani perché mi attenessi a questa versione. »

« E non è andata così invece? »

« Non avevo bisogno di soldi, però non mi dispiaceva la prospettiva di addormentarmi ogni sera senza temere d'essere assassinato nel sonno. »

Nicolas arrivò portando un vassoio su cui c'erano una bottiglia già stappata e coperta di condensa, due bicchieri di cristallo e un piatto con *tapenade* nera, formaggio e cracker di riso. Versò loro il vino.

« Elena non aveva affatto bisogno di me per fuggire dall'*empire soviétique*. Era già fuggita, se così si può dire. E non ha mai ottenuto il passaporto francese, perché non ne ha mai avuto bisogno. »

« Non capisco. »

Proporre un brindisi o anche solo fare cincin sarebbe parso inadatto, perciò si limitarono a sorseggiare il vino chiaro e dolce.

« Elena adesso cerca di farlo sembrare un matrimonio di convenienza, non consumato, una sorta di messinscena. Io per lei sarei stato soltanto l'amico di un amico, conosciuto in un centro sportivo. Un fondo di verità c'è, però, nella sua versione. All'inizio, siamo usciti per un po' senza impegno e la scintilla è scattata proprio in virtù dell'interesse comune per l'attività fisica. Io ero stato un nuotatore agonistico, lei una ginnasta.»

«Continuo a non capire come abbia fatto Elena ad arrivare qui in Francia.»

De Moulin scosse la testa. «Lei la faceva passare come una fuga in grande stile, l'attraversamento del confine austriaco nel cuore della notte... Raccontava di aver strisciato a terra per evitare i fasci di luce e i cecchini sulle torri di avvistamento, di aver dovuto procedere in punta di piedi su ben due campi minati. Noi andavamo tutti pazzi per questa storia. Eravamo giovani e la sua ci sembrava una vicenda incredibilmente rocambolesca. Del resto, oltre a essere bellissima, abile e divertente, lei esercitava su di noi anche il fascino dell'esotico. Solo molti anni dopo, quando ormai se n'era andata, ho cominciato ad avere i primi sospetti: nessuna ragazza di provincia avrebbe potuto attraversare il confine nel 1971 senza qualche aiuto eccellente. E allora mi sono fatto l'idea che sia arrivata qui con un volo di Stato.»

«Vi siete conosciuti nel 1971?»

«Sì, lei era appena arrivata. Aveva firmato un contratto da modella con un'agenzia di Parigi ed era venuta alla cena di un evento di raccolta fondi che io e i miei amici organizzavamo due volte all'anno. Eravamo seduti allo stesso tavolo. Né io né lei eravamo particolarmente interessati alle persone con cui eravamo arrivati alla festa. E ne avevamo motivo, visto che il suo cavaliere era di un'omosessualità spumeggiante. Come le accennavo, avevamo in comune la passione per lo sport e lei sembrava a conoscenza della mia situazione finanziaria.»

«E qual era la sua situazione finanziaria?»

«Famiglia ricca. All'epoca ero anche piuttosto attivo

nella comunità, in qualità di giovane avvocato e filantropo, oserei dire. Gestivo il fondo fiduciario lasciatomi in eredità dai nonni e ambivo a entrare in politica, nel Consiglio d'Europa. »

« E poi che cosa è successo? »

« Non molto. Ho lavorato... sempre meno. Abbiamo viaggiato parecchio, a Parigi, Londra, Edimburgo. La Costa Azzurra. Ho amici che hanno ville bellissime sparse in giro per l'Europa e noi andavamo a trovarli. Pensavo che Elena, una contadina slava, sarebbe rimasta impressionata. »

« Sembra che sia stato un bel periodo. »

« Già. Ma per Elena io non ero abbastanza. Non ero all'altezza delle sue ambizioni. Non aveva certo rischiato la vita e attraversato un confine invalicabile per bere champagne e fare sciarade a Saint-Tropez. Io le avevo detto che mi sarei dato alla politica. Le avevo promesso il potere. Anche se forse non le avevo fatto promesse vere e proprie, ma comunque era quello che lei si aspettava da me. »

« Quanto siete rimasti assieme? »

« Meno di un anno, ma è stato splendido. I mesi più belli della mia vita. Davvero. E so che lo pensava anche lei. Se n'è andata nel 1972, a Montréal. »

« Perché? »

« Non lo so. Sono arrivate due macchine. Sul sedile posteriore di una delle due c'era un tizio con un'aria strafottente. Mentre l'autista metteva la valigia di Elena nel baule, quell'uomo non ha smesso un attimo di guardarmi da dietro il finestrino. Anche se non ci siamo mai rivolti la parola, ho capito qual era il messaggio che era venuto a portarmi. »

« Cioè? »

« Dalla seconda macchina sono scesi degli uomini, che sono entrati in casa senza essere invitati e me l'hanno spiegato bene. Sono rimasti per quattro ore. Una specie d'interrogatorio, immagino. Avevano delle fotografie di me in compagnia di una prostituta. Su quelle basi, l'unica soluzione possibile era il divorzio. Avevano già i documenti pronti, io dovevo solo firmarli. Mi hanno assicurato che non le avrei dovuto nulla, né soldi né parte di quanto avevamo acquistato assieme. Io non sapevo che la donna in questione fosse una professionista, e ci ero andato a letto appena tre giorni dopo aver conosciuto Elena, *prima che io e lei fossimo usciti una sola volta insieme*. Loro invece ripetevano che le immagini erano state scattate dopo il matrimonio e che la prostituta aveva testimoniato, dunque il divorzio era inevitabile. Naturalmente era una montatura. Quando ho detto che erano tutte bugie, uno di loro mi ha rifilato un manrovescio in faccia. Ricordo benissimo che un altro mi ha detto che se avessi voluto continuare a respirare, avrei dovuto essere grato e accettare con riconoscenza una concessione tanto generosa da parte loro.» Monsieur de Moulin sollevò di nuovo lo sguardo e fece un respiro profondo. «Ci penso quasi tutti i giorni, a quegli uomini e a come mi hanno umiliato in casa mia. Sebbene avessi sempre voluto una famiglia, ho rinunciato a risposarmi e ad avere figli, per evitare ai miei cari... di vivere nel pericolo e nella paura costanti che da quella notte del 1972 hanno continuato ad aleggiare su di me come una nube invisibile.» A quel punto tacque, si tolse gli occhiali e cominciò a strofinarne le lenti con una pezzuola rossa. Aveva gli occhi vitrei.

«E lei è in grado di dimostrare questa storia?»

«Quegli uomini erano professionisti. Sono professionisti.»

« Ha detto che si è trattato di un interrogatorio. Cosa volevano sapere? »

« Volevano capire quanto sapessi del passato di Elena, che cosa mi aveva rivelato. Era una modella, una ginnasta, una ragazza adorabile e intelligente che si era laureata all'Università Carolina. Per qualche strana ragione, lei aveva scelto me, anche se di sicuro non reggevo il suo confronto quanto a energie e ambizioni. Diceva che, una volta finita la carriera da modella, avrebbe voluto lavorare nel mondo dello sport, a contatto con gli atleti. Come le accennavo, i suoi interessi più autentici erano in fondo la politica e il potere, due cose di cui invece a me ormai importava sempre meno. L'eredità familiare mi dava già tutto ciò di cui avevo bisogno. La passione per Elena superava di gran lunga quella per la mia carriera. Pensavo solo agli amici, alla famiglia che avremmo costruito assieme. Parlavamo spesso dei figli che avremmo voluto avere. »

« Chi erano quei professionisti? »

« Qualche anno dopo, ho deciso di parlarne con un amico della DGSE. »

« Che cos'è? »

« La Direction générale de la Sécurité extérieure. Diciamo, una specie di equivalente francese della CIA americana. Insomma, dopo la caduta del muro di Berlino ho raccontato in via del tutto confidenziale a questo mio amico nei servizi segreti tutto quello che era successo la sera della partenza di Elena. E lui mi ha detto che quasi certamente quegli uomini erano agenti del KGB, oppure della polizia segreta cecoslovacca che prendeva ordini dal KGB. »

« La StB. »

De Moulin annuì.

« Che aspetto aveva l'uomo seduto sul sedile posteriore dell'auto? »

« Avrà avuto circa la mia età, trent'anni o poco meno, ma per certi versi sembrava quasi un sessantenne. Capisce cosa intendo? Zigomi alti, pallidissimo, occhi inespressivi. Non so. Ero piuttosto sconvolto quella sera e avevo bevuto qualche drink. »

« Secondo lei, chi era quell'uomo? »

« Il suo capo. Il suo fidanzato. Il suo magnaccia del KGB. Come faccio a saperlo? Lei deve pubblicare questo libro. Prima è, meglio è. »

« Ma, come ha detto anche lei, monsieur, il muro di Berlino è caduto da un pezzo, quindi il KGB e i suoi uomini non contano più nulla, no? »

Lui guardò l'orologio. « Non mi prenda in giro. Se davvero quegli uomini non contassero più nulla, lei non sarebbe qui. Alla fine, Elena ha trovato quello che cercava, non a Montréal ma a New York. Immagino che poi le cose non siano andate esattamente come aveva sognato. Il divorzio dev'essere stato un incidente di percorso, ma mi pare di capire che lei e Anthony siano comunque rimasti molto amici. » Con le gambe che tremavano e la mano premuta sulla schiena, Jean-Yves de Moulin si alzò. « Ho la netta impressione, madame Elliott, che né io né lei saremo al sicuro finché tutto questo – di qualsiasi cosa si tratti – sarà reso pubblico. Non è d'accordo? »

De Moulin la accompagnò alla porta. Anche se non aveva mai impugnato un'arma da fuoco in vita sua, per la prima volta Grace capì come mai un'ampia percentuale di americani non voleva rinunciare al diritto di averne una.

Prima di salutarla, lui le poggiò il braccio sulla spalla.

« Magari, mentre lei scrive il suo libro, io ne approfitterò per visitare uno dei nostri territori d'oltremare. »

« A scuola, in Minnesota, avevo un amico di penna della Martinica », disse Grace. « È ancora territorio francese, vero? »

Nicolas aprì la porta e i raggi del sole scintillarono sul parquet. De Moulin guardò il giardino con un sorriso. « Ah, la *Martinique...* » disse. Nell'Orangerie gli uccelli cinguettavano. Lentamente il suo sorriso si spense e lui rientrò in casa.

Non appena Grace sentì chiudersi la porta, cominciò ad avanzare nel giardino, lanciando sguardi circospetti in ogni direzione e sentendosi piccola, fragile e sola.

16

Montréal, 1975

Da cinque giorni ormai Montréal soffocava sotto un'ondata di caldo afoso e senza vento. Elena Klimentová riempì una ciotola di ghiaccio e la avvicinò al ventilatore in modo da far arrivare aria fresca sui loro corpi nudi. Ogni venti minuti, si alzava a svuotare l'acqua sciolta e rimpiazzare i cubetti. La vicina del 2311 di boulevard de Maisonneuve Ouest amava a tal punto i Bee Gees da ascoltare il loro ultimo album ininterrottamente e in quel momento i bassi di *Jive Talkin'* facevano tremare il pavimento.

Nel bel mezzo della canzone, poco prima delle due del mattino, sentirono bussare alla porta. Né Elena né Josef Straka, che era sdraiato al suo fianco, avevano ancora chiuso occhio.

« Vorrà chiederci scusa per il rumore della festa », disse Elena mettendosi seduta sul letto.

« Quella donna non è tipo da chiedere scusa. » Josef non si mosse. Era compito di Elena preparare la cena con il forno difettoso, lavare i piatti nel minuscolo lavabo, portare fuori la spazzatura e rispondere al campanello. Josef lavorava sempre fino a tardi per una società di consulenza americana e nel frattempo stava terminando corsi ed esami necessari per l'iscrizione all'albo dei commercialisti. Fatta eccezione per qualche fine settimana in campeggio e una o due sere a settimana con i suoi amici cechi e slovacchi a sfidarsi a *mariaš*, un vecchio gioco di carte che Elena considerava una stupidaggine, Josef aveva tempo soltanto per il dovere.

Lei s'infilò un accappatoio di spugna e andò alla porta scalza. Le assi del pavimento erano la superficie più fresca della casa.

Per un attimo, nell'aprire la porta, non riconobbe l'uomo in giacca e cravatta. Dietro di lui, le luci al neon del pianerottolo erano quasi tutte fulminate. Dall'appartamento della vicina provenivano urletti sporadici e risate a più voci che scandivano l'eco dei passi di danza e delle note dei Bee Gees.

« Posso entrare? » Sergei Sorokin aveva lo stesso sorriso inquietante di sempre e gli occhi scuri avevano conservato il loro scintillio, anche se i capelli gli si erano molto diradati.

Elena immaginava che fosse lo sguardo con cui lui guardava un uomo nell'atto di condannarlo a morte.

Ogni primo del mese, indipendentemente da quanto lei avesse lavorato, la Kara Modeling Canada le mandava un assegno di tremila dollari. Grazie allo stipendio di Josef e ai soldi extra che lei racimolava durante l'inverno con i corsi di ginnastica, avevano quasi raggiunto l'ammontare della caparra per una villetta familiare a Westmount, un ricco sobborgo anglofono di Montréal.

Lei e Josef erano una coppia normale, ormai sul punto di entrare a pieno titolo nella classe media più benestante. Durante il programma speciale all'Università Carolina, gli istruttori l'avevano ripetuto loro mille volte: una volta che sarete nel mondo là fuori, potrebbe succedere che nessuno venga mai a chiamarvi, potreste non avere più nostre notizie.

Ma è più probabile il contrario.

Elena fece un respiro profondo, per tranquillizzarsi. « Certo, Sergei. È bello vederti. Entra pure. »

Come sempre, le sue scarpe nere erano tirate a lucido. L'unica concessione al caldo infernale era il completo di cotone.

Nella stanza che fungeva da soggiorno e sala da pranzo, Elena accese la luce. In un angolo, accanto al camino, c'era un televisore.

Josef attendeva in piedi nel vano della porta della camera da letto, con un asciugamano attorno alla vita. « Come ti salta in mente di arrivare a quest'ora? Come osi? » disse con voce lievemente incrinata.

Sergei era almeno quindici centimetri più basso di Straka, anche se forse era più massiccio. Lentamente, il russo si diresse verso la loro stanza, e Josef vedendolo avvicinarsi cominciò a indietreggiare. Parlarono per un po' sottovoce, scambiandosi sguardi cupi, poi Sergei gli posò una mano sulla spalla, lo condusse fino alla porta e, senza dargli il tempo di mettersi una maglietta o un paio di mutande, lo spinse fuori sul pianerottolo.

La porta si richiuse. « Ma è mia moglie! » gridò debolmente Straka.

Josef era stato dato in regalo a Elena dopo i servizi resi a Strasburgo: il suo vecchio amico e compagno di ginnastica avrebbe dovuto aiutarla ad ambientarsi a Montréal. Era stato Josef a chiederle di sposarlo e a ripeterle che Sergei non sarebbe mai tornato. Per quel che ne sapevano loro, avrebbe potuto anche essere morto. Del resto, di spie sovietiche ne sparivano a manciate tutti i giorni, tanto nessuno ne denunciava la scomparsa, e comunque quelli erano uomini che si divoravano l'un l'altro a colazione.

Il tavolo da pranzo era colmo di giornali vecchi e piatti

sporchi. Con un caldo simile, che cosa si poteva mandare giù per cena se non panini con tonno, cipolla e formaggio, innaffiati da una confezione da sei di Molson Export? All'improvviso Elena si sentì in imbarazzo, quasi avesse preso atto per la prima volta di quant'era piccolo e disordinato il loro appartamento.

Sergei si lasciò cadere su una sedia e la guardò con un sorriso pensieroso. « Incantevole. »

« Dammi solo un attimo... » Elena prese i piatti sporchi e li portò nell'acquaio della cucina. Tornò in sala da pranzo, che faceva anche da soggiorno, e si mise a raccogliere i giornali e a spazzare il pavimento. « Scusa. »

« Siediti, Elenka, per favore. »

Lei obbedì e lui continuò a fissarla.

« Sergei, non sapevo più cosa fare. Mi sentivo sola. Di uomini ne ho conosciuti, ma erano tutti come Jean-Yves. Brave persone, gente normale, magari anche ricchi, ma... non so come dire... soddisfatti. Forse i canadesi sono tutti così. Non hanno quel... »

« Non hai ancora venticinque anni. Hai appena cominciato. » Sergei accennò con il mento alla porta. « Josef non è un tuo pari. Gli chiederai il divorzio e noi lo ricompenseremo. Avrà una bella vita, farà carriera. E noi cancelleremo ogni traccia di questo errore. Quando ho visto l'articolo sul giornale... »

« Lo so, è stata una cosa stupida. »

« Non era da te, Elenka. Vantarsi in pubblico della tua bella vita tranquilla, del tuo doppio lavoro di modella e sportiva. Credevi davvero che non l'avrei visto? »

« Pensavo che ormai ti fossi dimenticato di me. »

« Forse, invece, volevi che io lo vedessi. »

Elena si prese la testa tra le mani. « Forse. »

Sergei le prese la mano, si chinò in avanti con i gomiti sul tavolo e la baciò. Poi le aprì l'accappatoio. Nonostante l'ondata irrefrenabile di disgusto, Elena non poté fare nulla. « Domani ti arriverà una telefonata dell'agenzia di New York. Se qui a Montréal non riesci a trovare l'uomo giusto, forse è il momento di cambiare aria un'altra volta. »

« Ma c'è già Danika, a New York. »

« È una grande città. E poi nessuna è come te. »

« Josef rimarrà qui? »

« Le pratiche del divorzio arriveranno lunedì. Ti ha maltrattata. »

« No. A volte si comporta un po' da pagliaccio, ma... »

Sergei si chinò verso di lei. Nei suoi occhi non c'era traccia di malizia, soltanto un vuoto ben più terribile di qualsiasi crudeltà. « Ti ha maltrattata. Le vostre divergenze ormai non sono più sanabili. »

Lei strinse la cintura dell'accappatoio. « Quanto ti fermi a Montréal? »

« Stasera e domani sera. Ho l'aria condizionata in stanza. Vuoi venire con me? »

« Ora mi vesto », disse lei alzandosi.

« La macchina è giù che ci aspetta. »

Elena infilò il vestito estivo migliore che aveva e ne mise un altro in valigia assieme ai trucchi e alle creme, poi si guardò a lungo nello specchio del bagno.

Non aveva provato nessuna gioia nell'abbandonare la Cecoslovacchia, e nemmeno nel lasciare Jean-Yves e i tanti amici che si era fatta a Strasburgo. Neanche adesso avrebbe voluto andarsene da Montréal, ma Josef per lei era sempre stato più un amico che un marito. Per quanto riguardava Sergei, invece, non c'erano più parole per descrivere quello che provava nei suoi confronti.

Lui uscì per primo dalla porta e imboccò le scale.

« Ma guarda un po', e dove credete di andare voi due? » Josef picchiò con la mano aperta sul muro, vedendoli uscire insieme.

Nell'appartamento accanto, stavano facendo un ballo di gruppo. « *Do the hustle!* » gridavano vari adulti in carriera di ambo i sessi, imitando John Travolta nella *Febbre del sabato sera*.

« Mi dispiace, tesoro », disse Elena con gli occhi umidi.

« Non puoi farlo. » Josef diede un altro colpo all'intonaco. « Se te ne vai, ti uccido. »

Sergei, che prima aveva oltrepassato Josef senza guardarlo, si voltò di scatto e risalì in fretta le scale. Elena rivide le tracce della sua antica eleganza felina nel modo in cui si gettò su Josef, nonostante i chili di troppo. Li seguì. Josef era rientrato in casa e aveva la schiena contro una parete di mattoni a vista, accanto al vaso del cactus.

« Tu, la tua famiglia, i tuoi amici, tutte le persone e le cose a cui tieni e a cui sei legato, siete mie proprietà, Straka », disse Sergei con calma innaturale. « Tu sei qui perché l'ho deciso io. Se provi a farmi la guerra, perderai. E io mi divertirò a distruggerti. »

« Vaffanculo. »

Una parte di Elena avrebbe voluto girarsi e chiudere gli occhi, ma non ci riuscì. Per la prima volta si rese conto di quanto fosse miserabile la topaia bollente in cui aveva vissuto. Alle sue spalle, i festeggiamenti continuavano. « *Do the hustle!* »

« In ginocchio, Straka. »

« Sei un bastardo! »

« Calmati. Usa il cervello. In ginocchio. »

Dopo una trentina di secondi, Josef s'inginocchiò sul

parquet. L'asciugamano gli era scivolato via, ma ormai non importava più. Per un po' Sergei si limitò a guardarlo, poi Elena non resse oltre e cominciò a scendere le scale con la valigia. Aprì il portone e uscì nella soffocante afa notturna, poi si voltò a guardare il 2311 di boulevard de Maisonneuve Ouest, con i mattoni giallastri e l'acero rinsecchito dalla tremenda calura degli ultimi giorni.

Un lussuoso taxi nero attendeva sul marciapiede con la portiera posteriore aperta. Elena salì a bordo e si mise seduta.

17

Strasburgo, 2016

Camminando per il suggestivo centro storico, Grace non riusciva a smettere di pensare a Jean-Yves de Moulin e alla vita di paure e infelicità a cui l'aveva costretto la sua breve storia con Elena. Prima o poi, l'avrebbero trovato, anche nella Martinica. Uomini del genere l'avrebbero trovato ovunque, perfino in Polinesia, alla Réunion o in Nuova Caledonia. Era inutile farsi illusioni.

La giornata era ancora molto calda e luminosa, al punto che Grace si tolse la giacca e la ripiegò sul braccio. In un mercatino all'aperto comprò cinque carote dalla forma perfetta e una confezione piccola di mirtilli, poi si diresse verso la zona della cattedrale di Notre-Dame. Al Pont Royal, un ponte antico ben tenuto, si fermò a fotografare gli archi degli altri ponti sul canale che scintillava al sole. Poi vide i due uomini che l'avevano seguita a Praga, appoggiati contro una ringhiera. Quello con le gambe curve guardava l'altro, che stava digitando al cellulare e aveva lasciato la giacca di pelle per una felpa rossa con il cappuccio, più adatta a un turista.

Se Grace avesse fornito loro l'occasione, le avrebbero riservato lo stesso trattamento inflitto a Jean-Yves de Moulin nella sua casa: schiaffi, umiliazioni e minacce. Prese dalla borsa gli auricolari bianchi e impiegò tre lunghissimi minuti a districarli e liberarli dai fazzoletti appallottolati che aveva in borsa. Quando riuscì a collegarli al telefono, cercò in rubrica il numero di Jason, il suo ex marito.

Anche se nel continente americano era mattina presto, lui le rispose con la voce esausta di chi abbia appena scalato una montagna. « Ehi, piccola. Santo cielo. Come stai? »

In sottofondo si sentivano tonfi e rumori metallici, seguiti dalle adorabili voci delle due bambine di Jason. Grace rimase qualche secondo in silenzio. D'istinto aveva deciso di telefonargli per chiedergli aiuto o almeno consiglio. Doveva fuggire a gambe levate dalla vicenda in cui stava cominciando a invischiarsi? O fare del suo meglio per venirne a capo? « Benissimo, grazie. Sono in Francia. »

« Che cosa? Bello! Ehi, Caitlyn, indovina dov'è Grace. In Francia! »

« Che bello! » La seconda moglie di Jason sembrava incapace di provare emozioni negative quali rabbia o tristezza, figuriamoci se poteva abbassarsi a un sentimento come la gelosia. Era la proprietaria di tre centri yoga a Fort Lauderdale, in Florida, e forniva assistenza psicoterapeutica gratuita in varie scuole pubbliche.

Grace stava camminando lungo rue des Pontonniers, verso il cuore pulsante della città. I due la seguivano tenendosi a distanza di una ventina di metri, senza neanche più sforzarsi di camuffare il pedinamento.

« Sei lì in vacanza? »

« No, no. È per lavoro. »

« Il *Flash* ti ha mandata in Francia? O lavori per qualcun altro? Santo cielo, Grace, hai cambiato lavoro? Ne hai trovato uno alla tua altezza? No, aspetta, fammi indovinare: il *Washington Post*. Caitlyn, indovina dove... »

« No, Jason. Non ho cambiato lavoro », disse Grace superando un edificio bianco con piccole rifiniture azzurre in ferro. Mentre parlava, le erano arrivati due messaggi da numeri sconosciuti.

Vai a casa

Non e ancora troppo tardi

« Grace? »

Lei si rese conto di non aver afferrato una sillaba di quello che Jason le aveva appena detto. « Sì, scusa. »

« No, no, scusa tu. Ehm, quindi mi hai chiamato solo per parlare? Vorrei tanto farmi una bella chiacchierata, ma al momento noi siamo un po' alle prese con i preparativi di Halloween. In Francia lo fanno, dolcetto o scherzetto? »

« Non credo. »

« Mi sembri strana. C'è qualcosa che non va? Perché il *Flash* ti ha mandata in Francia? »

Grace si fermò voltandosi di scatto. Alle sue spalle, anche gli inseguitori si fermarono. « Mi chiedevo se potessi venire a prendermi all'aeroporto. Atterro a Miami per andare a trovare mia mamma... »

« Sai cosa, Grace? Cancello tutti gli impegni. Dimmi solo quando arrivi, va bene? »

« Sei sicuro? Caitlyn è d'accordo? »

« D'accordissimo. Le dispiacerebbe molto se io e te ci perdessimo di vista. »

Grace cercò con forza di seppellire le sue emozioni. « Grazie, Jason. »

« Ciao, Grace! » gridò giuliva Caitlyn per poi incoraggiare le figlie, Kellie e Claire, a salutarla a loro volta.

In place de la Cathédrale, centinaia di anziani di alta statura che parlavano in una lingua nordica sconosciuta a Grace si facevano i selfie. Resasi conto che i due inseguitori continuavano a starle alle calcagna, Grace andò incontro a un poliziotto in uniforme che teneva d'occhio i turisti dal sagrato della cattedrale. La presenza di un membro delle forze dell'ordine le procurò un tale sollievo che per qualche secondo si limitò a guardarlo in silenzio.

« Quei due uomini mi stanno dando fastidio », disse Grace indicandoli. Anche loro si stavano facendo un selfie.

« Che cosa fanno? »

« Mi seguono. Mi hanno mandato questi messaggi. » Grace tradusse gli sms ad alta voce. Gli spiegò che c'era un errore ortografico nel secondo, ma questo contribuì solo a confondere di più il poliziotto. « Sono una giornalista, mi stanno minacciando. »

L'agente, che doveva avere al massimo trent'anni, perlustrò la piazza con lo sguardo. « Che cosa hanno fatto per minacciarla? »

« Sono entrati nella mia stanza d'albergo. »

« Qui a Strasburgo? »

« No, a Praga. »

« E lei ha sporto denuncia? »

« No, perché non hanno rubato nulla. Sono professionisti. Lavorano per un'organizzazione segreta. » Nel pronunciare quell'ultima frase, Grace si rese conto di sembrare pazza.

« Madame, ha qualche prova del fatto che quegli uomini l'abbiano minacciata? »

« Solo questi messaggi. »

Il giovane poliziotto sospirò e si sistemò il berretto. « Aspetti qui. » Quando si avvicinò a loro, i due uomini non indietreggiarono di un passo. Risposero alle domande con ampi sorrisi e appena l'agente indicò loro Grace, sul volto di entrambi sbocciò un'espressione di genuina sorpresa. Dopo meno di un minuto, il poliziotto tornò da lei. « Dev'essersi trattato di un equivoco, madame. I due signori tornano dall'Orangerie. Immagino che anche lei stesse rientrando da una passeggiata nel parco, no? »

« Sì, ma... »

« Dicono di non essere mai stati a Praga e di non averla mai vista prima, madame », continuò il poliziotto in tono annoiato. Estrasse dalla tasca un biglietto da visita con l'indirizzo della *gendarmerie*. « Se continuasse a non sentirsi al sicuro, le consiglio di passare in questura e sporgere denuncia. »

« Si è fatto almeno dire i nomi? »

« Certo che no, madame. Siamo in Francia, cosa crede. Le auguro buon pomeriggio. »

Mentre attraversava la piazza, Grace osservò i suoi inseguitori. Nessuno dei due la degnò di uno sguardo. Fece il check-in nell'albergo prenotato su Internet la sera prima, si chiuse in camera e andò dritta in bagno. La tavoletta era abbassata e, quando la sollevò, fu lieta di trovare la tazza pulita.

Per la prima volta in vita sua, commise l'imperdonabile imprudenza di dare un'occhiata al minibar. Aprì una bottiglia di Riesling e la sorseggiò come se fosse stata birra, le mani appoggiate sul davanzale e lo sguardo fisso sul fiume

Ill e sulle casette antiche del centro. Presto, però, il silenzio cominciò a snervarla. Accese la televisione e trovò Anthony Craig che parlava sulla BFM, una sorta di CNN francese. Era la replica di un comizio tenuto in un hangar. La folla era impressionante e di tanto in tanto le telecamere si soffermavano sulle migliaia di ritardatari rimasti fuori al sole in un grande spiazzo asfaltato.

Circa a metà della bottiglia di Riesling, Grace notò accanto al portatile una fila di matrioske disposte in ordine di grandezza.

Sul tavolo c'era un piccolo bollitore elettrico con il fondo massiccio. Grace lo afferrò e, brandendolo come una mazza, fece il giro della camera, ma non c'era nessuno e tutto pareva in ordine.

Posò il bollitore e si mise a studiare meglio le matrioske. Erano talmente leggere da sembrare quasi conchiglie in legno dipinte. Le aprì tutte in ordine crescente e, quando scosse la penultima, si fermò. Dentro c'era una pagina di giornale stropicciata e stretta con degli elastici a formare una pallina. La dispiegò appiattendola sul tavolo.

L'articolo era in ceco e le uniche parole che riuscì a comprendere erano « Mladá Boleslav », « Vacek » e « Katka ». La fotografia mostrava un edificio in fiamme. A forza di appiattire il foglio, si rese conto che si trattava dell'edificio dove si trovavano il negozio di articoli sportivi e l'appartamento in cui era stata. Grazie a Google Translate, venne a sapere che *zemřeli při požaru* significava « morti a causa dell'incendio ».

Grace sentì montare la nausea e fu tentata di mettersi a urlare, ma sapeva che nessuno avrebbe sentito le sue grida. Prese la borsa, aprì la porta e corse giù per le scale. In fondo alla rampa, nella hall, impiegò qualche secondo a ricordarsi in che lingua rivolgersi all'addetta alla reception, con il cuore che le rintronava le orecchie.

La donna la salutò con il classico sorriso francese, piatto e professionale. « Madame? »

« Devo anticipare il check-out. »

« Posso chiederle il motivo, madame? »

« Un'emergenza in famiglia. » Dietro il banco non c'erano specchi, ma nel riflesso dell'enorme placca dorata con il logo della catena alberghiera vide che su un divano dietro di lei erano seduti due uomini, chini sullo stesso giornale. Uno indossava un berretto squallido e una felpa con il cappuccio su cui campeggiava la scritta STRASBOURG, comprata evidentemente in una bancarella di souvenir. Il tizio con le gambe arcuate, invece, era seduto con il polpaccio poggiato sul ginocchio. Sembravano le persone più inoffensive del mondo.

« Spero che, seppur breve, il suo soggiorno l'abbia soddisfatta, madame. Devo dire, però, che per ricevere un rimborso è necessario dare un preavviso di almeno ventiquattro ore. In questo caso... »

Grace si chinò verso di lei sul banco. « Vuole sapere la vera ragione per cui me ne vado? »

« Ma certo, madame. »

« I due uomini seduti laggiù sul divano mi stanno seguendo. Sono appena entrati nella mia stanza e mi hanno lasciato un biglietto minatorio. Hanno ucciso alcuni miei amici nella Repubblica Ceca, facendolo sembrare un incidente e... »

« Che cosa? » La receptionist guardò oltre la spalla di Grace, con gli occhi spalancati. Poi, in tono più cauto, le chiese di ripetere ciò che aveva appena detto.

Lei le fece un riepilogo e la donna prese il telefono, bisbigliò qualcosa nel ricevitore e al suo fianco comparve all'improvviso un'altra donna. Era la direttrice dell'albergo, che si presentò e fece subito il giro del banco.

«Lei quindi si riferisce a quei due ospiti?»

«Non sono ospiti dell'albergo. Cioè, forse lo sono, ma si tratta di due criminali. Due spie, due assassini.»

La direttrice si avvicinò ai due uomini e Grace le tenne dietro, sebbene avesse preferito mantenersi a debita distanza da quegli avanzi di galera. Da vicino sembravano meno giovani, ma erano senza dubbio gli uomini che aveva incrociato prima in treno e poi in piazza della Città Vecchia a Praga. Era stato uno di loro a urinare nel bagno del suo appartamento Airbnb. I due si alzarono e ascoltarono attentamente la direttrice.

Quello con la felpa rossa si voltò verso Grace e si mise la mano sul cuore. «Poverina. Mi dispiace moltissimo per quello che le è successo. Possiamo fare qualcosa per lei?» Il suo francese non era privo di accento, ma era evidente che aveva vissuto o forse addirittura studiato in Francia. «Dev'esserci stato un equivoco, però. Ci avrà confusi con qualcun altro.»

«Ho appena parlato con un poliziotto in place de la Cathédrale e questi due delinquenti hanno reagito esattamente allo stesso modo: 'dev'esserci stato un equivoco'. E invece no, non c'è proprio nessun malinteso. Ora chiamo la polizia.»

L'uomo con le gambe curve annuì in direzione della direttrice dell'albergo. «Credo sia meglio.»

Grace non sapeva quale numero comporre e, sul biglietto da visita fornitole dall'agente, c'era soltanto un indirizzo. Chiese quindi aiuto alla direttrice, che le rispose in tono piatto di digitare il 112. Lei lo fece e rimase in attesa. La donna che rispose al centralino sembrava non capire il suo accento e Grace inanellò una serie di strafalcioni sintattici, con il cuore che le batteva all'impazzata e il tono che virava in acuto. Si sentiva addosso gli sguardi quasi di compassione della direttrice e dei due uomini.

La centralinista le chiese di passarle la direttrice dell'albergo.

« Che brutta situazione », commentò quello con la felpa rossa coprendosi la bocca con un gesto forzatamente effemminato. « Cioè, sul serio, Eric, non ti dispiace neanche un pochino per lei? »

Grace passò il telefono alla direttrice, indietreggiò di qualche passo e si voltò di lato. L'uomo con le gambe arcuate, che da vicino aveva anche il naso storto, le fece l'occhiolino.

« Signori, potreste gentilmente aspettare qui? » disse la donna coprendo il telefono con la mano. « Madame, mi accompagni nella sua stanza, per favore. »

« Certo. »

Grace seguì la direttrice su per le scale e lungo il corridoio. L'altra aprì la porta con un passepartout e attese che Grace entrasse per prima.

« Per favore, madame, mi mostri l'avvertimento che le avrebbero lasciato. »

« Volentieri. » Grace andò dritta verso la scrivania e vide subito che erano sparite sia le matrioske che l'articolo stropicciato.

La direttrice attendeva in piedi di fronte al letto e parlava a bassa voce al telefono.

« Be', è evidente che cosa è successo qui », disse Grace cercando sul volto della sua interlocutrice un barlume di comprensione. « Sono arrivati prima loro e hanno fatto piazza pulita. »

« Ha sentito? » sussurrò la direttrice alla persona all'altro capo della linea.

« Stanno cercando di farmi sembrare una povera pazza. Immagino che sia la tattica più semplice, nei nostri confronti almeno. »

« Mi scusi, nei confronti di chi? »

« Nei confronti di noi donne. »

La direttrice riattaccò e le restituì il cellulare. « Anche se non ho elementi per stabilire con certezza cosa sia accaduto, rimango dell'idea che... »

« Sono una giornalista e sto lavorando a un'inchiesta che i due tizi al piano terra non vogliono che venga pubblicata. A Praga sono entrati nel mio appartamento Airbnb e ora hanno rifatto la stessa cosa qui a Strasburgo. Mi hanno anche mandato due messaggi. Li vuole leggere? »

La direttrice sospirò. « Guardi, sono dispostissima a rimborsarle completamente il suo soggiorno qui. »

Grace la seguì di nuovo lungo le scale e attese in piedi davanti al banco che le restituissero sul conto i suoi centododici euro. I due erano di nuovo sprofondati nella lettura del giornale. « Vedrete. Tra poco se ne andranno anche loro. »

L'addetta arrischiò un'occhiata in tralice alla direttrice.

« Mi verranno dietro, glielo assicuro. »

Quando Grace varcò la porta scorrevole, a check-out terminato, l'uomo con la felpa rossa si voltò di scatto. « Buona fortuna, madame. E ricordi: lei non è sola! »

18

New York, 1976

« Non è il posto più adatto per questa festa, ok? Siamo onesti: questo posto è brutto e vecchio, e New York merita molto di più. Stasera bisogna celebrare il lusso americano e nessuno, ma proprio nessuno, lo festeggerebbe in un baraccone pieno di spifferi. Ma in questa città ormai in bancarotta – ehi, siamo già in bancarotta o non ancora? Sindaco Beame, siamo già in bancarotta? – non siamo riusciti a trovare una sala da ballo con le porte abbastanza grandi da farci passare le mie bellissime macchine. Ho sguinzagliato i miei uomini migliori, ma non sono riusciti a cavare un ragno dal buco. Bancarotta o no, niente di niente. New York, la città più importante del mondo, bancarotta o no, merita molto di più. »

Elena non aveva mai sentito un discorso pubblico dall'esordio tanto bizzarro. L'oratore non aveva degnato di uno sguardo la pila di fogli che c'era sul leggio in mezzo al palco. E di sicuro il proprietario o il direttore del New York Coliseum doveva essere nella sala, a dir poco imbarazzato. Perché mettersi a insolentire il sindaco seduto in prima fila?

Nelle brochure su ciascun tavolo campeggiava una fotografia di Anthony Craig in mezzo a un corteo di donne e auto di lusso. All'interno era riassunta la storia della Craig Bearings, un'azienda familiare che sotto la guida del nuovo amministratore delegato era diventata la Craig International.

Bizzarro o no, non si poteva negare che Anthony Craig conoscesse un bel po' di gente. Anche se, a voler dire le cose come stavano, Elena e le sue amiche di Montréal, sedute a uno degli ultimi tavoli in fondo alla sala, erano lì soltanto perché gli organizzatori dell'evento avevano fornito alla Kara Modeling i biglietti gratis, una piccola somma di denaro e la promessa di un eccellente buffet con champagne a volontà, alla sola condizione che le ragazze indossassero abiti da sera. A Elena erano bastate poche occhiate alle altre ragazze presenti per intuire che molto probabilmente tutte le agenzie di New York avevano ricevuto un trattamento analogo.

«L'America ha inventato le automobili», disse Craig lanciando una rapida occhiata ai fogli per poi disinteressarsene di nuovo. Indossava un gessato a tre pezzi con una cravatta enorme, e si sistemava di continuo il riporto che aveva in testa. «Noi abbiamo inventato il lusso. Proprio così. Prima di noi, non esisteva nemmeno il lusso!»

Elena si voltò a controllare se qualcuno nel pubblico avesse mai sentito parlare dell'Europa. Sembrava di no.

«Ora però stiamo facendo passi indietro nelle auto di lusso. Siamo diventati pigri. Pigri e stupidi. Quando ero bambino, avere una Cadillac aveva un significato, ma oggi cos'è in confronto a una finta macchina di lusso come la Monte Carlo, un falso assoluto? Una volta, anche la Lincoln era simbolo del lusso. Oggi è una cosa ridicola, come mettere il rossetto a un maiale. Mio padre, che è qui con noi stasera, aveva una Continental Mark II del 1956. Te la ricordi, papà? Ecco, quella sì che era un'auto di lusso. Ti sedevi al volante e ti sembrava che tutti i giorni passati a farti il mazzo fossero almeno serviti a qualcosa. Quello era *vero* lusso americano. E sapete una cosa, amici miei? La verità è che ci siamo arresi. Cos'è una Continental oggi? Una carriola, ecco cos'è. Non stiamo più costruendo macchine di lusso e sapete chi se n'è accorto? I tedeschi. I tedeschi sono tornati, amici, e ci stanno facendo *a fette*. E sopra ci spalmano pure il burro, vero?»

Fin dal primo mese del programma speciale a Praga, Elena aveva capito cosa cercava. Eppure, prima di quel momento, l'oggetto del suo desiderio era sempre rimasto astratto, un uomo ideale non incarnato. Quasi tutti gli uomini ricchi e potenti che aveva conosciuto, nonostante le smanie che li rodevano, le erano parsi troppo equilibrati per combaciare con le sue aspirazioni. Jean-Yves era stato il suo primo errore. Lui non era un egoista e nemmeno un bugiardo. I suoi amici non erano omosessuali non dichiarati, né giocatori d'azzardo clandestini.

Quell'uomo sul podio, invece, sembrava fatto di tutt'altra pasta. Bruciava di ambizione. Ed era anche piuttosto palese che in fondo non si sentisse abbastanza bravo. Elena si chiese quante volte al giorno si guardasse allo specchio. Non doveva essere troppo difficile conquistare un tipo del genere.

Basta adularlo.

Craig andò avanti a parlare per quasi un'ora. Avanzò qualche altra lamentela sull'edificio in cui si trovavano, sulle strade e sul sistema fognario di New York, sullo stato miserevole del trasporto aereo di prima classe, sulla Germania e i suoi raggiri, sui giapponesi che cominciavano anche loro a fare a fette gli americani, su tutti i vecchi nemici degli Stati Uniti che si facevano beffe del Paese, finché a un certo punto – finalmente – sei donne altissime nei loro vestiti di raso bianco sollevarono i lenzuoli che ricoprivano tre macchine.

Craig fece partire l'applauso. « Sì! » disse, approvando la vista delle sue nuove creature. « L'America ha ritrovato il suo lusso! »

Mentre altre ragazze con lo stesso vestito bianco distribuivano brochure con la foto di Anthony Craig in prima pagina, lui invitò il pubblico a toccare le automobili e a sedersi al volante.

Poi i camerieri servirono la cena e una band cominciò a suonare.

Danika si riempì il calice di champagne per la quarta o quinta volta. Da qualche mese usciva con l'assistente personale di John J. Marchi, senatore dello Stato di New York. Si chiamava Carlos e proveniva da una prestigiosa famiglia cubana che Castro aveva privato di tutti i beni e costretto all'esilio. Anche Carlos era un tipo dai facili furori, ma la sua era una rabbia diversa da quella di Anthony Craig, ed Elena aveva il sospetto che maltrattasse Danika.

« Come ti è parso il discorso? »

Danika abbassò lo sguardo sul programma. « In teoria, sarebbe dovuto durare solo dieci minuti. Sto morendo di fame. » Si voltò a controllare che nessun'altra modella stesse origliando. « Un vero coglione, mi è sembrato. Non mi meraviglia che abbia dovuto pagare per farci venire. »

Erano sedute lontane dal podio e dal protagonista della serata, perciò prima che i camerieri arrivassero a servirle ci sarebbe voluto un po'. Elena chiese scusa, si alzò per andare in bagno e, invece di tagliare in mezzo alla platea, passò davanti al tavolo di Craig.

Lui era in piedi a conversare con il sindaco Beame, un

ometto con i capelli grigi e le sopracciglia scure. Quando si parlava del sindaco, amici e avversari dicevano sempre la stessa cosa: « il suo è il lavoro più difficile del mondo ».

Fingendo di cercare qualcuno al tavolo a fianco, Elena si avvicinò abbastanza da poter origliare.

« Era solo scena, Abe. Dovresti capirlo, soprattutto tu. »

« Ma sono seduto al tuo tavolo. Lo vedono tutti. Siamo stati straordinariamente ben disposti nei tuoi confronti... »

« E la mia impresa spende una quantità straordinaria di denaro in questa città di merda, piena di ladri e di assassini. Devi ripulirla, sindaco Beame, e meno tempo impieghi meglio è. »

L'altro scosse la testa e scoppiò a ridere. La moglie, palesemente in imbarazzo, lo tirò piano per la manica, reggendo la borsa e il soprabito.

« Spenderai anche un sacco di soldi, Anthony, ma non si può negare che tu faccia di tutto per mungere al municipio fino all'ultimo centesimo. Voglio dire, per essere un'impresa privata... »

Elena scelse proprio quel momento per passare accanto al loro tavolo, abbastanza vicino da sfiorare il braccio di Anthony Craig. Avendo perso interesse nella discussione, lui aveva già distolto lo sguardo dal sindaco, che evidentemente non avrebbe ricevuto le scuse che voleva, come la moglie aveva intuito fin dall'inizio.

Quando le loro braccia si toccarono, Anthony Craig la fermò. Sebbene le avesse messo una mano sulla spalla, Elena finse per un attimo di non accorgersi di nulla.

« Grazie di essere venuta », le disse. « Come le sembrano le macchine? »

« Bellissime. Complimenti. »

« Santo cielo, mi piace moltissimo il suo accento. E non crede che le starebbe a pennello una di quelle macchine? »

« Può darsi, Mr Craig », disse Elena continuando a camminare senza voltarsi.

Lui la chiamò e le gridò dietro qualcosa sul suo accento e su « quell'aspetto orientale ». Elena finse di non sentire e tornò al proprio tavolo in tempo per l'arrivo dell'insalata. Mentre stava per sedersi accanto a Danika, un ragazzo in completo scuro le si parò davanti.

« Mr Craig vuole sapere che cosa beve », le disse quasi senza respirare.

Elena indicò la bottiglia di champagne sul tavolo.

« Ne manderà subito un'altra. »

Elena sorrise e abbassò lo sguardo. « Se proprio insiste. »

Il ragazzo tirò fuori dalla tasca un piccolo taccuino e una penna. « Come si chiama, signora? »

Danika e le altre modelle al tavolo non si perdevano una parola.

« Perché vuole saperlo? » chiese Elena.

« Mr Craig gradisce sapere chi sono i suoi ospiti, tutto qui. » Poi abbassò la voce. « Almeno quelli importanti come lei. »

Elena gli disse come si chiamava, facendo lo spelling per aiutarlo. Quando quello le chiese se viveva a New York o se era di passaggio, lei gli disse la verità: era arrivata da poco per promuovere il turismo dagli Stati Uniti a Montréal in occasione delle imminenti Olimpiadi del 1976. L'indomani avrebbe presenziato a un evento al Plaza.

« Quindi alloggia al Plaza? » le chiese il ragazzo.

Elena annuì.

« Mi scusi, cerco solo di fare il mio lavoro. Allora grazie, Miss... Klimentová. »

Elena e Danika attesero l'arrivo dell'insalata e della zuppa. Quando portarono la nuova bottiglia di champagne, lei la offrì a tutto il tavolo. Danika si scolò tre bicchieri e poi riaccompagnò l'amica al Plaza.

Salirono in camera di Elena e ordinarono del tè alla menta. Danika aggiunse nella sua tazza una generosa dose di vodka da una fiaschetta che teneva nella borsa, poi raccontò all'amica di come nell'ultimo periodo Carlos soffrisse di attacchi di rabbia sempre più frequenti.

« Chiama Sergei e diglielo. »

« Gliel'ho già detto, è venuto il mese scorso. »

« E lui? »

« Niente, Elena. Alle prossime elezioni, Carlos è candidato nel terzo distretto congressuale. Più è pazzo, meglio è. Lo sai benissimo anche tu. Se poi ogni tanto si fa sfuggire qualche ceffone gratuito, meglio ancora. » Raddrizzò la schiena e, fingendosi perfettamente sobria, fece l'imitazione di Sergei. « Vogliamo lui e abbiamo bisogno di lui. »

« Vado a trovarlo io stasera con un bel bastone. Così d'ora in poi ci pensa due volte prima di sfiorarti. Dov'è il bastardo? »

« A Washington », rispose Danika rabboccando la tazza di vodka.

« Mi spiace, allora. »

Danika soffiò sul tè corretto alla vodka. « Ho come l'impressione che passeremo il resto della vita a chiederci scusa a vicenda. »

Qualcuno bussò alla porta. Dallo spioncino Elena vide un concierge con qualcosa di enorme tra le braccia. Quando gli aprì, lui sorrise e poggiò sul tavolo un cesto pieno di frutta, cioccolata e noccioline. Era talmente grande che le ragazze non poterono fare a meno di scoppiare a ridere. Danika diede un dollaro al fattorino, mentre Elena leggeva il biglietto.

Cara Elena,
la serata è stata un successo. Le macchine erano fenomenali. Si venderanno come il pane. Il mio unico rimpianto è non aver potuto approfondire la tua conoscenza. Spero di poter remediare.

Tuo Anthony

Mostrò il biglietto a Danika. «Sergei andrà in brodo di giuggiole. Ha pure sbagliato a scrivere 'rimediare'.»

«Sei proprio una ragazza fortunata.» Danika scoppiò a ridere, ma Elena sapeva che forse, per la prima volta da quando era entrata nel programma speciale, aveva davvero avuto un colpo di fortuna.

19

Strasburgo, 2016

Grace pregò il tassista di fermarsi a Lingolsheim, un paesino poco distante dall'aeroporto di Strasburgo. Aveva il viso in fiamme e si sentiva debole e nauseata. Se non fosse scesa subito dall'auto, sarebbe svenuta o avrebbe vomitato sui sedili. In una macchia di felci e sempreverdi tra due case perfettamente imbiancate, le venne il dubbio che i due inseguitori avessero trovato il modo di avvelenarla.

« Madame? » la chiamò l'uomo sporgendosi dal finestrino. « Vuole che la porti all'ospedale? »

Piegata in avanti con le mani sulle ginocchia, immersa nell'odore di felci bagnate, Grace stava un po' meglio. No, non l'avevano avvelenata, però si sentiva esattamente come volevano che si sentisse: per colpa sua, erano morti bruciati una donna adorabile e il padre. Vomitò.

« Forse è meglio che io vada. » Il tassista scese dalla macchina, aprì la portiera e fece per tirare fuori la sua borsa.

« No, aspetti, sta passando. » Anche se non era vero, vedere un estraneo con in mano la borsa in cui aveva gli appunti e il cellulare le procurò una scarica di adrenalina. Corse verso l'uomo e gli gridò di mettere subito giù il bagaglio. Lui obbedì, spalancando le braccia, e tornò al volante della Citroën.

All'aeroporto lo pagò e si osservò nello specchietto retrovisore. Aveva i capelli scarmigliati e un velo di sudore sulla fronte. Si asciugò con un fazzoletto e, prima di scendere, controllò che alle loro spalle non ci fossero i suoi inseguitori. Cosa aveva detto Jean-Yves de Moulin di quella gente? *Incapaci della minima empatia.*

In coda al check-in, continuò a guardarsi attorno. Pur con tutto quello che sapeva, chiamare la polizia era fuori discussione. Il primo volo per Praga partiva due ore dopo e Grace si sedette ad aspettare in un bar, la schiena contro il muro e gli occhi fissi sull'ingresso. Si era dimenticata carote e mirtilli nel frigo dell'albergo e, pur avendo poca fame, sapeva di dover mettere qualcosa sotto i denti prima o poi. Ordinò una *tarte flambée* alla cipolla e dell'acqua naturale, invece del consueto calice di vino bianco.

Pensò a William. Chissà se anche lui sarebbe rimasto ucciso in qualche strano incidente. Cosa sarebbe accaduto a sua madre? E a Jason e alla sua nuova famiglia? A Manon e a Steadman Coe? Aveva parlato anche con loro. Grace aveva appena cominciato a sbocconcellare la *tarte flambée*, quando una donna dall'aria familiare – dove l'aveva già vista? – entrò nel bar con un gran sorriso.

« Oh, santo cielo, non ci credo! Grace? » Era molto truccata e indossava un abito rosso aderente molto più adatto a un cocktail party che non a un volo di linea. In una mano reggeva un bicchiere di vino bianco e nell'altra una pochette di Yves Saint Laurent. « Grace Elliott, vero? »

Nell'attimo in cui la sentì pronunciare il suo nome, Grace ebbe un'illuminazione. « Tanya? »

« Quante probabilità c'erano d'incontrarci... » Tanya indicò la sedia vuota di fronte a Grace. « Sei... »

« Sì, sono da sola. Siediti pure. Pazzesco, sono davvero felice di vederti. »

Pur avendo un po' esagerato a scomodare la felicità, Grace era grata per quel piccolo diversivo. Tanya Bischoff era stata forse la sua compagna più brillante durante il corso di specializzazione in giornalismo. Non che i voti avessero mai contato alcunché: il vero successo nel loro campo dipendeva dalla capacità di stringere contatti e alleanze, crearsi a livello nazionale o perfino globale una rete di persone pronte a offrire incarichi di volta in volta. L'ultima volta si erano incrociate all'Hilton di Galveston, in Texas, alla cena commemorativa per i quindici anni dalla laurea degli studenti del loro anno. Si erano presentate meno di venti persone, di cui soltanto nove lavoravano ancora nel campo giornalistico. Grace si era costretta ad andare nella speranza di supplire in ritardo all'incapacità relazionale che l'aveva afflitta prima dei trent'anni. Avendo intanto acquisito sicurezza e perso quasi ogni scrupolo, intendeva chiedere sfacciatamente favori a tutti. Purtroppo, però, nessuno si era rivelato capace di aiutarla a risolvere quello che in fondo era il suo unico vero problema: lasciare il *National Flash*.

Non ricordava nemmeno se a Galveston lei e Tanya si fossero rivolte la parola.

« Cosa ci fai a Strasburgo? » le chiese Tanya. « Sei in vacanza? »

« No, una piccola questione di lavoro. »

« Il *Flash* ti paga le trasferte in Europa? » si meravigliò Tanya senza impegnarsi molto a mascherare l'ilarità. « A cosa stai lavorando? »

« È troppo noioso per parlarne », rispose Grace guardando sopra la spalla di Tanya per accertarsi che gli inseguitori non fossero in vista. « E tu invece cosa ci facevi a Strasburgo? »

« Dovevo coprire la firma di un accordo commerciale. » Tanya sbadigliò. « Adesso vado dritta a Parigi, poi subito a

New York, e tra qualche giorno arrivo a Washington per le elezioni. Ehi... Noi siamo in crescita, comunque. Non è che ti andrebbe un incarico un po' più serio, tipo da corrispondente senior da qualche parte? »

« Adesso con chi lavori, Tanya? »

« Con RT. »

Per nascondere il proprio sconcerto, Grace infilzò platealmente un quadratino di *tarte flambée.* « RT sta per Russia Today, giusto? »

« Sì, ma quello è il vecchio nome. Siamo come la BBC, solo in un Paese diverso. Trasmettiamo in inglese, francese e spagnolo. Anche in arabo, se ti interessa. » Tanya si chinò sul tavolo. Nonostante lo spesso strato di fondotinta, su naso e zigomi s'intravedeva una spruzzata di lentiggini.

Grace si sentì montare nel petto la stessa ondata di panico che l'aveva attanagliata in taxi e con un certo sforzo la ricacciò sotto la soglia della coscienza. Fece un sorriso falso e ascoltò il discorso di Tanya sulla testata per cui lavorava. Anche se non aveva mai visto una loro trasmissione né cliccato su una loro pagina, nell'ultimo periodo Grace aveva sentito citare Russia Today sempre più spesso da quel genere di tassisti di Montréal secondo cui ogni forma d'ingiustizia e sofferenza esistente nell'universo, compresa la pioggia o il mal di schiena, era conseguenza diretta dell'imperialismo statunitense.

« Scusami, ma non capisco », disse Grace. « Tutte le testate giornalistiche del mondo cercano semplicemente di tagliare i costi e voi invece siete in crescita? Come te lo spieghi? »

« Il nostro unico azionista è una società statale, che evidentemente capisce qual è il nostro valore aggiunto. »

« E quale sarebbe? »

« Che noi diciamo il vero. »

« E tu puoi decidere di far assumere chi vuoi, a Russia Today? Mi stai seriamente offrendo un lavoro mentre siamo sedute al bar di un aeroporto francese? »

Tanya fece spallucce. « I miei capi mi apprezzano. E hanno bisogno di altre come me. »

« Ho quarantatré anni. Non sono troppo vecchia per andare in diretta? »

« Io ne ho quarantaquattro. Loro sono molto ambiziosi. E piuttosto aggressivi. »

Senza più timore di fare la figura della maleducata, Grace diede un'altra occhiata in giro. « 'Piuttosto aggressivi.' Quindi, che cosa ti hanno detto su di me? »

« Come, scusa? »

Grace guardò dritto negli occhi l'ex compagna di scuola. « Se vuoi corrompermi, Tanya, devi darti da fare un po' di più. »

« Non ho idea di cosa tu stia parlando. Semplicemente, noi siamo in crescita e tu sei una brava giornalista. »

« E tu come lo sai? »

Tanya mise le mani sul tavolo di zinco e spinse indietro la sedia. Si alzò e vuotò il bicchiere di vino in un sorso. « Se avessi immaginato tutta questa ostilità... »

« Sono degli assassini, Tanya. »

« Non so di cosa parli », disse senza guardarla in faccia. « Stavo solo cercando di aiutare una vecchia amica. »

« Non siamo mai state amiche. »

Tanya sorrise di nuovo. Aveva i denti più bianchi perfino di quelli di Violet Rain. « Guarda che tu non sei mica migliore di me, Grace. Non darti tante arie. »

« Immagino di doverti ringraziare per non avermi semplicemente piantato un coltello nella schiena. »

Tanya mise una mano sulla pochette. « Non so in che cosa tu ti sia infilata, Grace, ma... » Poi si voltò, fece lo slalom tra i tavolini e si allontanò nel suo abito rosso da cocktail.

Dopo qualche altro boccone, Grace rinunciò a finire la *tarte flambée*. Avrebbe voluto chiamare sua madre, Manon o addirittura di nuovo Jason. Prese invece il portatile, si connesse al Wi-Fi dell'aeroporto e cominciò a cercare qualsiasi cosa avesse a che fare con spie, sesso, StB, KGB, *ledňáček*, *kingfisher* e defezione. Trovò un articolo del 1987, uscito sul *Washington Post* a firma di Michael Dobbs, nel cui titolo compariva la parola *sexpionage*.

> La lista delle persone incastrate dal KGB dopo la seconda guerra mondiale è lunga, varia e piena di nomi importanti. Ci sono uomini e donne, sposati e non, giovani e vecchi, eterosessuali e omosessuali, militari e giornalisti, guardie del corpo e ambasciatori. Pare proprio che nessuna categoria di occidentali residenti a Mosca sia rimasta immune al fascino delle « rondini » e dei « corvi » sovietici, come in gergo il KGB chiama le professioniste della seduzione e la loro controparte maschile.

Sul quaderno, Grace annotò « professioniste della seduzione » e « rondini », poi lesse gli accenni ai vari uomini famosi che, attratti dal fascino di donne belle e intelligenti, si erano gettati a capofitto in relazioni pericolose. Ricopiò anche una citazione da un libro di John Barrow, grande studioso del KGB.

> Quello che spesso l'opinione pubblica non ha saputo riconoscere è l'impossibilità di ridurre questo tipo di vicende alle dinamiche standard di una relazione sentimentale uomo-donna. Non si tratta del classico caso dell'occidentale solitario e senza legami che s'imbatte in una tentatrice russa, bensì della contrapposizione tra un singolo individuo e un apparato gigantesco e di grande esperienza. Ogni minima circostanza risulta manipolata dal KGB per massimizzare la probabilità di ottenere dalla vittima ciò che si vuole. L'adescamento sessuale e l'illusione di un rapporto emotivo duraturo fungono soltanto da soglia, oltre la quale si estende un territorio irto d'insidie, da cui sarà quasi impossibile per la vittima uscire indenne.

20

Praga, 2016

A bordo del volo per Praga, i due inseguitori non c'erano, ma ora che Grace sapeva chi erano e di cosa erano capaci dubitava fortemente che si disturbassero a viaggiare su semplici aerei di linea.

Appena atterrata, cercò l'indirizzo degli uffici praghesi dell'FBI, che scoprì essere ospitati nell'ambasciata statunitense a Malá Strana. Era sera tardi, ma immaginò che un posto del genere non avesse un orario di chiusura. Prese un Uber, il cui autista non sapeva una parola d'inglese, perciò per tutto il tragitto Grace rimase in silenzio sul sedile posteriore a fronteggiare il doppio assalto dell'aria condizionata e del panico. Se potevano permettersi di entrare due volte nella sua stanza d'albergo e di individuarla anche durante un'attesa di un'ora e mezzo in un piccolo aeroporto come quello di Strasburgo, allora quegli uomini privi di empatia non ci avrebbero messo molto a trovare sua madre in Florida.

L'ambasciata americana era un edificio di pietra beige in una piazza lastricata e ben illuminata. Alle finestre dell'ultimo piano si vedeva la luce smorzata delle lampade, mentre sul marciapiede di fronte erano parcheggiate tre berline di lusso: una BMW argento e due grosse Craig nere. All'ingresso non c'erano guardie, ma in un angolo buio Grace vide due uomini in abito scuro.

Suonò il citofono. « Sono una giornalista », disse in risposta a una voce maschile che le chiedeva di cosa avesse bisogno. « Sono stata minacciata. »

« È cittadina americana? »

« Sì. Hanno minacciato di uccidermi. »

Dieci secondi dopo, la porta si aprì. In un'anticamera chiusa, Grace trovò sull'attenti un bell'uomo di colore con l'uniforme dell'esercito. Gli ripeté che era una giornalista, che stava lavorando a un'inchiesta su temi particolarmente delicati e che due agenti stranieri, colpevoli della morte di due cittadini cechi, l'avevano prima intimidita in vari modi e poi minacciata direttamente.

« Aspetti un attimo. Agenti stranieri? » disse l'uomo aprendo un quaderno e preparandosi a scrivere. « Come fa a sapere che erano agenti? »

Grace espirò, consapevole dell'incrinatura che aveva cominciato a pervadere la sua voce. « Mi scusi. Due uomini. »

« Quindi non agenti, ma solo uomini. Ha parlato con la polizia? Ha detto che sono morti due cittadini cechi? »

« Ho parlato con la polizia locale sia qui che a Strasburgo, dove gli uomini di cui le parlavo mi hanno seguita. Ieri c'è stato un incendio a Mladá Boleslav. La stampa l'ha definito un incidente, invece è stato doloso, mi creda. »

« E lei come fa a esserne tanto convinta? »

Senza fare nomi, Grace gli spiegò che secondo lei un cittadino americano molto in vista era stato sedotto da una cosiddetta rondine, una spia. Aveva mai sentito parlare delle rondini? Questa in particolare aveva un nome in codice del KGB, così come i suoi genitori, e contava poco il fatto che il KGB ormai non esistesse più, perché poteva anche essersi trattato della StB. Le due organizzazioni erano legate a doppio filo.

Il militare la soppesò con lo sguardo. Grace sapeva di aver parlato un po' a ruota libera e avrebbe voluto ricominciare da capo. Tra le mani dell'uomo, la pagina di quaderno era ancora intonsa.

« C'è il rischio di gravi infiltrazioni nelle prossime elezioni! » disse Grace.

Dopo qualche secondo, il militare esalò un debole sospiro, andò in un'altra stanza e tornò con un portablocco e un questionario di tre pagine da compilare. « Per favore, mi descriva da capo la sua situazione. »

« Aspetti. » Grace aveva già capito quale opinione si era fatto di lei. « Quando le avrò spiegato tutto di nuovo, che cosa accadrà? »

« Domattina, quando arriveranno gli agenti, valuteranno la sua pratica e la contatteranno. »

« Ma io voglio parlarne con qualcuno adesso, non mettere tutto per iscritto. »

« Perché? »

« Perché è una situazione estremamente delicata. »

« Può dirmi di che si tratta? »

« Ma gliel'ho appena detto! » Grace gli restituì il portablocco. « È una questione della massima importanza. La mia vita è in pericolo. »

Lui aprì di nuovo il quaderno. « Per quale testata lavora? »

« Questa storia non è per la mia testata. »

« Quindi è una giornalista freelance? » Il tono non si sforzava più di mascherare il fastidio. « Oppure è disoccupata? »

« Lavoro per il *National Flash*. »

Il militare aggrottò le sopracciglia. Sul quaderno non aveva ancora scritto una sola parola. Le ripassò il portablocco. « Per favore, signora, riempia il questionario. Mi avverta quando ha finito. »

Grace sfogliò rapidamente le tre pagine. « Può farmi entrare nell'ambasciata, così posso parlare con un agente dell'FBI? »

« No, signora. »

« Non c'è almeno un numero che possa chiamare? »

« Se non vuole compilarlo ora, può farlo online », disse lui indicando il portablocco, quindi andò a prendere un biglietto da visita e glielo passò. « Oppure, se preferisce, può telefonare a questo numero e lasciare un messaggio in segreteria. Verrà richiamata per ulteriori dettagli in un tempo variabile tra le ventiquattro ore e i cinque giorni lavorativi. Sempre che sia ritenuto necessario. »

« 'Sempre che sia ritenuto necessario'? »

« Esatto, signora. »

Dietro il vetro antiproiettile gli uffici al primo piano dell'ambasciata rilucevano delle stesse lampade che Grace aveva scorto dalle finestre. Immaginò di essere seduta al caldo su una comoda poltrona di pelle, finalmente al sicuro, con un bel bicchiere di whisky in mano. Poi pensò a quante persone ogni giorno si presentavano alle ambasciate americane di tutto il mondo a raccontare storie strampalate di ogni genere. C'era una parola per definire ciò che quegli assassini e quell'« apparato gigantesco e di grande esperienza » le avevano fatto: *gaslighting*, ovvero farla dubitare di se stessa e toglierle ogni credibilità.

Per un attimo si vide con gli occhi del giovane soldato: una pazza. Gli ridiede il portablocco, si alzò e tornò in strada.

«Le auguro una buona serata, signora», le disse lui in un tono che alle orecchie di Grace celava un certo trionfalismo.

Decise di tornare all'appartamento a piedi. Non era lontano. Le bastava una svolta per sbucare nella via pedonale che portava al Ponte Carlo. Proprio mentre stava per attraversare la strada, appena passata dall'alone giallo di un lampione a un tratto invece più buio, sentì una voce ordinarle in inglese di fermarsi. L'accento, però, era straniero.

Grace si voltò e vide i due uomini vestiti di nero appostati fuori dall'ambasciata che le correvano incontro a passo leggero. Per un attimo, sforzandosi di distinguere i loro volti nell'oscurità, Grace pensò che fossero venuti in suo soccorso e che si sarebbero scusati per quanto appena accaduto all'ambasciata e che l'avrebbero scortata fino alle poltroncine di pelle, le lampade, il whisky e i bisbigli di voci amiche.

Ma fu solo un attimo.

Quando attraversarono la chiazza di luce dell'ultimo lampione, Grace li riconobbe subito. Si voltò e cominciò a correre, ma loro furono più veloci. Per superare i controlli dell'aeroporto, Grace aveva dovuto togliere il coltello da cucina dalla borsa e nell'agitazione non riuscì a trovare in tempo il mazzo di chiavi.

La abbrancarono, le gridarono in faccia, la spinsero in ginocchio e poi pancia a terra. Uno dei due le strappò la borsa, l'altro le tirò le braccia dietro la schiena con una forza tale da farle temere una lussazione alle spalle. La testa le ricadde in avanti e il mento sfregò contro il selciato.

Grace cercò di gridare aiuto, ma si ritrovò senza fiato.

In fondo alla via s'intravedevano alcuni passanti. Tentò di nuovo di gridare e alcune persone si girarono, ma poi proseguirono per la loro strada senza aiutarla.

« Per favore! Aiutatemi! » urlò di nuovo in mezzo ai singhiozzi.

Uno dei due le puntò un ginocchio sulla schiena. Sapeva che sarebbe morta, che non avrebbe sentito mai più la voce di sua madre e dei suoi amici. L'avrebbero uccisa come avevano fatto con Katka e suo padre.

Ripensò a Jason... il caro e adorabile Jason. Perché non aveva voluto avere figli con lui? Ora sarebbe morta sola come un cane, con la bocca piena di ghiaia e un ginocchio sulla schiena, in un vicolo buio di Praga.

« Lasciatemi andare. Farò quello che volete. Vi prego! »

Mani implacabili la tastarono ovunque, controllando ogni tasca. Mentine, fazzoletti, una busta per raccogliere la cacca di cane dimenticata da quella volta che aveva portato a passeggio lo Yorkshire di Manon.

Nel frattempo, lei riuscì a voltarsi e a guardarli in faccia. L'uomo con le gambe arcuate si stava accendendo una sigaretta. Il suo compare con gli occhi azzurri e il naso bulboso estrasse dal quaderno di Grace i fogli stampati all'Istituto e se li infilò nella tasca dei jeans, poi cominciò a smanettare con il suo iPhone.

« Qual è la password, Grace? » Aveva un po' di affanno per via della corsa e della colluttazione. « Basta che mi dici la password e ce ne andiamo. Altrimenti... » Mimò un calcio con lo stivale nero.

« Adesso chiamo la polizia! »

L'uomo con le gambe storte rise. « La password, Grace. »

Sembrava che provassero un certo gusto a ripetere il suo nome.

« Vaffanculo », sibilò lei.

Un attimo dopo, l'uomo che le aveva preso quaderno e telefono le si avvicinò e le piantò lo stivale sulla schiena, spingendola di nuovo a faccia in giù sul selciato. Poi la fece voltare, le poggiò la suola sull'addome e caricò tutto il proprio peso. Grace cercò in tutti i modi di staccarselo di dosso o divincolarsi, ma lui era troppo forte. Riusciva a malapena a respirare. « Ora basta parlare con l'FBI, Grace. »

« O con chiunque altro », disse quello con le gambe storte.

Lei cercò di appiattire la schiena sul selciato in modo da ricavarsi lo spazio necessario per respirare.

« Sappiamo chi sei e chi sono le persone a cui vuoi bene. Sappiamo dove stai andando », disse l'uomo con gli occhi azzurri sventolandole davanti al viso l'iPhone e il quaderno. « Tra poco sapremo tutto e non avremo più bisogno di te. A meno che tu non decida di collaborare. Giusto? Allora, con chi hai parlato di questa storia? »

Per un attimo le tolse lo stivale dall'addome e Grace annaspò. « L'ho già scritta, l'inchiesta. E le persone a cui l'ho mandata, se non avranno mie notizie... »

Lui abbassò di nuovo lo stivale. « Quali persone? »

Alle spalle dei due uomini all'improvviso comparve una luce, dei fari, una macchina in movimento. L'uomo spostò la suola dall'addome al volto di Grace, facendole esplodere il naso di dolore e poi mandandola a sbattere con la nuca sul selciato. Quando la macchina cominciò a rallentare, i due si allontanarono verso il Ponte Carlo.

Troppo furiosa persino per piangere, Grace si rialzò e cominciò a gridargli dietro. L'auto era una delle Craig in dotazione all'ambasciata e la superò lentamente, senza che lei riuscisse a distinguere nulla all'interno dell'abitacolo.

Dalla borsa non era stato preso nient'altro. Il portafogli

e il passaporto c'erano ancora, insieme a mutande, calzini, deodorante, spazzola, assorbenti, shampoo e balsamo del Four Seasons, rossetto e matita per le sopracciglia. In assenza di fazzoletti, si tamponò il naso sanguinante con un paio di mutande.

Invece di ritornare all'ambasciata a riempire pratiche inutili, Grace si diresse verso il Ponte Carlo. Perché non l'avevano uccisa? Sarebbero stati altrettanto gentili quando avessero scoperto con chi aveva parlato, che in realtà nessuno aveva quella inchiesta e che non c'era *nessuna* inchiesta?

Seminascosta dal flusso incessante di turisti, spuntò l'insegna luminosa di un negozio di elettronica che vendeva anche telefoni, schede SIM e relativi accessori. Grace comprò uno dei Samsung meno costosi, con un pacchetto dati minimo.

A Montréal era pomeriggio inoltrato, quando Steadman Coe rispose al telefono.

« Sei in ufficio? » gli chiese lei.

« Sì. Da dove stai chiamando? Il numero... »

« Sono ancora a Praga, mi hanno appena aggredita. Quegli uomini mi pedinavano. Mi hanno rubato il quaderno degli appunti e il cellulare. Mi rendo conto solo adesso che devono aver hackerato il mio portatile, quindi sapevano a cosa sto lavorando. Sono una stupida. »

« Quali uomini, Grace? E a *cosa* stai lavorando? In che senso sei stata *aggredita*? »

« Steadman, ascoltami. Sto lavorando a una storia. È una faccenda grossa. »

« Non c'entra Violet Rain, vero? Quella non è una storia. E comunque l'ho già comprata. Se invece è per quell'idea del libro, ti ho già detto di no. Lei non vuole. Josef Straka mi ha detto che... »

« Ero con Elena nella città in cui è nata e poi ci sono tornata da sola. Ho conosciuto alcune persone che mi hanno raccontato di quando lei era ragazza, mi hanno parlato di un uomo, un russo. Credo fosse del KGB. E anche i suoi genitori... »

« Cosa c'entra tutto questo con lo scippo? »

« Non mi hanno scippata! » Grace tacque e si costrinse a respirare. « Elena non è chi credi che sia, Steadman, e ho l'impressione che si tratti di una vicenda fondamentale in vista delle elezioni della settimana prossima. Se facciamo in fretta... »

« Cosa? Che succede se facciamo in fretta? »

« Questo potrebbe cambiare tutto. Le persone che mi hanno parlato di lei sono morte in un incendio. »

« Un incidente? »

« No, decisamente no. »

« Aspetta, aspetta, aspetta. C'entrano i russi? »

« Sì. Ora mi metto subito a scrivere un promemoria con quello che ho scoperto finora e te lo mando. »

« Grace, no. Possiamo discuterne quando sarai rientrata, ma non scrivere neanche una parola su questa storia. Primo, lei e Anthony sono divorziati da secoli. Secondo, non importa più un cazzo a nessuno di Elena, nonostante i nostri tentativi di riportarla in auge. Terzo, con le stronzate dei russi io non voglio avere niente a che fare. È una montatura. Non ci siamo fatti il mazzo in questi anni solo per lasciarci abbindolare da un mucchio di spazzatura. Perciò, ascoltami: tornatene a casa. »

« Domani atterro a Miami, vado a trovare mia madre e

poi vengo da te. Tu nel frattempo vedi di disdire il mio contratto telefonico e denunciare il furto dell'iPhone.»

«Non scrivere *una sola parola* su questa storia.»

Grace riattaccò e si mise a guardare le acque scure della Moldava. Le tornò in mente il giornalista britannico spinto giù dal Clifton Suspension Bridge e all'improvviso si rese conto di essere ancora in debito d'ossigeno, come se avesse appena fatto di corsa tre piani di scale.

Poi si infilò tra le decine di serafici turisti notturni che attraversavano il ponte, diretti come lei verso un letto dove dormire. Loro però non avevano la faccia insanguinata, né l'impronta di uno stivale sul petto, e nemmeno il sapore della ghiaia in bocca.

21

New York, 1977

Il giorno prima del matrimonio, Elena Klimentová disse al futuro sposo di dover fare un'ultima sessione di shopping. Aveva dimenticato di comprare dei regali per le damigelle d'onore, Danika e altre due ragazze della Kara Modeling, una russa e una slava. Anthony non sembrò nemmeno accorgersi della sua assenza. Le nuove berline Craig non vendevano granché e lui aveva sempre difficoltà a gestire le aspettative dei concessionari « piagnucolosi, deboli e impazienti » di chissà quale posto sperduto d'America.

D'altro canto, però, la produzione di cuscinetti a sfera, il ramo dell'azienda che lo interessava di meno, andava abbastanza bene da non trasformare in un dramma le perdite nel settore auto.

Elena aveva contribuito a convincerlo che un matrimonio con una modella straniera dall'accento esotico avrebbe rafforzato la popolarità del marchio Craig. Era una bella storia e lui aveva già cominciato a sbandierarla ai quattro venti: *una ginnasta olimpica che proviene da un'antica famiglia europea di costruttori di automobili esautorata dal comunismo. I suoi genitori, che non possono espatriare nemmeno per il matrimonio della figlia, sono bloccati in Cecoslovacchia, dove devono fare ore e ore di coda per il pane e la carta igienica! Lei invece è qui, e adesso è capo progettista della Craig International.*

Anthony non era ancora abbastanza famoso da attrarre

i paparazzi, dunque nessuno a New York riconosceva Elena per strada. Quando l'autista la accompagnava da Bloomingdale's, lei sapeva di potersi muovere indisturbata. Le ci vollero solo dieci minuti su Lexington Avenue per arrivare all'Hotel Beverly.

Pur essendo un magnifico albergo in stile Beaux-Arts, nessuno l'avrebbe mai inserito nella classifica dei dieci migliori hotel di New York. Elena era certa che Anthony non avrebbe mai ospitato un cliente o un socio in affari in un hotel come quello. Se fosse stato di sua proprietà, lei avrebbe rimpiazzato le vecchie tende, rifatto la moquette e lucidato a dovere la pietra scolpita. Nella hall si diresse subito verso l'ascensore e scelse come destinazione il terzo piano. Sergei le aveva spiegato come farsi riconoscere alla porta. Avrebbe dovuto bussare una volta, contare fino a tre e poi bussare altre tre volte.

Quando arrivò davanti alla stanza di Sergei, Elena era già sull'orlo del collasso emotivo. Era ormai più di un anno che viveva in una costante finzione, ma nelle ultime settimane la recita si era fatta intollerabile. Ogni volta che lei scoppiava a piangere all'improvviso, Anthony attribuiva la sua disperazione all'impossibilità di avere accanto i genitori nel giorno più importante della sua vita. Elena non conosceva molte donne felici, ma le poche fortunate avevano tutte una cosa in comune: l'aver potuto decidere del proprio destino. Per una donna non c'era nulla di peggio che sentirsi in trappola, che fosse per colpa dell'uomo sbagliato, della miseria, della religione o della tradizione.

Nel frattempo, Danika aveva sposato Carlos, che lavorava ancora per il senatore, progettava ancora di candidarsi alla Camera dei rappresentanti, e ogni tanto si ubriacava ancora, scaricando su di lei la colpa di tutti i suoi fallimenti, gridandole che era una puttana e rifilandole anche qualche manrovescio. Dal canto suo, ormai Danika beveva quanto lui, per divertirsi aveva bisogno di sniffare cocaina e per dormire le serviva il Valium. Era diventata una vera newyorkese.

Aveva fatto un certo effetto a Elena scegliere Danika e le altre due rondini come damigelle d'*onore*, soprattutto perché in quello che facevano non c'era neanche un briciolo di *onore*, ma erano pur sempre le sue uniche amiche, le sole che la capivano davvero.

Naturalmente Sergei si sarebbe detto convinto del contrario: cosa c'era di più onorevole del loro lavoro e del loro sacrificio?

Toc [pausa] [pausa] [pausa] toc toc toc.

Durante le frequenti visite a New York, Sergei recitava la parte di un commerciante di violini russo rifugiatosi a Parigi e indossava gli stessi giubbotti sgargianti che spopolavano tra gli occidentali. Quel giorno, però, nella silenziosa penombra rischiarata dall'abatjour della stanza, indossava un completo di lana color carta da zucchero.

Elena aveva sperato che vederlo le migliorasse l'umore, ma fin dal primo istante la visita ebbe invece su di lei l'effetto opposto. La camera odorava di whisky. Sergei aveva la camicia che gli penzolava fuori dai pantaloni e i pochi capelli rimasti appiccicati al cranio.

Una volta chiusa la porta, si baciarono e si abbracciarono.

Lui le sussurrò in ceco all'orecchio: «Non parlare più forte di così».

«Ma non sanno nemmeno chi sei.»

«Non è detto, Elenka.» Sergei fece il giro del letto e andò alla scrivania, dove c'era una macchina da scrivere portatile. Accanto, erano poggiati una bottiglia di Jameson e due bicchieri, uno dei quali era mezzo pieno e circondato da varie goccioline. Sergei riempì il secondo bicchiere quasi fino all'orlo e lo passò a Elena. « All'amore. »

Lei sollevò il bicchiere. « All'amore. »

Restarono zitti entrambi. Attraverso i vetri sottili delle finestre penetrava il frastuono della città ai loro piedi: un misto di clacson, sirene e urla inintelligibili. Elena era venuta con l'intenzione di dirgli tutto, di svuotargli addosso la sua anima non appena la porta si fosse richiusa alle sue spalle. Ma eccolo lì, sudato e appesantito, come un soldato dopo una sconfitta. Sergei le mise la mano sinistra sul viso. Lei pensò che volesse baciarla di nuovo, ma lui si limitò a bisbigliarle che nessun altro dei docenti del programma speciale aveva visto in lei le potenzialità che aveva scorto lui. C'erano centinaia di rondini in giro per il mondo, ma nessuna era riuscita in un'impresa anche solo vagamente paragonabile alla sua. Aveva vinto lui.

Elena avrebbe voluto andarsene. Nel tragitto fino all'albergo, si era immaginata un incontro completamente diverso. Sergei ormai era un'altra persona, non migliore di Anthony in fondo. Intanto si era tolto la giacca e si stava sbottonando la camicia. Non una sola cellula del corpo di Elena desiderava ciò che desiderava lui.

« Sergei, non ho tempo », gli disse.

Era una bugia, però, e lui lo sapeva. La afferrò dai fianchi e, quando le scivolò di mano il bicchiere di whisky, lui scoppiò a ridere. « Mi sa che oggi è la tua giornata fortunata. Non mi serve molto tempo. »

Sotto di lui, nella luce morbida che avvolgeva la camera, stringendo i denti nella speranza che tutto finisse in fretta, Elena si mise a piangere. Per un attimo, temette la sua furia, ma Sergei si limitò a leccarle le lacrime dalle guance, come se per lui si trattasse soltanto di ordinaria amministrazione e il giorno prima avesse fatto la stessa cosa con un'altra promessa sposa il giorno prima del matrimonio.

Elena aveva con sé il suo diario, con la lista degli uomini che aveva conosciuto, quelli deboli e falliti, quelli in bancarotta, quelli che le avevano chiesto la mano, l'omosessuale non dichiarato. Elena non si era mai considerata un'agente o una spia. Lei non reclutava né comprometteva mai nessuno. Niente risse o sparatorie. Nessun veleno da preparare. In confronto alle altre donne del suo giro di Manhattan, aveva una vita piuttosto noiosa.

Quando ebbe finito, Sergei si sedette sul letto, nudo e fradicio di sudore. *Humpty Dumpty con qualche capello in più*, pensò Elena.

« Brava la mia ragazza », disse lui chino sul diario, sorseggiando il whisky. « Davvero, non potevi fare di meglio. »

Più successi otteneva lei, meglio avrebbero vissuto i suoi genitori. Questo, almeno, era un vantaggio. A settembre, lei e Anthony si sarebbero trasferiti in un attico di quattro stanze con vista su Central Park. L'appartamento era un regalo di nozze da due milioni di dollari da parte dei genitori dello sposo ed Elena aveva già cominciato a progettarne la ristrutturazione. Anthony si fidava ciecamente del suo gusto, anche per le stanze dei bambini. Lui voleva una grande famiglia: cinque o sei figli.

« Dobbiamo farne il più possibile », le aveva detto una volta durante una cena ad Aspen in compagnia del suo concessionario migliore e della consorte. « Guardatela, questa donna meravigliosa! E poi guardate me! È un nostro dovere morale! »

Elena sapeva quello che Sergei si aspettava da lei ogni volta che Anthony si esibiva in simili smargiassate: adulazione e risatine. L'obiettivo del programma speciale era del resto molto semplice: incoraggiare ed eventualmente creare motivi di caos e disordine negli Stati Uniti, affinché la democrazia si autosabotasse.

Senza staccare la bocca dal bicchiere, Sergei mormorò qualcosa, poi fece un cenno a Elena, che aveva già quasi finito di rivestirsi. « E ora va'. Sposa il tuo industriale prima di diventare troppo vecchia. *Divide et impera.* »

22

Praga, 2016

William si alzò dai gradini di pietra della drogheria dove si era seduto ad aspettare e fece un passo incerto verso Grace. « Dio mio. Cosa ti è successo? »

Lei infilò la mano nella borsa ed estrasse un mazzo di chiavi brandendolo come un'arma. « Che cosa ci fai tu qui? »

« Be', avevamo un appuntamento per cena, no? » disse lui indietreggiando. « Una specie, almeno. Questa è l'unica drogheria della città vecchia, perciò non è stato difficile trovarti. Quando non ti ho visto, io... »

« Tu cosa? » chiese Grace.

« Be', ero preoccupato che ti fosse successo qualcosa. Dopo quello che abbiamo scoperto ieri, all'Istituto, ero un po' spaventato. E anche tu. » William fece un altro passo verso di lei. « E avevamo ragione, no? Stai sanguinando. »

Grace era troppo stanca per fargli il terzo grado e accertarsi che anche lui non fosse una spia, un agente segreto o un sicario. Per la prima volta da quando si era svegliata quella mattina, aveva fame e non c'era cibo nella sua stanza. Tentare di sfuggire ai suoi persecutori era inutile, visto che su di lei ormai dovevano sapere tutto: dove dormiva, cosa aveva scoperto, cosa aveva scritto.

« Ho fame. Possiamo mangiare? »

« Certo. Vuoi andarci subito? Non ti offendere, Grace,

ma forse sarebbe meglio che ti dessi almeno una sciacquata al viso. »

Con una certa riluttanza, lei aprì il portone e precedette William lungo le scale. Gli chiese di aspettare nella minuscola cucina, mentre si dava una sistemata in bagno. Dal naso il sangue le si era sparso su mezza faccia. I capelli erano un disastro. Sulla giacca e in fronte si stagliava palese l'impronta di una scarpa. L'acqua calda sul viso fu un tale sollievo che le sfuggì uno strano incrocio tra un singhiozzo, una risata e un urletto isterico.

« Tutto bene, Grace? »

« Sì, grazie. »

S'infilò una felpa e un paio di jeans e, prima di uscire, si ricordò di rimettere in borsa il coltello da cucina.

Mangiarono in un ristorante fusion ceco-indiano che chiudeva tardi. Tavolini scuri, poltroncine con l'imbottitura dorata e luci soffuse. Quando si furono seduti in un angolo, con l'acqua già versata nei bicchieri e i menu in mano, Grace diede una lunga occhiata alla sala per vedere se qualcuno li stava osservando, ma nessun altro cliente era a portata d'orecchio.

Durante il tragitto a piedi verso il ristorante, Grace aveva raccontato a William la propria giornata ricca di spunti senza mai smettere di sorvegliare le sue reazioni. Anche se non si poteva escludere che, in quanto spia, avesse ricevuto un'ottima formazione attoriale, lui le era sembrato sinceramente sconvolto.

« Devi fermarti, Grace. Devi tornare all'ambasciata. »

« Non servirebbe a niente. Pensano che io sia una povera pazza. » Lo fissò, scrutando i suoi occhiali sporchi. « Tu invece per chi lavori, William? »

William spostò il bicchiere d'acqua per poter gesticolare

con agio, come piaceva a lui. « Credi davvero che ti abbia seguita fino all'Istituto, che ti abbia portato nell'archivio al primo piano fingendomi contrariato e che poi me la sia fatta a piedi sotto la pioggia fino in centro, ti abbia presentato Milan, mi sia finto stupito per le tue scoperte su... su che cosa, esattamente? Quale sarebbe il mio movente segreto? »

Lei fece spallucce. « Magari lavori per loro. »

« Per chi? »

« Non lo so, non lo so! Ordiniamo del vino? Tre giorni fa, ero solo una giornalista che scriveva per una rivista scandalistica da supermercato. A nessuno importava quello che scrivevo. Nessuno si sarebbe sognato di credere a una sola parola. »

« Ora che ti hanno aggredita, però, all'ambasciata ti prenderanno un po' più sul serio, no? » disse William in tono gentile. « Ti accompagnerò io e confermerò la tua versione. Non ha senso rischiare di farsi male di nuovo, se non peggio. »

« Non ho nessuna prova per dimostrare l'aggressione. »

« Hai la tua faccia! E comunque la polizia potrebbe... »

« Li ho già minacciati dicendo che avrei chiamato la polizia, ma si sono messi a ridere. A gente come quella, la polizia non può fare nulla, sono al di sopra. »

« Al di sopra? » chiese William.

« In un certo senso, sono loro la polizia. » Grace finì il bicchiere d'acqua. « È da quando mi sono rialzata da terra in quel vicolo che mi chiedo perché non mi abbiano ucciso. Per loro sarebbe stato molto più facile, se non addirittura preferibile. L'unica ragione dev'essere perché quei due – o anche tu, William? – vogliono sapere esattamente che cosa so e con chi ne ho parlato. E io ne ho parlato con te, Milan, Steadman, Elena... »

« Ieri sera, dopo la seconda birra, ho chiamato Milan e sono tornato nel suo ufficio. Ero un po' brillo e mi sentivo in vena di complottismo. Se cerchi online la biografia di Elena Craig, punto per punto... »

Il cameriere, un ragazzo nemmeno trentenne con la zazzera, si avvicinò al loro tavolo con un inchino. William ordinò una bottiglia di Mopr, un moscato della Moravia, e un misto di piatti tradizionali cechi e stuzzichini tandoori.

Quando il cameriere se ne andò, William riprese a parlare a bassa voce. « La prima cosa che salta all'occhio è la laurea all'Università Carolina. Nei registri non ce n'è traccia. Quindi cosa ci faceva a Praga, dopo essersene andata da Mladá Boleslav? Seconda cosa: l'uomo di Strasburgo. La versione ufficiale vuole che lui fosse un atleta professionista e che si siano incontrati a qualche gara sportiva. Eppure, indovina un po'? Anche se Elena si è sempre vantata dei successi da ginnasta, il suo nome scompare dalle liste degli atleti a partire dal 1968, quando lei aveva diciotto anni. Dal 1969 al 1972, quando vogliono farci credere che abbia incontrato quel francese... »

« Si chiama Jean-Yves de Moulin. Gli ho parlato stamattina. »

« Be', lei non gareggiava già più e comunque all'epoca non si è mai svolto nessun torneo franco-cecoslovacco. Quindi, qualcuno ha fatto scomparire il suo nome dai registri delle gare, il che mi sembra assurdo, dato che fanno parte della sua storia personale ufficiale. Oppure... non è mai successo nulla di tutto questo. Né la laurea all'Università Carolina, né la ginnastica. »

« Il che rende ancora più improbabile la sua partecipazione alle Olimpiadi. »

« Esatto! Perciò come ci è finita a Strasburgo? Perché, fra tutte le città europee, proprio lì? Avrei voluto che stamattina mi chiedessi di accompagnarti. »

Il cameriere tornò con il vino, lo aprì e invitò William ad annusare il tappo di sughero. Poi gli versò due dita di moscato; William lo fece vorticare un po', quindi infilò il nasone nel bicchiere, assaggiò e disse in ceco che era delizioso.

Dopo il brindisi, seguito da un lungo sguardo e qualche sorso di quello che era il primo bicchiere della loro prima vera uscita, ci furono almeno dieci secondi di silenzio. Fu Grace a romperlo. « Cosa devo fare? »

« L'unica decisione ragionevole è lasciar stare », disse William. « Oltre che impossibile, è pericoloso. *È morta della gente.* Possono ucciderti quando vogliono. E poi il tuo capo ti ha già detto di no. »

Arrivarono gli antipasti: salmone e granchio che odoravano di curry, quaglia marinata nel vino al miele e pâté di cervo. Grace lo trovò assurdo: credi di stare per morire e, un'ora dopo, stai mangiando una quaglia.

« Ma tu non hai intenzione di tirarti indietro, vero? » le chiese William.

« No. Domani vado a Miami, a trovare mia madre. Poi torno a Montréal. »

« Dove ha vissuto Elena Klimentová prima di trasferirsi a New York. »

« Già. »

« Quindi ti metterai di nuovo a spulciare gli archivi. »

« Naturalmente. »

« Posso unirmi a te? »

Grace ponderò a lungo la risposta. Anche se il vino cominciava a fare effetto, non era ancora convinta. Quell'uomo aveva aspettato due ore davanti a una drogheria, a fine ottobre, a Praga. « Che vuoi dire? »

« Che mi piacerebbe venire con te a Montréal. » Rabboccò i bicchieri di vino. « Sono uno storico, specializzato in regimi totalitari, movimenti popolari e politica. Presto l'ex marito di Elena potrebbe essere il nuovo presidente degli Stati Uniti. E fino a gennaio sono in anno sabbatico per lavorare a un progetto di ricerca. Fino a ieri, pensavo che avrei scritto il solito saggio, di quelli che avrebbero letto al massimo nove miei colleghi per poi subito dimenticarsene. Ma questa storia, invece... Questa sì che è un progetto di ricerca. Quindi vorrei... aiutarti. Proteggerti. »

Lei si limitò a fissarlo.

« Non mi fraintendere, la London South Bank University è un'ottima università », disse lui togliendosi gli occhiali, pulendoli con il tovagliolo e inforcandoli di nuovo. « Ho sempre pensato di rimanerci fino alla pensione e la prospettiva non m'infastidiva. Ma se devo essere sincero, Grace, chi non preferirebbe una bella cattedra a Cambridge? E ho come l'impressione che questa sia la mia unica occasione per fare un salto di qualità. »

23

Horky nad Jizerou, Cecoslovacchia, 1978

Petr Kliment aveva in braccio Kristína, la nipote di sei mesi, su uno spiazzo d'erba in riva al fiume Jizera. Quando Elena fece per riprendersela, il nonno baciò le guance paffute e la testa ancora quasi calva della bambina e le sussurrò qualcosa nell'orecchio. Elena temeva che la stringesse troppo forte.

« Non posso lasciarla, Elenka. È l'esserino più bello e profumato che abbia mai toccato in vita mia. »

Prima di allora, Elena non l'aveva mai visto piangere.

La macchina, però, la aspettava con il motore già acceso, e l'impazienza degli uomini nell'abitacolo corrispondeva a quella dei loro capi a Praga.

Petr Kliment ormai passava sempre più tempo nella casa di campagna lungo il fiume, a sud di Mladá Boleslav. All'inizio ci andava solo d'estate, ma ormai non dovendo più lavorare aveva scoperto le meraviglie della pesca primaverile e autunnale. Ogni tanto lo raggiungeva anche la moglie Jana, che però preferiva la vita cittadina, che fosse a Mladá Boleslav o a Praga, soprattutto ora che era tornata a essere la signora che in cuor suo si era sempre considerata.

Nel loro appartamento in cima alla collina, la quotidianità era più ricca di gioie e piaceri. Invece di essere guardati con disprezzo dai vicini, erano invidiati. Quando andavano a Praga potevano alloggiare in albergo e perfino passare dieci giorni all'Hotel Croatia a Duga Uvala. Anche se nessuno dei loro amici sapeva di preciso cosa fosse accaduto a Elena, Mladá Boleslav era una fucina di pettegolezzi. Di sicuro la ragazza non aveva disertato, altrimenti Petr e Jana sarebbero finiti in qualche campo di lavoro o direttamente in prigione. I due coniugi, al contrario, erano entrati a far parte della tranquilla élite boema. Facevano acquisti da Tuzex e compravano jeans e dolciumi con la valuta speciale riservata ai dirigenti del partito.

L'invidia degli altri non faceva di certo perdere il sonno a Jana. Era nata in una classe sociale particolare e ora era tornata a farne parte. E quanto ai vantaggi di cui beneficiavano, non erano diversi dal comprare o vendere al mercato nero, cosa che facevano tutti. Del resto, c'erano molte versioni del proverbio: « Se non rubi allo Stato, rubi ai tuoi figli ».

Elena prese la bimba dalle mani del padre, che si asciugò le lacrime e scosse la testa. « Sono davvero triste, Elenka. E non passerà. Andrà sempre peggio. »

« Sei triste perché ce ne andiamo, *tati*? Guarda che io e Kristína torniamo presto. »

« Voglio che torniate per sempre. Voglio che ti liberino da questa situazione », disse il padre stringendole un braccio. « Ora che hai avuto una figlia con uno di loro... »

« Con uno di loro? » Elena sorrise. « È mio marito, papà. Lo amo. Ho un lavoro molto importante, progettazione di auto e... »

Petr si avviò verso la casa, lentamente, le spalle ancora più curve, come se le bugie della figlia l'avessero sgonfiato.

« Non preoccuparti per lui », disse Jana. « Il tuo lavoro è davvero importante. Sei molto fortunata ad avere tutte queste opportunità. E questo ci rende felici. »

Elena abbracciò la madre e l'autista aprì la portiera posteriore della Škoda 120 GLS. Da totale inetta in fatto di automobili, Elena era ormai diventata una grande esperta, proprio come sua madre si era trasformata da casalinga rosa dall'invidia a matrona della società ceca.

« Torni presto? » le gridò il padre.

Jana alzò gli occhi al cielo. « Torna quando puoi, Elenka. Anche se mi farebbe piacere conoscere il tuo misterioso Anthony. »

Kristína era una bambina tranquilla e si addormentò non appena la macchina cominciò a risalire la valle. La strada era piena di buche e, pur trattandosi di un modello appena uscito, le sospensioni della Škoda erano talmente dure che in certi punti Elena dovette tener stretta la figlia che le sobbalzava tra le braccia. Anthony avrebbe voluto sapere tutto. Già se lo immaginava mentre parlava al tavolo della cena con gli invitati: « La Russia potrebbe essere una grande potenza militare. Potrebbe. Non ne sono sicuro. E voi? Da parte mia so che, se non sai produrre una macchina che non sia uno schifo totale, non vali granché. Stando a quello che mi ha raccontato Elena sulle auto dei comunisti, avremmo dovuto attaccarli *ieri* ».

Gli uomini sul sedile anteriore non le rivolsero la parola, il che giovava al sonno di Kristína. Nel corso degli anni, Elena aveva accumulato esperienza sufficiente per sapere che quei tizi non contavano nulla. E lo sapevano bene. Se per educazione si sentivano obbligati a riempire il silenzio con qualche banalità sul maltempo, le auto o la popolazione di New York, non era un problema. Di certo, però, non erano autorizzati a parlare d'altro.

Se il programma speciale le aveva fatto capire qualcosa, era che non aveva nessuna rilevanza che il sistema politico in vigore fosse il comunismo o il capitalismo. La rivoluzione sovietica aveva semplicemente rimpiazzato gli zar con i capi del partito. A New York, quasi nessuno riusciva a risalire dal fondo della piramide sociale. Certo, non era impossibile: Elena aveva conosciuto alcuni sopravvissuti all'Olocausto in qualche serata di gala, persone tormentate che erano giunte a Manhattan soltanto con una valigia e avevano finito per accumulare grandi fortune. Ma quelle persone erano più rare dei lupi a Central Park. Statisticamente insignificanti. Eppure, nella mitologia statunitense quello raggiunto da loro era il traguardo più nobile. Tutti i ricchi amici di Elena preferivano vantarsi dei propri umili inizi, piuttosto che riconoscere di provenire da famiglie agiate. Perfino a Anthony piaceva spacciarsi per *self-made man*, perché sembrava più intelligente che ereditare una proficua azienda di famiglia. In questo modo, si sentiva più americano.

Almeno a Mosca o a Praga erano più sinceri. C'era un solo modo di arrivare in cima alla piramide. Bisognava nascere lì e rispettare le regole del partito.

Altrimenti, bisognava fare quello che aveva fatto lei.

Parcheggiarono davanti all'Hotel InterContinental nel posto riservato ai taxi e ai veicoli dell'albergo.

Con la figlia in braccio, Elena attraversò il caos quasi silente della hall ed entrò in ascensore. Quando le porte scorrevoli si riaprirono sul ristorante all'ultimo piano, una donna sulla cinquantina, bassa, grassoccia e con le guance imporporate, le fece un breve inchino. « Mrs Craig? Sono la baby-sitter che le è stata assegnata in vista della riunione. Sarà un onore per me prendermi cura della piccola Kristína, in modo che lei possa dedicarsi alla discussione. »

« Ma... »

La baby-sitter allungò le braccia verso la bambina. « Non si preoccupi, Mrs Craig. Rimarrò su questo piano, non mi perderà di vista. Se Kristína dovesse svegliarsi, le darò da mangiare. »

Anche se le luci erano accese e una piccola squadra di camerieri di entrambi i sessi attendeva quasi sull'attenti al centro della sala, il ristorante all'ultimo piano dell'albergo sembrava deserto. In silenzio, il maître condusse Elena verso un tavolo d'angolo con vista sulla Moldava e il palazzo.

No, non era vuoto. C'erano due clienti.

Sergei si alzò per primo. Poi, più lentamente, l'uomo accanto a lui fece altrettanto. Il suo sguardo le ricordò quello di alcuni « professori » del programma speciale, le cui lezioni si erano tenute non lontano da lì. Quell'uomo era impassibile, non rivelava nulla. Elena non avrebbe saputo dire se fosse felice o depresso, deluso o impressionato, elettrizzato o annoiato.

Eppure, quello sguardo le dava una sensazione che provava spesso: quella che tutti i suoi segreti erano stati svelati. Loro sapevano. Sapevano che lei odiava le conseguenze di tutto ciò sulla vita di suo padre, che non si era mai fatto abbindolare dai bei vestiti della figlia né dalle foto del suo appartamento di New York, dalle case al mare, dalle vacanze, dagli amici famosi. Così come non era riuscita a darla a bere al padre, non c'era riuscita neanche con l'uomo che le stava di fronte in quel momento.

« Piacere, Aleksandr Mironov », disse porgendole la mano pallida e lievemente umidiccia.

« Elena Craig. »

« Sergei mi ha raccontato una gran bella storia su di lei e sul suo notevole marito. Prego, si accomodi. »

Elena si sedette e subito arrivò un cameriere con una bottiglia di champagne, la aprì e riempì i calici, mentre un suo collega serviva un vassoio di cracker accompagnati da una salsa scura: *tapenade*.

Mironov non le toglieva gli occhi di dosso.

Elena cercò di rassicurarsi: se avessero voluto eliminarla per qualche infrazione delle regole, le avrebbero dato appuntamento sulle rive deserte del fiume e non in un ristorante pieno di camerieri. E non avrebbero sprecato simili pietanze per una donna in procinto di morire. Avevano semplicemente deciso di offrirle champagne e *tapenade* perché sapevano quanto fosse stato difficile per lei andarsene prima da Strasburgo e poi da Montréal. Magari a breve sarebbe arrivato un vassoio di *escargot*, con qualche baguette e una *choucroute* alsaziana. A un'altra rondine avrebbero fatto servire invece una bruschetta e una bottiglia di Brunello di Montalcino, oppure *bangers and mash* con una stout inglese.

Il pomeriggio caldo stava sfumando in una lunga sera tiepida. Alcune finestre erano aperte e, insieme a un alito di brezza, entrava anche il vociare delle famigliole e dei bambini che passeggiavano lungo il fiume o più lontano sul ponte. Elena si voltò a controllare che la baby-sitter e Kristína fossero nei paraggi.

Sergei sollevò il calice. « A Elena Craig. »

« Grazie », disse lei alzando a sua volta il bicchiere.

« A Anthony Craig », disse Mironov.

Bevvero. L'assenza di musica in sottofondo contribuiva al disagio di Elena. Aveva un brutto presentimento, che non derivava soltanto dal silenzio e dalla formalità dei toni, né dalla presenza della baby-sitter con la bimba in braccio. Ogni volta che Mironov la guardava, Elena sentiva strisciare su di sé una lunga fila di formiche invisibili. E Mironov la guardava ininterrottamente.

« Mi racconti un po' di Craig », le disse.

« Sergei le avrà già raccontato tutto. »

« Sergei non lo ha mai conosciuto di persona. Voglio sentirlo da lei. »

Non era la prima volta che Elena riferiva al KGB, ma quella era una situazione diversa. Il loro non era un incontro ufficiale. Né Sergei né Mironov erano dirigenti, almeno non ancora. Erano solo cospiratori. Nessuno dei due prese appunti né diede a Elena l'impressione che se avesse sbagliato qualcosa sarebbe stata punita.

Cercò comunque di fornire loro un resoconto il più possibile puntuale e di soffermarsi su quello che avrebbe interessato di più i suoi interlocutori: il fatto che non aveva mai conosciuto nessuno tanto sicuro di sé eppure al contempo tanto insicuro. Oltre che l'uomo più ambizioso di New York, Anthony era anche il meno disciplinato. Non aveva segreti. Diceva a chiunque qualsiasi cosa gli passasse per la testa, e in gran parte erano bugie. Era vendicativo ma incline al perdono. Insomma, bastava lodarlo e adularlo di continuo.

« Che cosa pensano di lui i suoi pari? » chiese Mironov.

Elena non poté rispondere senza sentirsi in qualche modo ferita. « Lo considerano inferiore, un arrivista rozzo e presuntuoso. Ha ricevuto i soldi dal padre, che era un arrivista anche lui. Ha sposato una bionda scema della Cecoslovacchia che non parla nemmeno un buon inglese. Anthony è convinto che il suo pubblico, la sua fascia di mercato, sia una élite di uomini ricchi e potenti, aristocratici. Ma si sbaglia: quelli che comprano le sue automobili sono degli illusi senza speranza. »

« E lui lo sa questo? »

« In fondo al cuore, credo di sì. »

« E la cosa lo fa soffrire? »

« È un uomo dall'orgoglio smisurato. »

Mironov inzuppò un cracker nella *tapenade* e lo sgranocchiò rumorosamente. « Bisogna sempre ricordare che il saggio cammina a capo chino, umile come la polvere. »

« Non capisco. »

Sergei rise. « Elena, non puoi non capire. Aleksandr non è un grande fan dell'America, ma gli piace quel programma televisivo, *Kung Fu*. »

« Lo trasmettono spesso. »

« Aleksandr lo trova molto divertente. Lo cita di continuo. »

« Ho studiato varie arti marziali. » Il pallore di Mironov alla luce del crepuscolo virava su uno strano colore. « Sono maestro di kung fu. »

Incerta su come rispondere, Elena prese un po' di *tapenade*. Ricomparve il cameriere e rabboccò loro i calici con mano tremante.

Sergei tossì per annunciare l'intenzione di parlare. « Racconta ad Aleksandr delle ambizioni di Anthony. »

« Se la persona giusta gli dicesse di prendere una decisione o di fare qualcosa, be', lui lo farebbe. »

Mironov si pulì la bocca con un tovagliolo. « E chi sarebbe 'la persona giusta'? »

« Qualcuno di cui lui abbia stima », rispose Elena. « Un capitalista di successo, qualcuno proveniente da un'antica famiglia ricca. Magari l'amministratore delegato o il presidente di una società del settore mediatico. Per un uomo del genere, farebbe qualsiasi cosa. Rinuncerebbe alle macchine e ai cuscinetti a sfera e si metterebbe a produrre gabinetti. Se il proprietario del *New York Times* lo accogliesse nella sua cerchia di amici, lo definisse un guru dell'imprenditoria, un genio, e poi gli chiedesse di darsi ai wc, sono sicura che Anthony lo farebbe.»

«È fedele?» chiese Mironov.

«È l'uomo più infedele d'America.»

«C'è il rischio che la lasci?»

«No.»

«Elena sarà in grado di lavorarselo», intervenne Sergei. «E lei non divorzierà mai. Più che un matrimonio d'amore, il loro è un rapporto d'affari.»

Elena era entrata come progettista nella squadra incaricata di creare la nuova linea di automobili Craig che sarebbe stata lanciata nel 1980. Aveva scelto lei i colori della carrozzeria e tutti gli accessori interni. Basata all'ottanta percento su suoi disegni, la Craig Swift, la nuova «auto delle donne», era in tutto e per tutto una sua creazione.

Sergei, però, aveva detto una mezza verità. I primi tempi Anthony l'aveva corteggiata. Aveva rinunciato a una settimana ai Caraibi e aveva preso lezioni di sci di fondo per sfrecciare con lei sulla neve del Colorado. Nonostante i numerosi tradimenti, le era fedele a modo suo. Ed era orgogliosissimo di Kristína, anche se non la vedeva quasi mai.

Anthony ed Elena avevano ormai trovato solide scuse per non fare più l'amore.

«Nulla suggerisce che la CIA o l'FBI sappiano qualcosa di lei. Almeno, per quanto ne sappiamo dai documenti a cui abbiamo accesso.» Mironov spostò lo sguardo su Sergei per poi concentrarsi di nuovo su Elena. «Nel corso degli anni non si sono mai fatti vivi con lei, giusto?»

«Mai.»

«So che lei è una donna intelligente e capace», disse Mironov senza smettere di fissarla. « Ma in futuro, a mano a mano che la situazione si evolve, dovrà fare del suo meglio per sembrare sempre più stupida. »

« Perché? »

« Lei è ceca. Craig l'ha sposata per la sua bellezza, non per la sua intelligenza. Lei è una moglie trofeo, un orpello estetico, lo status symbol di un uomo ricco. »

« Non dev'essere per forza così. In America, le donne... »

« Se lei si mostrerà troppo intelligente e tutti sanno che suo marito è stupido... »

« Non credo che lo sappiano. »

« Non m'interrompa mai », disse Mironov guardandola senz'ombra di rabbia.

Elena era disorientata.

« Mi dispiace, Mrs Craig. Capisco che sia difficile accettarlo per una donna della sua età e della sua intelligenza che vive a New York, ma la verità è che a noi interessa solo suo marito. E sapremo essere pazienti. Lui ha un enorme potenziale per noi e non vogliamo metterlo a rischio per nessun motivo. Capisce? »

Elena guardò le bollicine risalire il suo calice di champagne. A chi si riferiva quel « noi »? Quell'uomo non era che un trascurabile ingranaggio nell'enorme apparato del KGB, come Sergei del resto. Erano solo giovani e cattivi, ma ancora senza potere. E quello non era neppure un vero incontro. Una bollicina di champagne schizzò fuori dal bicchiere e le atterrò sul palmo. Elena voleva andarsene il prima possibile. Voleva raccontare tutto a Anthony, così lui avrebbe potuto... no, non c'era nulla che potesse fare. E poi, se lei avesse confessato tutto, lui si sarebbe preoccupato soltanto per la propria reputazione e incolumità.

Non si poteva sfuggire al controllo di Mosca, e nemmeno a Sergei e a quel Mironov. Non c'era villaggio in Amazzonia dove non avrebbero finito per trovarla ed eliminarla, figuriamoci nell'Upper West Side di Manhattan. Sarebbe morta di overdose, di infarto, o in un incidente d'auto.

Avrebbero ucciso i suoi genitori. Kristína.

« Ora ci dica come intende attuare il piano che le abbiamo appena delineato, Mrs Craig », disse Mironov riempiendo il proprio bicchiere e quello di Elena, ma non quello di Sergei. « Sia sincera, però. Ci spieghi perché ha sposato questo buffone di New York e fin dove intende farlo arrivare. »

Nonostante lo champagne, Elena aveva la gola secca.

« Stiamo aspettando, Kingfisher », disse Mironov in tono severo.

24

Miami, 2016

All'aeroporto internazionale di Miami, spossata dall'insonnia e dalla tensione, Grace comprò una SIM americana con un piano dati per il suo telefono. Mandò un messaggio a Jason con il suo nuovo numero indicandogli un luogo dove farsi venire a prendere. Mentre aspettava accanto alle porte scorrevoli, cercò William Kovály su Google e trovò la sua foto sul sito della facoltà di Giurisprudenza e Scienze sociali della London South Bank University. Nell'immagine aveva i capelli in ordine e un gran sorriso aperto che spazzava via con un colpo di spugna ogni ipotesi di intrigo o mistero. Era professore associato di Storia, e nei due paragrafi della biografia si accennava alle tematiche della sua specializzazione: totalitarismo e rivoluzione.

Naturalmente, questo non provava ancora nulla. A una spia consumata bastavano dieci minuti per inventare un'identità credibile, e appena qualche ora per creare una pagina web di un'università. Tutto ciò che le era sembrato naturale, fino a quel momento, avrebbe invece potuto essere frutto di manipolazione: il loro incontro, il suo amico Milan con i capelli alla Einstein, la birreria, la cena al ristorante fusion ceco-indiano, l'attimo di imbarazzo davanti alla vetrina della drogheria quando Grace aveva deciso di non farlo salire e perfino la sua risposta galante: « Magari un giorno, a Montréal, avremo occasione di conoscerci meglio ».

Buonanotte, buonanotte, dormi bene, anche tu, *bon voyage*. Sembrava che William volesse prolungare apposta la loro conversazione nel vicolo medievale per nascondere il vero significato delle sue banali parole di arrivederci. In questo campo, però, Grace non si fidava del proprio istinto, visto che era ormai dall'estate del 2012 che nessuno ci provava con lei.

Sul nastro trasportatore, la valigia era arrivata piena di graffi e ammaccature nuove, e senza perdere altro tempo Grace cominciò a tirarsela dietro nel caldo afoso di quel periodo a cavallo tra la stagione umida e quella secca. Dopo il grigiore e il buio di Praga, il cielo terso e ferocemente assolato di Miami del tardo pomeriggio era quasi intollerabile. Quand'era stata l'ultima volta che aveva dormito otto ore filate? Dai finestrini aperti di macchine nuove e pulite riecheggiavano canzoni pop latine. Nessuno – letteralmente nessuno – indossava un giubbotto. Capì perché sua madre, il suo ex marito e ventuno milioni di persone avessero deciso di vivere in Florida, anche se per lei tutto quel chiarore e quella luminosità erano in qualche modo inquietanti.

Mandò un messaggio a Jason e cinque minuti dopo le sbucò davanti un SUV Buick bianco ghiaccio. Lui saltò giù in bermuda beige e maglietta da spiaggia di un giallo sbiadito. Fece di corsa il giro dell'auto per andare ad abbracciarla e la baciò sull'orecchio. « Hai un aspetto fantastico. »

« Ho un aspetto da vecchia. Ho il naso rosso e gonfio. E puzzo. Però, grazie. »

« Cosa ti sei fatta al mento? »

« Solo un graffio. »

« E com'è successo? »

« Sul selciato. »

Jason le mise la valigia nel baule. L'abitacolo era una specie di universo parallelo: nero, lucido e tempestato di quadranti fluorescenti, odorava di cuoio e plastica nuova, e aveva un microclima diverso, più fresco. Prima che Grace riuscisse a chiedere all'ex marito di abbassare un po' l'aria condizionata, scattò un coro di « Ciao, zia Grace ».

Le due bambine, di otto e dieci anni, erano vestite con costumi da principesse.

« Ciao, Claire, ciao, Kellie », rispose lei con un certo imbarazzo. La presenza delle figlie di Jason non l'aveva prevista. « C'era una festa di Halloween oggi a scuola? »

« Sì », rispose Kellie, la più grande, con un'espressione severa. « Indovina chi sono io? »

« Una principessa? »

« Sì, ma quale? »

« Oh, tesoro, lo sai che non le conosco tutte. »

« Elsa di *Frozen*? »

« Ma certo. In effetti, sei identica a lei. »

Mentre si allontanavano dall'aeroporto, le bambine cominciarono a cantare *Let It Go* e Jason chiese loro se per favore potessero cambiare canzone. « È solo la cinquantesima volta oggi », disse a Grace.

« Ti dispiacerebbe abbassare un po' l'aria condizionata, Jay? »

« Io sono Ariel. » Claire intonò qualche strofa. « Quella della *Sirenetta*, te la ricordi? Sono lei quando non è una sirena. »

« Perché ha fatto scelte sbagliate. » Kellie si chinò in avanti, facendo frusciare il vestito in poliestere. « Papi, puoi alzare un po' la musica? »

Jason obbedì e *Shake It Off* di Taylor Swift cominciò a rimbombare.

Sul sedile posteriore, le bambine cantavano scatenate. Poi si immisero in autostrada. Jason e Caitlyn avevano comprato una casa in riva al lago a Coral Springs, a mezz'ora di distanza dalla casa di riposo di Pompano Beach dove viveva la madre di Grace. Per questo motivo le visite dell'ex marito alla formidabile Elsie Elliott erano più frequenti delle sue, documentate da telefonate e selfie che Jason aiutava la donna a inviare a Grace.

Quando Jason fu certo che l'attenzione delle figlie fosse totalmente dedicata a Taylor Swift, diede un colpetto di gomito all'ex moglie. « Come hai fatto a graffiarti la faccia sul selciato? E cosa ci facevi a Praga? »

Il loro divorzio non aveva avuto nulla a che fare con segreti, rancori o tradimenti. Dopo tre anni di matrimonio, Jason voleva dei figli e Grace no. Non ancora, almeno. Avevano ormai più di trent'anni e lui non se l'era sentita di aspettare. Si era sempre immaginato la sua vita in un certo modo: avrebbe insegnato a giocare a calcio, partecipato al consiglio dei genitori, pianto davanti ai film d'animazione, rimboccato coperte ogni sera e cantato Taylor Swift in un SUV bianco americano di ultima generazione. Era più che disposto ad andarsene da Montréal: per la lingua, la moda, la politica. Per il loro quinto anniversario, aveva seguito Grace in un viaggio di lavoro nel Vermont, durante il quale lei aveva trascorso un giorno a scrivere l'articolo e tre giorni con lui. In un ristorante di sushi a Burlington, dove ormai la neve si stava sciogliendo, le aveva detto di non potersi più accontentare dei suoi *forse*, sia per quanto riguardava i figli sia per il trasferimento da Montréal. Lei, però, non poteva dargli più di un *forse*.

Davanti a una bottiglia di sakè caldo, Grace aveva sorpreso anche se stessa suggerendo l'eventualità che si lasciassero e rimanessero amici. Jason aveva pianto. Lei no. Meno di un anno dopo, a New York, lui aveva conosciuto Caitlyn, che lavorava nell'edilizia insieme al padre. Nel giro di pochi mesi si erano trasferiti a Coral Springs, per la carriera di Caitlyn, per il bel tempo e per la North Broward Preparatory School.

Prima di rispondere alle domande di Jason, Grace controllò lo specchietto retrovisore. Dietro di loro c'era un SUV nero.

« Potresti, per favore, prendere la prima uscita e poi rientrare in autostrada? »

« Perché? »

« La storia a cui sto lavorando farà arrabbiare un sacco di gente. Hanno cercato di intimidirmi. »

« Chi? »

« Quelli su cui sto scrivendo. »

« La stai scrivendo per il *National Flash*? Nessuno prende mai sul serio quello che c'è scritto. E comunque non si può minacciare un cittadino americano semplicemente perché esprime la propria opinione. Esiste la libertà di parola. La Costituzione parla chiaro. Sei andata alla polizia? »

Lei aprì il parasole e si ispezionò il mento. La ferita sembrava un grosso ragno. « Sono abbastanza convinta che quelli che mi hanno aggredita fossero poliziotti. Poliziotti cechi. »

« E allora? Devi dirlo alla nostra polizia. »

« Ci ho già provato. Mi hanno detto di compilare dei questionari. »

« Allora dovresti compilarli, Grace. Avanti, smettila di fare la misteriosa e dimmi di che cosa si tratta. »

Lei si voltò di nuovo a guardare attraverso il lunotto posteriore. Il SUV nero continuava a stare alle loro calcagna, anche se bisognava ammettere che praticamente metà delle auto immatricolate in Florida erano SUV neri.

Le bambine sapevano a memoria anche le parole di *Bad Blood.* Grace si rilassò contro lo schienale, decisa a non lasciarsi prendere dal panico. « Kellie, non indossate l'uniforme a scuola? »

« Sì, zia Grace. Per questo oggi è un giorno speciale. Possiamo tenere il costume per tutto il giorno. »

« Facciamo dolcetto o schersetto. » Claire non riusciva ancora a pronunciare bene la *zeta.*

« Ma voi avete promesso di tenere soltanto tre dolcetti per ogni tipo, vero, ragazze? » disse Jason ammiccando all'ex moglie. « Il resto del bottino lo hanno messo in un sacchetto e appeso al ramo dell'eucalipto che abbiamo in giardino. Poi questa sera arriva la fatina del baratto. »

« La fatina del baratto scambia i dolcetti con i libri. » Kellie incrociò le braccia. « Io proprio non la capisco. »

Jason imboccò l'uscita di Ives Estate, un sobborgo residenziale. Il SUV nero li seguì.

« Rallenta, Jason, per favore. »

I negozi lungo la strada offrivano saloni di manicure, fast food, centri di riparazione computer e agenzie di prestito. Essendo cresciuta nella fredda Bloomington, Grace si era sempre immaginata la Florida come una distesa infinita di spiagge fiancheggiate da torri bianche e perfette, palme, piscine e ragazzi di ogni colore dai muscoli scintillanti. Quando sua madre vi si era trasferita e lei era andata a trovarla, Grace aveva scoperto invece che, allontanandosi appena un po' dalla costa, la Florida era solo una pianura punteggiata di case mal tenute e palme secche.

« Svolta a destra. »

« Grace? »

« Ti prego, Jason, fa' come ti dico. »

Lui allargò le braccia in segno di resa ed entrò in un'area per roulotte e case mobili, dove uomini e donne erano seduti a bere birra su sedie di plastica bianca. In molte piazzole era parcheggiato più di un veicolo, proprio sull'erba, in mezzo alla vegetazione tropicale. Veicoli che sembravano immobili da tanto tempo. Raffiche di vento caldo sollevavano turbini di polvere. Nonostante i finestrini chiusi e Taylor Swift a tutto volume, Grace sentì una coppia che stava litigando a squarciagola. Kellie e Claire li guardarono dal finestrino mentre li superavano. Jason sospirò, Grace ripensò agli ultimi due mesi del loro matrimonio, quando ormai lui si era già trasferito a New York ma insisteva per incontrarsi ogni due settimane in un albergo del Nord dello Stato per *accertarsi* che il divorzio fosse davvero la scelta giusta.

« Qualunque cosa ti stia succedendo, Grace, sta solo a te decidere come intervenire, e a nessun altro. Sei tu che hai il potere. »

Il SUV nero svoltò dietro di loro.

« Ok. » Grace si sforzò di nascondere il terrore e, anzi, di non apparire nemmeno agitata. « Ora rientriamo in autostrada. »

Jason riprese Ives Dairy Road. « Mi stai facendo paura, Grace. »

« È tutto a posto. Sto bene. »

« Quanto ti fermi? Possiamo invitarti a cena? Non stasera, con tutto il trambusto di Halloween, ma magari domani, che te ne pare? »

Il SUV era rimasto tre macchine dietro di loro, poi quattro. « Resto solo per qualche ora. »

« Perché non cambi il biglietto e ti prendi una piccola vacanza? Caitlyn è ben integrata nel suo settore a Coral Springs. Conosce diversa gente che si occupa di benessere. Magari un paio di giorni in una spa non guasterebbero. E io sarei contento di prendermi cura di te, come un regalo di Natale anticipato. »

Il SUV era di nuovo incollato a loro.

« Anche a me è successa una cosa simile, l'anno che ci siamo lasciati, prima di conoscere Caitlyn, in quella città schizofrenica che è New York. Lavoravo troppo. Ero diventato completamente preda dei miei pensieri, se capisci cosa intendo. Il mio mondo, il modo in cui vivevo tutti i giorni e mi relazionavo con gli altri, era tutto scollegato dalla *realtà*. Capisci, quando si tratta di energia vera, anche se non la vedi la senti, e so che sembrano fesserie, Grace, specialmente a te, ma... »

Guardando nello specchietto retrovisore, Grace si rese conto che i due uomini a bordo del SUV erano gli stessi che l'avevano pedinata a Praga e a Strasburgo. Le si contrasse lo stomaco. Non facevano nulla per nascondersi o passare inosservati. *Volevano* che lei li vedesse. Quello con gli occhi azzurri, sul sedile del passeggero, mimò l'atto di scrivere qualcosa. O forse stava davvero scrivendo qualcosa: il numero di targa di Jason.

Grace immaginò di leggere la notizia online o di estrarre da una matrioska un altro articolo appallottolato: tragedia nella notte di Halloween, intossicazione da monossido di carbonio in una casa di Coral Springs, in Florida. Caitlyn, Kellie e Claire Kroeker.

« Per favore, fammi scendere qui. »

« Che cosa? In autostrada? »

« Coinvolgerti in questa vicenda è stata una pessima idea, egoismo puro. Quando ti ho telefonato ero troppo esausta e spaventata. Immagino che avessi bisogno di sicurezza, di normalità. Quei tizi mi hanno pedinato a Praga e a Strasburgo, e mi stanno seguendo di nuovo. »

« C'entrano qualcosa con il graffio sul mento? »

All'improvviso le bambine avevano smesso di cantare. « Papi? » disse Kellie. « Che succede? »

« Ora ti porto alla centrale di polizia di Coral Springs. »

« Accosta, per favore. »

« No, Grace. »

« Jason, le bambine non sono al sicuro. »

Grace aveva parlato a voce troppo alta. Kellie si sporse in avanti fino a far scattare il fermo della cintura. « Quali bambine non sono al sicuro? Noi? »

Jason scosse la testa, stringendo la mandibola e tenendo lo sguardo dritto davanti a sé sul rettilineo della I-95. Appena vide il cartello che annunciava l'uscita successiva – Hollywood, Florida – mise la freccia a destra con un gesto deciso. Grace non era mai stata a Hollywood, in Florida.

« Perché non siamo al sicuro, papi? » Kellie batté sul braccio di Jason. « Papi? »

« Stai seduta per bene e fai silenzio, principessa. Ne parleremo più tardi. »

Kellie obbedì. Claire, sul seggiolino, scoppiò a piangere.

« Non volevo spaventarvi, ragazze. » Grace si sentiva mostruosamente impreparata per quella situazione. Quando si trovava con dei bambini, tendeva a instaurare una comunicazione di tipo adulto. « Sono solo una persona un po' bizzarra. Non volevo dire che non siete al sicuro con me. Intendevo solo dire che è strano essere in macchina con me e che questa stranezza fa sentire un po' insicuri. »

« Puoi ripeterlo da capo, zia Grace? » disse Kellie. « Non ho capito. »

Jason imboccò una strada secondaria fiancheggiata da scuole, centri commerciali e qualche rara palma qua e là.

« Gira a destra. »

« *Gira a destra* », la imitò Jason, incredulo. « Grace, posso dirti una cosa senza che tu ti metta subito ad azzannarmi alla gola? »

« Come vuoi che ti risponda? » ribatté lei guardando il SUV nero farsi più vicino.

« Non sei cambiata affatto. Non sei cresciuta. Sì, ci vuole coraggio, ma ormai hai più di quarant'anni e dovresti averlo capito che le cose cambiano soltanto se noi facciamo uno sforzo. Montréal non è il posto giusto per te, anzi, è una città sbagliata per qualsiasi americano. Ora dirò una cosa che ti ho già ripetuto mille volte, ma sappi che è solo perché ti voglio bene che mi prendo la briga di spiegartelo ancora: tu sei troppo brava per il *National Flash*. »

« Potresti girare a sinistra e accelerare un po'? »

« Ho sempre voluto darti soltanto una mano. »

« Svolta lentamente a sinistra, come se stessimo facendo un giretto, e poi accelera. Quando ti dico di fermarti, fermati. Ti chiamerò più tardi, così ci organizziamo per la valigia. Mi dispiace tantissimo di averti coinvolto in questa faccenda. »

Sul sedile posteriore, le bambine piangevano in silenzio.

« Tesorini, giuro che mi farò perdonare, ok? »

« Ok, zia Grace », disse Kellie tra le lacrime.

Jason svoltò a sinistra.

« Adesso vai! »

Lui accelerò e nel finestrino sfrecciarono le villette a schiera di una periferia urbana più agiata.

« Fermati! »

Jason frenò tanto bruscamente che la Buick slittò sulla strada polverosa.

« Vi voglio un bene infinito. Mi dispiace. E grazie! » Grace aprì la portiera e, prima ancora di richiuderla, Jason era già ripartito. Lei corse in un giardino, fece il giro della casa e, una volta arrivata sul retro, si arrampicò sul recinto metallico. Saltò giù dall'altra parte, atterrando in un prato dove un uomo e una donna bevevano birra con i piedi a mollo in una piscinetta per bambini. Alle sue spalle sentì il ruggito di un motore e lo stridore degli pneumatici sull'asfalto.

« Ehi, lei chi è? » disse l'uomo.

Erano anni che Grace non correva con tanta urgenza. Faceva un caldo infernale, le facevano male il torace e la testa, ma almeno era meglio della nausea. Sulla strada accanto, di fronte a una casa dalla facciata dipinta di bianco, un gruppetto di uomini faceva capannello intorno a una macchina con il cofano alzato.

« Ragazzi, posso attraversare di corsa il vostro giardino? »

« Col cavolo », disse un tizio sovrappeso con una maglietta della Harley-Davidson e il cappellino dei Miami Dolphins.

Lei lo fece ugualmente e, mentre lui le gridava dietro, imboccò di volata il vialetto di ghiaia, attraversò il giardino che per fortuna era deserto e sbucò in un vicolo cieco, in fondo al quale due taxi erano parcheggiati accanto a uno spaccio di alcolici. Con l'ultimo rimasuglio di energie,

Grace raggiunse il parcheggio e fece un gesto in direzione dei due taxi.

Entrambe le portiere dei tassisti erano aperte. I due, che stavano chiacchierando tra loro, si voltarono a fissarla. L'uomo sull'auto di destra, con i capelli scuri e la barba brizzolata, si sporse in avanti. « Le serve un taxi? Dove deve andare? »

« Via da qui. » Grace chinò la testa e poggiò la mano destra sul cuore.

Quando sollevò lo sguardo, nessuno dei due tassisti sembrava morire dalla voglia di farla salire a bordo.

« Sicari russi. » Grace indicò contemporaneamente di fronte a sé e alle proprie spalle, incerta su dove fossero gli inseguitori. « Mi stanno dando la caccia, hanno un SUV e... »

L'uomo barbuto batté le mani, scese dalla macchina e aprì la portiera posteriore. « A bordo, signora. »

25

New York, 1984

Nel corso di un'imbarazzante cerimonia avvenuta nel 1982, Elena era stata nominata vicepresidente senior del settore progettazione della divisione auto della Craig International. La stampa newyorkese l'aveva presa in giro per settimane. Come poteva una svampita casalinga straniera essere all'altezza di una missione impossibile come quella di vendere agli americani qualcosa che non volevano?

Anthony siglò un contratto con un'agenzia di pubbliche relazioni per diffondere la storia di Elena: atleta olimpica, dissidente sfuggita al comunismo, erede di un'importante famiglia di progettisti di automobili. Ormai non passava mese senza che su qualche giornale comparisse una foto o un articolo sulla pittoresca coppia di successo formata dai coniugi Craig.

Poi cominciarono a uscire articoli ogni settimana: Elena in abito da cocktail, Elena che faceva la ruota a Central Park, Elena la stacanovista nel suo laboratorio di progettazione, Elena con la piccola Kristína.

Tre giorni a settimana dirigeva la squadra di progettisti a Manhattan e il resto del tempo lo passava nel suo laboratorio di Long Island. Perché non basta *disegnarla* su un foglio, la macchina più lussuosa al mondo, bisogna anche sedersi al volante.

Il posto in cui Elena avrebbe preferito essere, però, era nel suo appartamento a giocare con Kristína. Anthony non aveva mai cambiato un pannolino né prestato voce a un pupazzetto, non aveva mai preso un tè con Kristína nella casa delle bambole; ciononostante, sembrava impermeabile anche al minimo barlume di senso di colpa. Fare il genitore avrebbe significato per lui perdere tempo prezioso. Dunque, era più pratico incaricare una baby-sitter che se ne sarebbe presa cura per cento dollari al giorno.

Del resto, poteva permettersi le migliori baby-sitter del mondo.

Anthony cominciava a lavorare la mattina presto e quasi sempre finiva a tarda sera. Una o due volte alla settimana, viaggiava per il Paese facendo ritorno a New York in giornata. Quella era la prima sera da quasi due settimane che non dovevano presenziare a una cena d'affari, a un gala o a una raccolta fondi.

Quel martedì sera, quando l'assistente di Anthony era arrivato con due cartoni di Pizza Hut, Kristína si era messa a ballare e a lanciare gridolini di gioia. Era quanto di più vicino a una quotidianità famigliare potessero avere: una pizza al salame piccante e una al formaggio, Sancerre per mamma e Diet Coke per papà.

La TV era accesa su un notiziario.

Walter Mondale, ex vicepresidente, aveva prevalso nei caucus dell'Iowa ed era in forte vantaggio sugli altri democratici desiderosi di sfidare Reagan.

«Guarda quegli occhi.» Anthony stava mangiando in piedi, con le mani unte perché prendeva dalla pizza soltanto il formaggio lasciando l'impasto. Puntò una crosta verso il televisore. «Gli occhi di Mondale hanno qualcosa che non va. Io l'ho conosciuto, è un tipo noioso, di quelli che non stanno mai zitti, le labbra quasi non si muovono, fischia in modo strano quando deve pronunciare una *s*, ma il problema sono gli occhi. È intelligente, è vero, anche se è di una noia mortale. Però ha quegli occhi che lo fanno sembrare un cretino. Certo, quelli di Reagan non sono meglio dei suoi, ma la differenza è che Reagan *capisce lo spettacolo.* È un attore. E invece Mondale che cosa è convinto che sia la politica oggi? Un dibattito tra intellettuali? Chi gli ha messo in testa l'idea di candidarsi? Se Jesse non fosse nero, si candiderebbe lui. Sai una cosa, però? Lui è nero, ma hai sentito come ha chiamato gli ebrei? Ehi, Elena, mi stai ascoltando? C'era un articolo proprio oggi sul *Times*, l'hai visto? »

Kristína le si arrampicò in grembo. Voleva rubarle una fetta di salame piccante dalla pizza. Ovviamente Elena aveva letto l'articolo. « No. »

« No cosa? No alla bambina o alla faccenda su Jesse? »

« La seconda. »

« Ebreucci, li ha chiamati! E l'hanno pure registrato, il coglione. »

« Il *linguaggio*, Tony. »

« Sai cosa ti dico? Jesse è finito. Gli conviene spalleggiare subito Mondale e i suoi occhi da triglia. Dovrei candidarmi io. »

« Tu devi candidarti, tesoro. È il tuo destino. »

« E poi c'è Reagan. L'americano medio voterebbe anche per il suo cadavere. Non importa cosa dice. Può mettersi a recitare filastrocche, non cambia nulla. E Mondale pensa che voteranno lui? Se lo sogna. »

« Quando tu correrai per la presidenza, sarai come Reagan. »

Anthony lanciò la crosta in un cartone e scelse una fetta al salame piccante. Tirò via il formaggio e la carne, li arrotolò e se li mise in bocca.

«È proprio per questo che l'americano medio ti adorerà, Tony. Tu in fondo sei un selvaggio.»

Elena era l'unica persona che avesse il permesso di chiamarlo Tony. Lui riteneva che quel diminutivo facesse pensare a un italiano nanerottolo e sfigato, tipo un venditore di olio d'oliva del 1962. «Dillo di nuovo.»

Anche se dopo il parto Elena non aveva sperimentato nessuna fase di depressione, per qualche mese aveva comunque avuto l'impressione di vivere circondata da una cappa di tristezza. Non era soltanto per il matrimonio, per la prospettiva di dover passare il resto della vita con un uomo come Anthony. Aveva perso i contatti con Danika, che quando Sergei le aveva proibito di divorziare da Carlos era sprofondata in un tunnel di festini e droghe, e una sera di novembre, dopo aver chiamato Elena da una cabina telefonica, era scomparsa nel nulla. Carlos di certo non era un uomo di successo, ma la sua parabola non era sufficientemente disastrosa da innescare il divorzio, non ancora almeno. Proveniva da una potentissima famiglia cubana, perciò Sergei non voleva mollare il colpo.

Elena avrebbe voluto dire all'amica di andarsene via, di scappare, ma entrambe sapevano che non c'era via di fuga. Nessun posto in cui scappare.

Il corpo di Danika era stato ritrovato nell'East River. Carlos, parlando tra le lacrime nel corso di una conferenza stampa, aveva sfruttato la dipendenza e la morte di Danika per apparire come un fiero oppositore delle droghe, anche se Elena sapeva benissimo che era stato lui a far intraprendere all'amica quella strada.

*

La mattina dopo la pizza in famiglia, a bordo del Challenger di Anthony, Elena volò verso Bozeman, in Montana, insieme a tre delle sue migliori amiche: due rondini ucraine e una bulgara.

Lone Mountain Ranch era la più rinomata località per lo sci di fondo di tutti gli Stati Uniti. Elena non era mai stata una grande sciatrice, ma già a quattro anni il padre e i nonni l'avevano messa sulle piste. All'atterraggio, le quattro donne erano un po' inebetite dallo champagne bevuto a bordo dell'elegante cabina del jet privato, ma il freddo secco della montagna le riscosse dal torpore.

Arrivarono in una baita con sei stanze da letto e le travi a vista, circondata dalla neve. Nel camino scoppiettava un bel fuoco e le donne concordarono nel dire che sembrava d'essere in una versione più bella e profumata delle case in cui erano cresciute. Dopo cena, le amiche di Elena prepararono dei popcorn nel microonde e si misero in pigiama a guardare *Risky Business.*

« Io vado a fare una passeggiata », disse Elena guardando le amiche accoccolate sul divano.

Sei sicura? Ti accompagno! Non dovresti uscire da sola là fuori!

Naturalmente Elena non poteva permettersi di avere compagnia e in fondo nessuna aveva davvero voglia di accompagnarla. Si erano già scolate quasi tre bottiglie di vino e all'ombra delle montagne la temperatura era sottozero di parecchio. Nessuna di loro poteva essere sicura che gli orsi fossero ancora in letargo.

La baita in cui stava lui era a una distanza di circa dieci minuti a piedi. Le tende erano tirate e per l'ennesima volta Elena controllò nella borsa di avere preso tutto. Senza disturbarsi a bussare nel loro modo segreto, aprì la porta e andò direttamente in camera da letto. Luci blu e arancio si riflettevano sul corpo che era sul letto, completamente nudo fatta eccezione per mutande e calzini. Il fuoco ardeva nel caminetto. La TV trasmetteva *Cin cin.*

Senza dire una parola, Elena si tolse il parka e si sedette accanto a lui.

Sergei aveva fissato quell'incontro un mese prima. Era appena tornato da Mosca. Al centro operativo, il capo del primo direttorato aveva presentato loro i risultati del lavoro delle stazioni. Era furioso. Notizie riciclate e voci di corridoio abbondavano, ma in termini di intelligence vera e propria Sergei e i suoi equivalenti non avevano prodotto praticamente nulla. Le loro strategie d'azione erano ferme agli anni Sessanta. Negli Stati Uniti o in Gran Bretagna sembrava non importare più nulla a nessuno del comunismo, se non a qualche professore universitario divorziato e senza alcun potere. Erano degli inetti. Completamente inutili.

Da quel momento in poi, non avrebbe più avuto importanza se le loro pedine avessero qualche affinità ideologica con i principi fondanti dell'Unione Sovietica, oppure no.

Sergei fece l'imitazione del capo del primo direttorato. « Il mondo è cambiato e noi abbiamo bisogno di strategie nuove. Dobbiamo essere audaci. Dobbiamo essere creativi. Vinceremo, perché avremo la volontà di tentarle tutte. Non se lo aspetteranno nemmeno. »

« Parla come Tony. A parte l'accento, ovviamente. »

« Li conosci, Elenka, sai benissimo cosa sarebbero in grado di fare ai miei genitori. A mia moglie. Potrebbero spedirmi in una miniera di sale a Surgut, se sono fortunato. »

« Mi hanno detto che Surgut è bellissima ad agosto. »

« Non è vero. »

« Stavo scherzando. »

« Sei proprio diventata un'americana. Non so più quando mi stai prendendo in giro. »

Nell'ultima settimana, oltre che sull'aereo, Elena aveva cercato di ricordare come si sentisse quando era stata innamorata di Sergei. Il suo sogno più grande era stato un appartamento a Praga o a Mosca, una casa in campagna e una dacia sul Mar Nero. Quando a vent'anni fantasticava sui propri figli, aveva sempre dato per scontato che li avrebbe avuti con Sergei.

« Ho portato da bere », gli disse.

« Ce n'è già, da bere. » Sergei prese il bicchiere dal comodino e si scolò l'ultimo dito di whisky.

Elena glielo prese di mano e lo portò in cucina. Nella borsa aveva sei bottigliette di vodka da aereo e una confezione di succo di pomodoro. « Hai mai bevuto un Bloody Mary? » Le tremavano le mani.

Nella penombra Sergei le lanciò uno sguardo penetrante.

Nel cucinino, l'unica luce era sopra i fornelli. Elena versò due bottigliette di vodka in un bicchiere alto da cocktail, che poi riempì di succo di pomodoro. Dalla borsa tirò fuori un sacchettino in cui aveva messo tabasco, salsa Worcestershire, sedano in polvere, due gambi di sedano... e una fialetta di sale di ricino. Danika l'aveva ottenuto dai semi di ricino con una procedura cromatografica che avevano imparato a Praga, e l'aiuto di alcune sostanze chimiche che il suo spacciatore di fiducia le aveva procurato. Elena l'aveva tenuto in una cassaforte, pronta a restituirlo all'amica quando questa si fosse decisa a metterlo nella cocaina del marito.

Aprì la fialetta. Sergei avrebbe sofferto per ore. Lei voleva che soffrisse.

« Vieni, Elenka », la chiamò lui.

« Cosa hai bisogno che faccia? Voglio dire, ti serve una mano? Vuoi che coinvolga Anthony in qualcosa? » chiese lei rovesciando la fialetta nel bicchiere e mescolando con un cucchiaino. Poi aggiunse altra vodka. « Ci metto anche un gambo di sedano? »

« Ho già cenato. » Sergei spense il televisore. « Non ci servono drink alla moda. »

Lei portò il Bloody Mary su un vassoio.

Sergei era seduto con la schiena contro la testiera e, nel riverbero aranciato del fuoco, la fissava con un'aria un po' meno malsana del solito. « Temono che Reagan abbia in mente un bombardamento preventivo. Su obiettivi militari a Mosca e a Leningrado. »

« E... vuoi che io provi a scoprire se è vero? »

« Metti giù quel vassoio. »

Lei lo poggiò sulla scrivania, accanto alla traduzione russa di un romanzo di Gabriel García Márquez e una pila di giornali: il *Times*, il *Post*, il *Guardian*. « Tu ci credi, Sergei? »

« Secondo te, il tizio che ha recitato in *Bonzo la scimmia sapiente* vuole passare alla storia come l'uomo che ha distrutto il pianeta? »

Elena faticava a seguire il filo della conversazione. « Anthony parla spesso di Jesse Jackson. Siamo anche andati a cena con Mario Cuomo. Ed Koch... »

« Presto avremo un nuovo segretario generale, Elenka. E sarà qualcuno a cui importa più dell'economia che dell'ideologia. »

« Quindi... »

« Quindi, il tuo Anthony non è un comunista. Tentare di convertirlo è tempo perso. Se potesse scegliere il sistema politico che preferisce, opterebbe per la monarchia assoluta. A patto, naturalmente, di essere lui il sovrano.»

Le rare volte che Anthony parlava con sua figlia, le ripeteva che era la bambina più bella e intelligente d'America. Nessun'altra avrebbe potuto essere più graziosa o più acuta di Kristína. Perché lei era una Craig. *Sarai la negoziatrice più tosta di tutta New York. Li farai tutti secchi. Li ridurrai a pezzi. Al notiziario parleranno solo di te. Sarai la regina. La regina!*

La regina, a sei anni.

Sergei prese il Bloody Mary senza gambo di sedano e si portò il bicchiere alla bocca. Un attimo prima di schiudere le labbra e bere un sorso, lo poggiò sul comodino. «Spogliati.»

«Cosa?»

«Mi hai sentito.»

Elena rise. «Sei strano, oggi.»

«Spogliati.»

Lei cominciò sfilandosi il maglione.

«Lentamente.»

Quasi al rallentatore, Elena si sfilò una manica.

«Non comportarti come una puttana. Spogliati e basta.»

Sull'aereo, lei aveva cercato di non pensare al suo cadavere. In quel momento, però, non vedeva l'ora di avercelo sotto gli occhi.

Sergei raddrizzò ulteriormente la schiena e riprese il Bloody Mary dal comodino. «Secondo te, ci verrebbe a Mosca?»

«Chi? Anthony?»

«L'imminente ondata di cambiamenti creerà grandi opportunità per gli investitori stranieri.»

Elena aspettò che lui bevesse. Bastava un sorso.

« Il nostro contratto con la Fiat potrebbe finire in qualsiasi momento. Ovviamente, non parlo di macchine di lusso, solo... macchine normali. Potremmo organizzare la cosa in modo che sia economicamente conveniente per lui. »

Era rimasta in mutande e reggiseno. Anche se dopo il parto si era impegnata con tutta se stessa a perdere il peso in eccesso, nella luce sfavillante del fuoco si sentiva in imbarazzo. Avrebbe voluto coprirsi.

Avanti, bevi.

« Be'? » le chiese lui, sempre con il Bloody Mary in mano.

« Stonerebbe con l'immagine del brand, Sergei. Macchine comuniste. Magari la Volkswagen, ecco... »

« Non useremmo il marchio Craig. Sarebbe un nome diverso. Potresti anche inventarne uno tu. »

« Il settore auto non sta andando bene. Se non ci fossero i cuscinetti a sfera a tirarla su, la Craig International sarebbe già fallita. »

« Allora potremmo fare un accordo sui cuscinetti a sfera. »

« Anthony odia i cuscinetti a sfera. »

« Va bene, restiamo sulle macchine allora. »

Bevi, maledizione.

« Te lo ricordi Aleksandr Mironov, l'uomo che ti ho presentato a Praga? »

« Certo. »

« Ha un'ossessione per il tuo Anthony. »

« Ma Aleksandr non è un pezzo grosso. »

« Lo diventerà presto. Togliti il reggiseno. »

Lei obbedì.

« E le mutande. »

Sempre più in imbarazzo, Elena si tirò il piumone sulle gambe.

« Non muoverti. »

« Che cosa? Perché? »

Sergei scese dal letto, calmissimo, in mutande e calzini marroni. Con il drink in mano, le si avvicinò. Per la seconda volta Elena cercò di infilarsi sotto le coperte. « Ti ho detto di non muoverti! » gridò lui. Qualunque cosa fosse successa, nessuno avrebbe sentito nulla. Per qualche secondo, Sergei rimase immobile alle spalle di Elena, ma lei non si voltò. Poi lui le sollevò il bicchiere sopra la testa e la afferrò con l'altra mano. « Mi basterebbe rovesciartelo in faccia. Ti andrebbe su per il naso, e giusto un paio di granelli sarebbero sufficienti. »

« Sergei, di che cosa stai parlando? » Elena aveva la voce rotta.

« Piegati. »

« No, ti prego. »

« Sai che posso farlo quando voglio, a te, a tua figlia e ai tuoi genitori. »

« Sergei, io non... »

« Sta' zitta. Non voglio nemmeno che mi dici la verità. Non ti abbiamo addestrata per questo. Sei arrabbiata per Danika? Vuoi vendetta? Credi che sarai tu la prossima? » Nel frattempo, si era tolto le mutande, ma non i calzini. Allentò la presa e poggiò il drink avvelenato sul comodino, accanto al bicchiere di Elena. Pur senza vederlo, dal rumore e dal modo in cui respirava, Elena aveva già capito cosa stava facendo. Poi, senza preavviso, Sergei entrò dentro di lei.

Si coprì il volto con il lenzuolo, per soffocare un singhiozzo.

« Credi che sarai tu la prossima, Elenka? Be', ci hai visto giusto. Ricordati qual è il tuo posto e che cosa devi fare, o sarai senza dubbio la prossima. »

26

Miami, 2016

Il tassista era dell'Azerbaigian, gli piaceva la velocità e odiava i russi. Mentre Grace controllava nel parabrezza che il SUV nero non li seguisse, lui le raccontò del gennaio nero, quando l'esercito russo era arrivato a Baku e aveva ucciso migliaia di persone in strada, tra cui suo padre. E per cosa? Per nulla! Era ormai il 1990 e i comunisti avevano già perso. « Ha mai sentito parlare del massacro di Khojaly? »

Non c'era traccia del SUV. Grace aveva detto al tassista di andare a Pompano Beach, dove abitava la madre. Non voleva guidarli fin lì, ma del resto sarebbe stato ingenuo credere che non conoscessero il motivo del suo passaggio in Florida. Loro sapevano tutto.

« No », rispose. « Mai sentito. »

« Tutti dovrebbero sapere che cos'è stato! » Sulla Highway 1, l'uomo faceva lo slalom nel traffico a centoventi all'ora. Ai lati della carreggiata sfilavano palme, magazzini e condomini popolari. « Più di centosessanta azeri sono stati uccisi a sangue freddo dai russi e dagli armeni. Qui in America non ne sapete nulla. Credete che dopo la caduta del muro di Berlino sia stato tutto rose e fiori. E invece è successo nel 1992. »

A Dania Beach si fermarono a un semaforo accanto a una scuola. Trenta o quaranta bambini, travestiti per Halloween, attraversarono sulle strisce. All'improvviso Grace scorse nel parabrezza la sagoma del SUV nero che scintillava al sole.

Sentì una fitta di panico. « Dio mio, come hanno fatto a trovarci? »

L'uomo guardò nello specchietto retrovisore. « Sono loro gli stronzi? »

« Forse è meglio che scenda e mi metta a correre. »

« I russi usano i droni, signora. Non può correre. »

« Non voglio metterla in pericolo. »

Le ultime file di bambini si affrettarono ad attraversare.

« Mettermi in pericolo? » Nell'attimo in cui il semaforo diventò verde, il tassista premette l'acceleratore a tavoletta. Il SUV nero, nuovo e potente, non ebbe problemi a star loro dietro. « Perché invece non proviamo a mettere loro in pericolo? »

Grace non era mai andata tanto veloce a bordo di un'auto. Avrebbe voluto coprirsi gli occhi con la mano, gettarsi nell'oceano, fare il check-in in un Best Western e dormire per tre giorni di fila. Le mancavano le ansie di una volta: sentirsi una fallita, avere paura di perdere il lavoro, ferire i sentimenti di Johnny Depp. Invece, stavano sfrecciando a tutta velocità davanti a un IHOP e a un affollato chiosco Dairy Belle, la cui fila di clienti si girò a guardarli.

All'improvviso il SUV sbucò a pochi metri dal loro paraurti posteriore. Sul sedile del passeggero, Grace riconobbe l'uomo con gli occhi azzurri e il naso storto, che dietro il parabrezza puntava una pistola su di lei. Si abbassò di scatto.

Continuando a guidare a una velocità impressionante, il tassista le raccontava con calma della morte del padre, colpito da un proiettile russo sparato in mezzo alla folla mentre era disarmato. « L'hanno ammazzato come un animale.

E per niente, poi. Almeno, gli animali li ammazziamo per le salsicce. Lui voleva solo essere libero. »

Grace chiamò il 911.

« Di che emergenza si tratta? » chiese l'operatore.

« Sono a bordo di un taxi diretto a nord sulla Highway 1 », disse Grace. « Due uomini armati ci stanno seguendo su un SUV nero. »

« Cerchi di mantenere la calma. Potrebbe descrivermi il SUV? »

Mentre Grace forniva all'operatrice una descrizione particolareggiata del veicolo, l'uomo con gli occhi azzurri prendeva di nuovo la mira. Dal sorriso con cui maneggiava l'arma, sembrava che per lui fosse un gioco. Grace si appiattì di nuovo contro il sedile.

« Signora, riattacchi », disse il tassista.

« Cosa? Perché? »

« Potrebbero essere in ascolto. »

Grace riattaccò. Sempre con calma, mentre il tachimetro sfiorava i centoquaranta, il tassista aprì il cruscotto ed estrasse una pistola.

« Quando glielo dico io, lei apra il finestrino e prenda la mira. »

« La... la mira? »

« Sì, punti sull'uomo al volante. Quando glielo dico io. »

Si stavano avvicinando a un cantiere circondato da palizzate e reti metalliche. Grace abbassò il finestrino. In quel tratto di strada, erano aperte soltanto due delle quattro corsie, ed erano delimitate da imponenti spartitraffico in cemento. Sul lato destro della barriera c'era un'ampia apertura. Dall'altra parte, le macchine transitavano in senso opposto.

Grace sentiva il bisogno di urlare. Come avrebbe fatto il

tassista a imboccare a tutta velocità la corsia strettissima tra le auto dirette a sud sulla sinistra e il cemento armato sulla destra?

« Adesso. »

« Adesso cosa? »

« Prenda la mira! »

Grace puntò la pistola verso la testa dell'uomo al volante del SUV, gridando a squarciagola. Nei raggi di sole che investivano l'abitacolo da ovest, vide sulla sua faccia un'espressione prima di sorpresa e poi, per un attimo, di paura.

Il taxi svoltò oltre la barriera di cemento mentre il conducente del SUV scartava bruscamente. L'altro si gettò sul volante ma ormai era troppo tardi. Il SUV impattò sullo spartitraffico e schizzò in aria roteando su se stesso per poi atterrare ribaltato su una carreggiata vuota.

Il tassista rallentò e fermò lentamente il veicolo. Aprì la portiera e Grace fece altrettanto. In piedi accanto al cofano, si guardarono indietro. Nel ribaltarsi sull'asfalto, il SUV aveva fatto un frastuono infernale. C'erano vetri rotti ovunque. Il motore fischiava. Non c'era traccia dell'uomo con gli occhi azzurri né del suo compagno con le gambe storte.

« Lei sta bene? »

Grace lo abbracciò. Aveva anche lui una quarantina d'anni e odorava di deodorante per auto alla ciliegia. « Grazie. Mi dispiace così tanto. »

« Se quei figli di puttana non sono morti, se ne pentiranno. » L'abbraccio lo aveva irrigidito. Sembrava che lo mettessero più a disagio tre secondi di contatto fisico con una donna anziché venti minuti a centoquaranta chilometri orari in autostrada.

Nel giro di pochi giorni, ho causato la morte di quattro persone, pensò Grace.

Attorno al SUV nero si era già raccolta una piccola folla. Qualcuno gridò loro di non avvicinarsi troppo. « Mi sa che è meglio se ci defiliamo. Pompano Beach, allora? »

« Sì, grazie. »

Riguardando la pistola poggiata sul sedile del taxi, Grace pensò che forse i suoi inseguitori non erano morti ma soltanto feriti. Chissà, magari avevano mogli e figli che dipendevano da loro. E anche loro erano stati bambini.

Appena si avviarono verso nord, però, il SUV esplose alle loro spalle.

Quando Grace arrivò, Jason la stava aspettando con la schiena appoggiata alla portiera del Buick bianco. Accanto a lui, la valigia dell'ex moglie. Lei pagò la corsa con una mancia di cinquanta dollari, insistendo per abbracciare di nuovo il tassista azero.

« Sono io che dovrei darle la mancia, signora », protestò lui divincolandosi. « Ora mio padre sarà fiero di me. »

Quando il taxi si allontanò, Grace indicò la Buick. « Le bambine sono ancora dentro? »

« Sì », rispose Jason. « Adesso le porto subito dallo psicologo. »

« Dio mio. »

« Non preoccuparti. Ho spiegato loro che zia Grace ha dei problemi mentali e quindi bisogna essere molto gentili con lei. Oggi hanno imparato una parola nuova: delirante. »

« Bravissimo », disse Grace abbracciando anche lui. « Sei davvero un tesoro. E io sono così felice che tra te e Caitlyn le cose vadano a gonfie vele. Le vostre bambine sono bellissime e più le vedo più mi rendo conto... che io non ce la farei mai.»

«Certo che sì. Puoi fare qualsiasi cosa, Grace.»

Lei lo abbracciò ancora più forte, poi si rese conto di averlo stretto un po' troppo a lungo. «Va bene. Sei sicuro di poter fare questo per me?»

«Ma certo. Tu però vedi di fare in fretta. Appena viene buio, le bambine cominceranno a smaniare per ricevere tutti quei bei dolcetti che poi non hanno il permesso di mangiare.»

Lei corse verso l'ingresso della casa di riposo Vaucluse by the Sea.

«Grace?»

«Sì?» Si fermò sulla soglia e si voltò.

«Devo preoccuparmi?»

«No, non c'è ragione», rispose lei con un falso sorriso. «Torno subito.»

Nel polveroso cortile interno del Vaucluse by the Sea c'erano palme e cactus, ma nessuna pianta che avesse bisogno di una manutenzione più attenta. La pompa della fontana centrale era rotta da otto mesi.

Dopo settant'anni passati a combattere gli inverni del Minnesota, la madre di Grace non se l'era sentita di andare a vivere all'estero, in un posto ancora più freddo, solo per stare vicino alla figlia. Grace andava a trovarla una volta al mese e il viaggio non era nemmeno troppo faticoso. Dato che moltissimi pensionati del Québec svernavano in Florida, le città di Montréal e Miami erano ben collegate con voli giornalieri.

Martoriata dalla recente crisi dei mutui subprime, Pompano Beach non si era ancora ripresa. La disoccupazione era al tredici percento e le case vuote abbondavano, consentendo peraltro a Grace di permettersi di pagare un posto come Vaucluse by the Sea. Tuttavia, il vicino lungomare era diventato un enorme cantiere dove si stava costruendo dopo anni di desolazione che avevano reso quel posto il più triste della contea di Broward, e Grace era sicura che la retta mensile della casa di riposo sarebbe aumentata presto. Anche adesso comunque, di fronte alle infermiere sprezzanti, ai medici di second'ordine, all'arredamento anni Ottanta delle stanze e all'odore di cloro, medicine e feci, Grace non riusciva a scrollarsi di dosso il senso di colpa di non potersi permettere qualcosa di più per la madre, che presto avrebbe perso la vista per colpa del diabete mal curato. A luglio Grace aveva visitato varie case di risposo a nord di Miami e, ripensandoci, quello era stato il pomeriggio più triste della sua vita.

« Tesoro. » Elsie Elliott uscì a braccia aperte dall'appartamento. Quando Grace le prese la mano, in mezzo a un cerchio di piante grasse, la madre finalmente guardò dalla parte giusta.

Una piccola consolazione per il peggioramento della vista di sua madre era che non si sarebbe accorta né del graffio che Grace aveva sul mento né di quanto fosse sudata e in disordine.

Dopo un bacio e un abbraccio, Elsie la prese per un braccio. « Mi devi raccontare dell'Europa. Possiamo cenare insieme? C'è un ristorante messicano sulla strada commerciale, si chiama Dos Amigos. Lo gestiscono due amici. »

Grace la trascinò di nuovo nel monolocale le cui suppellettili sapevano di sigarette fumate da persone ormai morte. « Mamma, devi fare la valigia, ti do una mano. »

« Perché? »

« Per qualche giorno andrai a stare da Jason e Caitlyn. »

« No, Grace, non credo proprio. »

Mentre le preparava la valigia, Grace le disse il minimo indispensabile, ovvero che stava lavorando a una storia che avrebbe fatto arrabbiare personalità di rilievo e che era stata già minacciata più volte. « Appena l'avrò pubblicata, potrai tornare qui. »

« Se sanno di me, tesoro, allora sanno anche di Jason. »

« Non voglio comunque correre rischi. Ti pagherei un albergo, ma sanno come ti chiami e in ogni caso ti troverebbero. Questa è la soluzione migliore. »

« Jason ce l'ha una pistola? »

Grace sospirò. « È un uomo e vive in Florida. Certo che ha una pistola. »

27

Montréal, 2016

Di nuovo in aeroporto, in attesa del volo delle 23.55, Grace studiava la folla di pensionati, famigliole e giovani abbronzatissimi del Québec. Li scrutò tutti con la massima attenzione, ma le parve che nessuno potesse aver preso il posto dei due russi bruciati nel SUV. Tre o quattro passeggeri indossavano costumi di Halloween, ma erano troppo giovani e allegri per essere agenti segreti.

Usando la nuova SIM, scrisse un messaggio a Steadman Coe, a Manon e a William. Sull'aereo, prima di addormentarsi, aprì il file su Elena che aveva salvato sul portatile e aggiunse tutto ciò che ricordava di aver segnato sui quaderni e di aver letto sui fogli di Milan. Quando atterrò a Montréal, completamente stravolta, accese il telefono e trovò la risposta di Coe, inviata alle 4.22:

In ufficio alle 8, non negoziabile, grazie

Dopo un'inspiegabile attesa di un'ora sull'aereo fermo e una lunga coda alla dogana, Grace non aveva più tempo di passare a casa, perciò salì su un taxi e gli diede direttamente l'indirizzo della redazione. Non erano ancora le sette e l'ex magazzino era quasi del tutto buio. Si mise alla propria postazione e immaginò di avere solo poche ore per scrivere una storia da prima pagina per il *Times*.

Come avrebbe scritto l'attacco? Per dieci minuti rimase a

fissare la schermata bianca, poi cominciò a rileggere gli appunti presi in aereo. Le uniche certezze erano il fatto che i genitori di Elena fossero nelle liste di Cibulka, insieme ad altri agenti e informatori dei sovietici, che Jana avesse il nome in codice Vrba e che un tempo dovevano essere esistite altre pratiche sulla famiglia Kliment che poi però erano state eliminate. William era convinto che Elena non si fosse mai laureata all'Università Carolina. Eppure, Grace non avrebbe potuto fare alcun collegamento tra la vicenda di Elena e l'incendio in cui erano morti Katka e il padre. Ed era improbabile che ufficiali praghesi o moscoviti confermassero al telefono le sue ipotesi. Inoltre, non avendo idea di chi fossero o per conto di chi lavorassero, avrebbe dovuto glissare sui due uomini che l'avevano seguita, minacciata, aggredita e derubata.

E poi c'era Sergei Sorokin. Chi diavolo era?

> Documenti desecretati nell'ex Cecoslovacchia mostrano l'esistenza di un legame tra Elena Craig, ex moglie del candidato alla Casa Bianca Anthony Craig, e la polizia segreta cecoslovacca attiva durante la Guerra Fredda e nota come StB.

Grace sapeva che i suoi professori a Austin avrebbero storto il naso: non aveva abbastanza per dimostrare « l'esistenza di un legame ». Invece di riformulare la frase in maniera più circostanziata e dunque più pericolosa, o di riscrivere tutto da capo, magari inserendo parole quali « spia » o « rondine », continuò semplicemente a scrivere.

Il sole spuntava sopra la chiesa di St Lawrence. Dall'ala nordovest dell'edificio, dove gli sviluppatori di videogiochi dovevano essere già al lavoro, si sentivano rimbombare i bassi di una canzone hip hop francese. Il volume era talmente alto che Grace non si accorse nemmeno dell'arrivo di Steadman Coe alle sue spalle. Quando notò il luccichio della sua testa pelata riflesso sullo schermo, lui aveva già letto tutto ciò che lei aveva scritto.

« E questo che cazzo sarebbe? »

Grace chiuse il computer di scatto. « Niente. »

« Innocente fino a prova contraria, vero? Su, vieni. »

Con il portatile sottobraccio, lei lo seguì nel suo ufficio. Anche se nell'emisfero boreale era ormai pieno inverno, Coe indossava un completo tra il beige e il bianco. Si era spruzzato un'abbondante dose di acqua di colonia muschiata e aveva un paio di scarpe nuove. Grace si accorse costernata di conoscere a memoria tutte le calzature del suo capo.

Lui si fermò sulla porta e si voltò a guardarla. Grace si fermò a sua volta. Nella luce fluorescente, il mento appena rasato di Steadman quasi brillava. « Ti sei guardata allo specchio, di recente? »

« No, in realtà no. »

« Lo immaginavo. » Dal suo ampio ufficio esposto a sudest s'intuiva la lenta risalita del sole tra i grattacieli. Invece di sedersi alla scrivania, com'era solito fare quando discutevano di sciocchezze come il gossip, la sua vita sessuale o i capricci dei proprietari della rivista, Coe le diede le spalle e rimase in piedi rivolto verso la finestra. « Chiudi la porta. »

Lei eseguì.

« Grace, sei licenziata. »

« Cosa? » Lo scrutò, in cerca di un barlume di ironia. E invece no, era serio. « Ma perché? »

« Per insubordinazione. »

« Che stai dicendo, Steadman? Sono perfino ottusamente leale nei tuoi confronti. »

« Tu lavori per il *National Flash*. Sono stato io a pagarti il viaggio a Praga. »

« No, il viaggio me l'ha pagato Elena. »

« Comunque, ci sei andata per lavorare a una rubrica della mia rivista. E invece di svolgere il compito che ti era stato assegnato, hai pensato bene di rompere le palle a Elena con l'idea di scrivere un libro che non è affatto pertinente con le mansioni specificate sul tuo contratto. »

« Contratto? Quale contratto? »

« Diciamo, allora, il tuo ambito di lavoro. »

« Non è vero, ed è pertinente eccome con il mio lavoro. Meglio conosco Elena, meglio sarò in grado di riprodurre la sua voce negli articoli. E non bucherò nessuna consegna. »

« Sei licenziata. Ti sono già state corrisposte tre mensilità di liquidazione sul tuo conto corrente, alle 7.45 di questa mattina. »

« Steadman! » Grace sbatté la mano sul ripiano della scrivania. « Girati e guardami negli occhi! »

« No. »

« Che cosa sta succedendo? »

Lui scosse la testa.

« Per favore, dimmi cosa sta succedendo. Il *Flash* è nei guai? È... »

Lui sussurrò qualcosa che Grace non capì.

« Come? Che cos'hai detto, Steadman? »

« Va' via, per favore. Mi dispiace. »

« Stai parlando sul serio? »

Coe poggiò le mani sul davanzale, poi le tolse, lasciando sul marmo due impronte sudate.

« C'è qualcosa che possa dire per farti cambiare idea? »

« No. »

« Perché non si tratta di una tua decisione, vero? »

Finalmente lui si girò. Grace lo conosceva ormai da tanti anni, eppure quella era la prima volta che lo vedeva spaventato.

« Steadman, più gente ne è al corrente, più siamo al sicuro, e... »

« Grace, tu non capisci. Qui non c'entra più nulla il giornalismo. »

« E che cosa allora? »

Lui scosse la testa e indicò la porta.

Grace prese dalla sua postazione soltanto le fotografie della madre, di Jason, di Zip e del gatto che aveva avuto prima di Zip. Quando ebbe finito, Coe uscì dall'ufficio per aiutarla a portare lo scatolone al piano terra.

Nessuno dei due parlò, né lungo il corridoio del terzo piano né durante il breve tragitto in ascensore. Nell'atrio non incrociarono nessun collega. Fatta eccezione per i giorni di produzione, iniziavano tutti alle dieci.

Coe aspettò con lei sul marciapiede l'arrivo del taxi. Cadeva una pioggerellina gelida e dal fiume arrivavano raffiche ululanti di vento.

Una Prius rossa si fermò.

Grace e il suo capo non si erano mai abbracciati e di certo non l'avrebbero fatto in un momento del genere. Lui poggiò lo scatolone sul sedile e le parlò sottovoce all'orecchio. « Lascia perdere, Grace. »

« Non ho nessuna intenzione di lasciar perdere, e tu stai commettendo un grosso errore. » Per una volta, parlando al suo ormai ex capo, Grace non dovette ricordarsi di raddrizzare la schiena. « Come hanno fatto a spaventarti così tanto? »

Per un attimo il volto di Coe cambiò e Grace credette che le avrebbe risposto, poi l'istante passò e lui rientrò in ufficio a passo svelto senza voltarsi.

Lei avrebbe voluto gridargli dietro che era un codardo e uno stronzo, ma in fondo gli voleva bene e sapeva che non sarebbe servito a nulla. Quando aprì la portiera del taxi, tuttavia, cambiò idea. « Codardo! » urlò. « Stronzo! »

La mano tesa verso la maniglia della porta, Coe sembrò farsi piccolo piccolo.

Quando la Prius ripartì, Grace prese il telefono dalla tasca e trovò un messaggio di William.

> Sono appena arrivato, stravolto. Sei pronta per cominciare? Dove vado?

Troppo stravolta anche lei per inventarsi una soluzione migliore, Grace si limitò a scrivergli l'indirizzo di casa sua.

Poi aggiunse il suo account di posta elettronica sul nuovo telefono. Controllò la casella dei messaggi in arrivo. L'ultima email era di Jean-Yves de Moulin, che conteneva un allegato. Nel suo francese ricercato, spiegava che dopo il « divorzio » era rimasto per anni ossessionato dall'idea di scoprire il più possibile su Elena. L'allegato era una pagina in bianco e nero dell'*Herald* di Montréal del 7 febbraio 1975. Grace la aprì e la ingrandì. Era occupata quasi interamente da una fotografia della ginnasta e modella Elena Straka.

« Ho smesso di fare agonismo e ora mi dedico alle sfilate e al lavoro, che per me sono due cose distinte, oltre che alla casa e a mio marito. »

Nel frattempo, William l'aveva sommersa di messaggi dallo stile molto britannico a proposito della sua permanenza da lei.

Le mie intenzioni sono strettamente professionali e non ho certamente remore a prenotare un albergo. Potresti raccomandarmene uno?

Credo di aver sbagliato a usare il termine intenzioni.

Grace, naturalmente apprezzo molto, se l'invito è ancora valido. Stare in un vero appartamento di Montréal. Quale onore! Ah ah.

Ciò detto, se una simile prospettiva ti apparisse anche solo lontanamente foriera di imbarazzi...

Grace ignorò i messaggi e gli inoltrò il JPEG della pagina dell'*Herald*.

Lui le rispose subito:

Marito? Pazzesco. Elena Straka? Secondo te, il giornale avrà un archivio? Pensi che Straka sarebbe disposto a parlare con noi? Sai dove vive?

Grace si rilassò contro il sedile e si godette il brivido del suo primo periodo di disoccupazione in vent'anni. Anche se non sapeva dove viveva Josef Straka, non vedeva l'ora di andare a cercarlo... con William, naturalmente.

28

Horky nad Jizerou, 1986

In Boemia l'aria era talmente pulita da avere un sapore. Ogni sera, nella casa dei suoi genitori, Elena si addormentava con Kristína immerse nel silenzio, per poi svegliarsi la mattina al canto degli uccelli. Non c'erano traffico, sirene, sparatorie o grida di pazzi per la strada.

Erano anni ormai che Elena era preoccupata per il padre, ma il giorno prima di quello prefissato per la loro partenza gli aveva visto negli occhi un misto d'inquietudine e disperazione che l'aveva scossa nel profondo. Anche se di certo non era paragonabile a uno di quegli spostati che urlavano sui marciapiedi di New York, Petr Kliment non stava bene.

« Viviamo due vite separate, Elenka. » Sua madre Jana incrociò le gambe sulla sdraio in giardino. Era un pomeriggio assolato e continuavano a riempirsi tazze di tè freddo. « Io me ne vado in città e lui invece resta sempre qui, con le canne da pesca e gli stivali infangati. »

« Secondo te, si sente solo? »

Jana le lanciò uno sguardo. « Ha pur sempre il cane. »

Kristína, in maglietta e bermuda da maschietto, passeggiava in riva al fiume con il nonno e il bracco tedesco Hektor. Dopo tre settimane nella campagna ceca, la bambina aveva le braccia ricoperte di punture d'insetti e le ginocchia tutte sbucciate.

« Non sei preoccupata per lui, mamma? »

« Certo che sì. Ogni tanto mi dice di quelle cose... »

« Tipo? »

« Elenka, questa non è casa nostra. Non fino in fondo. Possono sentirci, lo sai. Tuo padre è sempre stato un uomo disciplinato. E ora rischia di perdere tutto. »

« Perché? Che cosa dice? »

« Che avrebbe dovuto lottare per te. Che sei finita in una specie di inferno americano. » Jana si guardò attorno, prima di proseguire, come se temesse di veder spuntare qualcuno dai cespugli. « Dice cose su Anthony, su Sergei. »

« Ci parlo io con papà. »

Sua madre sorrise, quasi il problema fosse già risolto. « Che dici, passiamo alla birra? Ho proprio voglia di una birra. »

Elena entrò in casa a prenderla. Il sole illuminava la cucina, così grande che una squadra di servitori avrebbe potuto preparare con agio un pasto per dodici persone. La casa, originariamente costruita da un avvocato dell'imperatore Francesco Giuseppe in vista della pensione e rimasta ai suoi discendenti finché il governo non l'aveva requisita, era stata arredata da Jana con tutta l'opulenza permessa a una famiglia dai molti contatti come la loro. Nel sistema comunista, avere una casa e una terra era qualcosa d'insensato, ma lì erano abbastanza lontani da Praga e da Mladá Boleslav perché nessuno denunciasse quel posto come simbolo di aristocrazia e avidità. E poi chiunque si fosse preso la briga d'indagare sulla proprietà avrebbe impiegato poco a capire che si trattava di una concessione fornita ai Kliment da forze che era meglio non chiamare in causa, almeno non pubblicamente.

Quella sera, l'ultima che avrebbe passato in Cecoslovacchia fino all'anno successivo, Elena mise a dormire Kristína e andò a fare una passeggiata sul greto del fiume con il padre. Petr aveva insistito per rimanere con la nipotina per cantarle vecchie canzoni finché non si fosse addormentata. I due avevano stretto un legame speciale: oltre a mostrare evidente interesse per le attività all'aria aperta del nonno, Kristína parlava addirittura in ceco con lui.

« La mamma dice che ultimamente passi troppo tempo da solo. »

Lui scrollò le spalle.

« Va tutto bene, *tatínku*? Mi sembri triste. »

Il fiume scorreva lentamente seguendo l'ansa. Un animale scivolò nell'acqua, forse un topo muschiato, e Hektor gli corse dietro abbaiando. Era addestrato talmente bene che a Petr bastò schioccare le dita per farlo tornare subito al proprio fianco.

« No, 'triste' non è la parola giusta », disse suo padre.

« Allora è per Kristína? Ti sembra di non vederla abbastanza? »

« Diciamo che non era così che mi ero immaginato la vita da nonno. »

« Anche a me dispiace vivere così lontana. »

« Ti dispiace? » Le prese la mano, facendola fermare. Anche se non aveva nemmeno sessant'anni, il volto perennemente abbronzato per le giornate passate fuori casa anche d'inverno e la corporatura magra e muscolosa gli conferivano un'aria senile. « Tesoro, è a me che dispiace. Mi dispiace più di quanto tu possa immaginare. Perché è tutta colpa mia. »

« Colpa tua di cosa? »

« Sono stato io a lasciarlo entrare in casa. A permettere che ti portasse via. »

« Non avevi scelta. Nel momento stesso in cui è arrivato, i giochi erano già fatti. »

« Un vero uomo combatte per i propri figli. »

« Saresti finito in prigione, o più probabilmente morto. E io e la mamma staremmo ancora soffrendo. »

« Io credo nella repubblica. Ci credo davvero. »

« Papà... »

« Ma guarda cosa ti hanno fatto. »

Lei rise. « Vivo in un attico a New York e dirigo la progettazione di un'importante casa automobilistica. »

Lui inarcò un sopracciglio. « Elenka, io lo so bene chi sei. »

Lei gli prese una mano e la strinse. Ripresero a camminare.

« Il mio unico compito era proteggerti, e ho fallito. So che non hai voluto dirci tutte le cose orribili che ti hanno fatto, ma me le immagino. Lo vedo negli occhi della piccola Kristína, che è il frutto di tutto questo e che subirà lo stesso trattamento. Perché tu sei una loro proprietà, come tutti noi d'altronde. »

« Non so cosa ti immagini, *tati*, ma ti sbagli. Amo mia figlia e mi impegno molto nel mio lavoro. Non vogliono granché da me, in realtà. »

« E se dovessi fallire? Se Anthony dovesse fallire? Che ne sarà dei tuoi interessi e di quelli di Kristína? Più la ami, più noi tutti l'amiamo... » Petr lasciò andare la mano della figlia, prese dalla tasca un fazzoletto e si asciugò gli occhi. « Elenka, possono toglierci tutto in un baleno. Possono farci sparire se pensano che per loro rappresentiamo un rischio, anche minimo. » Si fermò a guardarla con gli occhi pieni di lacrime. « Non riesco a sopportare quello che ho permesso che accadesse. Tutte le sere, quando chiudo gli occhi, mi viene voglia di andare a cercarlo e ucciderlo con le mie mani. »

Elena sentì correre un brivido di paura lungo la schiena. « Per favore, *tatínku*, non dire mai ad alta voce una cosa del genere. »

« Se non li sconfiggiamo, Elenka, saranno loro a sconfiggerci. Ed è intollerabile, assolutamente intollerabile. »

Lei gli strinse di nuovo la mano. « Ascoltami. Non si possono sconfiggere. Io sono contenta di sopportare tutto questo per voi, ma ti prego di non parlarne più. Me lo prometti? Mai più. »

29

Montréal, 2016

In rue Saint-Christophe, Grace salì la scalinata esterna che portava al suo appartamento al secondo piano e, aprendo la porta, sentì un inequivocabile odore di gas. Riusciva a percepire la piccola perdita del vecchio fornello quando rientrava dopo un viaggio di qualche giorno, e ormai per lei quell'odore rappresentava Montréal, insieme alle parolacce quebecchesi, alla croce in cima alla collina che tutti chiamavano montagna, e ai bagel dolci e gommosi del vicinato.

« Zip? » Poggiò sul tavolo della cucina lo scatolone con i pochi oggetti accumulati in vent'anni di carriera. « Dov'è la mia gattina? »

Per quanto improbabile, non era da escludere che Manon l'avesse fatta uscire per sbaglio durante una delle visite per darle da mangiare. Zip preferiva di gran lunga poltrire sul divano, ma Saint-Christophe era un posto straordinariamente favorevole alle scorribande feline. Anche se fosse rimasta in giro per settimane, avrebbe sempre trovato qualcuno pronto a nutrirla. Grace aprì la porta antincendio sul retro e cominciò ad agitare la confezione di prelibatezze di salmone al naturale per cui spendeva una percentuale spropositata del suo stipendio.

« Zip! »

Prima di chiamarla di nuovo, attese il consueto tintinnio del campanello attaccato al collare. Il suo vicino Sekou, uno scultore del Mali, stava fumando con i gomiti poggiati sulla ringhiera della propria scala antincendio. In francese Grace gli chiese se per caso avesse visto Zip.

« È quella grassa arancione? »

« Esatto. »

« Ci starò attento. »

Grace richiuse la porta, attraversò la cucina e tornò nell'ingresso. Aprì la porta principale e ricominciò a scuotere la confezione. « Zip! »

Nulla. Decise allora di scrivere a Manon.

Quand'è l'ultima volta che hai dato da mangiare a Zip?

L'amica rispose praticamente all'istante.

Due giorni fa, mi pare. O forse ieri. Quando ci siamo sentite al telefono? Perché, la trovi ingrassata?

Grace prese una scopa dall'armadio della cucina e la impugnò come un bastone da difesa. In Florida aveva cominciato a farle male lo stomaco e durante l'appuntamento con Steadman Coe il dolore era peggiorato. In quel momento aveva l'impressione di aver divorato una confezione di lame per rasoi. Lentamente, andò in camera da letto. Magari Zip era rimasta incastrata da qualche parte? Manon aveva rifatto il letto e perfino disposto con eleganza i cuscini.

Di Zip, però, neanche l'ombra.

« Ti prego, ti prego, no. »

Entrò in bagno e andò dritta verso il water. La tavoletta era abbassata. Quando la sollevò, dentro c'era solo acqua.

Con un certo sollievo si accinse a fare pipì, ma si fermò di scatto. Non lasciava mai tirata la tenda della vasca, perché faceva sembrare il bagno ancora più piccolo di quanto già non fosse. Sentì una goccia cadere dal bulbo della doccia, contò fino a dodici ed eccone un'altra. Manon aveva sistemato il letto e lavato i piatti, ma non era possibile che si fosse lavata lì.

A parte lo sporadico stillicidio delle gocce, l'appartamento era immerso nel silenzio. Non ricordando più se avesse chiuso a chiave la porta d'ingresso e quella sul retro, Grace girò la chiave nella serratura del bagno. Poi con la mano destra afferrò la scopa e con quella sinistra scostò la tendina plastificata. Il suo gatto arancione galleggiava in superficie.

Grace si gettò nell'acqua gelida, incurante d'infradiciarsi felpa e jeans. La vasca era tanto piena che subito dei rivoli cominciarono a riversarsi sul parquet, ma lei quasi non se ne accorse e come in trance si strinse Zip al petto bisbigliandole ciò che le ripeteva sempre, che era la gatta più bella del mondo, la sua migliore amica.

Squillò il citofono. Due volte.

Grace uscì dalla vasca e sempre con Zip tra le braccia arrivò gocciolando nell'ingresso. Premette il pulsante per aprire il portone, spalancò la porta e attese sulla soglia. Come avevano lasciato intuire le folate di vento gelido di qualche ora prima, la pioggerellina si era trasformata in nevischio.

William poggiò il trolley sul pianerottolo in cima alla scala esterna, fece per abbracciare lei e la gatta, ma parve ripensarci e con uno scatto improvviso entrò nell'appartamento. Scivolò in una pozza d'acqua, disse qualcosa prima a lei e poi a se stesso, e corse in bagno. Tornò con due asciugamani, usandone uno per avvolgere Grace, che non ascoltava una sola parola di ciò che lui le stava dicendo.

Lentamente, riuscì a strapparle di mano la gatta e ne avvolse il corpo rigido come un filone di pane nel secondo asciugamano, poi lo mise sullo sgabello di velluto blu che Grace aveva comprato al mercatino delle pulci di Saint-Michel.

Guardarono insieme verso la gatta, quindi William tornò sul pianerottolo, tirò dentro il trolley e chiuse la porta. Andò in bagno a svuotare la vasca e, senza mai smettere di parlare, cominciò a riempirla di nuovo. Asciugò il pavimento con vari asciugamani, poi accompagnò Grace in bagno, le cui pareti e il cui specchio erano ormai ricoperti di condensa, e la aiutò a svestirsi. Lei non fece nulla per fermarlo.

Fu solo quando era ormai sprofondata fino al collo nell'acqua bollente che sentì esplodere nel petto un misto di tristezza e frustrazione, che quasi immediatamente si trasformò in pianto. Zip viveva con lei da sei anni, l'aveva presa quando era appena nata.

« È tutta colpa mia », singhiozzò. « Del mio egoismo. »

« Che cosa? No. »

« Loro mi avevano avvertita e io non ho voluto ascoltare. »

« Quindi, secondo te, sono stati loro? »

« Un gatto non si annega da solo, William. Hanno già ucciso Katka e suo padre. Hanno provato a uccidere me. Me l'avevano detto: 'tutti i tuoi cari'. »

Grace non avrebbe potuto riportare in vita Zip. Sapeva anche che con tre mensilità non sarebbe andata molto lontano. Se avesse rinunciato a scrivere il libro su Elena, avrebbe riavuto il suo lavoro, avrebbe tenuto al sicuro sua madre, Jason e la sua nuova famiglia, e lei avrebbe potuto dormire sonni tranquilli. Le sarebbe bastato rimandare William a casa e dimenticare quella storia. Magari ci avrebbe pensato qualcun altro a portare a termine l'inchiesta, uno dei produttori di *60 Minutes* o addirittura Seymour Hersh in persona, e Grace l'avrebbe letta sul giornale o vista alla televisione lasciandosi cullare dalla rassicurante certezza che non l'aveva mai abbandonata fin dai tempi dell'università: prima o poi sarebbe arrivato il suo momento.

Si avvolse in un altro asciugamano e andò in camera da letto. In fondo, che cosa ci voleva a incollare sulla porta di casa un bel biglietto con scritto AVETE VINTO VOI. MI ARRENDO, per poi raggomitolarsi sotto le coperte a dormire per una settimana intera?

« Grace. Stai bene? »

« No. »

Passò un minuto, ma dagli scricchiolii del parquet Grace intuì che William era rimasto lì in piedi in mezzo al corridoio. Ogni tanto, dopo aver compiuto quarant'anni, Grace si era resa conto di essersi ormai lasciata alle spalle tutti i bivi più importanti. Aveva fatto le sue scelte e, anche se continuava a sentirsi giovane e potenzialmente pronta a ricominciare una vita come maestra elementare o amministratrice delegata di una startup tecnologica, in cuor suo sapeva che la fase ingenua e piena di sogni dell'esistenza era ormai finita. I nuovi inizi esistevano soltanto nei film di Hollywood. Non le restava che coltivare nel miglior modo possibile l'orticello che si era ritagliata.

Accanto al letto vide i guantoni da boxe che aveva comprato sull'onda emotiva delle endorfine prodotte dal superamento dell'esame finale al corso di autodifesa. Ipnotizzata da una sensazione fisica di benessere che si era trasformata in ambizione, aveva abbracciato i compagni per poi iscriversi al corso avanzato e compiere quell'acquisto insensato.

William bussò piano alla porta. « Preferisci che me ne vada? »

Nello specchio a figura intera dell'Ikea sull'anta interna dell'armadio, Grace studiò la propria sagoma esausta e sconfitta. Era esattamente così che si sentiva. Perfino in quel momento, aveva voglia soltanto di chiamare Zip e farle le coccole. Non le era mai piaciuto guardarsi nuda allo specchio e da qualche anno faceva di tutto per evitarlo. Le lenzuola di flanella erano ormai lise e qualche mese prima Grace aveva deciso di spendere un bel po' di soldi per il materasso in lattice naturale e il piumino d'oca. Nei gelidi inverni di Montréal, il letto caldo era uno dei suoi pochi conforti.

Avrebbe potuto dire a William che le dispiaceva tanto ma, sì, forse era davvero meglio che si trovasse un albergo. E poi sarebbe potuta sprofondare sotto il piumone. Non c'era nemmeno bisogno di mettersi il pigiama. Invece raddrizzò la schiena e sollevò il mento. In fondo non aveva mai perso la grinta e la sicurezza della sua giovinezza. Il suo coraggio era ancora lì, sotto la superficie, in attesa di ridiscendere in campo. Bastava bisbigliargli di farsi sotto, o anzi invocarlo a gran voce e costringerlo a smettere di giocare a nascondino. Era così che la gente si illudeva di riuscire prima o poi a perdere peso o a smettere di fumare: comincio la prossima settimana. Una prossima settimana che sconfinava nell'eternità. Lei, però, avrebbe cominciato subito.

William bussò di nuovo. « Posso entrare? »

« Dammi solo un minuto », disse lei riflettendo sul da farsi. « Potresti scendere a bussare alla porta dell'appartamento del piano di sotto? Ci abita il portiere. Parla inglese malissimo, ma basta che tu gli chieda se per favore ci presta un badile. »

30

Montréal, 2016

In una bella giornata d'autunno, centinaia di persone avrebbero passeggiato nel Parc La Fontaine e nei dintorni. Durante una sgradita tempesta di neve, invece, non c'era anima viva nemmeno il 1° novembre. Grace non voleva rovinare il parco, per cui scavò una buca nel terreno sabbioso tra le canne del laghetto, adagiò Zip nella tomba e rimase lì in silenzio per un po'.

« Vuoi che dica qualcosa? » chiese William.

Grace scosse la testa. « Sapeva quanto le volevo bene. »

William impugnò il badile e iniziò a ricoprire la gatta di terra, mentre Grace immaginava scenari di vendetta. Gli inseguitori di Praga e Strasburgo erano morti nell'esplosione del SUV, ma evidentemente dovevano essercene altri a piede libero, anche loro del tutto privi di empatia.

Per raggiungere a piedi la Grande Bibliothèque ci voleva un quarto d'ora. Durante il tragitto si fermarono a casa di Grace a lasciare il badile. I turbini di fiocchi di neve riducevano la visibilità e, ogni due o tre isolati, William doveva togliersi gli occhiali e pulirli. Grace continuava a guardarsi intorno, alla ricerca dei responsabili della morte di Zip. Anche se il coltello da cucina del suo appartamento non reggeva il confronto con quello dell'Airbnb di Praga, era comunque ben affilato e sperava di vederli presto.

La Grande Bibliothèque era un mostruoso edificio a strisce, dove Grace era andata diverse volte, sia per lavoro che nel tempo libero. Si trovava a metà strada tra casa e ufficio, dunque era un rifugio dal gelo e dal caldo torrido. Ci andava a leggere romanzi e riviste, a sentire conferenze o anche solo a guardare qualche minuto dalla finestra e a cullarsi nelle proprie fantasticherie.

Aveva conosciuto Manon, che all'epoca prendeva lezioni di canto, in una sera come quella. Le aveva dato un invito per un concerto che avrebbero tenuto lei e altri corsisti in un bistrot di rue Saint-Denis. Dopo l'esibizione, avevano bevuto qualcosa insieme, scoprendo di avere in comune i libri, il vino e il divorzio, oltre a una vivace via di mezzo tra introversione ed estroversione.

Appena la vide, Manon sgranò gli occhi e fece il giro del banco per andarle incontro oltre il cancelletto che separava archivisti e utenti. Si abbracciarono con forza e Grace versò un'altra copiosa dose di lacrime, sebbene già avesse mal di testa a furia di piangere a mollo nella vasca.

« L'hanno uccisa », disse soffocando i singhiozzi nella spalla del dolcevita di Manon.

« Chi? Hanno ucciso chi? »

« Zip, la mia piccolina. Non so chi sia stato, ma ti giuro che quando lo scopro... »

« Dio mio, Grace, ma che significa? Non capisco. »

« Nemmeno io. Appena potrò ti dirò qualcosa di più. »

William passò a Grace un fazzoletto pulito e strinse la mano a Manon. « William Kovály. London South Bank University. Sto lavorando con Grace, al momento. »

« E su che cosa, monsieur Kovály? »

« Chiamami pure William, per favore. »

« Parli francese? »

« No, madame. »

Di norma in una situazione del genere Manon avrebbe

dato la stura a una raffica di commenti in francese sull'età, sull'altezza, sulla relativa avvenenza, sull'immancabile adagio popolare incentrato sulla proporzionalità diretta tra naso e altre appendici, sull'assenza di fede nuziale. Tuttavia, Zip era morta e Grace aveva gli occhi lucidi.

Spiegarono a Manon cosa stavano cercando e lei li precedette in un piccolo ufficio anonimo dove Grace le lesse l'email di Jean-Yves de Moulin con l'intervista in cui Elena parlava del marito. Non si trattava di una richiesta complicata: sarebbe bastato controllare i registri matrimoniali della città metropolitana di Montréal dal 1972 al 1977.

Manon cercò Elena Klimentová, Elena de Moulin e poi sia Elena che Josef Straka. « Mi dispiace, ma non c'è nulla. »

« Ma se Elena e Josef si fossero sposati, negli archivi dovrebbe risultare per forza, no? »

« Sì, certo. A meno che, prima della digitalizzazione del database, qualcuno non si sia preso la briga di far sparire la pratica. »

« Sparire? »

Manon le fece l'occhiolino. « Fammi controllare. » Prese il telefono, digitò un numero e dopo pochi secondi si lanciò in un'amichevole conversazione in francese.

Nel frattempo, Grace si girò verso William. Come il naso, anche i piedi sembravano troppo grandi rispetto al corpo. Ripensò a quando era arrivato nel suo appartamento e alla prontezza con cui aveva reagito all'emergenza in corso. Di certo, lui non era un uomo privo di empatia. Per un attimo, Grace provò il desiderio di abbracciarlo. Si concentrò invece su Manon che parlava al telefono.

William, intento a strofinarsi per l'ennesima volta gli occhiali, le chiese di tradurre. Lei spiegò che l'amica aveva chiesto un accertamento all'ufficio anagrafico generale, situato in un sobborgo della città di Québec.

« C'è un problema », disse Manon mettendo una mano davanti al ricevitore.

« Che tipo di problema? »

« Ancora un secondo. » Poi sempre in francese Manon pronunciò una serie di *sì*, *capisco* e *che strano*, emise un *Oh là là là là là* e concluse con un ringraziamento al collega. Quando riattaccò il telefono, sembrava accigliata.

« Allora? »

« A tutti i nomi che mi avete dato corrispondono cartelline vuote. Negli ultimi anni, però, monsieur Straka ha prodotto una bella mole di documentazione. » Manon parlava guardando il quaderno su cui aveva preso appunti. « Si è sposato una prima volta nel 1979 e poi nel 1985. Entrambe le volte ha divorziato. Nessuna delle due donne si chiamava Elena. »

« E le cartelline vuote? »

« Rimosse, *mon chou*. »

« E da chi? »

Manon scosse la testa. « Quasi nessuno ha l'autorità di ordinare la rimozione di una pratica. »

« Però qualcuno l'ha fatto. »

« Il *premier ministre* potrebbe avere l'autorità di farlo. Altrimenti Dio, un ladro, un assassino di gatti? Chi lo sa. Santo cielo, Grace, in che cosa ti sei cacciata? »

La neve continuava a cadere, perciò decisero di chiamare un Uber per raggiungere la destinazione successiva, la redazione dell'*Herald* di Montréal. Per quanto si voltassero a guardare dal lunotto posteriore, era impossibile capire se qualcuno li stesse seguendo con una visibilità tanto scarsa.

Mentre andavano verso il Parc La Fontaine, Grace aveva raccontato a William la triste fine fatta in Florida dai suoi inseguitori, ma in quel momento, sul sedile posteriore dell'auto, lui le fece a bassa voce un'altra domanda. « E secondo te per chi lavoravano? »

« Non lo so. Jean-Yves de Moulin, a Strasburgo, è convinto che finché la vicenda non diventerà di dominio pubblico io e lui saremo in pericolo. Anzi, ormai credo che rischi grosso anche tu. » Grace si chinò a dare una rapida occhiata agli appunti presi in biblioteca. « Comunque io sono più o meno a metà articolo, ammesso che riesca a venderlo. »

L'auto si fermò di fronte alla redazione del giornale, loro si precipitarono dentro e Grace chiese di parlare con la sua amica Lucy, che era sempre stata l'archivista dell'*Herald* ma nel 2010 si era vista ridurre il carico di lavoro a un solo giorno alla settimana, diventando una collaboratrice esterna part time e perdendo tutti i benefici che aveva. Per occupare il resto del tempo, si era proposta a una società di fondi speculativi che aveva trasformato le più stimate istituzioni giornalistiche canadesi in una specie di macchina per il servizio del debito con sede a New York. Per come la vedeva Grace, erano da rinchiudere tutti in un manicomio criminale. Dopo due bicchieri di vino, nella sala aperitivi del consueto convegno trimestrale sul giornalismo al femminile, Grace aveva detto all'amica quello che pensava. Perché, Lucy? Perché lavorare per un'azienda raccapricciante, diretta da persone raccapriccianti?

La risposta era stata tanto semplice da interrompere per

un po' la conversazione: « Perché? Non ho trovato nient'altro, ecco perché ».

Grace l'aveva trovata una risposta coraggiosa, ma da quella sera avevano praticamente smesso di parlarsi, il che deponeva a favore dell'ipotesi che Lucy non le avesse perdonato quella domanda indiscreta. Ai convegni successivi, per un motivo o per l'altro, si erano sempre sedute a debita distanza.

Dunque, se non si fosse trattato di un'emergenza, Grace sarebbe stata piuttosto nervosa all'idea di rivederla e di doverle chiedere un favore. Si appoggiò su un ripiano di marmo. Gli edifici del centro di Montréal erano pieni di rivestimenti e superfici in marmo a cui nessuno faceva mai caso. Se Grace avesse avuto un lauto patrimonio, nonché la capacità di farne qualcosa, avrebbe comprato tutti i pezzi di marmo che a Montréal passavano inosservati per poi metterli assieme e costruire uno stupendo palazzo in Florida. Quando levò le mani, si scoprì sulle dita uno strato di polvere umida.

L'ascensore si aprì. Lucy pesava almeno centotrenta chili, in testa aveva una specie di stella di Natale appassita al posto dei capelli, e indossava un *muumuu*, una specie di tunica hawaiana marrone.

« Come stai, Lucy? »

« Pazza da legare, come diresti tu. Sai, la mia vita non è cambiata molto. »

« Sono stata una stupida a parlare in quel modo. »

« Cosa posso fare per te? »

« Avrei bisogno che cercassi una cosa negli archivi. »

« Certo. Abbiamo dei formulari da compilare. Ci vogliono dalle due alle tre settimane e c'è una piccola quota da pagare. »

« Ti prego, Lucy. »

« Ti prego cosa, Grace? »

William fece un passo avanti e si presentò con un inchino. « Madame Lucy, io e Grace siamo rimasti invischiati in una vicenda francamente... senza precedenti. La mia università mi ha inviato qui, da Londra, per contribuire a risolvere un mistero che parrebbe legato a doppio filo con l'*Herald* e quindi anche con lei, Lucy. » Le mise un braccio attorno alla spalla. « Ci dica pure quanto vale un'ora del suo tempo e noi vedremo di raddoppiare la cifra. »

« Kovály? Dei Kovály di West Island? »

William non ritirò il braccio dalla poderosa spalla dell'archivista, e la condusse oltre gli ascensori fino a girare l'angolo.

Qualche minuto dopo, ritornarono. Senza degnare Grace di uno sguardo, Lucy premette il tasto di chiamata dell'ascensore e disse: « Avete un'ora ».

Una volta saliti ál primo piano, si resero subito conto che un'ora era perfino troppo. Cercando nel database, trovarono vari risultati per « Elena Klimentová », « Elena Straka » e « Josef Straka » tra il 1972 e il 1977. Ma i ritagli degli articoli e i file delle fotografie non c'erano. Non riuscirono a trovare copia nemmeno dell'articolo inviato a Grace da Jean-Yves de Moulin.

Lucy era in piedi di fronte a due scaffali di metallo dove avrebbero dovuto essere i materiali richiesti, scuotendo lentamente la testa. « Non è possibile. »

« Perché no? » chiese Grace facendo un passo verso di lei.

« Sono l'unica ad avere accesso a quest'archivio. Nessuno tranne me mette mai piede qui. E sono anche l'unica che sa come trovare le cose. Insomma, se mai qualcuno può aver fatto sparire qualcosa... » Si voltò verso Grace. « Questo qualcuno sono io. Non vedo altre possibilità. »

« Quand'è che hai cominciato a lavorare qui? »

« Avevo diciannove anni. Poco dopo le vacanze di Natale del 1971. »

« Certo che sono dei veri professionisti », sospirò William.

« Chi? Chi sono dei veri professionisti? Voi sapete chi è stato, vero? » chiese Lucy guardando William.

Lui le si avvicinò con un'espressione benigna. « Se qualcuno fosse entrato di nascosto, o avesse corrotto una guardia giurata per dare un'occhiata all'archivio durante un fine settimana, come avrebbe fatto a sapere dove guardare per sottrarre dei documenti? »

« Le password ce le ho io. »

« No, mi riferisco a prima della digitalizzazione. »

Lei li condusse a un armadietto di legno chiaro e chiese loro di voltarsi, poi inserì la combinazione ed estrasse uno schedario. « Non lo aprivo da tanti anni, ma anche all'epoca l'unico oltre a me ad avere la chiave era il direttore. » Prese una scheda. « Già nel 1985 abbiamo trasferito tutto su computer, passando nel nuovo database digitale tutto ciò che c'era nel cartaceo. »

« Quindi non è escluso che nel 1985 i documenti non ci fossero già più. »

« Non è da escludere. » Lucy rimise a posto lo schedario e richiuse l'armadietto. Poi allungò la mano verso una gigantesca sedia girevole e vi si lasciò cadere di peso. « Uno dei nostri direttori era un furbetto. Dev'essere stato lui... era uno che beveva parecchio. È l'unica possibilità. A meno che... »

« A meno che? » Grace si sedette sul bordo della scrivania.

« La primavera scorsa è venuta la polizia. Volevano dare un'occhiata all'archivio. Doveva essere una cosa seria, perché non hanno nemmeno potuto dirmi cosa stavano cercando. »

« La polizia di Montréal? »

« Io non... » Lucy si mise le mani tra i capelli già scarmigliati, lo sguardo fisso sul pavimento. « Forse erano dell'RCMP? Me lo scordo sempre, come si chiama la versione canadese della CIA? Non si vede mai in TV in questo maledetto Paese. Se ci fosse, lo saprei. »

« Erano uomini o donne? » chiese Grace prendendo nota. « Ti ricordi com'erano vestiti? Hai una vaga idea di cosa stessero cercando? Che cosa hanno detto di preciso? »

« Hanno detto che era per un'indagine, mi pare. »

« E tu hai visto cosa facevano? »

Per i cinque minuti successivi, Lucy tentò di fornire loro una descrizione circostanziata degli agenti e di quello che avevano fatto. Grace annotò tutto, ma Lucy si era fatta piccola piccola sulla sedia e sembrava ormai in preda al rammarico per il furto subito, e i suoi discorsi si fecero vaghi e ampollosi. « Mi hanno fatto giurare di non dire niente a nessuno. Hanno detto che qualsiasi fuga di notizie avrebbe rischiato di compromettere... »

« Lo svolgimento delle indagini? » disse William. « Certo, come no. »

Mentre scendevano in ascensore, Grace chiese a William cosa avesse detto a Lucy per convincerla a concedere loro almeno un'ora.

Lui si sistemò gli occhiali sul nasone e con una smorfia alla parete specchiata si appiattì i capelli sulla tempia. « Le ho detto che poteva contribuire a fermare Craig. »

31

Mosca, 1987

Elena e Anthony Craig guardavano fuori dalla finestra della camera 107 dell'Hotel National. Ancora convalescente dopo una brutta influenza, lui si soffiava di continuo il naso con un fazzoletto sottile che aveva comprato all'aeroporto di Berlino. Agli occhi della moglie, sembrava quasi slavo. La loro guida si chiamava Yuri e in teoria avrebbe dovuto lavorare per l'agenzia statale del turismo, ma per come la vedeva Elena era fin troppo informato sui capricci dei suoi clienti americani per non essere un agente del KGB alle prime armi.

Elena conosceva il programma di viaggio. Dunque, sapeva perfettamente quale sarebbe stata la prossima tappa e non ne era affatto contenta.

Se fossero stati a New York, Anthony avrebbe già mandato Yuri a quel paese un'infinità di volte, ma dato che per gentile concessione del governo sovietico si stavano godendo il tramonto sul Cremlino nella più prestigiosa suite presidenziale del migliore albergo di Mosca, bisognava fare buon viso a cattivo gioco.

Vari amici avevano spiegato a Anthony che i comunisti si offendevano facilmente, perciò lui simulava interesse per i racconti di Yuri su Lenin e la sua consorte Nadežda Krupskaja, nella cui suite erano alloggiati, e addirittura fingeva di sapere chi fossero Pablo Neruda e Anatole France, altri ospiti illustri della suite.

« Yuri, in che anno che c'è stato il casino, quello grosso? »

« La nostra rivoluzione è scoppiata nel 1917. Nei combattimenti, il Cremlino è rimasto danneggiato, perciò per mesi tutti i capi del nuovo governo hanno alloggiato all'Hotel National. Trockij, Dzeržinskij, lo stesso Lenin... »

« Ok, ok. » Anthony sventolò il fazzoletto sporco e riprese a guardare il Cremlino. « Con tutti questi cognomi in *-kij* comincia a girarmi la testa, ma comunque grazie, vecchio mio, è molto d'aiuto che mi spieghi queste cose. »

Seduta sul bordo del letto, Elena rideva. Sapeva che nell'orribile torre Intourist di cemento, poco distante, uomini e donne stavano ascoltando ogni sillaba di quella conversazione. Se li immaginava con le cuffie in testa a scambiarsi occhiate dubbiose. Quindi è *così* che parlano i grandi capitalisti? Erano passati ormai più di quindici anni da quando le avevano insegnato a individuare le cimici in un appartamento, ma si era accorta che lì nella 107 non avevano certo fatto un lavoro egregio, tanto era ovvia la presenza di microfoni nel cassetto delle medicine del bagno e negli abatjour sui comodini. Le telecamere sopra il letto e nel soggiorno erano in bella vista. Bastava alzare lo sguardo e salutare.

« C'è qualcos'altro che possa fare per esserle d'aiuto, Mr Craig? » chiese Yuri congiungendo le mani davanti al petto come se pregasse. « Altri fatti, magari? »

« Che intendi per 'fatti'? Io sono un produttore di macchine, adoro le macchine, sono l'unico pensiero che abbia mai avuto nella vita, ma questa piazza... è solo una strada enorme con degli edifici bassi e brutti. E le macchine! Elena, sono perfino peggio di quello che mi avevi detto, sembrano diesel con il singhiozzo, santo cielo. E la piazza Rossa? Io tutto questo rosso non lo vedo. E questo dovrebbe essere un posto importante. È una capitale, Yuri, abbiate un po' di orgoglio. Godetevela un po' di più. Sapete cosa ci vorrebbe per migliorare il panorama? »

Yuri lo raggiunse davanti alla finestra.

« Qualche albero, ecco cosa. »

« Capisco cosa intende. »

« Guarda laggiù! Perché non sorride nessuno? È estate. Non avete un inverno che dura dieci mesi l'anno? » Anthony aprì la finestra e, ruggendo per sovrastare il rombo del traffico delle sette o otto corsie della via Mokhovaya, urlò: « Godetevela un po' di più! » Quindi richiuse la finestra e si soffiò di nuovo il naso. « E poi con questa fissa per il cemento, quando la volete piantare? Esistono anche altri materiali per costruire, lo sapete. »

Yuri guardò Elena, quasi a chiederle in silenzio come dovesse reagire. Lei scrollò le spalle.

« Questa sera, Mr Craig, incontrerà persone molto importanti della politica, dell'economia e dell'industria, anche automobilistica. Le darò maggiori informazioni al riguardo. » Yuri tirò fuori una busta dalla tasca della giacca. Poi si schiarì la gola e aprì alcuni fogli. « Molti degli uomini e delle donne che conoscerà stasera hanno un ruolo chiave all'interno del partito comunista e sono molto vicini a Mr Gorbačëv. »

Quella sera il ruolo di Elena sarebbe consistito nel garantire ai capi del partito l'apertura di uno stabilimento automobilistico in Russia, qualora le condizioni fossero vantaggiose e il marchio da utilizzare fosse diverso dalla Craig International. Poi la conversazione si sarebbe ovviamente spostata sulle ambizioni politiche di Anthony. Sindaco di New York? Forse. Governatore? Forse, anche se trasferirsi ad Albany era difficile da immaginare. Se si fosse potuta spostare la capitale dello Stato di New York in Florida, allora sì...

« E perché invece non si candida alla presidenza degli Stati Uniti? » avrebbe chiesto a un certo punto qualcuno.

Non era certo un segreto che i sovietici non amassero Ronald Reagan, che non era più un giovanotto. Sergei parlava di Gorbačëv con sentimenti contrastanti. Per come si erano messe le cose, il comunismo non sarebbe proseguito in eterno, non era possibile. Gorbačëv e il suo entourage stavano studiando il sistema capitalistico e, in modo cauto e coscienzioso, anche l'eventualità di una transizione pacifica. Avevano avviato un pacato dialogo con gli americani per discutere dei vari scenari possibili. Al tavolo dei negoziati c'era un solo grande problema per i sovietici: *i cambiamenti non potevano risultare umilianti e degradanti per il popolo russo o per il suo spirito.*

Tuttavia, nel cercare *perestrojka* e *glasnost'* così apertamente, Gorbačëv ammetteva la propria debolezza. Secondo Sergei, si « inginocchiava davanti agli americani ».

E nel frattempo Reagan cosa faceva? Da Berlino avanzava richieste arroganti, condite di punti esclamativi. Berlino! Una città che avrebbe dominato gli Stati Uniti, se non fosse stato per la forza e il sacrificio dei sovietici durante la grande guerra patriottica.

Era la dimostrazione di quanto Reagan fosse ben informato dai servizi segreti; tramite agenti del KGB ubriachi o traditori, era trapelato fin troppo e ormai la macchina da guerra sovietica era diventata una barzelletta. La strategia americana di mandare in bancarotta la superpotenza avversaria con la corsa agli armamenti aveva funzionato. Il comunismo, o perlomeno ciò che chiamavano comunismo, aveva fallito.

Nella camera 107 dell'Hotel National, Anthony Craig si scostò dalla finestra con un sospiro. Mise un braccio sulle spalle di Yuri e lo accompagnò alla porta. « Senza offesa, ma me la cavo bene con gli appuntamenti di lavoro. Sono molte in realtà le cose in cui me la cavo bene, non è vero, Elena? »

Lei annuì.

« Ma soprattutto incontrare stranieri e stringere accordi è la mia specialità. Se c'è qualcuno che può cavar fuori un contratto da una stanza piena di comunisti, quel qualcuno sono io, ok? Grazie mille per averci fatto da balia e per aver organizzato anche quella cosa di Elena. »

« La visita al Cremlino », precisò Yuri.

« Esatto, amico. Una cosa davvero speciale. Ora però ho bisogno di farmi un riposino. Tu torna fra quattro ore e io ascolterò tutti i tuoi racconti su tutti quei tizi con i cognomi strani di cui ti piace tanto parlare. Gente importante. Importantissima. Bisognerebbe che li conoscessero anche in America. Adesso, però, sono un po' stanco, ok? Com'è che ti chiami, scusa? »

« Yuri », ripeté per la dodicesima volta il novellino del KGB.

« Non ti sei mica offeso, eh, Yuri? Non ti volevo offendere. »

« No, Mr Craig, assolutamente no. »

Quando la porta si fu richiusa alle spalle di Yuri, Anthony aprì le braccia e fece un'espressione esausta. « Mamma mia, quanto sono rigidi. »

« Stasera si sbronzeranno di vodka e si rilasseranno », disse Elena. « È la tua presenza a innervosirli, Tony. La stragrande maggioranza dei russi non ha mai conosciuto un americano, per non parlare di uno ricco, famoso e potente come te. »

Lui attraversò il soggiorno e tornò ad affacciarsi alla finestra. « Hai ragione. »

« In Russia, esiste un solo tipo di potere: quello politico. Tu invece rappresenti un potere diverso, a cui loro non sono abituati. »

« Già, io sono bravo a usare questa bella cosa che c'è qui », disse lui picchiettandosi la tempia e soffiandosi ancora il naso. « Porti anche Alicia con te, a vedere i cadaveri di quei comunisti morti? »

« Non credo che si vedano davvero. È solo un mausoleo. »

« Senza offesa, ma questi slavi mi danno i brividi. »

Alicia era l'assistente di Elena e forse anche la sua migliore amica. Anthony non vedeva l'ora di portarsela a letto e non faceva nulla per nasconderlo.

« Ha qualche strana fantasia? » le aveva chiesto Sergei nel suo negozio di violini sulla West 68th Street quando Elena era andata a trovarlo per organizzare il viaggio a Mosca.

« Fantasie di che genere? »

« Qualcosa che abbia a che fare con escrementi o animali? Gli piace il sadomaso? »

« Non direi, in fondo ha dei gusti molto convenzionali. Certo, gli piace sentirsi dire che è il miglior amante della storia dell'umanità, proprio come è anche il miglior produttore di auto al mondo. E se solo ci si fosse dedicato un po' di più, sarebbe stato anche il miglior golfista del mondo. »

Al suo rientro, la stanza aveva uno strano odore? Mentre lei e Alicia visitavano il Cremlino all'altro lato della piazza Rossa, tre « giovani amiche di Yuri » sarebbero passate a salutare Anthony. Le telecamere avrebbero ripreso tutto. L'unica consolazione era che quasi certamente avrebbe finito per contagiarle tutte con il virus dell'influenza.

Elena aveva ormai trentasette anni e, anche grazie alla consolazione rappresentata da Kristína, non se la prendeva più tanto per le infedeltà del marito. In fondo viveva per la figlia. In dieci anni di matrimonio e di lavoro con un uomo come Anthony Craig, aveva imparato tutto su come si mette su un'azienda. Le mancava l'amore, ma non le idee. Era una donna importante.

Ora che si trovava a Mosca, aveva ripensato con costernazione al periodo in cui aveva sognato di trasferirsi in un posto del genere. Anthony aveva ragione. Era una città desolata, i cui abitanti sembravano tutti indistintamente infelici. Se anche avesse avuto una dacia sul Mar Nero per i fine settimana, Elena non avrebbe mai accettato di lasciarsi imprigionare in uno di quei grigi appartamenti moscoviti.

Quella sera, sapeva chi c'era nella lista degli invitati. All'inizio era stata ventilata l'ipotesi che fosse presente Gorbačëv in persona, ma poi si era preferito evitare per non destare troppa curiosità.

Quando avevano saputo del viaggio a Mosca, due agenti della CIA erano andati da loro a New York per impartire alcune istruzioni. Non parlare di politica. Prima di accettare qualsiasi transazione economica, aspettare di essere tornati in patria, dove sarebbero stati assistiti. Non rivelare nessun dettaglio personale sulla propria vita.

Elena aveva insistito per assistere all'incontro con la CIA, nella speranza d'impedire con la propria presenza che i due agenti mettessero in guardia il marito dalle belle ragazze russe pronte a fare qualsiasi cosa per compromettere un ingenuo uomo d'affari occidentale.

Qualcuno bussò alla porta. Dallo spioncino Elena vide Alicia, vestita con un semplice abito bianco e un cappello. Si infilò in fretta una maglia leggera e gli occhiali da sole.
« Buon divertimento, Tony. »

« Faccio solo un riposino. »

« Magari, mentre sono via, ti capiterà qualcosa d'interessante », disse lei aprendo la porta.

Lui però si era già voltato di nuovo verso la finestra, distratto dalla prospettiva maestosa di ciò che avrebbe potuto conquistare.

32

Montréal, 2016

Mentre Grace e William imboccavano rue Sainte-Catherine diretti verso il condominio in cui abitava Josef Straka, gli altoparlanti trasmettevano *Baby It's Cold Outside*. Lo shopping natalizio cominciava ufficialmente il 1° novembre e nelle vetrine c'erano già abeti e ghirlande. Anche la neve iniziava a fare sul serio. Risalirono rue Peel. Davanti a Chez Alexandre et Fils, assistettero a un tamponamento tra due camion.

Gli autisti scesero dai loro mezzi. A New York avrebbero subito cominciato a insultarsi, ma a Montréal, forti di contratti sindacali inattaccabili, si accesero una sigaretta e si profusero in una gamma di variazioni locali della parola *bien*.

Uscendo dalla redazione dell'*Herald*, Grace aveva dato due dollari alla guardia giurata per fare una telefonata con il suo cellulare. C'erano due numeri sulla scheda di Josef Straka. William aveva provato con il numero di casa e, appena aveva sentito rispondere una voce maschile, aveva riattaccato.

Svoltarono a sinistra su rue Sherbrooke, dove il vento riprese a ululare loro addosso il proprio carico di neve. Sui marciapiedi, i fiocchi cominciavano ad attecchire. Invece di prendere William per mano, Grace si aggrappò al suo braccio. Quando arrivarono davanti al Ritz-Carlton e si accinsero ad attraversare, la strada non era più tanto scivolosa, ma lui la strinse ancora più forte. Sembravano due giovani innamorati.

Arrivati di fronte all'Acadia, il condominio dove abitava Josef Straka, si ripararono sotto un tendalino nero a scrollarsi la neve bagnata dai capelli e dalle giacche. « È passato tanto tempo dall'ultima volta che ho passeggiato mano nella mano con qualcuno », disse Grace guardando le maniche del proprio cappotto nero invece che gli occhi di William.

« È un vero peccato, Grace. »

Un uomo con il cappotto di pelliccia aprì la porta placcata in oro e fece loro segno di entrare e attenderlo al banco della portineria. « Madame Elliott e un amico? Chiamo subito monsieur Straka per comunicargli il vostro arrivo. »

« Non siamo attesi. »

« Monsieur Straka riceve molte visite. » Mentre telefonava, il portiere passò loro due asciugamani che sapevano un po' di cloro della piscina.

Dirigendosi verso l'ascensore, Grace fece a William un breve ragguaglio su Josef Straka: educato e formale, non era un generoso benefattore ma aveva un vero talento nel raccogliere fondi altrui a vantaggio delle antiquate arti europee a Montréal. L'appartamento era all'ultimo piano e, durante la lenta salita, Grace preparò il registratore. « In qualche modo è riuscito a uscire dalla Cecoslovacchia nello stesso periodo di Elena, il più difficile e pericoloso. E non può essere un caso che siano spariti i documenti suoi e di Elena. Immagino che, prima della caduta del comunismo, abbia collaborato in qualche modo con i servizi segreti, magari sotto copertura. Tu che ne pensi? »

« Nelle liste di Cibulka non c'era, ma sappiamo cosa significa questo. »

Josef Straka li attendeva in piedi sulla soglia, in camicia elegante bianca perfettamente inamidata, cardigan nero, pantaloni chino beige e ciabatte, i capelli bianchi ben pettinati. « Madame Elliott. »

« Monsieur. »

« È un piacere rivederla. »

William disse qualcosa in ceco e Straka annuì. Poi tradussero a vantaggio di Grace. A differenza della poltiglia marcia di Praga, quella di Montréal era neve vera. Poi Straka fece l'imitazione di Gilles Vigneault e intonò « *Mon pays, ce n'est pas un pays, c'est l'hiver* ».

Grace tradusse a William quel classico quebecchese, ma in inglese perdeva tutto il suo fascino.

Ridacchiarono educatamente e si strinsero la mano, mentre gli occhi di Straka si soffermavano sul quaderno e sul registratore di Grace. Non li aveva ancora invitati a entrare. Oltre la soglia, Grace intravedeva pareti bianchissime, parquet scuro, soprammobili, sculture e arte astratta. Incorniciata dalle ampie finestre dell'attico, la neve turbinava e danzava.

« Che cosa posso fare per voi? » chiese infine Straka.

« Sto scrivendo un libro su Elena Craig, una biografia. »

Lui incrociò le braccia. Sul suo volto il sorriso si era dileguato, ma non sembrava affatto sorpreso. « Lei non glielo consentirà mai. Non le darà il permesso. »

« Il permesso? »

« Cosa ha a che fare questo con il suo lavoro al *National Flash*, madame Elliott? »

Era un modo per dirle che sapeva del licenziamento. Grace accese il registratore. « Mi ha sorpreso sapere che Ms Craig è stata sua moglie, monsieur Straka. Non ne avevo mai sentito parlare, nonostante le numerose conversazioni e interviste con la signora.»

«Quello che dice è falso. Non siamo mai stati sposati.»

«Ma sull'*Herald* di Montréal, Elena stessa ha dichiarato...»

«È passata al giornale, no? Mi faccia vedere cosa ha trovato.»

«Come fa a sapere che siamo andati al giornale, monsieur?»

Straka guardò l'orologio. Non vedeva l'ora di toglierseli di torno.

«Be', come saprà, nell'archivio non c'è nulla.» Grace sbloccò il telefono e aprì l'email inviatale da Jean-Yves de Moulin. «Ma ho una foto.»

Straka si tolse gli occhiali per guardare l'articolo sullo schermo. «È chiaramente un falso.»

«E che cosa glielo fa credere?»

«In quel periodo, sia io che Elena vivevamo a Montréal, ma non eravamo affatto sposati. Qualcuno l'ha inventato per ingannarla. Oggi anche i bambini dell'asilo sanno fare queste cose, non c'è bisogno di un grafico.»

«C'erano dei risultati nel database dell'*Herald*, riguardo al suo nome e a quello di Elena. Non solo per l'articolo che le ho mostrato, ma anche per altri. Gli articoli, tuttavia, sono stati rimossi.»

«Risultati falsi, creati per ingannarla.»

William estrasse un piccolo quaderno d'appunti. «Abbiamo controllato anche negli archivi provinciali, Mr Straka. E le nostre ricerche hanno dimostrato che c'erano dei documenti relativi al suo matrimonio con Ms Craig, e che anche quelli sono scomparsi.»

«Non sono mai esistiti documenti sul mio matrimonio

con madame Craig perché non siamo mai stati sposati.» La voce irata di Straka rimbombava nell'ingresso. «Eravamo amici d'infanzia. E per quanto ne so, il governo del Québec non è interessato a questa faccenda.»

«Come ha fatto a fuggire dalla Cecoslovacchia?»

Straka si voltò lentamente verso Grace e il sorriso gli era tornato sul volto, benché fosse completamente diverso da quello con cui cinque minuti prima aveva accompagnato i versi della canzone sull'inverno. «Piano.»

«Piano? Può spiegarsi meglio?»

«No, madame Elliott, dicevo a lei. Deve andarci piano.»

«Monsieur Straka, la Cecoslovacchia non esiste più. Di sicuro non importa più a nessuno come lei abbia fatto a fuggire e ad arrivare qui in Canada. Dev'essere stata un'esperienza difficile e drammatica, la sua, con tutto quel filo spinato, le mine, le guardie di frontiera armate di mitragliatrici, i cani.»

«Queste sono leggende, madame Elliott. In realtà fuggire era piuttosto semplice.»

«Lavorava per la StB?»

Straka fece un passo indietro e allungò una mano verso la maniglia, per chiudere la porta.

«Il matrimonio rientrava nella strategia?» Grace avanzò e infilò un piede nello spiraglio della porta. «Non capisco. Che vantaggi ha procurato, a lei o a Elena?»

«Adesso basta, madame Elliott.»

«A meno che non foste innamorati.»

«L'abbiamo cercata sulle liste di Cibulka», disse William.

La fronte di Straka era un groviglio di vene pulsanti. Oltre alla furia, a Grace parve di cogliere un pizzico di sconforto. Mentre l'uomo schiumava di rabbia, con la mano tesa sul pomello della porta blindata, le spalle avevano cominciato a spiovergli leggermente verso il basso. « Per quelli come lei, che passano la vita a tentare d'infangare la gente onesta, provo soltanto disgusto. Ho dato tanto a questa città e a questo Paese. Non ho mai fatto del male a nessuno. »

« Avrò la storia », disse Grace. « Ci può contare. Sta a lei decidere se concederci un'intervista e avere il controllo sul suo ruolo in questa vicenda, oppure no. »

Straka fece un respiro profondo e per un attimo lei pensò che si sarebbe scostato per farli entrare.

« Non avrà mai la storia », disse lui allungando la mano per spegnere il registratore di Grace. Poi abbassò la voce al punto da essere appena percettibile. « Loro la uccideranno, piuttosto. » Si voltò. « Arrivederci, madame Elliott. »

William era già indietreggiato verso l'ascensore, ma per la seconda volta Grace infilò il piede nello spiraglio della porta per impedire che si richiudesse. « Loro chi? »

Straka fece un passo avanti e le mise una mano sulla spalla come per chinarsi a sussurrarle un segreto all'orecchio. Poi le diede uno spintone. Grace andò a sbattere addosso a William e cadde sgraziatamente a terra sull'osso sacro.

La porta si richiuse sbattendo.

Per un momento, il pianerottolo rimase immerso in un silenzio inquietante. Da qualche parte, qualcuno stava usando un trapano elettrico. William aiutò Grace ad alzarsi e lei rassettò il suo quaderno degli appunti. Rimasero a fissare la porta dell'appartamento di Straka, quasi si trattasse di una bestia pronta ad aggredirli, poi lei andò all'ascensore e premette il tasto di chiamata.

« Grace? »

« Sì? »

Le porte dell'ascensore si aprirono.

« È normale che qui in Canada... ti minaccino di morte perché scrivi una storia? »

Lei scosse la testa. Nonostante il cappotto pesante, aveva un gran freddo. Attraversando l'ampio atrio del condominio, il portiere li salutò con un sorriso. « Madame Elliott? Monsieur Kovály? »

« Come fa a sapere il mio nome? » bisbigliò William.

Il portiere indicò un uomo e una donna, entrambi con un soprabito nero, che si stavano alzando da due sedie posizionate vicino all'ingresso dell'edificio. Pallidissimi e atletici, avevano entrambi gli zigomi alti e la carnagione color guscio d'uovo. « Questi signori vi stavano aspettando. »

33

Mladá Boleslav, 1990

In piedi accanto alla bara del padre, Elena guardava il marito. La figlia in lacrime era accanto a lei. Il prete aveva tenuto il sermone in ceco, una lingua in cui Anthony non aveva mai imparato a dire neanche « ciao » o « arrivederci », men che meno « grazie ». I primi tempi il marito si era detto incantato dall'accento esotico di lei, ma ormai Elena sapeva che era infastidito da quella lingua che lui trovava sgradevole e grossolana: « grugniti da campagnoli », per dirla con le sue parole. Il francese era di classe, il tedesco e l'olandese facevano sembrare intelligenti, ma le lingue slave per lui erano tutte uguali, segno di una cultura ottusa creata da popoli ottusi. Anthony non si faceva problemi a esternare in pubblico le sue opinioni al riguardo, magari durante una cena d'affari a cui partecipava anche lei. *Presenti esclusi, tesoro.*

Anthony increspò le labbra nella sua tipica smorfia di disprezzo oltraggiato e guardò il feretro. Elena intuiva i suoi pensieri: *bella bara, la migliore che si potesse comprare in questo cesso di Paese.* Aveva la stessa espressione che si trovava costretto a fare ogni tre mesi davanti ai bilanci della Craig International.

Qualunque cosa Anthony stesse pensando sotto il lieve nevischio che cominciava a cadere sul cimitero, Elena era pronta a scommettere che non c'entrasse nulla né con suo padre, né con lei o sua figlia.

Kristína, da quando era nata, aveva passato tutte le estati con i nonni nella villa sul fiume. Petr aveva rappresentato per lei una figura paterna ben più significativa di quella incarnata da Anthony, che fino ad allora si era sempre dichiarato orgogliosamente troppo impegnato per perdere tempo a insegnarle qualcosa. *Del resto, ogni giorno le do il buon esempio con il mio lavoro e la mia determinazione, e questo è sufficiente. Suo padre è un uomo importante, uno degli uomini più importanti del mondo. E tu lo sapevi, quando hai deciso di sposarmi. Per questo mi hai sposato.*

Per questo l'aveva sposato.

Elena aveva trascorso anni e anni a preoccuparsi per il padre, sempre più tormentato dai rimorsi per aver rovinato la figlia, e di conseguenza anche la nipote. Sia con Jana che con Elena, nell'ultimo periodo non riusciva a parlare d'altro.

E se si fosse lasciato sfuggire qualcuna di queste amare verità di fronte ad altri? Terrorizzata da una simile prospettiva, Elena aveva trascorso notti insonni. Quando il telefono squillava a tarda ora, le saliva il cuore in gola al pensiero che suo padre avesse potuto parlare troppo con la persona sbagliata.

E poi era finita. Presto si sarebbe sciolta perfino l'Unione Sovietica. Lei non era più una rondine. Era libera. Il dissidente Václav Havel era diventato presidente della Repubblica Federale. Il nuovo motto del Paese era *Pravda vítězí*: la verità vince. Poi Elena ripensava a Danika e alla vita buia che ormai lei stessa conduceva, e non era più sicura di cosa fosse la verità.

Quando il blocco orientale aveva iniziato a sgretolarsi un anno addietro, il suo primo pensiero era stato quello di tornare subito a casa, mettere Kristína sul primo aereo e portarla via da Anthony. Petr sapeva delle sue intenzioni. Ne avevano parlato durante una passeggiata estiva nella brughiera in compagnia di Hektor e lui era sembrato entusiasta: dopo vent'anni di prigionia, sua figlia aveva finalmente diritto a scegliersi il proprio futuro.

Nessuno avrebbe più potuto far loro del male.

Presto Kristína avrebbe compiuto tredici anni. Elena aveva una gran paura che dimenticasse quello che il nonno le aveva insegnato. Non a *essere una piccola comunista*, come diceva Anthony, ma ad assecondare il ritmo della vita intorno a sé, e a rispettare le altre persone e lo spirito dei boschi, o qualunque cosa fosse stata un dio per le antiche generazioni di cechi.

In piedi davanti alla tomba del padre, Elena provò una fitta di rabbia al pensiero che il marito non si era mai preso la briga di venire in Cecoslovacchia a conoscerlo.

Era da oltre un anno che non aveva notizie di Sergei. Di tanto in tanto si sorprendeva a fantasticare sulla sua impiccagione nel cortile di un palazzo governativo russo, anche se sapeva che uno come lui avrebbe sempre trovato una scappatoia.

Quando ormai Elena aveva smesso di aspettarsi una telefonata che le annunciasse la morte del padre, era arrivata. A New York, in aereo, nell'appartamento della madre, perfino di fronte alla bara, non riusciva a non pensare che suo padre aveva un cuore forte. Era giovane!

Jana sarebbe tornata con loro a New York. La Cecoslovacchia non era più un posto adatto a lei, soprattutto in un periodo in cui tutte le notti un ex alto papavero del partito si svegliava al fragore delle finestre infrante dai mattoni. Un amico della madre, un dirigente del partito a Praga, era stato avvicinato da un gruppo di donne che gli avevano sputato in faccia e l'avevano schiaffeggiato.

Per Petr Kliment, comunismo o capitalismo non faceva differenza. Nessuno aveva mai detto una parola contro di lui. Era morto a sessantatré anni, mentre montava delle mensole nuove nel suo capanno da lavoro. Elena immaginava i suoi ultimi istanti: supino sul pavimento gelido, avvolto nell'oscurità.

Un infarto era tale se lo diceva un medico. E il medico non si era presentato al funerale.

Accanto a lei, Anthony sospirò. Ascoltare qualcuno che parlava, e addirittura in ceco, era troppo per lui. La divisione automobilistica della Craig International non aveva mai prodotto utili. Nel frattempo, si erano indebitati fino al collo e nel giro di due anni al massimo avrebbero dovuto cominciare a vendere settori importanti dell'azienda. Erano stati chiamati dei consulenti della McKinsey perché spiegassero la situazione ai manager dell'azienda, ma Anthony li aveva insolentiti definendoli codardi senza immaginazione. Lui odiava le banche e i consulenti. L'accordo con i sovietici nel 1987 era saltato, nonostante l'attento lavoro di Elena e Sergei. Anthony non sopportava di dover rispettare i regolamenti a Long Island e nel New Jersey.

« È questo il problema dell'America, e non solo della Craig », aveva detto Anthony ai consulenti della McKinsey. « Non avremmo bisogno di capitale, se voi geni riusciste a trovare il modo per aggirare tasse e regolamenti. Presto finiremo peggio che a Mosca. Elena, spiegaglielo tu a questi signori com'era mettere su una fabbrica a Mosca! »

Lei aveva iniziato a parlare come richiestole, ma Anthony l'aveva interrotta per raccontare lui la storia degli stupidi regolamenti di Mosca, e per raccontarla meglio, più velocemente e senza accento.

« Ahi, mami. » Kristína la guardò con gli occhi rossi per le lacrime, avvolta in un soprabito Prada nero. Elena si rese conto solo allora di averle stretto il braccio con troppa forza.

Il prete finì il sermone.

Anthony annuì con un'espressione di finto cordoglio. « Finalmente. »

Subito seguita dalla figlia, Elena gettò una manciata di terra sulla bara. Anthony fece lo stesso, consapevole degli sguardi della folla.

Mentre tornavano lentamente verso il convoglio di auto nere che li avrebbero riportati nel loro albergo a Praga, Anthony cinse Elena con un braccio. « Chi è sepolto nelle cripte del mausoleo, in quelle casette di pietra? »

« Prima del comunismo, chiunque pagasse. »

« Be', sai cosa allora? Dirò a qualcuno dei miei di fare una telefonata. Ne tiriamo su una anche per tuo padre, una di un bel colore pastello come le vecchie chiese. E se ci tocca disseppellirlo per spostare la bara, io dico di farlo. Che te ne pare? Non voglio che la gente passi di qua e pensi che Anthony Craig è tirchio. »

« Non ha importanza », disse Elena.

« Secondo me, invece, sì. » Anthony si fermò, con una mano sulla spalla la costrinse a girarsi e indicò la piccola buca nel terreno che un gruppetto di uomini avevano già cominciato a riempire a badilate. « Noi ci meritiamo di meglio di quella roba là. » Indicò poi le cripte del mausoleo, dove le tombe dei ricchi della città si erano accumulate fino a formare una specie di viale. « Un uomo del suo calibro deve stare lì, Elena. »

« A mio padre non è mai fregato nulla di queste cose. »

« Ma a te sì. E anche a me. Dobbiamo fare in modo che venga ricordato come il grand'uomo che è stato. »

Kristína si era allontanata e stava parlando in ceco con il prete. Sul ristorante in cima all'Hotel InterContinental, si sarebbe tenuta una sorta di cupa veglia funebre.

Suo padre era stato ucciso. Elena ne era certa. Dove si nascondevano uomini del genere, in grado di trovare chiunque, a qualsiasi latitudine?

Anthony non si sarebbe fermato per la veglia. Aveva prenotato un volo privato per Francoforte, dove aveva appuntamento il giorno dopo con la Deutsche Bank. In macchina, disse che era stato un gran bel funerale ma che bisognava assolutamente far erigere un monumento funebre degno di Petr, magari lasciando già lo spazio per la vecchia Jana.

« Disegnalo tu, Elena. » Anthony gonfiò il petto, come se le avesse appena resuscitato il padre. « Basta che mi dici come lo vuoi e io te lo faccio fare. Anzi, consideralo *già fatto*. »

Lei sospirò. « Va bene. »

« Una bella tomba di famiglia che duri mille anni. E sopra ci mettiamo una placca dorata: DA ANTHONY CRAIG E FAMIGLIA. »

Kristína, che fino ad allora aveva ascoltato in silenzio, approfittò della breve pausa per parlare. « Al nonno sarebbe piaciuto di più stare nel bosco con gli animali. »

« Chi le insegna a parlare così? » replicò lui indicandola con il pollice. « È questo che hai imparato a forza di venire qui ogni estate alla colonia per piccoli comunisti? »

« Papà! »

Nel parcheggio dell'albergo, mentre il facchino metteva le sue valigie nel baule, Anthony baciò moglie e figlia. « Gran bel funerale. Tu eri bellissima e Kristína uno spettacolo. Dovresti tenerli sempre così, i capelli. Avete visto che sono arrivati i giornalisti? Ecco, quando vi scattano le foto non guardate l'obiettivo. Tenete gli occhi bassi e cercate di sembrare tristi, perché è questo che la gente si aspetta da voi, no? Piangi nei giorni tristi e sii lieto nei giorni felici. »

Due ore dopo, quando anche l'ultimo dei discorsi alla veglia funebre era finito, Elena accompagnò Kristína verso l'ascensore, dove un uomo in abito scuro e cappello le stava aspettando. All'inizio lei non lo riconobbe nemmeno. Era ingrassato ancora e aveva borse scure sotto gli occhi.

« Le faccio le mie più sentite condoglianze, Mrs Craig. Suo padre era un uomo molto buono. »

Lei si limitò ad annuire, come se quell'uomo fosse soltanto un estraneo, poi si girò in modo da dargli l'occasione di infilarle un biglietto nella borsa.

Tre ore più tardi, quando la figlia ormai dormiva, Elena uscì dall'hotel. Sergei la attendeva seduto a un banco della chiesa di San Nicola, dove nessuno faceva caso a lui.

Elena si lasciò cadere al suo fianco e, per i successivi dieci minuti, si conficcò le unghie sempre più a fondo nei palmi, mentre Sergei le bisbigliava all'orecchio.

« Voglio farla finita », disse lei.

« Sì, lo sappiamo. Ma non funziona così, e lo sai. »

« Non me ne frega niente di *come funziona*, Sergei. Finché esistevano la StB e il KGB, ho fatto quello che mi avete chiesto. Ora porto mia madre a New York. E a mio padre non potete fare più nulla. »

Sergei rilassò la schiena contro il banco e sorrise.

« L'hai ucciso tu? »

« Assolutamente no. Sono andato a trovarlo, il mese scorso. Per qualche motivo era convinto che fosse finita, come te, del resto, Elenka. Pensava che tu fossi libera, che avessi pagato il tuo debito. Ha detto che avresti lasciato Craig e saresti tornata a Mladá Boleslav.»

«E quindi?»

«E quindi Petr conosceva le regole, Elenka, e ne ha approfittato come tutti gli altri. Si è fatto una vita che la stragrande maggioranza dei cecoslovacchi avrebbe potuto solo immaginare. Grazie a te. Però ti ha tradita. Non hai idea di quante volte ho dovuto ricordargli di tenere la bocca chiusa, c'era bisogno di qualcuno che lo proteggesse da se stesso. Per tutti questi anni, sono stato io il protettore di tuo padre, ma il mese scorso ho dovuto dirgli la verità. Non è finito proprio niente. Era solo l'inizio, per te e per il nostro Anthony. Lui non l'ha presa bene.»

Lei si alzò.

«Elena, tuo padre non ha avuto un infarto. Il codardo si è impiccato. Vrba ha fatto la cosa giusta. Mi ha chiamato subito.»

«Questa è una sporca bugia! E non chiamarla in quel modo, per favore!»

«Non si urla in chiesa.»

Elena fece per dargli una sberla, ma lui le bloccò il polso e strinse fino a farle male. Lei cominciò a divincolarsi. «Io lo lascio. Ho finito con questa storia.»

«Oh, Elenka.» Sergei inspirò a fondo e allentò a poco a poco la presa mentre sorrideva. «Mi dispiace dover essere io a dirtelo, ma né tu, né Anthony, né la vostra bella Kristína avete finito un bel niente finché non lo decidiamo noi.»

34

Montréal, 2016

Era tra le più belle donne che Grace avesse mai visto: carnagione color panna, occhi verde chiaro e capelli ramati. « Mr Kovály, Ms Elliott, piacere, Roberta McKee. » Indicò l'uomo alla sua destra, che indossava un cappotto di cashmere color cammello. « Lui è Bradley Tebb. »

L'uomo annuì, anzi si produsse in una via di mezzo tra un cenno e un inchino.

McKee passò a Grace un biglietto da visita con un logo a forma di foglia d'acero: in francese su un lato e in inglese sull'altro. « Lavoriamo per l'intelligence canadese, regione del Québec. »

Grace studiò il biglietto.

« Abbiamo ricevuto una segnalazione da parte di alcuni amici degli archivi nazionali, a Sainte-Foy. »

Chino sul banco di marmo, il portiere dello stabile non si perdeva una parola.

« Potremmo avere un'ora del vostro tempo per una chiacchierata, Ms Elliott e Mr Kovály? Non siamo molto distanti. Vicino al Centre Bell. »

Bradley Tebb non aveva nulla di un Bradley Tebb, né l'aspetto, né gli abiti, né il comportamento. Grace non era esperta di canadesi, ma viveva a Montréal da un tempo sufficiente per rendersi conto che qualcosa non quadrava. « Al momento siamo piuttosto occupati. Magari potremmo fissare un appuntamento per questo pomeriggio? »

« A dire la verità, Ms Elliott, avremmo una certa urgenza », disse la donna scuotendosi via la neve dal cappotto nero. « Fuori c'è una macchina che ci aspetta. Le prometto che non ci vorrà più di un'ora, tragitto compreso. »

« Dove si trova di preciso il vostro ufficio? » chiese Grace in francese.

« Non lontano », disse la donna. « È qui a due passi. »

Bradley Tebb non aveva ancora aperto bocca. Si mosse per primo, camminando di lato con il braccio teso come un illusionista che mostri al pubblico la testa fluttuante sopra il palcoscenico. Alle sue spalle, William e Grace erano seguiti da McKee. Fuori, l'auto era un'Audi nera con i finestrini oscurati, parcheggiata con le quattro frecce accese.

Grace uscì da sotto il portico. La temperatura era calata ulteriormente e il vento sferzava i volti di neve. Indicò il cielo. « Che tempaccio, eh? »

« Già, proprio un tempaccio », disse Tebb annuendo.

Rue Sherbrooke era una strada a quattro corsie con doppio senso di marcia. Il semaforo dei pedoni che faceva il conto alla rovescia del verde era arrivato a sei. Grace prese William per la giacca, lo strattonò verso l'attraversamento pedonale in direzione del Ritz-Carlton e si lanciò sulla strada. McKee e Tebb erano giovani e atletici, ma quando partirono all'inseguimento il semaforo era già sul due e Grace contava sul fatto che fossero al corrente della proverbiale ostilità degli automobilisti di Montréal. McKee le gridò qualcosa, ma con il vento e il rumore delle macchine lei non sentì nulla.

I parcheggiatori in divisa del Ritz-Carlton li salutarono come se fossero due membri in trasferta della famiglia reale britannica. Grace si voltò e vide McKee e Tebb a braccia conserte sotto la neve accanto all'Audi.

« Che succede? » Nella hall tutta bianco e oro, William la guardava annaspando, il fiato così corto che faticava a trovare le parole. « Chi sono quei due? »

« L'intelligence canadese si chiama CSIS, ma l'accento francese di lei era sbagliato, il biglietto da visita non aveva la scritta in braille e poi lui, quel Bradley, non parla nemmeno bene l'inglese. »

« Quindi chi sono? »

« Guardali. »

William si avvicinò a una delle porte e osservò la strada. « Non riesco a vedere bene. La macchina è... sparita. »

All'ingresso dell'hotel c'era troppo rumore e Grace avanzò nella hall, fin sotto i lampadari. Non erano ancora le tredici, ma sembrava già notte. Chiamò il numero stampato sul biglietto datole da McKee.

« La vostra è stata una decisione molto avventata. Che ha intenzione di fare, Ms Elliott? » Al telefono Roberta McKee non faceva più nulla per nascondere l'accento dell'Est Europa.

« So che non siete della CSIS. Roberta McKee! Che nome stupido! »

« Vi siete messi nei guai. »

« Ma noi non abbiamo fatto nulla di male. »

McKee sussurrò qualcosa al collega, forse indicazioni stradali. Grace non capì una sola parola, ma le parve che stessero parlando in russo.

« Siete stati voi a uccidere la mia gatta? » gridò. Ma era troppo tardi. Roberta McKee aveva già riattaccato.

William le fece cenno di avanzare ulteriormente nella hall del Ritz-Carlton, dove nessuno avrebbe potuto origliare. « Spie russe o mafia russa », disse. « Non c'è differenza, te l'assicuro. FSB, SVR, GRU prendono ordini dallo stesso apparato centrale, come fossero gang criminali. E dallo stesso uomo: Aleksandr Mironov.»

«Che cosa? Il presidente?»

«Esatto, è stato lui a creare tutte queste agenzie. E se quei due sono... Grace, ci uccideranno *sul serio*. E per quanto mi dispiaccia per Zip, io non voglio perdere te.»

«Non vuoi perdermi?»

«Ascolta, non possiamo chiamare la polizia. Non possiamo chiamare nessuno. Credimi, questa gente è inarrestabile. Pensi che l'FBI non ci abbia provato?»

Un uomo nero, alto e di una bellezza sconcertante nell'abito scuro, si avvicinò e mise una mano sul braccio di William. «Madame, monsieur», disse sottovoce. «Va tutto bene? Posso fare qualcosa per voi?»

«No, monsieur», disse Grace cercando di essere all'altezza della sua *politesse*. «Ma grazie infinite.»

«Siete ospiti del Ritz-Carlton stasera?»

«Temo di no.»

«Siete venuti per il tè pomeridiano?»

«No, monsieur.»

L'uomo congiunse le mani. «E non c'è altro che possiamo fare per voi? Prenotare un tavolo alla Maison Boulud? O magari chiamare un taxi?»

«Dovrebbero essere tutti così cortesi nel cacciare via le persone.»

Con un ultimo inchino, l'uomo indicò loro l'uscita.

Nel taxi che li riportava a Saint-Christophe, nessuno dei due parlò. Grace pensava alla madre ormai cieca, nella stanza degli ospiti a casa di Jason, che a metà pomeriggio sentiva squillare il campanello e quando andava ad aprire si trovava davanti Roberta McKee e Bradley Tebb. Chiese al tassista di oltrepassare il suo condominio e fare il giro dell'isolato. Prima di entrare, voleva accertarsi che nei paraggi non ci fossero assassini di gatti. Stava per dire all'autista di fermarsi, quando da rue Saint-Christophe sbucò l'Audi che avevano visto sotto casa di Straka. Grace si tappò la bocca con la mano per coprire il grido di rabbia e disperazione. Quando si era trasferita a Montréal, il suo appartamento era stato invaso dalle blatte. Il proprietario alla fine si era deciso a chiamare una ditta di disinfestazione, ma per anni Grace era stata perseguitata da un incubo ricorrente in cui migliaia di insetti sbucavano da tutti gli scarichi della casa e, per quanto lei corresse da una stanza all'altra, non le lasciavano scampo. Erano troppo veloci, furbi e determinati. Ed erano troppi. Benché soffocato, il suo urlo fece trasalire William e il tassista.

«Non si fermi», disse William.

«Non si fermi», ripeté Grace in francese.

«Madame?»

«La prego, continui.»

«Dove vado?»

«Dritto. L'importante è che non si fermi. Avanti!»

Roberta McKee e Bradley Tebb erano scesi dall'Audi appena parcheggiata davanti al suo condominio. Jean-Yves de Moulin aveva ragione. Ormai sapevano che lei sapeva e, chiunque fossero, avrebbero continuato a darle la caccia finché la storia non fosse stata pubblicata. Quindi di sicuro Grace non poteva aspettare lo svolgimento delle elezioni.

Doveva vedere Elena, il prima possibile.

«Hai con te il passaporto?»

William aprì la borsa del computer. «Sì, però tutte le mie cose sono...»

«All'aeroporto, *s'il vous plaît.*»

35

Londra, 1992

La rinascita della Craig International cominciò in una sala da pranzo privata dell'Hotel Connaught di Mayfair. Elena era talmente tesa che il solo pensiero del cibo le dava la nausea. Il sole era calato e, mentre il marito guardava Carlos Place fuori dalla finestra, lei fissava le fiammelle delle candele che sfarfallavano sul tavolo. Anche Anthony era nervoso, ma in quindici anni non lo aveva mai sentito ammettere un disagio e di certo non avrebbe cominciato a dare voce ai propri sentimenti in un momento come quello. Si sistemava la cravatta, si toccava i capelli e guardava sospirando l'orologio ogni trenta secondi. Dopo un quarto d'ora dall'appuntamento prefissato, gli ospiti non si erano ancora fatti vedere. Si alzò. « Nessuno a New York si permette di far aspettare Anthony Craig. Nessuno. »

Non era del tutto vero. Una settimana prima, il sindaco, che voleva ricandidarsi, era arrivato a cena con quaranta minuti di ritardo.

« Tony, siediti. Abbiamo bisogno di loro. »

Lui si sedette e assestò un pugno al tavolo. Il cameriere arrivò con un bicchiere di pinot grigio per Elena e una Diet Coke per Anthony.

« I vostri ospiti arriveranno presto, signori? »

« Sarà meglio per loro », disse Anthony.

Il cameriere sembrava già traumatizzato. « Molto bene, signori. »

La sala privata aveva pareti di pietra bianca e luci soffuse. Nel camino scoppiettavano fiamme allegre. Oltre all'ampio tavolo apparecchiato con quattro sedie, c'erano un divano, un tavolino da caffè e un bancone da bar. Anthony incurvò la schiena e con espressione furiosa guardò le auto che passavano fuori dalla finestra, che per giunta non erano Craig – BMW, BMW, Mercedes, Range Rover –, poi guardò di nuovo l'orologio.

Era stato Sergei a stabilire che gli uomini d'affari arrivassero in ritardo, per far capire subito a Anthony chi avesse il coltello dalla parte del manico. Lui ed Elena avevano passato mesi a organizzare quella cena, aspettando fino all'ultimo per fissare il giorno. I creditori della Craig International cominciavano a voler riscuotere i loro prestiti ed era da un po' che Anthony dormiva male. Sul *New York Times* era uscita un'inchiesta che poi era stata ripresa da varie testate scandalistiche: fatture non pagate, problemi legali, la fine degli anni Ottanta e del sogno del « lusso americano ».

Se l'incontro di quella sera avesse avuto un esito positivo, sarebbe stato l'ultimo atto di Elena in quanto moglie di Anthony Craig. Dopo di che, Sergei le aveva giurato che avrebbe potuto fare quello che voleva, sebbene con qualche limite. Si sarebbero inventati qualcosa. Perfino il divorzio non era da escludere.

Gli ospiti arrivarono alle 19.50. « Scusate », disse un cinquantenne calvo con l'orecchino e gli occhiali spessi dalla montatura blu. Più che un banchiere, sembrava un parrucchiere o l'assistente personale di Elton John. « È stata una giornata piuttosto difficile. Sono felice d'incontrarla finalmente di persona, Mr Craig. » Gli porse la mano. « Piacere, sono David Sapozhnik. »

Anthony, che era a braccia conserte, si prese il suo tempo prima di allungare una mano. « Piacere, David », disse quasi sottovoce.

« Sono stato io a telefonare da Tel Aviv e a parlare con il suo staff. Le presento il mio socio, Raphael Rivkin. »

Era lui l'uomo per cui avevano organizzato l'incontro. Aveva un completo scuro di taglio tradizionale, una cravatta nera e i capelli divisi da una scriminatura perfetta. Stando agli articoli che aveva letto su di lui, Elena si era aspettata un uomo virile e carismatico, e invece Rivkin era talmente piccolo da sembrare un bambino, mentre prendeva posto di fronte a Anthony sulla massiccia sedia di quercia.

Dopo le strette di mano e i convenevoli tra uomini, i due ospiti si voltarono verso Elena. Sapozhnik le si rivolse in un tono elegante ed espansivo. Rivkin invece non sembrava affatto interessato a chiacchierare del più e del meno, il che irritò ulteriormente Anthony. Non gli era piaciuta neanche l'ostinazione con cui Rivkin aveva insistito per fissare l'appuntamento a metà strada, a Londra, e non gli piaceva nemmeno il fatto che a trentun anni fosse già miliardario.

« Mi piace il tuo stile, Raphael. Mi piace molto. Da me a New York, e del resto anche qui a Londra, i giovani si vestono come barboni. Grunge, lo chiamano. Perfino alcuni nostri impiegati freschi di Harvard, Stanford, Yale o Wharton. Io sono andato alla Wharton, la migliore di tutte. Si laureano e vengono a lavorare da noi, ma sembrano usciti di prigione, non da un'università dell'Ivy League... Tu invece... hai un perfetto stile Craig. »

Rivkin guardò per un momento il suo socio con perplessità, poi si rivolse a Anthony. « Grazie. »

« Se le cose dovessero andarti male e ti servisse un... »

« Abbiamo valutato la sua proposta diverse volte, Mr Craig. »

« Dritti al punto. » Anthony si chinò verso Elena come per sussurrarle un segreto. « È tipico del vostro popolo, non perdere tempo in sciocchezze. Mi piace. Mi piace molto. Dovrei fare affari più spesso in Israele, e non solo io. L'accordo che avete fatto voi e quegli altri russi è diventato una leggenda a Wall Street. Elena, lo sai che si può comprare una compagnia petrolifera da mille miliardi di dollari con un bigliettone da dieci, se si hanno i contatti giusti? E il nostro Raphael ce li ha, i contatti giusti. Perché tu sei solo un prestanome, vero? Un ragazzino, in realtà. Chi ti manovra? »

Rivkin lo fissava in silenzio.

« Sai, in America invece bisogna partire da zero. Io mi sono fatto da solo. Si comincia con niente, si lisciano un po' le banche, si ottiene un prestito, si danno le garanzie, si paga con gli interessi, ci si crea un capitale personale, si prendono dei rischi e gli si dà valore. Ci vuole tempo, però. Giusto, Elena? »

« Sì. »

« Ora, un ragazzo come te può venire a Londra e fare l'uomo di mondo, il banchiere, il *capitalista*... non un giovane gangster, giusto? Senza offesa, Raphael, spero che tu non te la prenda. »

« Come ha detto, Mr Craig, andiamo dritti al punto. » Rivkin guardò il socio e annuì.

Sapozhnik prese quindi la parola. « Converrà con noi, Mr Craig, che sul piano meramente oggettivo la divisione automobilistica della Craig International è un fallimento. »

« Solo un'oggettiva testa di cazzo può vederla in questo modo. »

« Mr Craig, non ha mai generato alcun profitto. »

« La nostra è un'azienda familiare privata. Come fai a dire che non abbiamo generato profitti? Chi sei tu? Come hai detto che ti chiami? »

« David Sapozhnik. »

« Avanti, sembro uno che non genera profitti? »

« Il debito della sua azienda, Mr Craig, è... »

« È un'azienda meravigliosa, non trovi? Diglielo anche tu, tesoro. Tutte le aziende meravigliose accumulano qualche debito ogni tanto, no? »

Elena sapeva che l'orgoglio del marito era talmente spropositato da fargli credere perfino di non essere in bancarotta. « Tony, ascolta cos'hanno da dire Mr Sapozhnik e Mr Rivkin. »

Il cameriere venne a chiedere ai nuovi arrivati cosa volessero bere. Rivkin non parlò e Sapozhnik ordinò per entrambi un bicchiere di qualsiasi cosa stesse bevendo Mrs Craig.

« Se ho capito bene, sarete nostri ospiti a cena », disse il cameriere concentrandosi sui due russi. « So che siete appena arrivati, signori, ma mi chiedevo se poteste cortesemente... »

Rivkin sollevò una mano. « Io non mi fermo a cena. Il mio socio sì. »

« Già. » Anthony sollevò il mento di scatto. « Lo stesso vale per noi. Abbiamo un altro impegno per cena stasera. »

Elena sospirò. Ovviamente non era vero.

Quando il cameriere si allontanò, Sapozhnik estrasse un fascio di fogli pinzati dalla sua valigetta e lo mise sul tavolo. « Siamo pronti a estendere il prestito. »

« *A salvarla* », disse Rivkin.

Anthony si rivolse direttamente a quest'ultimo. « Senti, pezzo di merda. Non abbiamo bisogno di essere salvati.

Sono in contatto anche con la Deutsche Bank, e se loro dovessero offrirci condizioni migliori, sarei felice di dire a te e al tuo amico David Bowie, qui, che potete tornarvene a Tel Aviv. »

« Conosciamo bene la Deutsche Bank, Mr Craig. » Rivkin si chinò sul tavolo al punto che Elena sentì l'odore dolciastro del suo gel per capelli. « E sappiamo per certo che non le presteranno neanche un pfennig. Non senza il nostro sostegno. Siamo come genitori, che garantiscono per il prestito a un figlio inaffidabile. »

« Ma chi è questo stronzo? » disse Anthony voltandosi verso Elena. « Li stai sentendo? Qualcuno mi ha mai parlato in questo modo? »

Sapozhnik si schiarì la gola e poggiò le mani aperte sul tavolo. « Le origini del nostro capitale potranno anche farle storcere il naso, Mr Craig. Ma il punto è che noi, alla Mustela Capital, sappiamo il fatto nostro. »

« Saprete anche il fatto vostro, ma della mia azienda invece non sapete un cazzo. »

Sapozhnik sospirò. « Sappiamo che siete in grande crisi. E che la divisione automobilistica è un disastro. »

Rivkin rise. « La peggiore. »

« Vediamo di essere chiari al riguardo. » Sapozhnik parlò in tono lento e calmo. « Mr Craig, lei e la sua azienda siete ormai a un passo dalla bancarotta. E quindi anche dall'umiliazione. Considerati i bilanci che ci avete inviato, che per quanto disastrosi sono ovviamente gonfiati, la nostra offerta è la migliore che riuscirete a trovare. Ve lo posso garantire. Perciò smettiamola con questo inutile braccio di ferro. Mr Craig, lei è davvero disposto a perdere la sua azienda di famiglia? »

« Vaffanculo. »

« Risponda alla domanda, razza di bambino che non è altro », disse Rivkin.

Nel corso del minuto successivo, Elena vide il marito passare dalla furia alla rassegnazione. « No », disse Anthony alla fine.

Sapozhnik allungò la mano sul tavolo fino a sfiorargli il polso. « Vuole fallire pubblicamente? Vuole far vergognare sua figlia? »

« No. »

« Vuole crescere ed espandersi in tutto il mondo? »

« Chi non lo vorrebbe? »

« Mr Craig, vuole diventare l'uomo che ha sempre sognato di essere? Quello di cui ha scritto nella sua autobiografia e di cui si legge nei giornali scandalistici? »

« Lei non è un miliardario », intervenne Rivkin. « È una stronzata. »

« Mr Craig, la sua casa automobilistica non ci interessa, e nemmeno i cuscinetti a sfera. »

« E allora cosa ci siete venuti a fare qui? Eh? » Anthony lanciò un'occhiata a Elena. « Che cosa volete? »

« Le sue macchine, i suoi cuscinetti a sfera, le sue imbarazzanti sortite nel mondo della gioielleria, del trasporto aereo, dello sport o della televisione, le sue azioni spazzatura... non è questo che vogliamo. Mr Craig, quello che vogliamo è *lei*. E siamo qui stasera per darle ciò che in fondo desidera di più, per trasformarla in ciò che lei ha sempre voluto essere. »

« A un certo prezzo, naturalmente. » Il sorriso comparso sul volto di Rivkin sembrava quello di un domatore di leoni acclamato dalla folla.

Il cameriere tornò con il vino. Elena ordinò un altro bicchiere per sé e Anthony chiese una seconda Diet Coke. Gli tremava la mano destra. In passato Elena l'aveva visto spesso arrabbiato, ma per lui la rabbia era una forma più attiva di felicità. In quel momento, invece, era qualcosa di diverso e molto peggiore di quanto lei si fosse immaginata. Temeva che di punto in bianco il marito si alzasse, uscisse dall'albergo, attraversasse Governor Square e scomparisse per sempre.

Sapeva di dover smorzare la tensione. « Diciamo allora che non importa come siamo arrivati fino a questo punto, Mr Rivkin. Lei ha il capitale. E noi ne abbiamo bisogno. Se lavorassimo insieme, la Craig International potrebbe usare gli investimenti della Mustela Capital per raggiungere grandi traguardi. Comprendiamo quali sono le vostre condizioni, anche se non le condividiamo. Se venissero mai rese pubbliche, sarebbe un grosso danno per noi, per via dei vostri legami. »

Rivkin sorseggiò il vino, poi si chinò verso Sapozhnik e gli diede una leggera pacca sulla schiena. « Divertente, eh, David? »

« Ho detto semplicemente quello che penso, come del resto avete fatto voi prima di me. E avete ragione, Mr Sapozhnik e Mr Rivkin. Abbiamo perso ogni potere di negoziazione. » Con un gesto teatrale, Elena staccò la mano gelida del marito dalla lattina di Diet Coke e intrecciò le dita alle sue. « Ma lei, Mr Rivkin, un trentenne israeliano legato al corrotto governo russo e chissà a che cos'altro... »

Rivkin rise.

« ... lei è la nostra unica speranza. »

Stavolta il silenzio che piombò sul tavolo fu più leggero, come se Elena l'avesse filtrato e depurato.

« Mi pare che ne abbia trentuno », disse Anthony dopo una lunga pausa. Poi si voltò verso Rivkin. « Vero? »

Sapozhnik sollevò il bicchiere. «Al futuro della Craig International.»

A cosa stavano brindando davvero? Due ore dopo, mentre giaceva rigida nel letto della loro stanza, Elena pensò che in fondo Anthony sapeva perfettamente non solo quanto grande sarebbe stato il suo debito nei confronti di Raphael Rivkin, ma anche per chi lavorava o di chi era il prestanome, e di conseguenza anche perché fosse diventato miliardario a trent'anni.

«Forse non ci rivedremo più», aveva detto Sapozhnik toccando il polso di Anthony mentre usciva dalla sala. «O forse sì.»

Elena non era riuscita a guardare il marito negli occhi. Quelli come loro tornavano sempre.

Se l'uomo da cui presto Elena avrebbe divorziato era rimasto insoddisfatto dall'esito dell'appuntamento, non lo diede a vedere né subito né qualche ora dopo nella loro elegante suite. Anthony dormì come un sasso e si svegliò felice al pensiero della ricapitalizzazione. I soldi sarebbero arrivati attraverso varie banche e, visto che i suoi finanziatori si nascondevano dietro una holding di fondi di investimento, nessuno avrebbe saputo chi li aveva messi davvero. Gli avvocati di entrambe le parti avrebbero preparato tutti i documenti necessari e nessuno avrebbe avuto la più pallida idea della reale provenienza del capitale.

«È un ottimo affare», disse Anthony la mattina dopo nella hall del Connaught, mentre aspettavano la loro auto.

«Sono felice per te.»

«È anche merito tuo, ricordi? Erano tuoi contatti.»

«Non proprio, Tony, erano solo amici di amici. Se non

fosse stato per te, io non ci avrei nemmeno pensato. Nessuno ci avrebbe pensato. »

« Non dovrai parlare mai a nessuno dell'incontro di ieri sera. »

« Lo so, Tony. »

« Anthony Craig non ha bisogno di essere salvato. »

« Mai. »

Lui guardò fuori dalla hall del Connaught. La macchina che li avrebbe portati all'aeroporto sarebbe arrivata a momenti. Anthony era il genere d'uomo che mentiva pur sapendo che l'interlocutore si sarebbe accorto della bugia. Quando Sapozhnik aveva delineato i termini dell'accordo, Elena si era accorta che il ginocchio del marito tremava accanto al suo. Se avesse violato anche una sola clausola dell'accordo, la Mustela Capital si sarebbe servita di ogni strumento legale e finanziario per distruggere lui e tutta la sua famiglia. Gli avrebbero preso tutto. E avrebbero spifferato ai media un bel po' di *dettagli*. Elena si era aspettata che Anthony facesse una smorfia e chiedesse loro: « Quali dettagli? »

E invece no.

« Mr Craig, la sua macchina è arrivata », disse il valletto con un piccolo inchino.

Un uomo potente, e per di più fresco di ricapitalizzazione, se la prende sempre comoda. Anthony fece un breve cenno con il mento all'uomo. « Sai, non ci avevo mai pensato prima, a quello che ha detto il pelato, il gay. »

Elena aspettò.

« Come ha detto? 'Non è questo che vogliamo. Quello che vogliamo è lei' », disse Anthony imitando l'accento israeliano. « Be', devo ammettere che mi piace. È vero. Ci ha visto giusto, quel fottuto pelato. »

36

Montréal, 2016

In uno dei televisori dello Houston Avenue Bar & Grill, al gate 77 dell'aeroporto internazionale di Montréal-Trudeau, un uomo con la barba e il papillon affermava che Anthony Craig non avrebbe mai vinto le elezioni. « Statemi a sentire. Un candidato del genere non ha mai *voluto* vincere. »

Era difficile sentire qualcosa con gli altri televisori che trasmettevano una partita di hockey dei Canadiens de Montréal, gli annunci aeroportuali in due lingue e le conversazioni dei clienti. Grace e William dovevano leggere i sottotitoli.

« Immaginate di avere in pugno il trentacinque percento dell'elettorato americano e anche una buona parte di quello canadese ed europeo. Parlo di milioni di persone deluse e arrabbiate che hanno soldi da spendere e credono a ogni sua parola. Le auto? A chi importa delle auto? Solo i dittatori e le rockstar vogliono le sue ridicole auto antiproiettile. Sono le sue *idee* a riscuotere consenso, la sua rabbia semplice e forte. Sono persone che stanno prendendo le distanze dal resto del Paese, e Anthony Craig sta costruendo loro un rifugio. Sarà l'amministratore delegato della Craig Broadcasting, è già previsto. »

« È possibile? » chiese William accostandosi la birra alla tempia come se lo aiutasse a pensare.

Grace scrollò le spalle. « Può darsi che non voglia davvero vincere, ma ci sono un sacco di persone che invece vogliono farlo vincere. Persone potenti. »

L'intervistatrice della CNN, una bionda con una giacca color pesca, fece un commento cinico: perché imbarcarsi in un'impresa tanto faticosa se non si vuole vincere?

« Pensi al nostro attuale presidente: istruito, intelligente, attento. Può piacere oppure no, ma non è riuscito a combinare niente! È impossibile. Quello del presidente degli Stati Uniti è il lavoro più difficile al mondo. Quando tra qualche giorno Anthony Craig perderà, lui e il suo esercito di bianchi arrabbiati dell'America rurale e suburbana, quella che esponenti delle élite mediatiche come lei chiamano *flyover states*, avranno *in pugno* questo Paese. Questa è la vera forza di Anthony Craig. »

La giornalista accusò l'ospite di favorire un clima di complottismo. Grace si spostò sullo sgabello per guardare oltre le porte del bar, verso la zona di imbarco per i voli diretti negli Stati Uniti.

« È inutile che guardi, Grace. È il loro lavoro essere invisibili, se vogliono. » William indicò il televisore. « Spero proprio che quel tizio abbia ragione. »

« Anch'io. »

« Se Craig non vince, il tuo libro non avrà poi tanto clamore. »

« Ma ci saranno meno persone intenzionate a uccidere mia madre. »

Per un po' tacquero e in sottofondo si sentirono solo la musica natalizia, l'hockey, la CNN, il tintinnio delle posate sui piatti e le chiacchiere sul freddo al bancone del bar. Perché i canadesi si sorprendevano se nevicava a novembre?

Grace aveva inviato un'email a Elena, mettendo in copia

i suoi due assistenti. *So che sei molto impegnata, ma ho bisogno di vederti, anche solo per un'ora, è questione di vita o di morte.* Poi cominciò a cercare alberghi e ristoranti a Manhattan in zona Midtown. I soldi della liquidazione sarebbero finiti presto, certo, ma intanto Grace aveva un conto in banca più in salute che mai. Prenotò per cena un tavolo all'Upland, dove andavano a mangiare gli scrittori famosi, poi si mise in cerca di un albergo romantico di lusso. Ce n'era uno sulla Bowery, aveva visto la pubblicità su una rivista sfogliata nella sala d'attesa del dentista.

Fu annunciato l'imbarco del loro volo a sette gate di distanza. William finì la birra in un sorso e Grace lasciò lì la sua.

Dieci minuti dopo il decollo, William russava piano addossato al finestrino. L'aveva avvertita sul fatto che l'aereo gli faceva sempre quell'effetto. La prospettiva di dormire con un uomo che russava non la eccitava particolarmente, eppure c'era qualcosa di animalesco in quel suono che la faceva fremere di un brivido di anticipazione. Dopo cena, si sarebbero fatti una doccia e si sarebbero infilati sotto le lenzuola spesse, bianche e profumate. Quello che sarebbe accaduto dopo, in fondo, non era così importante. Un'avventura a quarant'anni suonati, esplorarsi a vicenda in una stanza chiusa a tripla mandata! Il solo pensiero di avere un corpo caldo e nudo accanto a sé nel letto la faceva quasi svenire dalla gioia.

All'inizio, William tenne stretta a sé la borsa portacomputer, ma poi cambiando posizione nel sonno la spinse involontariamente sul bordo del sedile. Grace la prese, prima che potesse cadere. Essendo su un volo internazionale, decise che avrebbe ordinato una Heineken, quasi a fare ammenda del boccale lasciato a metà al bar dell'aeroporto.

Una passeggera due file davanti a lei ne aveva già ordinata una, e Grace ne sentiva l'aroma morbido.

Corroborata dalla decisione, aprì la borsa di William e vi guardò dentro.

William aveva un MacBook sottilissimo di ultima generazione. Accanto, c'era una cartelletta beige piena di fogli. Grace si voltò a guardarlo per un attimo e, assicuratasi che stesse dormendo, la tirò fuori.

La prima pagina era in ceco. Sembrava la stampata di un articolo di giornale con tanto di titolo, occhiello e fotografia di Elena in alto a destra. William aveva sottolineato alcune frasi e preso degli appunti. Nonostante la pessima calligrafia, Grace riconobbe la parola *ledňáček*. Kingfisher. Anche le cinque pagine successive erano tratte da vari siti.

In fondo al fascio di fogli, pinzati assieme, c'era qualcosa di diverso. Sembravano documenti ufficiali, simili a un memorandum d'azienda o un contratto legale. Grace immaginò che si trattasse di un'autorizzazione in ceco legata al saggio di William sulla Primavera araba. La hostess con le bevande era ormai arrivata alla fila davanti alla sua e parlava in inglese. Trattandosi di un volo Delta, ci si poteva almeno risparmiare l'esibizione del bilinguismo canadese.

La donna stava per chiedere a Grace cosa volesse e lei stava per ordinare la Heineken e rimettere la cartelletta nella borsa, quando in fondo alla prima pagina del memorandum lesse il proprio nome. Incredula, cominciò a sfogliare e lo vide ripetuto più volte sul secondo foglio pinzato. Sul terzo c'era addirittura una sua fotografia, presa da una rubrica settimanale di gossip del *Flash* che aveva tenuto tra il 2011 e il 2012. Il documento aveva cinque pagine e il suo nome spuntava ovunque: Elliott, Elliott, Elliott. A un certo punto trovò quello di sua madre. E individuò anche Austin e Florida, *National Flash* ed Elena Craig. *Elena Craig anonymní spiosovatel.*

Tra parentesi quadre, in inglese, si leggeva: *ghostwriter.*

« Madame? » disse la hostess cercando di attirare la sua attenzione per la seconda volta. « Desidera qualcosa da bere? »

« Ehm, solo un succo di pomodoro. »

« Ghiaccio? Una spruzzata di limone? »

« No, grazie. »

Era un volo piuttosto breve, un'ora e mezzo al massimo. Per un po' Grace cercò di ricordare quale fosse la parola giusta, poi la trovò: « dossier ». Qualcuno aveva creato un dossier ufficiale su di lei per quell'uomo che si fingeva impacciato e che si era impegnato a cercare occhiali brutti e maglie pseudo-hipster per incarnare alla perfezione il ruolo dello sfigato non attraente ma adorabile.

Grace accese la luce da lettura e fotografò tutte le pagine del dossier. Poi rimise i fogli nella borsa del computer e continuò a guardare William che dormiva. Dalla bocca aperta, un filo di bava gli colava sul mento e sul collo.

Era possibile che Elena non volesse parlarle. Grace tirò fuori il proprio computer, aprì il file a cui aveva cominciato a lavorare a Montréal e, ispirata dalla rabbia per essere stata tradita, scrisse con grande rapidità ed efficacia. Anche se i suoi muscoli da giornalista si erano atrofizzati, non impiegò molto a terminare la prima bozza.

Quando William cominciò a stiracchiarsi, mancavano meno di venti minuti all'atterraggio all'aeroporto LaGuardia. Aprì gli occhi e le sorrise. Sembrava un sorriso autentico. Grace chiuse il computer.

« Mi sono addormentato », disse asciugandosi la saliva sul mento. « Dove siamo? »

« Stiamo scendendo », gli rispose lei cercando di nascondere la delusione.

« Scusami. Non mi piace addormentarmi, ma ero un bambino capriccioso e i miei genitori per calmarmi mi portavano sempre a fare un giro in macchina. Penso che sia nato tutto da lì. »

Grace si sporse verso di lui e gli tolse un pelucco dalla spalla. « Siamo creature fragili. »

Lui le prese la mano e la baciò, poi scoppiò a ridere come se si fosse trattato del gesto più ridicolo della sua vita.

37

New York, 1994

L'attenzione mediatica per il divorzio di Elena Craig l'aveva resa famosa in tutto il mondo, non solo a New York. Nei due anni intercorsi da quando aveva « sorpreso » Anthony a letto con una sostituta ballerina di MC Hammer, Elena si era concentrata sui propri affari, lanciando la spa. Era ancora nel consiglio di amministrazione della Craig International, dove continuava a dirigere il settore progettazione, ed era tutto sommato rimasta in buoni rapporti con Anthony. Si sentivano quasi tutti i giorni, o meglio quasi tutti i giorni lui parlava e lei lo stava a sentire. Al suo posto, dopo la fine di un matrimonio tanto importante e chiacchierato, altre donne si sarebbero rifugiate nell'anonimato, magari su una spiaggia o in qualche paesino di montagna.

A Elena, però, non era permesso.

Inizialmente quindi non fu molto sorpresa quando un giornalista grasso e sudato le si parò davanti fuori dal bagno delle donne della Russian Tea Room. « Mi scusi se l'avvicino in questo modo, Mrs Craig, ma sono settimane che lascio messaggi ai suoi assistenti e non vengo mai ricontattato. » Aveva l'accento britannico, capelli color sabbia e il volto butterato. « Mi chiamo Jack Haynes. Scrivo per il *Daily Mail.* »

Elena gli strinse la mano paffuta.

« Aspetto volentieri che lei e le sue amiche finiate il tè, Mrs Craig. Poi, se vorrà, potremmo parlare. »

La presentazione della nuova linea di automobili Craig era prevista di lì a due settimane. Fino ad allora, il design doveva restare segreto. Quindi il primo pensiero di Elena fu che qualcuno dei suoi progettisti avesse fatto trapelare immagini riservate. « E di cosa vorrebbe parlare, Mr Haynes? »

« Del suo passato. »

Nel bagno delle donne, Elena si accertò che non ci fosse nessuno e chiamò Sergei con il cellulare. Lui le consigliò di mantenere la calma, negare tutto e trattenere lì il giornalista il più a lungo possibile.

Le fu difficile concentrarsi sui pettegolezzi di cui parlavano le amiche. Elena era l'unica a lavorare e non passava giorno senza che loro le facessero notare quanto poco le si addicesse. Certo, se si fosse trattato di fare volontariato per qualche importante istituzione artistica newyorkese l'avrebbero capito, quello sì che era eccitante, ma sgobbare in un'azienda in espansione, formare i dipendenti, gestirli, litigare con le agenzie immobiliari e pagare le tasse: perché dannarsi tanto?

Alla fine, dopo un giro di baci sulle guance e una cena di gruppo fissata per la settimana successiva, Elena finse di tornare in bagno e andò a sedersi accanto al giornalista britannico in un tavolino buio in un angolo.

« Cosa posso fare per lei, Mr Haynes? »

« *Ledňáček*. Immagino che la mia pronuncia in ceco sia orribile, ma vuol dire *kingfisher* in inglese, no? »

Quando lui le mostrò i dossier, a Elena bastò un'occhiata per capire che qualcuno aveva spifferato informazioni su di lei. Oltre al suo nome in codice, Haynes aveva parecchi dettagli e tutti molto precisi: sapeva come l'avevano reclutata, quale ruolo avevano avuto i suoi genitori, il matrimonio con Jean-Yves de Moulin, gli anni trascorsi a Montréal, pagine e pagine su Anthony, le sue ambizioni politiche e i suoi rapporti con vari leader politici. Non c'era traccia di Sergei, né di riferimenti al finanziamento che aveva salvato la Craig International, ma c'erano documenti su sua madre, nome in codice Vrba, che la lasciarono sconcertata.

Scoprì anche che Anthony aveva una figlia di nome Alina, e facendo i calcoli capì che era nata nove mesi dopo il loro viaggio a Mosca del 1987. Kristína aveva una sorellastra russa, figlia di una prostituta.

« Queste sono tutte invenzioni, Mr Haynes. »

« Può dimostrarlo, Mrs Craig? »

Elena scoppiò a ridere. « Dovrebbe essere piuttosto compito suo dimostrare che è tutto vero, Mr Haynes. Le assicuro che non lo è e che chiunque le abbia dato questi dossier sta giocando sporco. Se pubblica una sola parola su questa storia, i miei avvocati distruggeranno lei e il suo giornale. »

« Sembra una minaccia, questa. E proprio nella patria del primo emendamento. » Lui si rilassò contro lo schienale, incrociò le braccia e la fissò con un sorrisetto soddisfatto.

Elena aveva l'impressione che il giornalista avesse molti più peli sul collo che capelli in testa e, nel tentativo di non lasciarsi prendere dal panico che già minacciava di farla annaspare, cercò di indovinare quanti anni avesse. Cinquantasette? Non aveva la fede al dito. « Mr Haynes, lei ha figli? » gli chiese nel tono più calmo possibile.

« Non ho avuto il piacere. »

« È sposato? »

« Lo sono stato tre volte, ma al momento sono scapolo. »

« Allora provi a immaginare come sarebbe avere una moglie e un figlio che la amano. Immagini cosa significherebbe per loro una calunnia come questa. »

« Scrivo sui tabloid da quando ho vent'anni, Mrs Craig, e francamente non credo che sia mio dovere proteggere una spia per evitare di ferire i sentimenti dei suoi cari. »

Elena dovette impiegare tutte le proprie energie psicofisiche per rimanere seduta, non distogliere lo sguardo da quello del giornalista e continuare a riflettere. Pensò a Kristína, che frequentava l'ultimo anno delle superiori, e a cosa sarebbe successo se una notizia del genere fosse stata resa pubblica. Come avrebbe fatto a frequentare l'università, essendo figlia di due persone accusate di alto tradimento? Elena ripensò al pranzo appena terminato, alla La Cure Craig, alle auto, a sua madre. « Una spia? Non sia ridicolo, Mr Haynes. Quello che voglio dire è che un briciolo di comprensione umana non guasterebbe. »

Lui si limitò a fissarla in silenzio.

« Il suo... » Elena dovette sforzarsi di non perdere la calma. « Il suo giornale ha davvero intenzione di pubblicare queste sciocchezze? »

« Non ne ho ancora parlato con nessuno. Volevo prima incontrare lei. »

Quando le squillò il cellulare, Elena ebbe la sensazione che qualcuno le avesse gettato un salvagente. Almeno per qualche secondo, aveva una ragione plausibile per non guardare negli occhi il giornalista. « Pronto? »

« Lui è ancora lì? » chiese Sergei.

« Sì. »

« Siamo qui fuori. Allora, Elenka, noi siamo i tuoi avvocati, ok? Lo inviteremo a continuare questa conversazione alla La Cure Craig. Dobbiamo solo farlo salire in macchina. Hai capito? »

« Sì. »

« Resta calma. Ti interessa sapere dove ha scoperto quelle carte, chi sono le sue fonti, ma restano comunque bugie. Sporche bugie, ok? »

« Sporche bugie. » Elena guardò Jack Haynes e sorrise.

« Tra un minuto entriamo. »

« A tra poco allora. »

Elena fece un respiro profondo. « Per questo pomeriggio avevo fissato un appuntamento con i miei avvocati, dovevamo occuparci di alcune transazioni immobiliari per la mia azienda. »

« La Cure Craig. »

« La conosce? Vorrebbe unirsi a me? Anzi, a noi? Mi piacerebbe studiare un po' meglio i suoi dossier, per capire chi ha deciso di infangare me e la mia famiglia in questo modo. E visto che non otterrà niente da questa faccenda, giornalisticamente parlando, magari potrebbe scrivere un articolo sulla sua prima manicure. »

Il giornalista sollevò lo sguardo. Sergei e i suoi uomini erano già arrivati.

Due settimane dopo, Elena lesse che Jack Haynes si era suicidato all'Hotel Algonquin con una combinazione di whisky, antidepressivi e sonniferi. A Praga, Mosca e Montréal varie squadre di agenti cancellarono ogni documento incriminante su cui riuscirono a mettere le mani. L'uomo che aveva passato le informazioni a Haynes fu individuato e presto anche lui si aggiunse alla lista delle vittime dell'alcolismo e della depressione.

Con il rilancio dell'impresa di Anthony, le ordinazioni straniere di berline e SUV antiproiettile della Craig salirono alle stelle: prima la Russia, poi il Medio Oriente, la Cina, il Venezuela. Alcuni rapper famosi le comprarono per esibirle nei loro video, e i fan li imitarono, così per la prima volta la divisione automobilistica della Craig International registrò un anno in positivo.

Al salone dell'automobile di Francoforte del 1995, Anthony Craig conobbe una giovane modella moldava e, quando chiamò Elena per raccontarle della sua nuova fidanzata, lei si limitò a fargli i complimenti e a bere un lungo sorso di vino.

38

New York, 2016

In attesa del taxi fuori dal LaGuardia, Grace cancellò la cena e prenotò due camere singole all'Holiday Inn Express. Aveva ripensato a ogni cosa detta e fatta da William da quando si erano visti per la prima volta nell'atrio dell'Istituto per lo studio dei regimi totalitari e ormai tutto aveva assunto una luce diversa.

Il tassista, che stando al tesserino identificativo sul cruscotto si chiamava Lilesa, accostò davanti a loro nella nebbia piovosa. Quando salirono, in sottofondo riecheggiava la versione di Glenn Gould delle *Variazioni Goldberg*, non proprio la colonna sonora che ci si sarebbe aspettati di trovare su un taxi.

« È la registrazione del 1981? » chiese William chinandosi in avanti.

« Sì, signore. »

« È quella in cui, mentre suona, canticchia a bocca chiusa. »

« Sì, signore. Mi è sempre piaciuta molto. La trovo molto umana. »

William cinse Grace con un braccio. « Molto umana », ripeté.

Grace avrebbe voluto spingerlo via, mollargli un ceffone, tempestarlo di domande, gridargli in faccia. Invece allungò lentamente la mano a sfiorare la sua.

« Quando avrai finito di scrivere il libro, anzi dopo che

sarà pubblicato e avrai fatto tutte le presentazioni, che ne dici di venire a stare da me a Londra?» disse William.

Oh, santo cielo, smettila, pensò Grace. *Mi fidavo di te.*

«In fondo, cos'è che ti trattiene in America? Tua madre, immagino, ma potresti far venire anche lei. Certo, il tempo non è proprio il massimo in Inghilterra. Anzi, diciamolo pure, è francamente orribile. Ma come abbiamo appena provato sulla nostra pelle, non è che Montréal sia molto meglio, no? E il sistema sanitario britannico è piuttosto buono e, anche quando lascia un po' a desiderare, è pur sempre gratuito. Magari, se lavoriamo tutti e due, possiamo permetterci di pagarle un posto migliore di quello in cui sta adesso in Florida. Meglio se con un bel giardino, o un parco nelle vicinanze, così nei fine settimana potremmo portarla a fare qualche passeggiata. Mi avevi detto che vorresti farle vedere Praga, prima che perda del tutto la vista, e con un volo low cost da Londra, si fa presto.»

Grace aveva il deserto in bocca. Non riusciva a guardarlo in faccia.

«Potresti trovare lavoro in un giornale, o lavorare da freelance, oppure scrivere un altro libro. All'inizio potremmo anche stare a casa mia, poi magari con un colpo di fortuna sarebbe meglio trovare qualcosa di un po' più spazioso, o perlomeno con le tubature funzionanti. Ah, le tubature inglesi! Quelle proprio non ti piaceranno!»

Una lacrima le rigò la guancia e, per non farsi vedere da William, Grace se la asciugò in fretta rivolta verso il finestrino. Dovette fare uno sforzo sovrumano per impedirsi di chiedergli chi fosse lui davvero e che senso avesse il dossier che aveva in borsa. Come osava farle questo?

Il tassista abbassò la musica e disse qualcosa sul traffico di Grand Central Parkway. Poi fece una domanda a Grace, ma lei preferì non rispondere per non lasciar trapelare di fronte a William l'emozione che le avrebbe incrinato la voce.

« Sono sicuro che vada bene », intervenne William mostrando il pollice all'autista. « Ci fidiamo del suo istinto e della sua esperienza. »

Questa non è certo una mossa consigliata nel manuale della spia perfetta, pensò Grace senza distogliere lo sguardo dal finestrino per nascondere gli occhi lucidi all'uomo che fingeva di essere il suo quasi-fidanzato.

« Va tutto bene, Grace? »

« Sì, grazie. Stavo solo pensando a mia madre. »

Il tassista ci aveva visto giusto sul traffico. Un pullmino aveva tamponato un furgone che aveva sulla fiancata un Taj Mahal stilizzato. Poi, nella penombra del Queens Midtown Tunnel, William si allungò verso di lei, le girò il viso e la baciò. Grace non oppose resistenza. Era una galleria lunga e il traffico era tale da costringerli a procedere quasi a passo d'uomo, perciò si baciarono a lungo. Grace si dimenticò di se stessa e di quello che aveva appena scoperto su William, voleva soltanto che l'East River, sotto il quale si snodava il tunnel, non finisse mai. Se solo non fossero mai arrivati a Manhattan avrebbero potuto amarsi per sempre, soffocando nell'odore di carbone e di tubi di scappamento, cullati dal piano di Glenn Gould fino alla fine dei tempi.

Finalmente, uscirono dalla galleria e le luci della città li investirono. Quando giunsero al cartello che segnalava le svolte da prendere per Downtown, Crosstown e Uptown, Grace non ce la fece più. Il respiro di William, il suo naso, le sue dita lunghe, il rumore dei loro occhiali che si toccavano: era tutto una bugia. Lo respinse con tanta forza da mandarlo a sbattere con la testa contro il finestrino.

Lui si massaggiò la nuca e la guardò, gli occhi in un lampo passarono dallo sconcerto alla consapevolezza. « Aspetta. Grace... »

« Pensaci bene, prima di parlare, William. Ammesso che questo sia il tuo vero nome. »

La West 39th Street era stretta e caotica. Quando superarono un cocktail bar, Grace pensò che avrebbe voluto passarci la serata a ubriacarsi da sola.

« Grace, devi ascoltarmi. » La voce di William era acuta e spaventata. « Ti dirò tutto. »

Poco oltre il bar, un gruppo di ragazzi in maglietta stava fumando fuori da un pub irlandese. Il tassista evitò un tizio con l'impermeabile blu che spingeva un chioschetto di hot dog e reggeva un ombrello, poi si fermò di fronte all'Holiday Inn. Alcuni operai stavano rifacendo il marciapiede ed era quasi impossibile aprire la portiera sul lato dell'hotel.

Ormai Glenn Gould aveva accelerato l'esecuzione, al punto che non lo si sentiva più canticchiare. William cercò di pagare, ma Grace lo spinse indietro e diede al tassista la propria carta di credito. « Ti ho prenotato una stanza perché pensavo di avere abbastanza pelo sullo stomaco da sopportare la tua presenza anche ora che so che sei una spia. Pensavo che avrei potuto capire cosa stai facendo e proteggere me stessa, prendere il controllo della situazione, perfino *stare con te* in qualche modo. Invece no, non ci riesco a fregarmene del fatto che sei una spia e che hai solo fatto finta che ti piacessi. Quindi ora puoi entrare e dire che la stanza non ti serve più, poi torni a fare compagnia ai tuoi colleghi, ovunque siano. Forse all'ambasciata russa? »

Il pianoforte era di nuovo lento e Grace sentiva la voce di Glenn Gould canticchiare ancora. William rimase qualche secondo fermo nell'abitacolo, forse in attesa che lei si voltasse a guardarlo, poi aprì la portiera e uscì. Una folata gelida s'insinuò nel taxi. L'autista la ringraziò per la mancia, poi scese dall'auto e cercò di parlare a William.

Ignorandolo, William si accovacciò davanti alla portiera aperta. Era pallido come un cencio. « Grace, hai ragione », disse in tono urgente. « Non sono stato del tutto sincero con te, ma ti garantisco che qualunque idea tu ti sia fatta, è sbagliata. Quando avrai sentito cosa ho da dirti, capirai che è così. »

« Non è quello che dicono tutti i traditori? » rispose Grace indietreggiando sul sedile. « Io credevo... *di piacerti davvero*. Pensavo che stessi cercando di aiutarmi. Santo cielo, mi hai perfino aiutata a seppellire la mia gatta. Come fai a mentire alla gente in questo modo? »

« Andiamo dentro. Voglio mostrarti alcune cose. Una proposta. »

« Quando ti sei addormentato in aereo, ho aperto la tua borsa, William. Le ho già viste, le tue cose. »

Lui tese la mano per aiutarla a scendere dal taxi. « Non hai visto quello che ti voglio mostrare. »

« Allontanati. Non provare a toccarmi. »

« Ma ci stavamo baciando fino a un minuto fa. »

« Ho cambiato idea. »

William sospirò e fece un respiro profondo. Grace scese e fece il giro dell'auto tenendosi a debita distanza. Il tassista chiese come mai fossero arrivati a New York senza bagagli.

« È un viaggio un po' bizzarro », rispose William con voce triste.

Il tempo parve rallentare. All'inizio Grace pensò che fosse la carenza di sonno o di cibo a giocarle un brutto scherzo con l'udito. Il suono cominciò come un brontolio in sottofondo che aumentò fino a sovrastare il pianoforte non appena lei fu in strada.

« Ehi! » gridò il tizio degli hot dog.

Una berlina nera era sbucata dal cantiere dietro il chioschetto e stava percorrendo la strada a rotta di collo, rombando. Grace credette all'inizio che si trattasse semplicemente di una macchina della polizia in incognito sprovvista di sirena che correva verso un'emergenza. Ma oltre a essere priva di sirena, sembrava puntare dritta verso di loro.

Il tassista gridò e si gettò sul cofano della propria auto. William chiamò Grace e la circondò con le braccia. Lei cercò di divincolarsi, ma lui era troppo forte.

« Attenta! » le disse.

Grace pensò che stesse per colpirla e chiuse gli occhi, ma lui non la colpì. In balia di forze estranee come una neonata, sentì d'essere sollevata di peso e gettata a terra nello spazio tra due macchine.

Quando cadde e la sua testa colpì l'asfalto, la berlina raggiunse il taxi e puntò dritta su William.

39

New York, 2016

Proprio mentre stava per scansarsi, William fu colpito in pieno dall'auto. Testa e spalle impattarono contro il cofano e il parabrezza, e il suo corpo fu sbalzato in aria, molle e scoordinato. La berlina si allontanò a velocità ancora più sostenuta. Con un orribile rumore di ossa fracassate, William piombò sull'asfalto.

Grace, che perdeva sangue da un orecchio, urlò e strisciò verso di lui nello spazio tra il taxi e l'altra macchina parcheggiata. William aveva sangue sul viso e gli occhi chiusi. Lei gli prese le mani e gli disse che si sarebbe sistemato tutto. Di colpo, non le importava più che lui non fosse chi diceva d'essere. Nell'impatto gli era volata via una scarpa e Grace si accorse che aveva i calzini spaiati.

Alle sue spalle, una piccola folla si era messa a gridare. *911. Ambulanza. Un medico. Il numero di targa.* Poi all'improvviso c'erano gambe dappertutto e un frastuono di voci che Grace avrebbe voluto zittire, perché le impedivano di sentire il polso di William.

Qualcuno la prese per le spalle e le bisbigliò parole gentili all'orecchio. « Sono un medico », le disse una donna.

Un'altra donna era china su William. All'inizio sembrava una persona normalissima, ma poi Grace si rese conto che loro erano ovunque.

« No! » gridò. « Andate via! Lasciatelo stare! »

Qualcuno la tenne ferma mentre lei si divincolava nel

tentativo di impedire alla finta dottoressa di far male a William. Grace diceva che erano stati pedinati, che di sicuro li stavano tenendo d'occhio, ma nessuno aveva la più pallida idea di cosa stesse parlando.

« Signora, lei è in stato di choc », disse un uomo avvicinandosi a lei, che lo spinse via.

« Mi dispiace », disse la dottoressa.

Grace prese di nuovo la mano di William e gli accostò al petto l'orecchio ancora sano. *State zitti! Zitti!* Sentiva soltanto l'ululato delle sirene.

Ormai era arrivata anche la polizia e quando lei cercò di muoversi per controllare che i medici non fossero degli impostori, qualcuno le disse di rimanere *dove cazzo era.*

Lilesa, il tassista, aveva ancora in mano la sua borsa e la valigetta con il computer di William. A un certo punto, le passò a Grace e premette un fazzoletto sul suo orecchio. « Stavano cercando di investirla. L'auto è comparsa appena lei è scesa dal taxi. »

Tra gli operai del cantiere, il personale dell'ambulanza e i clienti dell'hotel, attorno a William si era ormai raccolta una folla considerevole. Grace era certa che l'assassino a bordo della macchina non stesse agendo da solo, che in quel momento qualcuno stesse osservando con un binocolo, mentre un uomo e una donna con uniforme della polizia le andavano incontro. Erano entrambi alti e sulla trentina.

« Ci hanno detto che lei era insieme al signore al momento dell'impatto », disse la donna.

Grace annuì. Nel frattempo, li studiava per cogliere ogni minimo segnale d'incoerenza o finzione. La poliziotta aveva un convincente accento di Brooklyn.

« Stavamo lavorando insieme », rispose Grace.

« Come si chiama il signore? »

Grace si guardò attorno e vide due uomini in completo scuro, appoggiati alla vetrata d'ingresso dell'Holiday Inn. Uno indossava un cappello a tesa larga. « William Koväly. »

« Può farmi lo spelling? » chiese il poliziotto.

Altri due uomini comparvero sul marciapiede e raggiunsero i poliziotti. Uno indossava jeans e giacca sportiva, l'altro aveva un pizzetto ben curato e un abito scuro che sembrava di una taglia più grande. L'uomo con il pizzetto sventolò il distintivo e si presentò. L'altro congedò i due agenti ma non fece in tempo a dire il proprio nome che Grace era già sparita tra la folla.

« Aspetti! » gridò il detective con il pizzetto.

Grace corse in fondo all'isolato e attraversò la strada. Svoltò a destra sulla 6th Avenue, ma l'uomo in abito scuro la raggiunse.

« Dove sta andando? »

Lei sapeva che era pericoloso, l'ennesimo inseguitore, perciò lo colpì in testa con la borsa del computer di William e continuò a correre lungo la 6th Avenue facendo lo slalom tra i pedoni, ignorando i semafori rossi e gridando avvertimenti agli automobilisti che sembrava non volessero fermarsi. Dietro di sé sentiva l'eco dei passi e delle urla dei suoi inseguitori, ma c'era troppo vento per capire dove fossero esattamente.

Grace s'infilò in Bryant Park, dove una folla gigantesca era accorsa per il mercato invernale. A quell'ora le scuole erano finite e, oltre alle coppiette, sulla pista di pattinaggio si vedevano vari bambini accompagnati dalle baby-sitter. Con gli alberi ormai quasi completamente spogli era difficile trovare un nascondiglio, perciò Grace comprò un berretto nero a una bancarella anche se costava quaranta dollari e se lo calcò in testa per mischiarsi al flusso di turisti.

Voltandosi, vide il presunto investigatore con il pizzetto e la poliziotta raggiungere l'ingresso del mercato. Grace si tolse la giacca, se la legò alla vita ed entrò nella stranamente lussuosa toilette pubblica del parco. Si chiuse in un cubicolo e si sedette sul water. Un vero investigatore non le sarebbe mai corso dietro. Sul luogo dell'incidente, i testimoni della morte di William non mancavano. Qualcuno aveva perfino preso nota del numero di targa della macchina.

I bagni di Bryant Park erano un luogo popolare. Donne di tutte le età andavano e venivano, scherzavano, si lamentavano e discutevano di uomini e mariti.

Grace raddrizzò la schiena, chiuse gli occhi e ripensò alla morte di William. Pensò ai suoi calzini spaiati, il destro blu e il sinistro grigio leggermente penzolante dalla punta del piede. Dov'era finita la scarpa? Pensò a Katka e a suo padre, e poi a Zip. Se non fosse stata tanto egoista, se nel tragitto in macchina con Elena da Praga a Mladá Boleslav si fosse limitata a sorseggiare lo champagne e a farle le classiche domande sul cenone di Natale e sullo shopping online, nessuno di loro sarebbe morto. Scoppiò a piangere, poi si costrinse a smettere, ma subito si rese conto che in fondo un bagno pubblico nel cuore di Manhattan non era un luogo peggiore di altri per piangere e lasciarsi andare.

Per un'ora intera rimase nella toilette del Bryant Park a piangere, a odiare se stessa ed Elena, a tormentarsi d'angoscia per la madre, per i soldi, per la morte violenta a cui ormai era destinata. Quando uscì, aveva trovato l'indirizzo del distretto di polizia di Midtown South. Distava solo un quarto d'ora a piedi. Se i due poliziotti erano chi dicevano di essere, li avrebbe trovati e si sarebbe inventata una scusa per quella fuga tanto precipitosa. Si gettò un po' d'acqua sugli occhi arrossati e sull'orecchio dolorante, poi sistemò i capelli sotto il berretto.

Forse gli investigatori le avrebbero consigliato un modo per proteggere sua madre. Dalla sua stanza d'albergo avrebbe potuto terminare la bozza della sua storia e l'indomani mattina sarebbe andata in taxi al One World Trade Center per venderla al *New Yorker*.

Era finita.

Aprendo la porta, Grace si rese conto che nel frattempo era diventato buio. Mentre gli occhi si abituavano alla penombra, l'aria fresca del parco la fece rabbrividire. Nessuno la stava aspettando al cancello di ferro battuto. Guardò il telefono per capire come arrivare al distretto e svoltò a sinistra.

Dietro l'arco di pietra c'era un uomo la cui sagoma, anche se era nell'ombra, le parve familiare. Grace rinunciò allora a seguire quel tragitto e si addentrò nel parco seguendo la 42nd Street, oltre i tavoli da ping-pong e le bancarelle del mercato. Quando lei accelerava, alle sue spalle l'uomo faceva lo stesso. Per un attimo Grace si voltò e all'improvviso si ricordò dove l'aveva già visto: era uno dei due uomini appoggiati alla vetrata dell'Holiday Inn.

Grace cominciò a fare respiri profondi, come le aveva insegnato l'istruttore del corso di autodifesa. Quando ci si lascia prendere dal panico, si smette di pensare in modo razionale. Voleva aspettare il momento propizio prima di mettersi a correre. Da un incrocio sbucò un gruppo di turisti cinesi preceduti da una guida con un piccolo altoparlante. Grace allora scattò e girò loro attorno utilizzandoli come un ostacolo tra sé e il proprio inseguitore.

Avevano ucciso William in pieno giorno, su una strada

affollata, e avrebbero ucciso anche lei se all'ultimo momento lui non l'avesse spinta via. Lentamente, Grace oltrepassò la fila di persone che guardavano i pattinatori, attraversò il parco in diagonale e per confondere ulteriormente le tracce, nel caso in cui l'uomo non l'avesse ancora persa di vista, svoltò di nuovo a destra. Sul lato sud della pista di pattinaggio, i lampioni erano più rari. Andò verso le giostre dei bambini e per l'ennesima volta perlustrò il parco alla ricerca di un nascondiglio decente tra i due giardinetti di pini, poi all'improvviso s'imbatté in un altro uomo. Grace gli rimbalzò addosso e cadde a terra, la borsa in una mano e la valigetta di William nell'altra. Era il secondo uomo che aveva visto appoggiato contro la vetrata dell'Holiday Inn. Quello con il cappello a tesa larga.

Alle sue spalle, respirando affannosamente, arrivò il primo uomo.

Le panchine del parco erano tutte vuote. Il vento trascinava le foglie sul selciato di pietra. Bambini e genitori erano sulla pista di ghiaccio o nel parco giochi. Il tizio con il cappello a tesa larga estrasse una pistola. « Sei stata brava, Grace. »

« Un momento. Non potete farlo. » Grace gli tirò addosso la borsa e lui parò il colpo con una mano. La valigetta di William era troppo pesante e lei da seduta avrebbe al massimo potuto servirsene per assestare ai due un colpo sugli stinchi. E infatti, non appena provò a lanciarla, loro si limitarono a fare un passo indietro e a guardarla scivolare tra le foglie. I due presero allora posizione, uno dietro di lei e l'altro davanti. Grace cercò di strisciare il più lontano possibile sul selciato, ma quelli impugnavano le pistole e non sembravano curarsi della possibilità di essere visti.

« Possiamo fare tutto quello che vogliamo », disse l'uomo con il cappello. Poi si guardò attorno e puntò la pistola.

Grace chiuse gli occhi e, anche se in vita sua era entrata in chiesa soltanto per matrimoni e funerali, recitò una breve preghiera. Poi sentì due schiocchi, non più rumorosi di quelli che provenivano dai tavoli da ping-pong, smorzati dalle grida di gioia dei bambini sulle giostre. E non provò nemmeno dolore, non subito almeno.

Quando sentì altri due colpi, aprì gli occhi. Entrambi i suoi inseguitori erano a terra e quello con il cappello si rotolava avanti e indietro in un semicerchio. Roberta McKee torreggiava sopra di loro. Con le mani guantate, raccolse la borsa di Grace e la valigetta di William. «Avanti. Andiamo.»

40

Sochi, Russia, 2014

Elena guardava il giocatore con il numero 11, di gran lunga il più piccolo e lento sul ghiaccio. I compagni in maglia rossa gli passavano il puck per farlo tirare verso la porta. Nessun difensore della squadra avversaria in maglia bianca gli si avvicinava quando lui riceveva il puck, mentre si precipitavano ad attaccare se era qualcun altro a riceverlo. Una telecamera seguiva ogni movimento del numero 11, che avesse il puck oppure no, e fotografi provenienti da tutto il mondo lo abbagliavano con i loro flash ogni volta che segnava un punto.

In vista dei Giochi Olimpici di Sochi, il presidente della Federazione Russa, Aleksandr Mironov, aveva indossato pattini e ginocchiere e si era reso protagonista di uno spettacolo da cinquanta miliardi di dollari. Anche se alla cerimonia di apertura mancava meno di un mese, il Palazzo del ghiaccio Bol'šoj era uno dei pochi edifici la cui costruzione poteva dirsi davvero compiuta. In quel momento, però, era irrilevante: all'interno di quell'impianto che somigliava a un gigantesco uovo Fabergé, Mironov era la Russia, e la Russia era tornata. Grande, ricca, misteriosa, potente.

Quando uno dei migliori portieri di hockey del mondo permise a Mironov di segnare, una piccola folla di VIP e giornalisti russi esplose in un coro di giubilo. Molto lontana dalla pista, in un palco d'onore lussuoso e con tanto di catering, Elena applaudì garbatamente.

« Se Anthony si fosse candidato a governatore di New York, avrebbe perso », disse Sergei Sorokin infilandosi in bocca un cioccolatino. A differenza del suo capo, Sergei non giocava a hockey, non andava a caccia e non faceva judo, ragion per cui negli ultimi dieci anni si era trasformato, a detta di Elena, in un tricheco. « Sarebbe stato umiliato. »

« Hai trascorso molto tempo in America, ma ancora non l'hai capita », disse Elena. « Può perdere e vincere allo stesso tempo, costruendo la sua immagine. »

« Siamo stati noi a costruire la sua immagine, Elenka. E anche la tua. Sarebbe finito in bancarotta se non fosse stato per noi, anche se non ne è del tutto consapevole. E non credo che la sua immagine preveda la sconfitta. »

Elena sospirò. Cercava di non pensare mai alla Mustela Capital e parlarne la disturbava ancora di più. « Va bene, Sergei. »

« Il nostro Anthony non sarà l'imprenditore migliore del mondo, ma è un venditore brillante. » Indicò Mironov intento a ricevere complimenti dai compagni e dai tifosi sugli spalti. La partita era finita. « Come Aleksandr. Alcuni uomini hanno un istinto speciale nel capire i desideri della gente comune. »

« Ma la Craig era un brand di lusso. »

Sergei scoppiò a ridere. « Avanti, Elenka, fammi il piacere. Tu sei europea. Non è mai stato un marchio di lusso. »

Elena tacque e lo lasciò pontificare sugli affari dell'ex marito. Gli acquirenti della Craig e il pubblico di Anthony erano individui ricchi e rozzi, o persone che credevano di meritare la ricchezza ma non avevano l'intelligenza o la motivazione per ottenerla. Secondo la definizione di Sergei, si trattava di persone bianche, rancorose, senza diritti e piene di debiti, che compravano una Craig a credito, quasi mai in contanti. Nel leasing auto, le Craig erano le più gettonate della storia, perché era il modo più economico per averne una. I tassi di inadempimento erano altissimi.

« Secondo i nostri sondaggi, se si candiderà nel 2016 potrà contare su una base compresa tra il venticinque e il trentacinque percento dell'elettorato americano. Sempre che abbia il coraggio di dare loro quello che vogliono. E non ha niente a che vedere con il lusso, Elenka. »

« E con che cosa allora? »

Qualcuno bussò alla porta. Sergei si alzò, ed Elena fece altrettanto. Era già stata perquisita tre volte e le avevano sequestrato il telefono. Con un grugnito, Sergei andò verso la porta.

Fuori, c'era un gruppetto di guardie del corpo: giganti armati con i capelli a spazzola e abiti scuri elasticizzati. Aleksandr Mironov entrò nel palco d'onore in divisa da hockey e scarpe nere eleganti. Se nel corso degli anni Sergei si era ammorbidito, Mironov invece aveva fatto il contrario. Aspettò che fosse Elena a raggiungerlo e a baciarlo. « La nostra splendida Kingfisher », disse rivolto a Sergei, che reagì con un breve applauso.

Che scena ridicola, pensò Elena.

« Amo la donna ceca. » Mironov si levò le gomitiere, e loro due tornarono a sedersi. « Amo il popolo ceco. È buffo il modo in cui chiamate il vostro trasferimento di potere, la Rivoluzione di Velluto. È il tipo di rivoluzione che fa per me. Non un solo agente, vostro o nostro, è stato incarcerato e nemmeno sorpreso in qualche vicolo e giustiziato. Anime buone, i cechi. Vicine al mio cuore.»

Elena lo trovò intollerabile. «Intende dire che siamo remissivi.»

«Intendo dire che non lasciate che le emozioni influiscano sul prendere la decisione giusta. Ne ho visti fin troppi, di popoli che si sono rovinati da soli inutilmente per colpa di un principio vacuo. Voi cechi siete troppo riflessivi per fare lo stesso.»

Elena non volle ringraziarlo per quello che non era affatto un complimento. La stava preparando. Ogni parola che lui diceva e ogni gesto servivano a ottenere qualcosa in futuro.

Elena seppellì le proprie emozioni e sorrise. «Grazie a voi due cattivoni russi, sono quarant'anni che vivo lontana dal mio Paese di anime buone.»

«Tu sei un'americana ormai, grazie a noi.» Mironov prese dal secchiello del ghiaccio la bottiglia di vino bianco rumeno e le riempì il bicchiere. Poi aprì due bottiglie di birra, una per Sergei e l'altra per sé, e sollevò la propria. «All'America.»

Sergei ed Elena ripeterono il brindisi e sollevarono i loro drink.

Dopo di che, piombò un silenzio che Elena non aveva nessuna voglia di rompere. Mironov l'aveva inclusa tra gli invitati VIP al villaggio olimpico di Sochi, in qualità di ambasciatrice ufficiosa degli Stati Uniti e della Repubblica Ceca. La sua La Cure Craig aveva già filiali a Mosca e a San Pietroburgo, perché non aprirne una anche a Sochi?

Mironov sembrava del tutto a suo agio immerso in quel silenzio teso. Alla fine, mise giù la birra e fece un cenno con la testa a Sergei.

« Io e il presidente abbiamo parlato della tua situazione », cominciò Sergei estraendo una cartelletta dalla sua valigia. La aprì e le mostrò la fotografia di una ragazza con un cappotto di pelliccia. « Alina accompagnerà il presidente in occasione di alcuni eventi, qui a Sochi. »

Sebbene fossero passati anni, la irritava ancora. « Alina sa di essere figlia di Tony? »

« No, ma pensiamo sia giunto il momento di farlo sapere a Anthony. »

« Glielo dirai tu prima delle Olimpiadi », disse Mironov indicando Elena con la bottiglia di birra. « Così, quando la vedrà con me, qui allo stadio, saprà di essere in debito con noi. E non parlo soltanto di soldi. »

« Perché dovrei dirglielo io? »

Sergei si chinò con i gomiti sulle ginocchia. Sembrava piuttosto a disagio. « Questa sua mancanza di disciplina è certo uno dei suoi punti di forza, ma... ci spaventa, ecco. »

Mironov si schiarì la gola e fece cenno a Sergei di tacere. « Anthony è una persona che pensa fuori dagli schemi, ma in fondo è solo un uomo, un uomo orgoglioso. I suoi pensieri sono *normali*, anche se non si esprime mai in tal senso. Il nostro Anthony Craig ha tanti splendidi difetti, ma non è affatto un imbecille. Io capisco il tuo punto di vista, Elena. Magari si può fare con le buone e non con le cattive. Per il momento, incoraggiamolo a candidarsi nel 2016. Da parte nostra, cominceremo a dargli una mano. »

« E come? »

« Grazie alle vostre incantevoli istituzioni e invenzioni americane. La democrazia parlamentare, i mezzi di comunicazione moderni, la tecnologia... sono i vostri cavalli di Troia e li useremo contro di voi. »

« Tony non riuscirà mai a vincere le elezioni. »

« Vincerà », disse Sergei.

« I miei genitori sono nelle liste di Cibulka. Fuori da questa stanza ci sono persone che sanno da dove vengo e che possono farmi arrestare per alto tradimento, se vogliono. Solo a Mladá Boleslav ce n'è una decina... »

Mironov accostò una poltroncina a quella di Elena. All'improvviso l'aria si impregnò dell'odore di vernice fresca e plastica, tipico di mobili appena usciti dalla fabbrica: il vino, la sedia, l'edificio, l'alito del presidente russo. Mironov le parlò in tono suadente. « Ogni giorno qualcuno pubblica qualcosa su di me e sul mio passato, che potrebbe farmi finire in prigione per alto tradimento. Ogni giorno, mia cara Kingfisher. Noi veniamo dal KGB. Io dirigevo l'FSB. » Scoppiò a ridere.

« E se invece avessero delle prove, come le aveva Jack Haynes? Se avessero le prove di quello che ho fatto realmente all'università, e poi a Strasburgo e a Montréal? Se avessero registrazioni? »

« Non esistono prove. E se anche ci fossero, si tratterebbe di una montatura dei nostri potenti nemici. Nemici del popolo. »

Nemici del popolo. La vecchia formula comunista le riecheggiò nella mente come un ritornello perduto. Elena si rilassò contro lo schienale. « Forse in Russia funziona così, ma in America è diverso. »

Mironov finì la birra e si alzò a stapparne un'altra. « Lo scopriremo. Ma parliamo del futuro: come possiamo aiutarti a fare di tuo marito l'uomo più potente del mondo? »

41

New York, 2016

Grace guardava fuori dalla finestra di una piccola suite del Plaza. Il buio quasi totale le impediva di godere della vista del parco.

Alle sue spalle, Roberta McKee era seduta sul letto. « Capisco perché voglia scrivere la sua storia », disse svuotando in un bicchiere una bottiglietta di champagne del minibar. « Si vede già sulla CNN, intervistata da Anderson Cooper, vero? La cronista di tabloid che diventa all'improvviso una giornalista investigativa. Ma non accadrà mai. »

Grace distolse lo sguardo dalla finestra e si sedette sulla poltroncina color panna accanto al letto. Aveva ancora le mani gelide e tremanti, anche se le aveva tenute sotto l'acqua calda per cinque minuti quando era entrata nella suite.

« Se andassi alla polizia... »

« La rimanderebbero a casa. E la prossima volta non ci sarò io a salvarla a Bryant Park. E non potrò salvare sua madre, il suo ex marito, o i suoi amici a Montréal. So che dev'essere entusiasmante per lei aver scoperto qualcosa. La generazione di Ms Craig non era molto prudente. Lasciavano tracce, 'prove fisiche'. Per lo più, sono state distrutte, come sa. Onestamente, Grace, se andasse in centrale la tratterebbero alla stregua di quei pazzi che sostengono di conoscere la verità sull'11 settembre e riderebbero di lei non appena avesse svoltato l'angolo. »

«L'FBI potrebbe andare a prendere Ms Craig.»

«Andare a prenderla?» Roberta scoppiò a ridere. «Avrebbe l'intero Hoover Building sull'elenco degli appuntamenti delle sue spa nel giro di un'ora. Grace, l'FBI non può fare nulla. Ogni giorno, scompare una prova in più. E chi si presenta con storie come la sua verrà screditato e disonorato. Lei è una donna paranoica e isterica che è stata 'licenziata da un tabloid'.»

Grace si toccò l'orecchio dolorante. Non si fidava di Roberta, ma non aveva nemmeno motivo di fidarsi della polizia o dell'FBI. «Come faccio a sapere che non siete stati voi a uccidere la mia gatta?»

Roberta scrollò le spalle. «Be', non lo sa. Però sa che avrei potuto ucciderla, e più di una volta. E sa che le ho salvato la vita. Ms Craig voleva che io e Bradley la proteggessimo. L'ultimo giornalista che ha provato a scrivere questa storia non ha fatto una bella fine. Lui aveva dei documenti, non la spazzatura che ha trovato lei. Nel frattempo, però, il mondo è cambiato. Lei potrebbe comunque scrivere su Facebook, postare il poco che ha, le liste di Cibulka, o anche solo il resoconto di quello che le è successo. Quasi tutti la prenderebbero per pazza, ma qualcuno...»

Grace aveva avviato la registrazione sul proprio iPhone mentre era fuori dall'hotel, in macchina, e la sua salvatrice stava parlando con l'addetto del parcheggio. Il suo primo impulso, dopo che Roberta aveva freddato i due uomini, era stato quello di correre a gambe levate fino alla centrale di polizia come aveva previsto, ma mentre superavano la giostra camminando sottobraccio Roberta le aveva sussurrato: «Calma, tranquilla. Sorrida». E poi aveva aggiunto qualcosa d'inaspettato per Grace: *William la amava.*

Anche se William lavorava per Elena, non sapeva che

Roberta e il suo collega Bradley Tebb erano a loro volta sul libro paga di Ms Craig. Rondini e corvi rispondevano a un solo capo, ma non sempre erano d'accordo sui metodi. Creavano alleanze, e Roberta e Bradley ruotavano nell'orbita di Elena. Lei era il loro mentore.

I loro capi avevano deciso di eliminare Grace, dopo aver visto cosa aveva sul computer e sul telefono, e dopo aver capito con chi aveva parlato. Elena però aveva una soluzione più elegante.

In macchina, Roberta aveva mostrato a Grace vari screenshot di messaggi inviati da William a Elena. Quando tutto fosse finito, avrebbe davvero voluto portare Grace e sua madre con sé in Inghilterra. Nella Carnegie Park Suite dell'Hotel Plaza, Grace chiese di poterli vedere di nuovo. « Perché non mi ha detto la verità? » disse rileggendoli e ripensando alla vita che avrebbe potuto avere con lui.

« Aveva deciso di dirglielo oggi. Come sto facendo io adesso. Purtroppo, non ne ha avuto la possibilità. »

« In fin dei conti, però, lavorate tutti per i servizi segreti russi. »

« Io sì », disse Roberta. « William no. Lui lavorava per Elena. »

« Lei prima ha parlato di 'capi'. Se Elena era il capo di William, chi è il vostro? »

« Questo è irrilevante. »

« Sergei Sorokin? »

Roberta abbassò il bicchiere di champagne. « Dove ha sentito questo nome? »

Grace le raccontò di Katka e suo padre e dell'incendio in cui erano morti.

« Non ha nessun documento su di lui, vero? Nessuna prova? »

Grace scosse la testa.

« Be', ora capisco perché volevano ucciderla. »

« Chi è? »

Roberta allargò le braccia a mimare un gesto di resa.

« A Bryant Park ci sono le telecamere. Guarderanno i filmati e capiranno che è stata lei a uccidere quegli uomini. »

« Ci ho già pensato. » Roberta bevve un altro sorso di champagne. « Quando è diventata esattamente una rondine Elena Craig? All'inizio degli anni Settanta? Eppure, eccola lì, a un soffio dalla Casa Bianca. »

« Ma gli esperti dicono che non può vincere. »

« Credo che perfino monsieur Craig sia sicuro di perdere. Ma indovini un po', Grace? Non perderà. Ha visto la BBC durante lo spoglio del referendum sulla Brexit? All'inizio della serata, i conduttori televisivi ostentavano sicurezza, perché sono tutti usciti da ottime scuole e conoscono solo persone che votano per difendere e consolidare lo status quo. La nostra gente, però, i nostri alleati segreti, gli uomini e le donne per bene in tutto il Paese, vogliono distruggere e cancellare il sistema perché non credono ci sia nulla da difendere. L'ha capito anche lei, no? Era forse il suo sogno lavorare in Canada, dopo l'università? Per una rivista che si vende nei supermercati? Lei è qui per comprare, solo che non se lo può permettere, né ora né mai. È sui social media, vero? Per molti di noi non c'è nulla di più emozionante del far 'saltare in aria' il sistema. »

Grace non aveva mai pensato che quella che Steadman Coe definiva la *nostra gente*, la gente per cui *lei* doveva scrivere, fosse la stessa di Roberta McKee.

« Lei ha dieci anni più di me, Grace, e non ha niente. Nessuno ricorda una sola parola di quello che ha scritto. Non ha soldi. Non ha risorse. Sua madre è malata, quasi cieca, e vive nello squallore. Eppure, ha lavorato duro, Grace. È stata obbediente. Ha sempre votato, per corrispondenza, e ha fatto volontariato in ben due Paesi. Presto entrerà nella seconda parte della mezza età, piena di ansie su cosa si lascia dopo la morte, e a meno che lei non sia pazza – e non lo è – si renderà conto che il famoso sogno, quel *biglietto della lotteria* in tasca a ogni bravo cittadino americano, è sempre stato una bugia. Grace: non ha mai avuto la minima possibilità.»

Roberta estrasse una cartelletta dalla borsa a tracolla che era accanto a lei sul letto. Prima ancora di prenderla in mano, Grace aveva già capito di cosa si trattava. Sulla copertina c'erano fotografie di giardini ben curati, una piscina, cortili che non avrebbero sfigurato in un resort a cinque stelle.

« Si chiama Grove. »

All'interno c'erano varie brochure patinate in cui si descrivevano la routine quotidiana, i servizi sanitari e la comunità. Si trovava in Florida, vicino alle Everglades.

« È la struttura migliore del mondo. Si paga subito una quota una tantum di duecentocinquantamila dollari per diventare membri a vita, e poi settemila dollari al mese. In cambio, si hanno il cibo e l'assistenza medica migliori che ci siano, uno splendido appartamento con una camera da letto e ogni tipo di comfort. Niente può garantire la felicità in età avanzata, ma questo posto ci va dannatamente vicino. Che ne dice, Grace? »

« È molto bello. »

Roberta tirò fuori un'altra cartelletta, stavolta bianca. Grace la aprì e vide la ricevuta di un deposito bancario a suo nome presso una tale Zürcher Kantonalbank. Tre milioni e mezzo di franchi svizzeri.

« E questo che cos'è? »

« Il franco svizzero vale un po' di più del dollaro americano, quindi saranno più o meno tre milioni e seicentomila dollari. Naturalmente, dovrà pagare se vuole trasferire la somma negli Stati Uniti e convertirla in dollari. A meno che non decida di andare a vivere a Zurigo. O forse, meglio Ginevra. Si parla francese, lì. » Roberta si chinò in avanti per indicare il logo della Zürcher Kantonalbank. « È una delle banche più sicure del mondo. »

Grace sollevò lo sguardo verso di lei. « E tutto questo in cambio di... »

« Qui viene il bello. Tutto questo in cambio di *niente*. Congratulazioni, Grace. Ha vinto lei. Abbiamo cercato di fermarla e non ci siamo riusciti. Ed ecco il premio che le spetta. »

« E la smetteranno di seguirmi e di tentare di uccidermi? »

« Ms Craig ha una certa influenza sui capi. Riuscirà a convincerli che lei ha in mano più di quello che pensiamo, che ha nascosto prove da qualche parte, e che la sua morte le renderebbe pubbliche. »

Grace guardò di nuovo la cifra, con tutti quegli zeri, e pensò a quello che avrebbe potuto fare con una somma del genere: comprare un appartamento a Miami South Beach, vicino a sua madre, ma abbastanza lontano da farle visita solo una volta a settimana. Avrebbe potuto viaggiare, visitando tutti i Paesi in cui aveva sempre sognato di andare: la Francia, il Kenya, la Thailandia, l'Argentina. E per lenire la colpa di essersi lasciata corrompere, avrebbe potuto mettersi seriamente a fare la giornalista.

« E se rifiutassi? Se andassi all'FBI? »

« I Craig la porteranno in tribunale. Sono molto bravi e

possono contare su risorse illimitate.» Roberta si alzò dal letto e si stiracchiò. «Lei andrà a dormire ogni sera con il timore di essere svegliata nel cuore della notte dalla telefonata in cui un medico le annuncia che sua madre è caduta dalle scale, è in coma o che c'è stato un problema con le iniezioni di insulina. E come farà a salire sui mezzi pubblici, a entrare in un ristorante – ammesso che possa permetterselo – o anche solo a incrociare dei passanti per strada? Come farà a vivere con il sospetto che chiunque potrebbe essere un agente sotto copertura pronto a ucciderla?»

Grace scosse la testa. «Dev'essere una sensazione orribile, minacciare la gente di morte.»

«Io sono qui stasera per trasformarla in una donna ricca, libera, per dare a sua madre una vita dignitosa, fatta di gioia e salute. Il suo governo non può proteggerla. Io sì. E questa non è affatto una sensazione orribile.»

«Anche lei non può mollare tutto, vero? Lei è una loro proprietà, esattamente come Elena.» Grace guardò le fotografie della residenza per anziani.

«I miei genitori vivono bene. E anch'io. È una mia scelta, anche se è un tipo di vita che non avevo cercato.»

«Lei è stata reclutata, come Elena.»

Roberta prese la borsa di Grace ed estrasse il telefono e il portafogli. «È grazie a questi che l'abbiamo trovata. Smartphone e carte di credito.» Con l'altra mano prese la borsa di William.

«Ehi!»

«Un accordo è un accordo, Grace. Si compri un telefono nuovo. Tutto quello che le serve, per accedere ai soldi, lo trova in quella cartelletta. E domani riceverà un'email di conferma dal Grove. Lunedì, sua madre avrà un appartamento tutto per sé. Perché non prenota un volo in prima classe per Miami e le fa una sorpresa? »

« Lei invece dove va? »

Roberta si fermò sulla soglia. « Questa è la sua stanza. È molto meglio dell'Holiday Inn Express, oltre che più consono al suo nuovo tenore di vita. » Le fece l'occhiolino. « Mi scusi se le ho finito lo champagne. Ne ordini pure dell'altro, se vuole. Offriamo noi. »

42

Novy Rim, Russia, 2016

L'autista di Sergei Sorokin aveva i postumi di una sbronza. Quasi tutta la città sembrava reduce da un'ubriacatura, pensò Sergei, notando che il traffico sulla Rublevo-Uspenskoe era quasi inesistente in entrambi i sensi. L'aquila del logo Craig con le ali spiegate al centro del volante gli piaceva moltissimo, al punto che si spostò a destra sul sedile posteriore per vederla meglio, mentre viaggiavano verso ovest. Quasi tutti gli alti papaveri del governo russo erano equipaggiati con auto blu della Craig. Quando la Craig Ne Plus Ultra era stata lanciata, molti avevano riso considerandolo il nome più brutto nella storia delle automobili, eppure ormai era un best-seller mondiale. Era l'auto più grande, più lussuosa e più ad alto consumo mai prodotta negli Stati Uniti, nonché la prima a essere antiproiettile. Costava solo centoquarantacinquemila dollari, più economica di una meno lussuosa Mercedes, e si adattava a pezzi di ricambio non originali, come il vetro, il Kevlar, lamine d'acciaio e nylon balistico per la scocca.

Al mattino presto, quando si erano fermati a fare colazione in un tranquillo caffè accanto a un'osteria, gli spazzini non avevano ancora ripulito la strada da bottiglie, lattine, vomito e altri resti dei bagordi notturni. Dopo tanti anni di russofobia, il nuovo presidente eletto della Casa Bianca era considerato un amico del Cremlino.

Per la precisione, un amico del presidente Mironov.

A settantuno anni, Sergei era irrimediabilmente obeso, grottescamente ricco e tutto sommato felice. Pensò a cosa avrebbe lasciato al Paese. Il presidente eletto Anthony Craig era il suo lascito, ma se ciò fosse andato di pari passo con una rinascita russa come lui aveva a lungo desiderato, una parte sempre più grande di lui voleva che i suoi nipoti comprendessero e celebrassero il suo ruolo in tutto questo. Per un attimo immaginò una modesta statua che lo ritraesse all'ingresso di Parkville, nel quartiere di Rublyovka, a cinque minuti di distanza da casa sua. Troppi giovani oligarchi, che Sergei stesso aveva creato e di cui era stato mentore, avevano abbandonato le loro case a Rublyovka.

Da quel giorno in poi avrebbero iniziato a fare ritorno a casa, portandosi dietro ambizioni e capitale. Mentre faceva colazione nel caffè, l'aveva raggiunto un'impiegata del più noto negozio di fiori di Mosca con un bouquet dal profumo incantevole. Dopo l'incontro previsto per quella mattina, Sergei si sarebbe fermato al reparto profumeria del GUM a comprare un regalo per Svetlana, con cui si era sposato da poco. Gli piaceva molto Chamade, una fragranza di Guerlain che prendeva il nome dal ritmo che avevano suonato i tamburi napoleonici per annunciare la ritirata da Mosca.

Lasciarono l'autostrada e si addentrarono nel bosco che circondava il palazzo presidenziale. Per attenuare l'odore di fiori che permeava l'abitacolo, l'autista aveva chiesto di aprire i finestrini. Fuori era freddo, ma Sergei ebbe pietà di lui. E non se ne pentì. L'aria del bosco era fresca e pulita, una via di mezzo tra la decomposizione dell'autunno e l'annichilimento dell'inverno.

Le mura attorno a Novy Rim erano alte più di sei metri. La sorveglianza e il cordone di sicurezza erano eccezionali.

Al cancello, tre uomini in abito e cappotto scuri ispezionarono la macchina, mentre un quarto, con gli occhi arrossati dalla stanchezza, faceva domande all'autista.

Il palazzo era giallo chiaro, con colonne bianche. Quando si avvicinarono all'edificio, videro sulla destra due donne che conducevano a mano due cavalli sellati. Sergei riconobbe una di loro e fece un cenno di saluto. C'erano anche una bella serra e un pollaio. Il presidente Mironov preferiva Novy Rim perché era un luogo più sicuro di qualsiasi residenza o ufficio del Cremlino, e nessuno lì poteva ascoltare le sue conversazioni.

Sergei aveva sempre amato passeggiare per le sale e i corridoi del Cremlino, che per gran parte della sua carriera era stato il cuore pulsante del comunismo mondiale. I puristi avrebbero detto che in fondo il palazzo era il simbolo della follia e della decadenza degli zar, ma da quel che ne sapeva Sergei nessuno di quelli che avevano controllato anche solo un centimetro quadrato del Cremlino aveva mai proposto di demolirlo, di scioglierne le dorature per farne monete o di venderlo e devolvere gli introiti alla causa del proletariato.

Mironov era un politico più furbo di tutti i suoi predecessori e dei segretari del partito. Almeno, si sforzava un po' di nascondere la ricchezza e il lusso in cui viveva, di farlo sembrare frutto della propria astuzia personale e non dell'essere a capo della Federazione russa. Se qualche giornalista avesse avuto il coraggio di indagare sull'acquisto e la costruzione di Novy Rim, avrebbe scoperto alla fine di una lunga sequenza di società fittizie una semplice transazione effettuata a nome di Aleksandr Mironov, uomo d'affari e imprenditore.

« Prenditi tre aspirine e va' a dormire », disse Sergei all'autista che gli aprì la portiera. « Dovrei impiegarci un'ora. »

« Grazie, capo. »

A sinistra del palazzo, un tecnico stava lavorando all'elicottero di Mironov, che più tardi sarebbe dovuto volare a Mosca.

Il presidente non venne ad accogliere Sergei. Sulla porta, lo attendeva invece un agente dell'intelligence, che dopo un breve saluto lo guidò attraverso il palazzo. Sul pavimento lustro, le loro suole riecheggiavano.

« Il presidente sta nuotando. Le dispiace raggiungerlo nella piscina coperta? »

« Assolutamente no. »

Mentre Sergei si toglieva la giacca ed entrava nell'ascensore, l'agente bisbigliò qualcosa in un microfono nascosto. Cominciarono a scendere, e a metà tragitto l'odore di cloro sovrastò quello dei fiori. Passarono attraverso un altro controllo di sicurezza ed entrarono nella palestra. Poi, grazie a una tessera elettronica, arrivarono alla piscina.

Mironov stava finendo una vasca. Si fermò. « Sergei, vuoi farti una nuotata? Abbiamo dei costumi in più. »

« No, amico mio, grazie. »

« Sono per me i fiori? »

« Congratulazioni. »

Tutto ciò che Mironov diceva o faceva, in ultima istanza, aveva a che fare con il potere. A sessantacinque anni, non era molto più giovane di Sergei, ma sembrava un cinquantenne straordinariamente in forma e si comportava come tale. Il presidente godeva nel far risaltare la differenza tra i loro corpi. In realtà, Sergei era convinto che non fosse un caso che l'incontro stesse avendo luogo in piscina. Con un uomo come Mironov, niente era mai lasciato al caso e le coincidenze non esistevano.

Il presidente si issò fuori dalla piscina. L'agente mise un asciugamano bianco su una sedia e, dopo un ultimo sguardo circospetto, uscì.

Mironov prese l'asciugamano dirigendosi verso la vasca idromassaggio. « Stamattina, quando ho visto la notizia, mi sono ricordato della prima volta che mi hai parlato della nostra Kingfisher e di suo marito. » Si calò nell'acqua fumante. « E ho ripensato al nostro primo incontro. »

Sergei sorrise. « All'InterContinental di Praga. »

« Una bellissima giornata. Una donna bellissima. Le *escargot*! Nonostante il divorzio e qualche trasgressione occasionale, Elena si è rivelata una risorsa impeccabile, che tu del resto sei riuscito a gestire in maniera perfetta. *Chapeau.* »

Sergei si sedette sul bordo della vasca.

« Quando le emittenti americane hanno finalmente ammesso la vittoria di Craig e ho visto tutti quei tizi arrabbiati vestiti come per giocare a golf che sollevavano i pugni in aria, il mio primo pensiero è stato che era tutto troppo perfetto, il piano più complesso mai architettato... che in qualche modo ci porterà alla rovina. »

Sergei raddrizzò la schiena. « Non vedo come potrebbe, Aleksandr. »

Mironov era quasi calvo quando si erano conosciuti. Ora, invece, a forza di trapianti, aveva una capigliatura convincente. Le gambe magrissime facevano apparire un po' ridicolo il petto largo, ma in quel momento dalla vasca emergeva soltanto il torso.

« Lui è un mostro del caos. Completamente indisciplinato, oltre che un alleato inaffidabile. Dirà o farà qualsiasi cosa. »

Nella sua carriera, Sergei non si era mai lasciato sfuggire di mano una sola pedina, ma non poteva raccontare al presidente della telefonata con Elena della sera prima, durante la quale lei a un certo punto era scoppiata a piangere. « Abbiamo entrambi dei nipoti », gli aveva detto. « Sergei, che cosa abbiamo fatto? »

Mironov si asciugò la fronte con il telo bianco.

« Non devi preoccuparti di lui », disse Sergei. « Goditi il tuo regalo. Se dicesse qualcosa su Elena, o su di noi, per lui sarebbe un suicidio. E poi non ci sono prove. »

Mironov prese una pistola da sotto l'asciugamano, la puntò su Sergei e premette due volte il grilletto. Sergei cadde nell'idromassaggio e il presidente si alzò sgocciolando. « No. Non più. »

43

Miami, 2018

A meno di non dover viaggiare per seguire qualche storia, una volta al mese Grace arrivava in macchina a Miami per cenare con la madre. Al Grove il venerdì c'era la serata tacos. All'inizio ci andava tutte le settimane e si sedevano a un tavolo per due, ma con il passare del tempo aveva dovuto trovare posto in tavoli da otto o da dieci e si era resa conto che per la madre ormai la sua presenza era diventata un incomodo che le impediva di passare la serata in libertà con i suoi amici.

Quella sera, sul piccolo palco all'aperto si esibiva un gruppo di *mariachi* di Ocala. Lo staff serviva una buona dose di tequila a chiunque ne volesse, una sorta di applicazione pratica del seminario su *reposado* e *añejo* tenuto ad agosto. La sala da pranzo consisteva in una stupenda veranda che dava su un giardino tropicale e un laghetto. Ogni tanto, in quell'acqua faceva capolino un alligatore e allora la comunità in cui viveva sua madre nella Florida centrale saliva alla ribalta della cronaca locale.

Grace guardò la madre mentre cantava *Cielito lindo* con gli amici. Negli ultimi due anni, Elsie Elliott era diventata un'altra persona. Uno dei medici della residenza si era interessato al suo caso e in pochi mesi era riuscito a farle diminuire il diabete al punto da farle riacquisire in parte la vista e dunque anche la possibilità di svagarsi con una delle sue grandi passioni: leggere gialli e romanzi d'amore.

Come promesso, per il suo compleanno nel mese di settembre Grace l'aveva portata a Praga e avevano alloggiato al Four Seasons.

Mentre i *mariachi* attaccavano il bis, il cellulare di Grace squillò. I musicisti avevano invitato sua madre e due amiche a salire sul palco. Grace ignorò la chiamata e rimase a guardare la madre che si dondolava brilla davanti al microfono e cantava di fronte a quelli che erano diventati i suoi amici più cari: brave persone facoltose e attraenti, con abiti bianchi, camicie button up, pantaloni chino beige, gioielli raffinati e orologi costosi.

Alla fine della canzone esplose un lungo applauso e un certo Barry, che Grace temeva fosse una specie di fidanzato della madre, si alzò a guidare l'ovazione. Grace non conosceva il numero che appariva sullo schermo del telefono, ma immaginò che fosse il direttore di una delle testate con cui era in contatto che il venerdì sera tentava disperatamente di rifilare un articolo a qualche freelance non troppo disperato.

Grace andò in giardino ad ascoltare il messaggio che le avevano lasciato in segreteria. « Domani sono a Miami per lavoro. Ceniamo assieme? »

Era Elena.

Avevano fissato l'appuntamento al La Vaquera, un ristorante argentino di South Beach distante circa mezz'ora a piedi dal piccolo ranch arancione di Grace in Michigan Avenue.

Quando Grace vi arrivò, la sera successiva, il maître le chiese un documento e la condusse tra i tavoli e lungo una rampa di scale. Lei era già stata in quel locale per un brunch e non sapeva dell'esistenza di una sala privata aperta che dava sulla spiaggia e sull'oceano. Elena era lì, seduta da sola nell'ampia stanza, a guardare dall'alto il viavai dei camerieri nell'affollata veranda.

Si alzò. « *Duše moje.* »

Un gigante pelato disse di doversi assicurare che Grace non avesse armi o microspie addosso, e le requisì il telefono.

La perquisizione fu insolitamente accurata, niente a che vedere con i controlli di sicurezza dell'aeroporto. Quando ebbe finito, l'uomo le chiese scusa per il disturbo e le lasciò sole.

Dal nulla sbucò un cameriere con lo champagne.

« Mi sono presa qualche libertà. » Elena scrutò la bottiglia. « È un Larmandier-Bernier Terre de Vertus Premier Cru. »

Grace sapeva di dover simulare entusiasmo. « Oh. »

« Un'ottima annata, 2009. »

« Grazie, Ms Craig. E che posto magnifico. »

« Per te, questo e altro, *duše moje.* » Mentre il cameriere era indaffarato ad aprire la bottiglia, Elena si chinò a baciare Grace sulle guance. Nel suo completo di lino beige fuori stagione, si sarebbe integrata a meraviglia al Grove, pensò Grace. La brezza calda le muoveva i pantaloni larghi e le carezzava i capelli. Erano ormai passati due anni dall'ultima volta che si erano rivolte la parola, sul sedile posteriore di una Craig a Mladá Boleslav. Elena sembrava molto più stanca e attempata, e con il viso gonfio dimostrava quasi la sua vera età. Un nuovo tremolio le agitava la mano sinistra. Il cameriere riempì i loro bicchieri e poi alzò lo sguardo per scusarsi e uscire.

« Può cominciare a portarci anche da mangiare », disse Elena.

« Oh. Certo, signora. Cosa... cosa gradireste mangiare? »

« Siamo in due. » Elena mise la mano su quella di Grace. « Dica allo chef di stupirci. »

« Ottimo. Ottimo, signora. »

Elena era rimasta invisibile durante l'insediamento dell'ex marito alla Casa Bianca. Ogni tanto Grace leggeva il suo nome in qualche articolo in cui si spiegava che, pur non ricoprendo alcun ruolo ufficiale, era una dei consiglieri più fidati del presidente.

Ciò che Grace aveva sempre ammirato di più in lei era rimasto: la sicurezza, la compostezza, l'eleganza, il fascino.

Ma c'era anche qualcosa di nuovo.

« Dev'essere una sensazione inebriante, vedere la propria famiglia... governare il mondo libero. »

Elena non sorrise, né annuì. « L'uomo che ti ha perquisita, la mia guardia del corpo, lavora per il governo. Gli ho chiesto di controllare che non ci fossero cimici e lui mi ha detto che possiamo parlare liberamente. Com'è la tua casetta, *duše moje*, ti piace? »

« Sì, grazie. »

« E tua madre? È felice? »

« Moltissimo. E in salute. Sembra proprio un'altra persona. »

Elena bevve un sorso di costoso champagne. « Adesso capisci perché abbiamo fatto quello che abbiamo fatto? »

Grace pensò alle sicurezze e alle comodità in cui viveva

la madre e alla soddisfazione con cui anche lei conduceva la sua vita. Avrebbe potuto non avere tutto ciò e vivere invece tutte le notti nell'angoscia all'idea che sua madre avrebbe potuto essere uccisa, che lei stessa avrebbe potuto essere uccisa con un drink o una pietanza avvelenata, una puntura di spillo in un aeroporto che lei non avrebbe nemmeno avvertito e che si sarebbe trasformata in un vortice infernale di buio, dolore e sofferenza. Sì, capiva chiaramente *perché avessero fatto quello che avevano fatto.* « Immagino che, quando si ha una figlia, simili scelte siano ancora più semplici da prendere. »

« È più semplice e più complicato allo stesso tempo, *duše moje.* Non hai alternative. Pur di proteggere tua figlia, accetti qualsiasi cosa. Capisci? »

« Sì. »

Dal piano di sotto proveniva una *chacarera* su una base dance. Sorseggiarono in silenzio lo champagne, con gli occhi fissi sulla veranda, ai cui tavoli erano sedute quasi soltanto coppie.

« Qualcuno sa cosa è riuscita a fare, Elena? »

Lei scrollò le spalle. « Il mio caro amico Josef Straka, ovviamente. Immagino che ormai tu sappia del mio rapporto con Sergei. »

« So solo che esiste. Ma a parte questo, non so nulla su di lui. » Grace sentiva la smania di prendere appunti, ma in fondo perché? A cosa sarebbe servito? Era finita ormai.

« È morto. »

Grace non sapeva se dovesse scusarsi.

« Tu sei nella mia stessa prigione. »

« Faccio una vita che altrimenti non avrei mai vissuto. »

« È una maledizione. Te ne renderai conto. Una lenta infezione che divora tutto. Vedi, per loro noi non siamo nulla. Sergei ci considerava solo sue proprietà. Questi uomini, che ci possiedono, hanno in fondo un solo obiettivo e vogliono ottenerlo finché sono vivi. »

« E sarebbe? »

« Capovolgere tutto. »

« Che cosa vuol dire? »

« Vuol dire distruggerci, *duše moje*, ma in maniera tanto sottile da non farci accorgere di quello che sta succedendo. Non sentiamo nemmeno penetrare il pugnale nella carne. Sanguiniamo lentamente. »

« Noi due? »

« Hanno te e me, e mia figlia. E anche lui, ovviamente. »

Grace ripensò a tutto quello che era successo dopo le elezioni: un colpo di Stato al rallentatore.

Elena accennò alla veranda stipata di coppie e alla spiaggia buia dove coraggiosi runner notturni correvano in solitudine a piedi scalzi. « Siamo tutti di loro proprietà. »

Grace ripensò alla madre che, nella hall del Four Seasons, le aveva fatto l'occhiolino mentre sorseggiava vino della Moravia, come a dire che era fiera di lei. La povera Elsie era convinta che il nuovo tenore di vita della figlia fosse dovuto al contratto segreto per qualche libro. Un incarico da ghostwriter.

« Prima o poi qualcuno scoprirà tutto. » Elena tracciò nell'aria un piccolo cerchio con il suo calice. « Tu stessa avevi scoperto tutto. »

« Ma Roberta McKee ha detto che non c'è più nessuna prova. Non rimane più niente. »

« Sai qual era il mio nome in codice? »

« Kingfisher. Sono così belli i martin pescatori. È un nome adatto a lei. »

« Immagino di sì. È per questo che mi hanno reclutata e che Sergei mi ha scelta. Ero molto carina. »

« E atletica. »

« Un'atleta mediocre. Né troppo sveglia, né troppo stupida. Avevo amiche, più sveglie di me, che non ce l'hanno fatta. »

« In che senso? »

« Nel senso che sono morte. Non sono riuscite a sopportare quello che ho sopportato io. »

« Non hanno sopportato una vita da multimilionari? »

Elena scosse la testa. « Cresci un po', *duše moje.* »

Arrivarono i piatti: bocconcini di carne al *chimichurri*, *chorizo* e insalata di cavolo nero. Il profumo era delizioso e fecero entrambe i complimenti al cameriere che si prodigò a rabboccare loro i bicchieri di champagne, ma Grace aveva perso l'appetito. In quel momento ricomparve la guardia del corpo di Elena, che evidentemente sospettava che un ninja si fosse travestito da cameriere.

Quando furono di nuovo sole, Grace vide che neanche Elena aveva fame.

« Quante ce ne sono, di donne come lei e Roberta? Di rondini? »

« Negli anni Settanta negli Stati Uniti ce n'erano venti o trenta », rispose Elena in tono amaro. « Oggi credo siano cinquecento. »

« Ms Craig, questo non significa che ha vinto lei? »

Elena ridacchiò, ma non perché fosse divertita. « Sono sotto antidepressivi. Mi gonfiano la faccia. »

« Perché ha voluto vedermi? »

Elena abbassò lo sguardo sulla veranda. « Sai, prima delle elezioni ho cercato di aiutarti, ma ho dovuto essere molto cauta. »

« William... »

« Tu non parlavi ceco. Lui sapeva come trovare quello che cercavi. Prima delle elezioni, volevo che tu scrivessi la storia, che scrivessi qualcosa. Poi ho cambiato idea. Ho avuto paura. »

« William mi ha completamente fregata. »

« Innamorarsi di te non rientrava nelle sue mansioni, credimi, *duše moje.* »

Grace sentì gli occhi riempirsi di lacrime. Ripensò alla vita che era stata sul punto di cominciare, cinque giorni alla settimana stipati in due in un monolocale alla periferia sud di Londra e ogni sabato mattina portare sua madre a passeggio nel parco.

« Volevi scrivere un libro. » Elena si chinò in avanti sfiorando con i gomiti i piatti intonsi. « Scrivilo, allora. Un libro vero. »

Grace era allibita. Non era certo quello che si aspettava. « Ma non possiamo. Loro ci... »

« Ci uccideranno? Forse sì. O forse no. »

Nell'armadio della camera da letto, Grace aveva una cassaforte con dentro i suoi appunti su Elena. Per lavorarci usava un vecchio portatile Mac senza accesso a Internet. « Ms Craig, ho già iniziato. »

« Lo sapevo », disse Elena sollevando il calice. « Lo sapevo che sei fatta così, *duše moje.* Sei una donna coraggiosa. Ti dirò tutto. »

« Un momento. » All'improvviso a Grace era tornato l'appetito. « Come funzionerebbe? »

Passarono le due ore successive a tramare, davanti ad altri piatti di carne, allo champagne e poi a una bottiglia di Malbec. Nascondersi era impossibile, perciò decisero di non provarci nemmeno. Si sarebbero date appuntamento alla spa negli Hamptons, dove erano solite incontrarsi, ed Elena le avrebbe raccontato tutto.

Ogni mattina, Grace si sveglia e si chiede se quello sarà il suo ultimo giorno. Quando torna a casa dopo una passeggiata con il suo nuovo cucciolo, controlla che nell'armadio ci sia ancora la cassaforte, che dentro ci sia il vecchio computer arancione e che il lavoro della sera prima sia stato salvato correttamente. Chiama la madre due volte al giorno solo per dirle che le vuole bene. Una volta al mese, va in macchina a San Pietroburgo per tenere un seminario di tre giorni a giovani giornalisti. Frequenta i raduni politici e firma petizioni. Ogni sera si addormenta sperando di svegliarsi anche l'indomani.

Grace sa che tutto questo potrebbe finire in qualsiasi momento, anche prima che riesca a scrivere l'ultima parte di un paragrafo conclusivo. E vuole che voi sappiate perché.

Fotocomposizione Editype s.r.l.
Agrate Brianza (MB)

Finito di stampare
nel mese di gennaio 2019
per conto della Longanesi & C.
da Grafica Veneta S.p.A. di Trebaseleghe (PD)
Printed in Italy